HEYNE ‹

D1188794

Daphne Uviller

KÜSSEN UNDERCOVER

Roman

Aus dem Amerikanischen von
Alexandra Kranefeld

WILHELM HEYNE VERLAG
MÜNCHEN

Die Originalausgabe SUPER IN THE CITY erschien bei Bantam Dell,
A Division of Random House, Inc. New York

FSC
Mix
Produktgruppe aus vorbildlich
bewirtschafteten Wäldern und
anderen kontrollierten Herkünften

Zert.-Nr. SGS-COC-1940
www.fsc.org
© 1996 Forest Stewardship Council

Verlagsgruppe Random House FSC-DEU-0100
Das für dieses Buch verwendete FSC-
zertifizierte Papier *Holmen Book Cream* liefert
Holmen Paper, Hallstavik, Schweden.

Vollständige deutsche Erstausgabe 12/2009
Copyright © 2009 by Daphne Uviller
Copyright © 2009 der deutschen Ausgabe
by Wilhelm Heyne Verlag, München,
in der Verlagsgruppe Random House GmbH
Printed in Germany 2009
Umschlaggestaltung: © Nele Schütz Design, München, unter Verwendung
eines Fotos von © Patrik Giardina/Getty Images
Satz: Greiner & Reichel, Köln
Druck und Bindung: GGP Media GmbH, Pößneck
ISBN 978-3-453-40708-4

www.heyne.de

Für Sacha

Tapocketa – pocketa – pocketa …
James Thurber, *Walter Mittys Geheimleben*

1

*J*ener Abend im St. Regis, an dem ich nicht ganz zufällig, aber doch unwissentlich in die Geburtstagsparty der spanischen Prinzessin hineinplatzte, war zugleich der Abend, an dem ich zur neuen Hausverwalterin von 287 West 12th ernannt wurde. Beides war eine ziemliche Überraschung für mich und sollte letztlich dazu führen, dass ich Gregory den Kammerjäger kennenlernte. Und Gregory ... Doch dazu später mehr.

Zunächst einmal hatte ich keinen blassen Schimmer gehabt, dass Spanien sich noch einer echten Prinzessin rühmen konnte, bis ich an besagtem Abend im St. Regis unter den Kronleuchtern des Cavendish Room stand und mir den Bauch mit königlichen Tapas vollschlug. Ich hatte geglaubt, es sei ein exzentrischer Zeitvertreib der Engländer – Charles, Harry, William, die tragisch verstorbene Diana –, sich heutzutage noch ein Königshaus zu leisten, und diene vor allem dazu, die Regenbogenpresse am Leben zu halten. Und wie hätte ich ahnen sollen, dass ich ausgerechnet auf ihrer Geburtstagsparty gelandet war? Mein kleines Schwarzes von Ann Taylor (ein echtes Schnäppchen, das ich für fünfzehn Dollar secondhand erstanden hatte) diente zwar vornehmlich dem Zweck, mich auf Festivitäten herumzutreiben, auf denen ich genau genommen nichts verloren hatte, doch persönliche Anlässe wie Geburtstagsfeiern und Hochzeiten waren gemäß unserer eilig konzipierten Crashing-Kriterien absolut tabu. Dies war eine Frage des Anstands, auf die meine Freundin Tag und ich uns vor einem Jahr unter den Guastavino-Fliesen der Oyster Bar in der Grand Central Station geeinigt hatten, nachdem wir soeben auf unerfreulichste Weise einer Party verwiesen worden waren, die man anlässlich seines sechzigsten Geburtstags für den Chef einer Großhandelsfirma für Türscharniere gegeben hatte.

Doch zurück zu besagtem Abend im St. Regis. Tanya Granger, seit Vorschulzeiten Tag genannt, um sie von allen anderen Tanyas zu unterscheiden, hatte mich eine Stunde zuvor angerufen. Sie habe Hunger, meinte sie.

»Tja, *ich* habe Tiefkühlpizza und Orangensaft«, prahlte ich mit meinem gut gefüllten Kühlschrank.

»Damit kannst du jemand anders beeindrucken, meine Liebe. Wir beide gehen heute Abend ins St. Regis und essen köstliche *croquetas* und *calamares*«, ließ Tag mich wissen. »Der spanische König gibt einen aus. Irgendein Jahrestag, ein Waffenstillstand oder Handelsabkommen, keine Ahnung. Auf jeden Fall sollten wir uns das nicht entgehen lassen.«

Tags lange Tage wurden von starkem Kaffee und noch stärkerem Alkohol zusammengehalten, wenngleich nicht unbedingt in dieser Reihenfolge. Das Party-Crashen hatten wir aus finanzieller Notwendigkeit angefangen – wollte man in New York überleben, war es unerlässlich, sich so oft wie möglich gratis zu verköstigen. Allerdings stellten wir bald fest, dass unser neuer Zeitvertreib zudem sehr unterhaltsam war. Und damals hatte Tag Unterhaltung bitter nötig gehabt. Denn obwohl sie sonst die Vernunft in Person war, hatte sie in jungen Jahren aus einer Laune heraus einen schwedischen Geschäftsmann geheiratet, um sich keine sechs Monate später wieder von ihm scheiden zu lassen.

»Nimm niemals – unter *gar* keinen Umständen! – einen Heiratsantrag an, den dir ein Mann macht, kurz nachdem ihr beide nur knapp den Untergang einer thailändischen Fähre überlebt habt!«, warnte sie mich seitdem so oft und so eindringlich, als wäre dies ein Schicksal, das mich jederzeit ereilen könnte.

Nachdem sie auch ihrer Ehe mit knapper Not entronnen war, machte Tag sich mit derselben Gründlichkeit daran, sich zu amüsieren, mit der sie auch ihrer Arbeit für das Museum for Natural History nachging, die sie an so aufregende Orte wie Madagaskar oder Borneo verschlug, wo sie arglosen Haifischen im Interesse der Wissenschaft die Bäuche aufschlitzte. Doch ob Tag nun mit einem Fischermesser bewaffnet zu Werke ging oder mit einem Dirty Martini – sie war stets mit vollem Einsatz dabei und machte ihre Sache gut.

In den Tiefen der Grand Central Station hatten wir uns, fein herausgeputzt und soeben in Schande von der Geburtstagsparty des Türscharnier-Chefs verwiesen, bei einer großen Portion Chili darauf geeinigt, was zu den legitimen Crashing-Zielen zählte. Highschool-Abschlussbälle beispielsweise. Obwohl wir mit unseren siebenundzwanzig Jahren das Leben noch keineswegs hinter uns hatten, waren wir doch alt genug, um den jugendlichen Absolventen aus Teaneck/Mamaroneck/New Rochelle so aufregend verführerisch wie Mrs. Robinson zu erscheinen. Wir waren ganz offensichtlich Eindringlinge, aber ein bisschen frisches Blut wurde gern willkommen geheißen, zumal wir unsere Anwesenheit durch unseren Enthusiasmus auf der Tanzfläche rechtfertigten – auf die Abschlussbälle verschlug es uns auch wegen der göttlichen Musik aus den Achtzigern –, und so ließ man uns gewähren. Wenn einer der Jungs sich traute, uns anzusprechen, gaben wir uns indes keinen Illusionen hin: Wahrscheinlich hatten seine Freunde ihn gedrängt. Oder er hatte eine Wette verloren. Ich erzählte ihm dann gern, dass ich eben erst eine längere Haftstrafe abgesessen hätte – Notwehr, fügte ich unschuldig lächelnd

9

hinzu und schlug die Augen nieder –, und dass dies mein erster Abend in Freiheit wäre. Meiner Meinung nach erwies ich dem Jungen damit einen großen Dienst, weil ihm der Abschlussball nun nicht nur wegen der weißen Stretchlimousine und dem heimlich hereingeschmuggelten Alkohol in ewiger Erinnerung blieb.

Betriebliche Weihnachtsfeiern waren auch erlaubt, denn Tag meinte, solche Festivitäten dienten sowieso nur dem Zweck, sich auf Firmenkosten möglichst gründlich zu betrinken. Für mich waren das immer fantastische Gelegenheiten, mich höchst angeregt zu unterhalten und über wildfremde Leute zu lästern, weswegen es eigentlich auch gar kein Lästern war, sonder eher … ein Training meines Einfühlungsvermögens! Während sich beispielsweise Selena aus der Buchhaltung bei mir über ihre neue Chefin Andrea beschwerte, plauderte sie einige pikante Details über ihre Affäre mit ihrer letzten Chefin Susan aus (ja, genau – *Susan*), die wiederum mit Robert, *ihrem* ehemaligen Chef, verheiratet gewesen war. Für ein paar Stunden landete ich mitten in einer Seifenoper, und meistens konnte ich auch einer kleinen, aber feinen Nebenrolle nicht widerstehen. Besonders gern gab ich mich als auf Konflikte am Arbeitsplatz spezialisierte Psychologin aus. Ach was … warum sie denn noch nie von mir gehört hätten? Oh, ich sei doch nicht in der Firma angestellt, sondern eine Freundin von Tom! Und schon lauschten sie andächtig meinen Ratschlägen, die ich persönlich äußerst inspirierend fand. Tag deutete mal an, dass dies möglicherweise einen Straftatbestand darstelle, so ähnlich wie Betrug oder Hochstapelei, aber ich zog es vor, meine wertvollen Ratschläge als *Geschenk* zu sehen – oder zumindest als kleine Entschädigung dafür, dass wir den ganzen Abend über ihre leckeren und vor allem kostenlosen Häppchen verputzt hatten.

Diplomatische Empfänge waren auch immer sehr nett. So

wie der, auf dem wir an besagtem Abend zu sein glaubten. Uns reizte besonders das internationale Aufgebot an Vorspeisen. Aber natürlich waren wir offen für alles und auch jederzeit gerne bereit, nette Menschen kennenzulernen, die luxuriöse Segelyachten und prächtige Schlösser besaßen. Nein, wir waren keineswegs auf einen guten Fang aus, sondern auf Chancengleichheit. Tag wollte den versammelten internationalen Würdenträgern gern die Chance geben, ihr nächstes Forschungsprojekt zu finanzieren, während ich ganz unvoreingenommen auf allen Einkommensebenen nach der großen Liebe und anderweitigen lebensverändernden Impulsen suchte. Denn eine Seele gestand ich mittlerweile auch Menschen zu, die keine hungerleidenden Schriftsteller oder Musiker waren.

Ich mochte diese Diplomatenpartys deshalb ganz besonders gern, weil sich meine Fantasie hier so richtig austoben konnte, was irgendwie befriedigender war, als Selena aus der Buchhaltung zu bemitleiden oder Sam aus dem Abschlussjahrgang, der es nicht auf eine Elite-Uni geschafft hatte. Bloße Schauspielerei, glatte Lüge? Bitte keine vorschnellen Verurteilungen, bevor man nicht selbst ausprobiert hat, wie toll es ist, einem echten Scheich von den weiten heidekrautbestandenen Ländereien des väterlichen Anwesens in den schottischen Highlands vorzuschwärmen.

»Ich bin ja *so* froh, dass Papa der jüngere Bruder ist«, vertraute ich ihm über einen Teller Kaviar hinweg an, »denn dadurch hat er zwar weniger … na, Sie wissen schon, *Geld*, aber eben auch weniger Pflichten und mehr Zeit, die Schafe zu hüten und auf Schnepfenjagd zu gehen. Frisch gejagt ist halb gewonnen!«

Aber letztlich war ich natürlich immer auch in eigener Mission unterwegs. Denn mal abgesehen davon, in einem Kanu allein um die Welt zu paddeln, gab es fast nichts, was ich nicht täte, um mich für ein paar Stunden von meinen destruktiven Gedanken an Hayden Briggs abzulenken. Einen Empfang des spanischen Königs im St. Regis zu erstürmen war zwar nicht gerade das wirksamste aller Gegenmittel, und doch stand ich jetzt hier und hoffte mal wieder auf ein einschneidendes Erlebnis, das mich diesen unsäglichen Rotschopf endgültig vergessen lassen würde.

Heute Abend, während Tag und ich noch mit sicherem Abstand von der Garderobe aus die geladenen Gäste taxierten, fantasierte ich mir beim Anblick all des dunklen Haars, der dunklen Augen und karamelfarben schimmernden Haut eine nette kleine Geschichte über meinen großen Bruder zusammen, der in Island einige Pubs betrieb. Weil ich so offensichtlich unexotisch aussehe, schied nämlich ein Bruder, der im Nahen Osten eine Ölraffinerie besaß – oder auch nur einen kleinen, kümmerlichen Olivenhain –, schon mal als wenig glaubhaft aus. Ich bin einen Meter fünfundsiebzig und damit für den Geschmack der meisten Männer mindestens fünf Zentimeter zu groß. Zudem erfreue ich mich jenes robust-gesunden Aussehens, das allen Amerikanern zu eigen ist, die seit mindestens zwei Generationen in diesem Land leben. Drüben, im alten Europa, käme mein fantastischer Knochenbau wahrscheinlich bestens zur Geltung, aber hier, im Land der unbegrenzten Kohlenhydrat- und Proteinzufuhr, liegt mein Modelpotenzial unter komfortablen Pölsterchen begraben. Ich hätte zwar gern Jennifer Anistons Oberarme, aber insgeheim bin ich ziemlich zufrieden mit meinen Beinen, die unglaublich umwerfend aussehen würden in den High Heels, die zu tragen ich mich nie überwinden kann. Mein honigbraunes Haar würde ebenfalls umwerfend aussehen, wenn ich mir nur die Mühe machen würde, es offen zu tragen. Stattdessen stecke ich es mir lieber mit unzähligen verbogenen, zerkratzten, praktisch-patenten Haarklammern auf, bis es wie ein Vogelnest aussieht. Außerdem habe ich große, runde Augen (ach, aber was gäbe ich nicht für ein Paar mandelförmige ...) von undefinierbarer Farbe: grünlich, bläulich, gräulich.

Nun riss ich also eben diese Augen so weit wie möglich auf, schenkte dem schrankbreiten Türsteher mein strahlendstes Lächeln und steuerte schnurstracks auf das Büfett zu. Will man eine Party erfolgreich erstürmen, muss man selbstbewusst und souverän zu Werke gehen.

Tag und ich schnappten uns Teller und machten uns an die Arbeit. Während ich mit leichtem Bedauern die Garnelen ausließ – für die Garnelenzucht werden Mangrovenwälder abgeholzt, die natürliche Filtersysteme der Küstengewässer sind, woraus folgt: Garnelen gleich Tod (bibliographische Angaben: Drei-Amstel-Light-Vorlesung von Tag, 11th Street Bar, circa 2004) –, sprach ein Mann zu meiner Rechten mich an. Und zwar mit so schlafzimmersinnlicher Stimme, dass mir glatt der Nagellack von den Fußnägeln flutschte.

Ich schaute auf und sah ... ein kantiges Kinn – meine Schwäche. Messerscharfe Wangenknochen, noch eine Schwäche. Und schwarz gelocktes Haar. Dreifachtreffer an der Achillesferse.

Aber ach ... ich verstand nicht ein Wort von dem, was ihm über seine sinnlichen Lippen kam. Er lächelte mich an und zeigte auf irgendetwas, die Augenbrauen höflich fragend gehoben. Wahrscheinlich setzte er genau diese Miene auf, wenn er auf NATO-Konferenzen über atomare Aufrüstung diskutierte. Mit ihm würde ich die Welt bereisen – zunächst als seine Geliebte/Assistentin – und mich in der Kunst des diplomatischen Handwerks unterweisen lassen. Binnen weniger Jahre wäre ich unersetzlich für die NATO. Und eines Tages würde ich als Generalsekretärin ...

Ach so ... er kam nicht an die Garnelen ran. Warum sagte er das denn nicht gleich? Als ich eines der todbringenden

Schalentiere mit meiner Gabel für ihn aufspießte, dann noch eins (wobei ich ihn mit verführerisch gehobener Augenbraue fragend ansah) und schließlich auch noch ein drittes, überlegte ich, wie schnell sich mein Schulspanisch reaktivieren ließe oder ob es wohl einen Schnellsprachkurs »Spanisch für Flirts« gab. Während ich die letzte Garnele auf seinen Teller fallen ließ, warf Ferdinand (ich *spürte*, dass er Ferdinand hieß) einen fragenden Blick auf meinen eigenen, noch immer garnelenfreien Teller, doch da absehbar war, dass eine pantomimische Darstellung von »Mangrovenwälder« nicht ganz unproblematisch werden würde, lächelte ich nur kokett, worauf Ferdinand die Konversation darauf verlegte, mich mit dem Ellenbogen anzustupsen und anzüglich zu grinsen. Ich war hin und weg – unsere Kinder würden zweisprachige, schwarz gelockte Prachtexemplare werden …

Da tauchte Tag neben mir auf und riss mich herzlos aus meinen Träumen und meiner aufblühenden Romanze. »Zephyr, haben sie dir am Eingang auch so was in die Hand gedrückt?« Sie hielt mir einen Bilderrahmen unter die Nase. Erbost schaute ich sie an, doch sie merkte es nicht mal, weil sie mit nachdenklich gerunzelter Stirn an ihrer Sangria nippte und dabei ihr ominöses Gastgeschenk betrachtete. Ich warf Ferdinand einen bedauernden Blick zu. Er schürzte die Lippen, blies mir ein Küsschen zu und verschwand in der Menge. *Ciao*, mein Liebster!, rief ich ihm in stiller Wehmut nach. Nein, ich meinte natürlich: *Adios*!

»Hast du auch so eins bekommen?«, fragte Tag erneut und schien sich überhaupt nicht bewusst zu sein, dass sie mich soeben zu ewiger Altjungfernschaft verdammt hatte. Sie betrachtete den Rahmen, der eine Collage mit Fotos einer blassen und leicht glupschäugigen Schönheit enthielt. Auf einigen Bildern war sie als verschmitztes Kleinkind zu sehen, auf anderen als schlaues Schulkind, mal stand sie auf einem

Balkon und winkte, während unter ihr eine Rinderherde vor-
beigaloppierte, dann wieder sah man sie als Teenager – mit
einem Zepter in der Hand.

»Ach, ich weiß … die Party ist für Miss Spanien 2006!«,
folgerte ich – ganz logisch, wie ich fand.

»Na, wenn das wirklich der Anlass ist, dann haben sie aber
einen verdammt schlechten Job gemacht. Eigentlich sollte
man doch sofort merken, wer und was gefeiert wird. Wie
sollen die Gäste sonst wissen, worüber sie sich freuen dürfen?
Oder mit wem.« Stirnrunzelnd schaute Tag sich um. »Also, ich
wüsste nicht, wer hier Miss Spanien sein soll. Du vielleicht?«

Tag hatte kürzlich erst einem stellvertretenden Marke-
tingchef den Laufpass gegeben, aber wie es schien, war er
noch nicht ganz vergessen. Gereizt zupfte sie an ihrer Party-
Crasher-Uniform herum – ihrem Hochzeitskleid, auf Knie-
länge gekürzt und blutrot eingefärbt – und warf mir einen
ungeduldigen Blick zu.

Ich ließ meinen Blick über die Gäste schweifen, entdeckte aber nirgends eine junge Dame mit Schärpe und Schön-
heitsköniginnendiadem oder auch nur mit einem Strauß
Rosen im Arm. Einige der Frauen sahen allerdings Tag sehr
ähnlich, weshalb die Quote weiblicher Schönheit dennoch
überdurchschnittlich hoch war.

Der wohl beste Beweis meines kerngesunden Selbst-
bewusstseins war, dass Tag trotzdem eine meiner besten
Freundinnen war. Sie sah nämlich *so* umwerfend gut aus, dass
ich neben ihr für die allermeisten Männer praktisch unsicht-
bar wurde (nur nicht für meinen treuen Ferdinand). Mit ihren mondgroßen Augen, den bis nach New Jersey reichenden
Wimpern, einem ranken und schlanken Körper, der sich mit
Claudia-Schiffer-Maßen nur an den richtigen Stellen rundete,
und zu allem Überfluss einer Mähne rabenschwarzer Locken,
ließ Tag nicht nur Männer verstummen. Bedachte man dann

noch, dass sie sich weder ihrer Schönheit noch deren Wirkung bewusst war, was schon allein dadurch bewiesen wurde, dass Tag kein Vermögen auf den Laufstegen dieser Welt verdiente, sondern sich lieber der Erforschung von Bandwürmern in Haifischgedärmen widmete und in echtes Freudengeschrei ausbrach, wann immer sie eine neue Spezies entdeckte, dann wurde ihre Schönheit geradezu unheimlich, und man konnte nicht anders, als sie mit offenem Mund anzuhimmeln.

»Keine Ahnung, wer sie sein könnte«, meinte ich mit vollem Mund, wobei ein paar Sardinenquichekrümel auf mein kleines Schwarzes fielen. Während ich mich abklopfte, hob hinter uns eine Blaskapelle an und erschreckte uns dermaßen, dass Tag sich verschluckte und Sangria über ihr Kleid kleckerte.

Wir drehten uns um und sahen die Musiker mit wehender rot-gelb gestreifter Fahne hereinmarschieren und sich *genau* neben uns postieren, was wahrlich das Letzte ist, was man als ungeladener Gast gebrauchen kann. Ich setzte ein halbherziges Lächeln auf und versuchte, mich beschwingt im Takt der Musik zu wiegen, aber katalanische Traditionsweisen sind eher nicht zu fröhlichem Geschunkel geeignet. Ein kurzer Blick zur Seite zeigte, dass Tag sich ebenfalls abmühte und so verkrampft lächelte wie eine Braut auf dem hundertsten Foto ihres schönsten Tages.

Leise und verstohlen hatten wir begonnen, uns unmerklich von der Kapelle wegzuschunkeln, als auf einmal eine uns und wahrscheinlich aller Welt bekannte Melodie angestimmt wurde. Eine seitliche Flügeltür flog auf, und ein Mann mittleren Alters mit einem schwarzen Schnauzbart und einer echten, leibhaftigen Krone auf dem Kopf schritt hindurch. Am Arm führte er (gewandet in ein bodenlanges cremeweißes Satinkleid, und ah, da war es ja, das Diadem!) ein Klon von Penelope Cruz – Penelope im zarten Alter von fünfzehn

Jahren und mit einer leichten Schilddrüsenüberfunktion. Als Señorita Cruz lächelte und winkte, huldvoll und gar nicht verkrampft, fingen um uns her alle an zu klatschen und riefen: »*Felíz cumpleaños!*«

Meine Spanischkenntnisse mochten bescheiden sein, aber »Herzlichen Glückwunsch zum Geburtstag« fiel mir just im selben Moment wieder ein wie Tag. Verstohlen zupfte sie an meinem Kleid, damit wir uns ebenso verstohlen davonmachten, doch da hatte das Geburtstagskind uns auch schon entdeckt. Wenig verwunderlich eigentlich, standen wir doch an recht prominenter Stelle direkt neben der Blaskapelle. Die Prinzessin runzelte verdrießlich die Stirn. Sie beugte sich zu ihrem Vater hinüber und flüsterte ihm etwas ins Ohr, woraufhin der – der König! – uns ebenfalls ins Visier nahm und verdrießlich die Stirn runzelte. Bemerkenswert, diese Familienähnlichkeit.

Mit jedem Schritt, den wir zaghaft zurückwichen, kam das erzürnte Paar immer schneller auf uns zu. Tag stolperte in ein Grüppchen verhutzelter blaublütiger Damen, die aufgeregt mit den Armen fuchtelten und ihre schwarzen Mantillas wie Fledermausflügel flattern ließen, woraufhin mir all meine am Büfett erbeuteten Tortillas und Törtchen, Sardinenquiches und Safrankekse vom Teller und Ferdinand vor die Füße fielen. Die Musiker hielten unschlüssig inne, und ein paar Hundert braune Augenpaare waren plötzlich auf uns gerichtet. Die Prinzessin fing lauthals zu schimpfen an. Aus der Nähe betrachtet war sie längst nicht so schön – jetzt erst recht nicht, da ihr Speicheltropfen aus dem Mund flogen. Als wir nichts erwiderten, stimmte ihr königlicher Vater in die Schimpftirade ein. Er schimpfte sogar noch lauter.

So überraschend es auch klingen mag, aber von einem König ausgeschimpft zu werden, ist eigentlich auch nicht anders als in der Schule vor dem Rektor zu stehen. Wahrscheinlich wäre mir anders zumute gewesen, hätte mich der König in einem finsteren Kerker gefangen gehalten und mein Leben von seinem königlichen Wohlwollen abgehangen. Aber hier und jetzt hielt mich einzig und allein meine figurformende Unterhose gefangen, was vergleichsweise harmlos war. Doch wie einem jeder Highschool-Absolvent aus Teaneck/Mamaroneck/New Rochelle bestätigen kann (und ich weiß das aus zuverlässiger Quelle), ist es furchtbar beschämend, vom Rektor heruntergemacht zu werden. Vor allem, wenn alle zugucken.

Ein Mann, der Ferdinands kleiner Bruder hätte sein können, bahnte sich seinen Weg durch die Menge, baute sich vor uns auf und wollte mit samtener, doch hörbar verärgerter Stimme wissen: »Wer hat euch eingeladen? Seid ihr mit der Prinzessin befreundet?«

Meine rechtes Augenlid fing an unkontrolliert zu zucken, aber Tag, die reichlich Übung darin hatte, sich wortreich durch den Zoll zu manövrieren, während sie in ihrem Gepäck ein ganzes Universum nicht deklarierter Tierarten ins Land schmuggelte, antwortete prompt und mit ehrlicher Entrüstung.

»Welche Prinzessin? Wir sind doch nicht wegen einer *Prinzessin* hier!« Wenn man Tag so hörte, hätte man meinen können, dass Ihre Königliche Hoheit eine zwielichtige Stripteasetänzerin wäre. »Wir waren zu einem Empfang der Freunde der OPEC geladen.« Wütend erwiderte sie seinen Blick, und der arme Mann schien tatsächlich eingeschüchtert.

»Warum«, fuhr Tag sichtlich ungehalten fort, »wurde uns das nicht gleich am Empfang gesagt?«

Der König sagte etwas zu Ferdinands Bruder, der zuckte mit den Schultern. Die Prinzessin zupfte ihren Vater am Ärmel und klang weinerlich. Ich zählte derweil eifrig die kleinen pantoffeltierförmigen Schnörkel in dem Paisleymuster des

Teppichs und war gerade bei dreiundzwanzig angelangt. Als ich es wieder mal wagte aufzuschauen, begegnete ich dem Blick meines Möchte-Sollte-Könntegern-Gemahls und stellte fest, dass Ferdinand uns *auslachte*. Vierundzwanzig, fünfundzwanzig, sechsundzwanzig …

Und wieder fing der König lauthals an zu schimpfen, doch meine furchtlose Freundin Tag schimpfte unerschrocken zurück.

»Ihretwegen haben wir jetzt den halben Abend unnütz verschwendet! Ich wünsche Ihrer Tochter noch *viel* Spaß auf ihrer netten kleinen Geburtstagsparty, aber das nächste Mal sollten Sie vielleicht überlegen, ob eine *Gästeliste* nicht sinnvoll wäre!« Eine Gästeliste hätte uns natürlich gerade noch gefehlt, aber es war ein guter Bluff.

Da sie merkte, dass ich vor Schreck erstarrt war, drückte Tag mir entschieden ihre Hand zwischen die Schulterblätter und schob mich Richtung Tür. Scheinbar ruhig und gelassen schritten wir durch den Saal und den Korridor hinab. Kurz bevor wir bei den Fahrstühlen angelangt waren, hörten wir jedoch zorniges Stimmengewirr hinter uns, weshalb wir geradewegs auf die Feuertreppe zuhielten und durch den Notausgang nach draußen stürzten. Tag raste in Windeseile voraus, stürmte in halsbrecherischem Tempo die Treppe runter und kreischte: »Was stehst du denn da so blöd rum, Zephyr! Los, *beweg dich*, verdammt nochmal!!!«

Ich hielt immer noch meinen mit Tomatensoße verschmierten Teller in der Hand und war etwas unschlüssig. Da ich mich nicht an ein und demselben Abend des Hausfriedensbruchs *und* des Diebstahls schuldig machen wollte, stellte ich ihn sorgsam auf dem Treppenabsatz ab und folgte meiner in blutrotem Satin dahinwirbelnden Freundin, so schnell ich konnte. Was nicht besonders schnell war, denn schließlich bin ich nach einem »lauen Lüftchen« benannt und mache meinem Namen alle Ehre. Ab und an rang ich mich zwar dazu durch, drei schwerfällige Kilometer zu joggen, doch dieses sporadische Training hatte mich nur unzureichend darauf vorbereitet, vor der geballten Wut des spanischen Adels auf zehn Zentimeter hohen Absätzen über die Feuertreppe eines Fünf-Sterne-Hotels zu flüchten.

Während ich die steilen Betonstufen hinunterstürzte, mich krampfhaft an das Geländer klammerte und mir von Stufe zu Stufe immer schwindeliger wurde, malte ich mir zur Ablenkung aus, wie ich meinen Eltern von dieser aufregenden Abendveranstaltung erzählte. Mir kam manchmal der Verdacht, dass meine Eltern mich und meinen Bruder Gideon nur deshalb in die Welt gesetzt hatten, um bis ans Ende ihrer Tage kostenloses Entertainment zu haben. Erstens das – und als Kinder waren wir dazu da, ihnen die Teller aus dem untersten Fach des Geschirrspülers zu reichen.

Gegen neun Uhr würde ich mich am nächsten Morgen aus dem Bett wälzen, die beiden Stockwerke zur Wohnung 4A hinauftrotten, der Form halber anklopfen, während ich aufschloss, mich an den gut gedeckten Frühstückstisch plumpsen lassen und fragen: »Hey, Mom, der Sicherheitsdienst vom St. Regis hat nicht zufällig letzte Nacht hier angerufen, oder?« Denkbar wäre auch: »Hey, Dad – wusstest du, dass der spanische König dasselbe Rasierwasser benutzt wie Onkel Hy?«

Und dann würde mein Vater seine *Week in Review* zusammenfalten, mit der flachen Hand auf den Tisch hauen, sich gespannt vorbeugen und rufen: »Ha, das *musst* du erzählen!«

Meine Mutter würde den *Book Review* in die Ecke werfen und in die Küche eilen, von wo sie mir zuriefe: »Warte, noch nicht! Ich will mir vorher erst noch frischen Kaffee holen.«

Dazu war es allerdings unerlässlich, dass der Sicherheitsdienst des St. Regis auch tatsächlich weder mit meinen Eltern noch mit ihrer Telefonnummer Bekanntschaft machte.

Und so eilten Tag und ich schnellen, aber bloß nicht *zu* schnellen Schrittes durch die Lobby und standen schließlich atemlos keuchend auf der Fifth Avenue, wo wir uns in Sicherheit wähnten, da Straßen doch neutrales Gebiet waren – so wie internationale Gewässer, oder? Es war ein friedlicher Frühlingsabend, die Luft war lau und duftete nach Magnolienblüten.

»Oh mein Gott!«, stöhnte Tag, hielt sich die Seite und rang nach Atem.

Ich brachte nicht mehr als ein röchelndes Schnaufen heraus und strich mir eine widerspenstige Haarsträhne aus dem erhitzten Gesicht.

»Weshalb«, keuchte Tag, »feiert man seinen Geburtstag eigentlich am anderen Ende der Welt, wenn man sowieso nur Leute einlädt, die man kennt? Haben die etwa ihr ganzes Gefolge eingeflogen?«

Typisch Tag, dass sie jetzt der Prinzessin die Schuld in die Schuhe schieben wollte.

»Ich meine, wir hätten doch wer weiß wer sein können …«

»Senatorentöchter«, stieß ich schnaufend hervor.

»Oder Seriendarstellerinnen!«

»Bezirksbürgermeisterinnen.«

»Genau! Oder kapitalschwere Investorinnen, die in die spanische Wirtschaft investieren wollen. Was produziert Spanien eigentlich?«

»Safranreis?«

»Safranreis, hervorragend!«, rief Tag und stemmte die Hände in die Hüften. Sie sah so überzeugt davon aus, eine kapitalschwere Investorin zu sein, die die spanische Safranreisindustrie aus ihrer finanziellen Krise retten wollte, dass

21

ich lachen musste, bis ich dann überhaupt keine Luft mehr bekam und mich mit letzter Kraft auf einen Blumenkübel sinken ließ. Da schien auch Tag wieder einzufallen, dass sie keine steinreiche Spekulantin war und hockte sich neben mich.

»Und immer schön wachsam bleiben, Zeph«, sagte sie streng. »Nicht gleich Sternchen sehen, wenn ein glutäugiger Adelssproß dich anspricht.«

Wütend schaute ich sie an. »Das sagst du *mir*? Du wolltest doch da hin! *Ich* wäre jetzt zu Hause und würde gemütlich meine Pizza essen.«

»Natürlich.« Sie fuhr sich mit der Zunge über den Finger und rubbelte an einem der Sangriaflecken auf ihrem Kleid herum. »Wenn ich nicht wäre, würdest du dich nur noch südlich der Vierzehnten Straße bewegen.«

»Und das von der Frau, die allergisch auf die Upper East Side reagiert«, seufzte ich vor mich hin. Tag hatte ihre Kindheit als pendelndes Scheidungskind zwischen einer Mutter verbracht, die sich damit brüstete, Tags Vater wegen der zu erwartenden Unterhaltszahlungen geheiratet zu haben, und einem Vater, der derzeit bei Ehefrau Nummer drei angelangt war (Trophäenweibchen Nummer zwei). Irgendwann war Tag dann zu dem Schluss gelangt, dass das Verhalten ihrer Eltern maßgeblich von deren dekadenter Umwelt geprägt worden sei. Und nichts konnte sie von dieser Theorie abbringen – auch nicht der dezente Hinweis darauf, dass Ehepaare und Eltern sich auf der West Side nicht anders verhielten und es in Downtown wahrscheinlich auch nicht besser um die Moral bestellt war.

Einen Moment lang schwiegen wir uns an.

»Freunde der OPEC?«, meinte ich schließlich.

Tag zuckte nur mit den Schultern, lächelte aber wieder.

»Und was jetzt?«, fragte ich. »Es ist ja erst halb zehn.« Obwohl wir beide ganz genau wussten, dass wir binnen einer Stunde in unseren kuscheligen Betten liegen würden, fühlten wir uns doch irgendwie verpflichtet, so zu tun – wegen unserer noch nicht allzu fernen Jugend und weil New York eben der Nabel der Welt war –, als finge der Abend jetzt erst an.

»Kino?«, schlug ich vor, weil das Paris Theatre nur zwei Blocks entfernt lag.

»Bisschen spät für einen Film.«

»Noch was trinken?«

»Will ich kein Geld für ausgeben.«

»Jazz im Smoke?«

»Seit wann magst du denn Jazz?«, fragte Tag argwöhnisch.

Seit ich zum ersten Mal den coolen kahl geschorenen Kontrabassisten gesichtet hatte, der vor zwei Monaten in die Wohnung zwischen meiner Wohnung und der meiner Eltern gezogen war.

»Mal was anderes«, meinte ich achselzuckend.

Aber Tag hatte schon längst angefangen müde zu blinzeln, wie sie es immer tat, wenn sie eigentlich am liebsten geradewegs nach Hause wollte, damit sie am nächsten Morgen früh aufstehen, ins Labor gehen und sich Bandwürmer unter dem Mikroskop anschauen konnte. Und ich war in Gedanken auch schon bei den drei DVDs, die ich mir geliehen hatte und die zu Hause auf mich warteten. Eine wahre Orgie romantischer Komödien, wahlweise mit Julia Roberts, Sandra Bullock oder Jennifer Aniston. Und eine ganze Tüte Ingwerkekse. Ich konnte ein Gähnen nicht länger unterdrücken.

Zehn Minuten später winkten wir uns über die Gleise am Columbus Circle zu, wo Tag auf die U-Bahn nach Norden wartete und ich mich in südlicher Richtung aufmachte. Auf dem Bahnsteig saß ein Straßenmusiker, der aus seiner Steel Drum eine sehr beatlastige und beflügelnde Version von »Hava Nagila« heraustrommelte. Der Typ grinste selig und schwitzte wie verrückt, und vor ihm waren zwei Latinos dabei, abwechselnd zu tanzen und sich abzuknutschen. Eine flachsblonde Touristenfamilie, allesamt mit Programmheften von *Der König der Löwen* in den Händen, schaute mit großen Augen zu und machte Fotos. Gut möglich, dass ihre Metro-Cards ihnen bessere Unterhaltung beschert hatten als ihre Musicalkarten.

Als ein Expresszug vorbeiraste, hielt ich mir die Ohren zu und wurde von einem vertrauten Erste-Welt-Hochgefühl erfasst, einer plötzlichen Euphorie, die mir ganz schwindelig werden, mich am ganzen Körper vibrieren ließ, als würde ich unter Strom stehen. Ich war in eine Welt hineingeboren worden, in der es fließendes Wasser gab, Heizung, funktionierende Toiletten, eine Welt, in der keine Panzer über die Fifth Avenue rollten und ich rund um die Uhr alle erdenklichen Sorten von Tofu kaufen konnte. Ich mochte meine wunderbaren Freunde, ich liebte meine ebenfalls wunderbaren Eltern und störte mich meistens nur wenig an meinem Bruder. Ich lebte in einer Stadt (wenn schon nicht in einem Land), wo zwei Typen sich in aller Öffentlichkeit unbehelligt befummeln konnten. Niemand würde mich davon abhalten, jetzt gleich zum Flughafen zu fahren und – so mein Kontostand mich nicht davon abhielte – in einen Flieger nach China zu springen. Oder nach Atlanta. Oder nach Spanien (Ferdinand!). Ich verdrängte meine vagen Schuldgefühle und sagte mir, dass, wenn es sie schon gab, *irgendjemand* doch all die wunderbaren Freiheiten leben musste, nach der die unterdrückten, von Hunger, Krieg und Vogelgrippe heimgesuchten Teile der Welt strebten. Wenn niemand sie auslebte, wozu dann überhaupt Träume haben?

Und ich lebte sie aus.

Oder etwa nicht?

Ich war mir ziemlich sicher, dass ich es tat.

Ich stieg in meinen Zug und versuchte an meinem euphorischen Hochgefühl festzuhalten.

2

Ich quetschte mich auf einen Sitz gegenüber einer schlafenden Familie. Die Eltern waren selbst noch halbe Kinder, und schon war es dahin, mein Das-Leben-ist-wunderbar-Hochgefühl, und ich fing an, den Wagen aus alter Gewohnheit nach *ihm* abzusuchen. Genauso reflexartig versuchte ich mir vorzumachen, dass eigentlich etwas ganz anderes mein Interesse geweckt hatte, und so las ich aufmerksam das zweisprachige Reklamebanner, das sehr sinnig für Safer Sex und Familienplanung warb.

Oh, Lust meines Lebens, Stachel in meinem Fleisch. Hayden Briggs war der eigentliche Grund, weswegen ich mich nicht unbedingt als ausgeglichen, glücklich und zufrieden bezeichnen würde. *Fast* ausgeglichen, glücklich und zufrieden, aber eben nicht ganz. Hayden und ich hatten uns vor ungefähr einem Jahr getrennt – okay, vor *zwei* Jahren –, und eigentlich war ich ja längst darüber hinweg, aber irgendwie war ich noch immer von ihm *besessen*. Das eine (Darüber-hinweg-Sein) ist mit dem anderen (Von-ihm-besessen-Sein) nämlich keineswegs gleichzusetzen, doch bedauerlicherweise wird diese feine Differenzierung in der einschlägigen Literatur – von Frauenzeitschriften bis zu psychiatrischer Fachliteratur – gerne unterschlagen.

Mein Leben war zwar auch ohne Hayden weitergegangen, ich hatte mich mit anderen Männern verabredet, mir bei manchen sogar vorzustellen versucht, ob sie wohl am

Traualtar eine gute Figur machen würden, aber trotzdem träumte ich noch immer mindestens einmal die Woche von Hayden und hielt überall nach ihm Ausschau. Nach seinem unverkennbaren roten Haar, das ihm ganz lässig in die Stirn und über eins seiner verschmitzten Augen hing. Ich hielt auf der Straße nach ihm Ausschau, beim Einkaufen im Food Emporium, im Hudson River Park, ich spähte durch die Fenster von Taxis, die an der Ampel warteten. In Aufzügen und Cafés hoffte ich ihn zu sehen, auf Partys und in den Abendnachrichten im Hintergrund von polizeilich abgesperrten Tatorten …

Ich hatte Hayden im Odeon am West Broadway kennengelernt, wo Tag und ich uns nach der Preisverleihung des New Yorker Presseclubs auf der After-Show-Party vergnügt hatten – ungeladen, versteht sich. Hayden war Lokalreporter bei der *New York Post*, und dass er vor allem über Gewaltverbrechen und Tötungsdelikte berichtete, war mir besonders reizvoll erschienen. So war es schon vorgekommen, dass er mich anrief (während ich im Café Loup saß und auf ihn wartete) und auf später vertröstete, weil er gerade noch in der Bronx sei und knöcheltief im Blut dreier ermordeter Männer stehe. Ich fand das so aufregend, dass es mich eine ganze Weile von der Tatsache ablenkte, dass er mich versetzt hatte.

Drei Stunden später tauchte er dann bei mir zu Hause auf, völlig außer Atem und mit einem müden Lächeln auf den Lippen, in der einen Hand Blumen, in der anderen ein Sixpack, und meinte, alles, was er jetzt noch wolle, wäre, mit mir ins Bett zu springen.

Und ich war so hin und weg von seinem wendigen sommersprossigen Körper und seiner Erwachsenenkarriere – bislang waren meine Freunde immer Produktionsassistenten gewesen, deren Job es war, Fußgänger davon abzuhalten, durchs Bild zu latschen, oder Promotionsstudenten, die sich durch endlose Theorie quälten, um einen prestigeträchtigen, wenig einträglichen Titel zu erlangen –, dass ich mich immer wieder und wieder von ihm versetzen ließ.

Wenn Tag gerade zu beschäftigt damit war, neu entdeckte Bandwurmarten zu klassifizieren, als dass sie den detaillierten Darstellungen meiner Hayden-Manie hätte lauschen können, wandte ich mich an eine der drei anderen Freundinnen, die mit mir die Sterling School überlebt hatten, die ein unerträglicher Hort des institutionalisierten Snobismus war und unerträglich gewesen wäre, hätte ich nicht meine vier rettenden Engel um mich gehabt. Abigail wollte ich mit meinen Nöten gerade nicht behelligen, denn sie musste stapelweise Klausuren korrigieren und ihren Umzug nach Stanford organisieren, wo sie demnächst besagte prestigeträchtige, wenig einträgliche Karriere verfolgen wollte. Lucy, stets munter und aufgeweckt, war Sozialarbeiterin und wäre zu nachsichtig mit mir gewesen. Was ich brauchte, war liebevolle Strenge, und so rief ich Mercedes an, die ohnehin nichts Besseres zu tun hatte, als für die Herbstsaison der New Yorker Philharmoniker zu proben.

»Er ruft, und du springst«, schloss sie mitleidslos meine Ausführungen, als ich sie eines Abends angerufen hatte, und ich hörte sie ungeduldig und recht gereizt an ihrer Bratsche zupfen.

»Gar nicht wahr!«, empörte ich mich. Es war halb elf, und ich war gerade zum wiederholten Male von einer Verabredung zurückgekommen, bei der ich mich prächtig mit meinem Sushi und dem *National Geographic* unterhalten hatte. Hayden hatte einen ganz vorzüglichen Geschmack, was Restaurants anbelangte, doch leider besuchten wir sie nur selten gemeinsam.

Es klingelte an der Tür.

»Oooh, ich muss auflegen, das ist Hayden!«, schnitt ich ihr das Wort ab, legte schnell auf und schaute prüfend in den

Spiegel. Ich hatte ein perfekt abgetragenes, schmeichelnd enges T-Shirt an, in dem mein Bauch flach und meine Brüste rund aussahen, dazu Boxershorts, die den Eindruck erwecken sollten, sie wären von einem meiner zahlreichen Exfreunde liegen geblieben. Mein Haar trug ich offen und zerzaust und die ganze Aufmachung sollte sexy-verschlafen-verschlampt unordentlich wirken und nicht etwa so, als hätte ich mein Tekka Maki wieder mal allein essen müssen. Ziel war es, uns ohne Umwege ins Bett zu bekommen, wo unsere vermeintliche Beziehung stets aufblühte. Ich rieb mir die Wangen rosig, leckte mir die Lippen und riss die Tür auf.

»Mmmh«, sagte er und ließ seinen Blick über mich schweifen. »Ach, was tut das gut, dich nach einem anstrengenden Tag zu sehen.« Sogleich stiegen Bilder davon in mir auf, wie wir nach unserem aufregenden Tagwerk als Kriegsberichterstatter mitten im Dschungel den Campingkocher anwarfen. Hayden würde Reportagen über Guerillakämpfer schreiben, ich würde preisverdächtige Fotos für den *National Geographic* schießen. Nachts würden wir uns in unserem feuchten, moderigen Zelt lieben und irgendwann später Hand in Hand bei der Verleihung des Pulitzerpreises unsere gemeinsame Dankesrede halten. Unser Leben wäre wunderbar.

Mein Glück wurde einzig dadurch getrübt, dass Hayden die leidige Angewohnheit hatte, Bier zu trinken, während er mit mir schlief. Mittendrin stellte er eine leere Flasche auf dem Boden ab und holte sich umgehend eine neue unter dem Bett hervor. »Du auch eins?«, fragte er.

Ich schüttelte ablehnend den Kopf. Nicht *allzu* ablehnend, wie ich hoffte, aber normal war das nicht, da war ich mir sicher.

»Trinkst du *gar* nicht?«

Dass ich keinen Alkohol trank, war für meine Männerbekanntschaften schon immer ein Thema gewesen, vor allem deshalb, weil es eigentlich gar keines war. Keine asketische Anwandlung, keine versteckte Frömmigkeit, kein Alkoholismus in der Familie und auch nicht bei mir – obwohl ich manchmal der Versuchung nicht widerstehen konnte, dunkle Andeutungen fallen zu lassen, dass ich »rekonvaleszent« wäre, was mir irgendwie viel interessanter schien als zuzugeben, dass ich einfach keinen Alkohol mochte.

»Tja«, meinte ich nur und hoffte, das Thema sei damit erledigt.

»Bist du Alkoholikerin?«, fragte Hayden interessiert.

»Darüber möchte ich nicht sprechen«, erwiderte ich leise und versuchte den Eindruck zu erwecken, eines der Gründungsmitglieder der Anonymen Alkoholiker zu sein.

»Hast du ein Problem damit, wenn ich …?« Fragend schaute er mich an und hielt sein Red Stripe hoch.

»Nein, nein«, beruhigte ich ihn. »Ich bin ziemlich standhaft.« Sichtlich erleichtert öffnete er die dritte Flasche.

Dummerweise erzählte ich den Sterling Girls davon.

»Du meinst, er trinkt nach dem Sex, so wie andere die Zigarette danach rauchen?«, fragte Tag.

»Nein, ähm … während«, sagte ich, und mir war klar, dass ich es besser für mich behalten hätte.

»Das ist ja abartig«, beschied Mercedes.

»Ich finde nicht, dass du sie deswegen *verurteilen* solltest«, tadelte Lucy sie, ganz Sozialarbeiterin.

»Ich verurteile auch *ihn*«, erwiderte Mercedes kühl.

Doch dann überraschte Hayden mich, indem er eines Tages tatsächlich pünktlich zu einer Verabredung kam und wir uns einen ganzen Abend bei Kerzenschein tief in die Augen blickten. Ich fragte ihn über seine Karriere und seine Kindheit aus und berauschte mich an der Vorstellung, endlich eine richtig erwachsene Beziehung zu führen.

Und erwachsen war Hayden, gar kein Zweifel. Während er schon mitten in der Pubertät war, schwamm ich noch als Fötus im Mutterleib herum. Deshalb hatte ich auch gehofft, den Altersunterschied zwischen uns bis in alle Ewigkeit vor meinen Eltern geheim halten zu können. Eigentlich hätte ich Hayden am liebsten ganz vor ihnen geheim gehalten. Seine Vergangenheit war lang und verworren. Er schien mal kurz verheiratet gewesen zu sein, vielleicht aber auch nicht, so genau war das nicht zu erfahren, und mit seinem Bruder in Kalifornien hatte er sich aus unerklärlichen Gründen überworfen, weshalb er auch zum Rest der Familie auf Abstand gegangen war. Ich dagegen wohnte zwei Stockwerke unter meinen Eltern, was es verständlicherweise schwer machte, auch nur *irgend*etwas vor ihnen zu verbergen, und fühlte mich nicht zuletzt wohl auch deshalb eher unerwachsen.

Erst Monate nachdem unsere Beziehung letzten, *aller*letzten Endes zum letzten, *aller*letzten Mal zu Ende war, konnte ich mir endlich eingestehen, dass unsere Verabredungen im Wesentlichen kunstvoll ausgeschmückte Auswüchse meiner Fantasie gewesen waren. Ich hatte Hayden viele Fragen gestellt, auf die er leise gemurmelte Unverbindlichkeiten erwidert hatte. Seine Hand hatte dabei stets auf der meinen geruht, sein Blick war unverwandt auf mich gerichtet gewesen, weshalb ich fälschlicherweise annahm, wir würden sehr bedeutungsvolle Gespräche führen. Immerhin war er Journalist, sagte ich mir, vielleicht sogar geschieden, folglich wusste er a) wie man kommuniziert und war b) in tiefster Seele verletzt von all den Gräueltaten, die er hatte mitansehen müssen. Ein stilles, tiefes Wasser. Tatsächlich war er wahrscheinlich der mit Abstand dümmste Mann, mit dem ich jemals zusammen gewesen war, und ich hatte unsere Beziehung auf das weißeste aller weißen Papiere projiziert.

Nachdem er einmal zehn Tage am Stück nichts von sich

hatte hören lassen und ich in rasender Wut ausrastete, weil seine Ablehnung deutlicher nicht hätte sein können, ich aber – *obwohl* er mich so schlecht behandelte – noch immer scharf auf ihn war, machte ich Schluss. An einem unerträglich heißen Juliabend traf ich mich mit ihm im Teddy's auf ein paar Margaritas (oder in meinem Fall eine halbe) und sagte ihm klipp und klar, was für ein Arschloch er war. Überraschenderweise gab mir das einen gewissen Kick. Es war nämlich sonst nicht meine Art, Leute zur Schnecke zu machen. Wenn ich mich schlecht behandelt fühlte, ging ich das Problem nicht direkt an, sondern analysierte es mit den Sterling Girls, schmorte eine Weile still vor mich hin und wartete darauf, dass mein Ärger sich verzog, was er meistens irgendwann tat.

»Du behandelst mich so was von mies!«, schrie ich ihn an und hoffte dabei, dass meine Wut wahnsinnig sexy wäre. »Jetzt weiß ich wenigstens, was manche Frauen alles durchmachen müssen. *Danke*, dass ich jetzt um eine Erfahrung reicher bin.« Um meinen Worten Nachdruck zu verleihen, zeigte ich anklagend mit dem Finger auf ihn. »Aber *ich* lasse mich *so* nicht länger behandeln!« Absolut hinreißend, wie eloquent ich war. »Endlich kann ich nachvollziehen, worum es in diesen blöden Talkshows und Lebenshilferatgebern geht! Ohne dich würde ich das noch immer nicht kapieren, doch, das war wirklich sehr, sehr hilfreich von dir, vielen Dank auch, aber jetzt habe ich echt genug von dieser Scheiße!«

Er hörte schweigend zu, das Kinn auf die Hand gestützt, und lächelte mich mit seinem versonnenen Schlafzimmerlächeln an, weshalb ich wusste, dass ich ziemlich gut aussehen musste, wenn ich mich wie eine Verrückte gebärdete. Er fand es sogar richtig heiß, dass ich ihm solch eine Szene machte. Hayden fuhr mit der Zunge über meinen anklagend gereckten Finger, später schliefen wir miteinander, und das war es dann.

Fast.

Fünf Wochen lang hörte und sah ich nichts von Hayden. Ich googelte ihn zwar alle paar Stunden und wurde ganz furchtbar kribbelig, wenn ich jemanden die *New York Post* lesen sah (seine Worte in Print!), aber ich blieb standhaft und entsagte der Versuchung, ihn anzurufen. Und gerade als es langsam aufwärts ging und ich Rick, einen Webdesigner, nach einem unaufgeregten ersten Date noch mit zu mir nach Hause genommen hatte, rief Hayden an. Es war elf Uhr abends.

»Kannst du vorbeikommen?«, fragte er – ziemlich kleinlaut, und traurig klang er zudem, aber das kann auch nur Wunschdenken gewesen sein. Ich hätte tapfer widerstanden, wäre da nicht die Tatsache gewesen, dass ich während unserer immerhin viereinhalb Monate dauernden Beziehungssimulation noch kein einziges Mal in seiner Wohnung gewesen war.

»Lass uns zu dir gehen. Bei dir ist es gemütlicher«, hatte er immer gemeint, wenn ich versuchte, uns in Richtung seiner Wohnung zu manövrieren.

Also sagte ich Rick, dass meine Schwester mich *sehr* dringend brauche.

»Ich dachte, du hättest nur einen Bruder … in Colorado.« Rick schaute mich verwirrt an und blinzelte. Bitte nicht! Allein der Gedanke, dass ich jemandes Gefühle verletzen könnte, ist mir unerträglich, was auch der Grund dafür ist, dass ich schon sehr viel Zeit mit sinnlosen Folgeverabredungen verschwendet habe. Aber Hayden brachte ganz ungeahnte Seiten in mir zum Vorschein. Und keineswegs meine besten.

»Eigentlich ist sie auch meine Cousine, ich nenne sie nur manchmal meine Schwester. Tut mir leid, ich muss los.« Ich schob Rick zur Tür hinaus, schnappte mir meine Zahnbürste und ein paar Kondome und rannte zur U-Bahn.

Es war spät, aber ich hasste Taxis. Sie steckten andauernd im Stau fest, waren sündhaft teuer, und ich fand es zudem ziemlich leichtfertig, bei einem Wildfremden einzusteigen, nur weil sein Auto gelb war und »NYC Taxi« draufstand. Aber während ich wie von Sinnen auf dem Bahnsteig auf und ab lief und auf einen Zug wartete, der zu so später Stunde noch nach Uptown fuhr, stiegen unheilvolle Befürchtungen in mir auf, dass mich meine Abneigung gegen Taxis meine letzte Chance mit Hayden kosten könnte.

Eine Dreiviertelstunde später stand ich vor seinem Haus und war mittlerweile total panisch, dass er es sich längst anders überlegt haben könnte. Wahrscheinlich hätte mir das einigen Aufschluss über das dürftige Fundament unserer Beziehung geben sollen, aber ich hatte meine Scheuklappen wieder fest angelegt. Und nun war ich also endlich da. Ich weiß auch nicht, was ich eigentlich erwartet hatte. Ein düsteres Treppenhaus, in dem es nach gekochtem Kohl roch und Haydens russische Vermieterin mich in ihrer geblümten Kittelschürze durch den Türspalt beäugte, als ich mich klammheimlich und verstohlen nach oben schlich? Hatte ich geglaubt, dass ein hartgesottener Reporter so wohnt? Das strahlend weiße Apartmenthaus mit eigenem Portier war auf jeden Fall eine Enttäuschung. Es verriet mir nicht mehr, als ich bereits über Hayden wusste. Nämlich nichts.

»Keine Fotos«, bemerkte ich spitz, als ich mich, kaum hereingekommen, sofort auf Erkundungstour begab. Er hatte mir einen Kuss geben wollen, aber um den würde er betteln müssen, das hatte ich mir geschworen – falls mir meine vor Verlangen bebenden Beine (vorteilhaft präsentiert in einem geblümten Rock von Gap und schmerzhaft hohen Riemchensandaletten, die ich mir vor ein paar Tagen von Mercedes geliehen hatte) nicht vorher den Dienst versagten, ich ganz unstandhaft zusammenbrach und in seine Arme sank.

»Aufgeräumt. Sieht aus wie einer der Schauräume bei Crate & Barrel«, spottete ich.

»Ich weiß«, meinte er mit einem Anflug von Selbstmitleid. »Aber mir fehlt die Zeit und das Händchen für so was.« Damit schnappte er sich meine Hand und hielt sie fest zwischen den seinen. »Zephyr«, sagte er geradezu flehentlich.

In den viereinhalb Monaten, die wir zusammen gewesen waren – oder wie auch immer man das nennen mag –, hatte er es nicht *ein*mal über sich gebracht, meinen Namen zu sagen. Nicht mal am Telefon. Doch nun schien es mir perverserweise so, als wäre das ewige »Hey du« es wert gewesen, um sein »Zephyr« in meinen Ohren nun noch köstlicher klingen zu lassen. Ich ließ mich von ihm hinter einen Wandschirm aus Reispapier ziehen und fiel geradewegs auf sein Bett.

Weil erfreulicherweise auch kein Bier mit im Spiel war, weil er mich endlich in seine Wohnung gelassen, weil er sogar meinen Namen gesagt hatte, gab ich mich der trügerischen Hoffnung hin, dass Hayden sich verändert hätte. Und weil er sich diesmal schlecht im Morgengrauen davonstehlen konnte, und *ich* hier ganz gewiss nicht so schnell wieder verschwinden würde, verbrachten wir zum ersten Mal die ganze Nacht zusammen.

Ich ergab mich meinem Glück. Auf seinen khakifarbenen Laken ausgestreckt lauschte ich der Müllabfuhr, die draußen lärmend zu Werke ging, und betrachtete Haydens schlafendes Gesicht, wozu ich zuvor noch nie Gelegenheit gehabt hatte. In telepathischer Anstrengung teilte ich seinem Unterbewusstsein mit, dass ich ihn liebte. Ich stellte mir unsere Hochzeit vor, in kurzen Hosen und Wanderstiefeln. Inmitten eines gefährlichen Auftrags hatten wir uns eine kleine, romantische Auszeit genommen und standen jetzt hoch oben auf einer verfallenen Mayaruine und gaben uns im rosigen Schein des frühen Morgens das Jawort. Ich stellte mir vor, wie ich allen Frauen, die an ihrer einseitigen Beziehung zweifelten und verzweifelten, weise Ratschläge erteilen würde und ihnen versicherte, dass es am Anfang *jeder* guten Beziehung Schwierigkeiten gebe, die zu überwinden sich jedoch lohne. Man schaue sich nur Hayden und mich an! Allerdings bereitete es mir einige Mühe, den von meiner Mutter gebetsmühlenartig wiederholten Grundsatz aller guten Beziehungen aus meinen rosigen Gedanken zu verbannen: Zumindest am Anfang sollten die schönen Momente eindeutig überwiegen, denn sonst sei wenig da, an dem man sich später festhalten könne, wenn es schwierig werden würde.

Viel geschlafen hatte ich in dieser Nacht nicht, weil ich einfach nicht aufhören konnte, in seiner Wohnung herumzuschnüffeln. Ich inspizierte den Badezimmerschrank, seinen Kleiderschrank, den Kühlschrank, sämtliche Schubladen. Ich blätterte Zeitschriften durch und spähte hinter den Duschvorhang. Mein Gehirn gierte nach mehr Informationen über ihn, nach Privatsphäre, aber nach allem, was ich so entdeckte, hätte er auch in einer Hotelsuite leben können.

Am Morgen machte Hayden alles richtig. Er machte mir Kaffee und Toast und Spiegeleier und verlegte sich wie gehabt darauf, mir unverwandt in die Augen zu schauen – nur dass er jetzt gar nicht mehr aufhören konnte, meinen Namen zu sagen.

»Zephyr, Zephyr, Zephyr …«

Ja, was?!, hätte ich ihn am liebsten angeschrien. Was? Sind wir wieder zusammen? Heiraten wir? Wirst du endlich unsere Verabredungen einhalten? Sagst du mir jetzt, ob du mal Kinder haben willst? Ob du Eis magst? Aber ich piekste nur in mein Eigelb, ließ es auslaufen und lächelte höchst rätselhaft.

Mein nächtliches Herumschnüffeln hatte mich ziemlich erschöpft, weshalb mir der Aufbruch nicht gar so schwerfiel, obwohl ich mich eigentlich am liebsten an seinen Küchentisch gekettet hätte, bis er mir endlich seine Liebe gestand und mir versprach, dass wir für immer zusammenblieben. Stattdessen hatte ich meine Ohrringe neben seinem Bett liegen gelassen – nun bliebe ihm gar nichts anderes übrig, als mich wiederzusehen. Dachte ich.

»Das ist nicht dein Ernst, oder?«, meinte Mercedes am Abend desselben Tages, als die Sterling Girls sich im Wohnzimmer von Lucys Mutter am Riverside Drive versammelt hatten, in kaltem Pad Thai stocherten und darauf warteten, dass *Emergency Room* anfing. Ich konnte kaum die Augen offen halten, aber völlig ausgeschlossen, dass ich heute zu Hause geblieben wäre. Es war Abigails letzte Woche in New York, bevor sie an die Westküste umsiedeln würde, um in Stanford die jüngste ordentliche Professorin für tote und vergessene Sprachen zu werden. Und Abigail grauste es seit jeher davor, sich in Landstriche vorzuwagen, die westlich des Hudson gelegen waren, weshalb ich sie jetzt nicht im Stich lassen durfte.

Selbst Lucy tat sich für ihre Verhältnisse ungewohnt schwer damit, meiner Versöhnung mit Hayden etwas Positives abzugewinnen.

»Das klingt nicht nach einer gesunden Beziehung«, begann sie zaghaft. Lucy, klein, zierlich und blond, arbeitete in einem Gesundheitszentrum in Bed-Stuy, das seine Klientel kostenlos versorgte. Ihre Patienten liebten sie, was uns freute, aber auch ein bisschen verwunderte, denn eigentlich hätte Lucy viel besser ins sonnige, unbeschwerte Kalifornien gepasst als Abigail, die skeptisch und nüchtern und fast schon besorgniserregend pragmatisch war – einst hatte sie einen potenziellen Freund Betty Friedans *Der Weiblichkeitswahn oder Die Selbstbefreiung der Frau* lesen lassen, bevor sie sich überhaupt mit ihm verabredete –, und die ich mir (im Gegensatz zu Lucy) durchaus in einem düsteren Büro in Bed-Stuy vorstellen konnte, wo sie Junkies und anderen Problempatienten die Lust an der Selbstzerstörung beherzt austreiben würde.

»Oh nein, da täuschst du dich«, versicherte ich Lucy.

»Es ist wegen seinem Job, nicht wahr?«, fragte Abigail und drehte gedankenverloren eine schwarze Locke um ihren Finger. »Du glaubst, dass er seine Arbeit sehr engagiert machen muss, um es so weit geschafft zu haben. Und um so viel Engagement zu zeigen, muss er seine Arbeit lieben und sie mit echter Leidenschaft angehen. Ein Mann, der sich für seine Arbeit begeistert, ist sexy, gar keine Frage.«

»Nicht zu vergessen«, ergänzte Tag, »dass wir ihn nicht kennen. Damit meine ich, dass er nicht irgendein Freund eines Freundes einer Freundin ist. Er kommt aus der *richtigen* Welt, nicht aus unserem sorgsam ausgesuchten kleinen Kreis.«

Mercedes warf den beiden vernichtende Blicke zu.

»Womit ich keineswegs sagen will, dass ich das gut fände«, beeilte Tag sich zu sagen. »Ganz und gar nicht. Er wird Zeph übel abservieren – das dürfte nur noch eine Frage der Zeit sein.«

»Danke«, murmelte ich und schloss die Augen, als der Vorspann von ER endlich über den Bildschirm flimmerte.

Trotz ihres einhelligen Misstrauensvotums waren die Sterling Girls für mich da, als das Unvermeidliche geschah. Eine Woche nach meiner Versöhnung mit Hayden fand ich einen dicken ausgebeulten Briefumschlag, der an meiner Haustür klebte und auf dem mein Name stand. Nur mein Vorname, sonst nichts. Noch bevor ich ihn aufmachte, wusste ich schon, was drin war, aber trotzdem berauschte ich mich noch einen kurzen, letzten Moment daran, dass Hayden meinen Namen nun nicht nur aussprach, sondern ihn sogar eigenhändig geschrieben hatte! So eine schöne, intime Geste.

Meine Ohrringe waren in ein Stück weißes Papier gewickelt, auf dem eine kurze Nachricht stand – getippt:

tut mir leid es geht nicht
liegt an mir nicht an dir
muss ein paar sachen klären
du bist klasse
und so scharf
ich werde dich vermissen
dich und deine blaue augen
danke

Noch am selben Abend hielten wir eine Krisensitzung in meiner Wohnung ab. Während ich wie besessen auf und ab lief und in unregelmäßigen Abständen »Scheißkerl!« brüllte, mixten Tag und Mercedes mir einen widerlich süßen Gin-Cocktail, den sogar ich in rauen, aber medizinisch notwendigen Mengen herunterbekäme. Lucy konnte gar nicht mehr aufhören, mitfühlend den Kopf zu schütteln.

Abigail war schon in Palo Alto, aber wir hatten sie über Telefon zugeschaltet. »Das erinnert mich an *archy & mehitabel*«, meinte sie lachend. Ich hatte ihr Haydens kläglichen Versuch eines Trennungsbriefes gefaxt.

»An wen?«, rief Mercedes aus der Küche.

»Stimmt! Ihr wisst schon – das Buch mit der dichtenden Kakerlake, die nicht an die Umschalttaste kam und deshalb immer alles klein geschrieben hat. Zehnte Klasse, bei Mr. Petrones«, schloss Lucy sich Abigail an.

»Na, *das* passt ja«, lachte Tag, und ihre Miene hellte sich angesichts der Entdeckung einer Metapher aus dem Tierreich auf. »Er *ist* eine Kakerlake, eine alphabetisierte Kakerlake.«

»Von wegen!«, schrie ich dazwischen. »Er kann keine Rechtschreibung und keine Kommas setzen, und ganze Sätze bekommt er auch nicht hin! Er kann überhaupt *gar nicht* schreiben! Das ist der infantilste, dämlichste Scheißbrief, den ich jemals gesehen habe! Und so was nennt sich *Journalist*!«

»Sch-schhh«, versuchte Lucy mich zu beruhigen.

»Und er glaubt, dass ihre Augen blau sind«, kicherte Abigail über Lautsprecher.

»Sie *sind* doch blau«, sagte Lucy in Richtung Telefon.

»Nein, sie sind grün«, widersprach Abigail.

»Aufhören«, kreischte ich heiser.

»Was hast du jetzt vor?« Mercedes trug einen Krug mit einer violettroten Flüssigkeit herein und bedeutete mir, mich endlich zu setzen.

»Nichts hat sie vor«, antwortete Tag, die allein schon die Frage höchst problematisch zu finden schien. »Es ist aus. Er ist ein Scheißkerl. Es ist *aus*.« Eindringlich sah sie mich an, und ihre Augen funkelten, als wolle sie mir die Worte ein für alle Mal ins Gehirn brennen.

»Ja, klar – es ist aus«, wiederholte ich gehorsam und kippte ein Glas des violettroten Gebräus hinunter. »Ist euch eigentlich klar, dass er diese kleine Versöhnung nur deshalb inszeniert hat, um mich danach abservieren zu können?«

»Ja, der Gedanke ist uns auch gekommen«, bemerkte Abigail trocken.

»Hat er sich etwa die letzten zwei Monate einen Kopf gemacht, weil *ich* mit *ihm* Schluss gemacht habe?«

»Wenigstens weißt du jetzt, dass er an dich gedacht hat«, meinte Tag süffisant.

»Ich will ihn demütigen. Ich will seine coole Fassade sprengen und ihm das Gehirn rauspusten!«, kreischte ich.

»Demütigen und töten sind zweierlei«, wies Lucy mich freundlich zurecht.

Wir verwarfen einige Pläne, die sich bei genauerer Betrachtung als mit dem Gesetz unvereinbar erwiesen, und einigten uns schließlich darauf, Hayden mit seinen eigenen Waffen – seiner Blödheit – zu schlagen. Ich kopierte seinen dämlichen Brief fünfzigmal und wollte ihn an alle meine Bekannten schicken. Allerdings erwies sich dies als recht unbefriedigend, da keiner der Empfänger Hayden kannte. Nicht einmal die Sterling Girls hatten ihn je kennengelernt.

Also ergänzte ich Haydens Brief durch einen handschriftlichen Vermerk: »Dies ist das Werk von Hayden Briggs, angeblich Journalist. Vielleicht sollten Sie erwägen, den Standard Ihrer Redaktion zu erhöhen. Oder das Gehalt Ihrer Korrektoren.« Nun war es zwar das Werk einer Verrückten, aber ich machte trotzdem nochmal zwanzig Kopien und schickte jedem Redakteur und Ressortleiter, der im Impressum der *Post* genannt wurde, ein Exemplar zu. Tag, meine furchtlose und unerschrockene Freundin, die einst im Südpazifik eine Piratenbande davon abgebracht hatte, ihr Forschungsschiff zu kapern, wagte sich mutig in Haydens Haus und hängte eine Kopie im Fahrstuhl aus.

Dann warteten wir.

Was glaubte ich wohl, was er tun würde? Mich anrufen und anflehen, dass ich damit aufhörte? Mir sagen, dass er ein Arschloch gewesen war und dass es ihm nebenbei bemerkt wirklich leidtue, einen so unterirdischen Trennungsbrief geschrieben und sich nicht einmal die Mühe gemacht zu haben, ihn durch die Rechtschreibprüfung laufen zu lassen?

Ich hörte nichts mehr von ihm. Wahrscheinlich war genau das der Grund, weshalb ich auch zwei Jahre danach noch überall nach ihm Ausschau hielt.

3

An der Vierzehnten Straße stieg ich aus und lief die Seventh Avenue hinunter, wobei mir zum tausendsten Mal auffiel, wie hässlich die mit gelben Taxis verstopfte Durchgangsstraße war, verglichen mit meinem bezaubernd charmanten Block, der gleich um die Ecke lag. Ladenketten reihten sich entlang der Seventh Avenue wie Aknepusteln auf pubertären Wangen – McDonald's, Duane Reade, Radio Shack, Subway. Dazwischen ein alt eingesessener Friseursalon, der ums Überleben kämpfte, eine sich mühsam über Wasser haltende Smoothie-Bar, und mittendrin ragte wie ein gestrandetes Schiff das St. Vincent's Hospital hervor. Kaum bog man jedoch in den kopfsteingepflasterten Abschnitt der Zwölften Straße ein, wo ich wohnte, wähnte man sich auf einmal in einem englischen Garten. Ein altmodischer, malerischer Straßenzug mit idyllischen Vorgärten, ein wenig heruntergekommen, doch sehr charmant. Erst recht, weil sich hinter den historischen Fassaden ungeahnte Geschichten verbargen. Die beiden ehrwürdigen klassizistischen Wohnhäuser am Ende des Blocks beispielsweise mochten sich für einen Außenstehenden kaum voneinander unterschieden, *ich* jedoch wusste, dass das eine Haus von Leuten bewohnt wurde, die sich schon in den Sechzigern hier niedergelassen hatten und mittlerweile zum Urgestein von Greenwich Village gehörten, während sich in das andere erst kürzlich junge Banker sehr teuer eingekauft hatten. Dass zwischen beiden Parteien ein notdürftiger Friede gewahrt wurde, lag vor allem an dem geteilten Interesse, den Wert ihrer Immobilien zu erhalten.

Außerdem gab es da noch die beiden italienischen Restaurants: Das eine war laut, servierte aber ein absolut köstliches Lammragout, das andere war eher schick und wurde von Mutter und Sohn geführt, die mich jeden Tag sehr überschwänglich auf Italienisch grüßten. Auf der anderen Straßenseite stand inmitten der Reihe von Backsteinhäusern mit ihren briefmarkengroßen Vorgärten ein Frauenwohnheim, das seit hundert Jahren eine feste Institution war. Noch immer kamen junge Frauen hierher, meist aus dem Mittleren Westen, erhielten Kost und Logis und durften dafür keinen Herrenbesuch empfangen. Im Sommer wohnten dort die elfengleichen Mädchen, die an der Joffrey Ballet School studierten, und zwei Monate lang stelzten und schwebten kichernde Horden koffeinsüchtiger, spreizfüßiger Ballerinas in ausgefransten Jeansshorts und bunten Strumpfhosen durch das Viertel.

Unser Haus fiel etwas aus dem Rahmen, denn eigentlich waren es zwei Häuser, die einst von einem abtrünnigen Vanderbilt zu einem einzigen Gebäude verbunden worden waren. Hinter seiner klassizistischen Fassade beherbergte es nun mich, meine Eltern, unseren Hausverwalter und fünf Mieter in vier vermieteten Wohnungen. In den Siebzigern, als das Village noch der Slum der Boheme war, hatten meine Eltern es für einen Spottpreis erstanden. Mein Bruder und ich hatten auf den schmalen, rissigen Gehwegen Fahrradfahren gelernt, und das weitläufige Treppenhaus war für uns und unsere Freunde der Schlechtwetter-Spielplatz gewesen. (Das knarzende Holzgeländer war stabiler, als es den Anschein hatte.) Wenn Fremde so dreist waren, sich auf die Stufen vor *unserem* Haus zu setzen, spielten wir Gespenst und spukten so lange durch die Sprechanlage, bis wir sie vergrault hatten.

Kurz bevor ich in die Zwölfte Straße einbog, winkte ich der gehörlosen Frau zu, die auf einer Milchkiste vor dem Duane Reade hockte. Sie strickte immer so eifrig, als stünde der Teller für kleine Spenden nur zufällig neben ihr. Manchmal kaufte ich ihr einen Kaffee und plauderte mit Hilfe von Stift und Papier mit ihr. Obwohl das schon seit einem Jahr so ging, wusste ich noch immer nicht, wie sie hieß. Aber weil sie ihr Haar zu unzähligen kleinen Zöpfen geflochten hatte, nannte ich sie insgeheim einfach Braids.

Ansonsten wussten Braids und ich überraschend viel voneinander. So wusste ich, dass sie darauf wartete, dass ihr ebenfalls gehörloser Freund aus dem Gefängnis entlassen würde, damit sie aufs Land ziehen, ihre Stricksachen verkaufen und ein besseres Leben beginnen könnten. Sie wusste, dass ich mein ganzes Leben in Greenwich Village verbracht, dieselbe Schule besucht hatte wie mein Vater und dass ich noch immer in dem Haus lebte, in dem ich aufgewachsen war. Ich wusste, dass sie aufgehört hatte, ihre Medikamente zu nehmen, und lieber auf der Straße als im Heim lebte. Sie wusste, dass ich ein Jahr Medizin studiert, es dann aber abgebrochen hatte. Ich wusste, dass sie eine Tochter hatte, die noch auf Haiti lebte und ebenfalls manisch-depressiv war. Sie wusste, dass ich als Nächstes versucht hatte, Jura zu studieren, meine Habseligkeiten schon in einen Umzugswagen verfrachtet und alles wieder ausgeladen hatte, noch bevor ich den Schlüssel im Zündschloss umgedreht hatte. Ich hatte keine Ahnung, wohin Braids ging, wenn sie nicht vor der Drogerie saß und strickte, und sie wusste nicht, in welchem Haus ich lebte. In einer Zeit, in der ständig Telefonate erwidert und E-Mails beantwortet werden wollten, in der man sich ständig verabreden musste – zum Kaffee, auf einen Drink, zum Essen, zum Brunch, zum Lunch –, um auf dem Laufenden zu bleiben und Kontakt zu halten, bot meine von allen Ansprüchen und

Erwartungen freie Bekanntschaft mit Braids eine erfreuliche und erholsame Abwechslung.

Heute Abend jedoch gestikulierte Braids wild, anstatt mir fröhlich zurückzuwinken, und zeigte mit weit aufgerissenen Augen die Straße hinab. Ich rannte zur Straßenecke vor und sah zwei Polizeiautos, einen Krankenwagen und drei Feuerwehrautos, die meine beschauliche Straße mit ihren rot blinkenden Lichtern in eine lautlose Disco verwandelten. Meine Neugierde wich jäher Panik, als ich entdeckte, dass der abendliche Aufruhr direkt vor Nummer 287 stattfand. Ein heftiger Adrenalinschub schoss durch meine Adern, und ich rannte so schnell, wie meine zehn Zentimeter hohen Nine Wests es auf dem alten Kopfsteinpflaster zuließen. Ich sah meinen Vater schon ausgestreckt auf einer Bahre vor mir, meine Mutter bewusstlos über der Schulter eines Feuerwehrmanns, meine Wohnung voller Rauch und Wasser und geborstenem Glas.

Seit dem 11. September habe ich stets eine Notfalltasche parat, in die ich ein Scheckbuch und eine Kreditkarte gepackt hatte, Notizbuch und Stift, ein paar Fotoalben, Unterwäsche, Kontaktlinsen, meinen Pass und ein paar langsam vergilbende Jodtabletten, die meine Mutter vor fünf Jahren in kleine Tüten abgepackt und meinem Bruder Gideon und mir in die Hand gedrückt hatte, damit wir sie immer bei uns trugen. Was wir natürlich nicht taten. Ob ich es wohl noch schaffen würde, die Tasche zu holen, bevor das Zuhause meiner Kindheit zu Schutt und Asche zerfiel? Meine apokalyptischen Fantasien liefen auf Hochtouren, und ehe ich es mich versah, war mir so elend zumute, dass ich hemmungslos heulte. Aber inmitten meines Unglücks ertappte ich mich bei dem Gedanken, wie gut es doch war, ungeschminkt zu sein, denn so konnte mir wenigstens kein Eyeliner über die Wangen laufen. Fand ich nach allem ausgestandenen Leid schließlich in den Armen eines kernigen Feuerwehrmanns Trost, würde ich zumindest nicht ganz unansehnlich sein. Vorausgesetzt, das Inferno würde nicht mit dem vorzeitigen Ableben oder der Verstümmelung ihrer Großeltern mütterlicherseits enden, hätten wir unseren Kindern eine wunderbar romantische Geschichte zu erzählen. Ich würde ihnen erklären, dass es die Heldentaten ihres Vaters waren, die mich dazu bewegt hatten, eine Stiftung ins Leben zu rufen, die traumatisierten Brandopfern half, im Leben wieder Fuß zu fassen ...

Kaum war ich bei Nummer 287 angelangt und klammerte mich nach Atem ringend an den verschnörkelten Eisenzaun, flog auch schon die Haustür auf. Ich sah etliche Polizisten, zwei von ihnen hatten James in die Mitte genommen. James war unser Hausverwalter – und trug nun Handschellen. Während der zehn Jahre, die er in unserem Haus mit seinen sieben Wohnungen nach dem Rechten gesehen hatte, hatte er sich stets durch den gewählten Tonfall eines Etonschülers, tadellose Manieren und ausgesuchte Höflichkeit hervorgetan. Außerdem brachte er zuverlässig den Müll raus, reparierte leckende Wasserhähne und suchte selbst zu nachtschlafender Stunde mit einem Lächeln auf den Lippen Zweitschlüssel für zugefallene Wohnungstüren heraus. Jetzt jedoch fluchte er laut und höchst fantasievoll und noch dazu mit einem Akzent, der nicht nach Eton, sondern eindeutig nach Brooklyn klang.

»Was wollt ihr Scheißbullen denn von *mir*?«, schnauzte er den Cop an, der ihn am Ellenbogen abführte. »Verdammte Scheiße! Schnappt euch doch Richie Pantone! Der hat mir gesagt, das wär'n Weihnachtsgeschenk von dem beschissenen Chef von Fuel Masters.« Er brüllte jedes einzelne Wort so laut, als wolle er sich in einer Bingohalle vor halbtauben Rentnerinnen Gehör verschaffen. »Motherfucker! Dem Scheißkerl stopf ich das Maul mit seinen Eiern!« Und dann fügte er mit noch mehr Nachdruck hinzu: »MotherFUCKER!«

Mal abgesehen davon, dass direkt vor meinen Augen – und vor meinem Haus – ein mutmaßlicher Straftäter abgeführt wurde, schockierte mich am meisten, dass sich James' sonst so makellose Wortwahl vor meinen Ohren in Nichts auflöste. Doch als die kleine Prozession an mir vorbeidrängte, rief James, dem Persönlichkeitsstörungen anscheinend nicht fremd waren, mir in gewohnt geschliffenem Ton zu: »Zephyr, meine Liebe, sei unbesorgt – nur eine ärgerliche Verwechslung, nichts weiter. Der gute James wird im Nu zurück sein. Nur keine Aufregung, meine Liebe, nur keine Aufregung! Du siehst übrigens umwerfend aus in diesem Kleid, absolut umwerfend. AUA! Pass gefälligst auf, du verdammter …« James hatte sich den Kopf gestoßen, als einer der Polizisten ihn auf den Rücksitz des Streifenwagens drückte.

Mrs. Hannaham, die in der Gartenwohnung lebte und tags als auch nachts wie Tom Wolfe ganz in Weiß gekleidet war, kam heraus und stellte sich neben mich. Heute Abend trug sie ein Bolerojäckchen aus weißem Kaninchenpelz und eine weiße paillettenbesetzte Latexhose. Gerade als die umsonst gerufenen Rettungssanitäter und Feuerwehrmänner enttäuscht in ihre rot blinkenden Fahrzeuge kletterten – keine Herzinfarkte, keine Feuersbrunst –, kam Cliff, der mürrisch-melancholische Musiker, der mich vielleicht Ferdinand (nicht jedoch Hayden) vergessen lassen könnte, mit seinem Kontrabass im Schlepptau die Straße hochgelaufen. Schweigend standen wir drei da und schauten der sich langsam entfernenden Wagenkolonne nach. Ein plötzlicher Anflug von Egozentrik ließ mich James vergessen, und ich überlegte mir, ob Passanten uns wohl für eine Familie hielten. Ob sie glaubten, Cliff und ich wären Geschwister und Mrs. Hannaham unsere Mutter? Oder dass wir verheiratet und sie meine Schwiegermutter wäre? Vielleicht erlebte sie aber auch mit ihm ihren zweiten Frühling, und ich wäre die ungehaltene

Tochter, die verzweifelt versuchte, ihren weltlichen Besitz vor den Klauen dieses Erbschleichers …

»Zephy! Ist er weg? Ich konnte es nicht mitansehen, wie sie ihn abführen!« Meine Mutter kam die Treppe heruntergeeilt. Sie trug ihre Sportklamotten, obwohl es mittlerweile zehn Uhr abends war.

Mein Vater, zwei Meter groß und pathologisch unfähig, schlechte Nachrichten zu ertragen, kam hinter ihr aus dem Haus getrottet und posaunte ein erfreutes »Zephyr, Licht meines Lebens!« heraus. Ich habe es nie übers Herz gebracht ihm zu sagen, dass diese Zeile gemeinhin Humbert Humbert zugeschrieben wird, dem bekanntesten Pädophilen der Weltliteratur. Obwohl mein Vater Staatsanwalt ist, hat er sich nämlich eine für seinen Berufsstand erstaunliche Unschuld bewahrt.

Er schloss mich in seine Arme. »Und, was hast du heute Abend wieder Vergnügliches getrieben? Ach, ist das herrlich draußen! Wir hatten die Fenster offen, riechst du die Magnolien? Herrlich. Du musst raufkommen und dir die beste Einspielung von Mozarts Streichquartetten anhören, die je im Radio kam – ba ba ba baaaaa, bababa BA BA …!«

»*Ollie*!«, schrie meine Mutter dazwischen.

»Was?«

»Wir haben andere Sorgen!« Sie zeigte die Straße hinunter, wo gerade das letzte der beiden Polizeiautos um die Ecke verschwand.

Seinen Dirigentenarm noch immer erhoben, hielt mein Vater inne und sah sich blinzelnd um. »Nun ja, das war ein kleiner Schock«, räumte er schließlich ein.

»Was war denn los?«, wollte ich wissen, denn so langsam begriff ich, dass ich mir all das nicht nur eingebildet hatte.

»Schmiergeld und Unterschlagung«, erwiderte meine Mutter mit fassungslosem Kopfschütteln. »Ich bin *so* enttäuscht! Er gehörte doch fast zur Familie!«

Das war jetzt zwar ein bisschen übertrieben, fand ich, fragte mich jedoch mit wachsender Sorge, ob meine Eltern nun wohl bankrott waren, weil James sie betrogen hatte. Ängstlich klammerte ich mich an den Eisenstäben des Zauns fest und stellte mir vor, wie ich mich von Braids in der Kunst des Lebens auf der Straße unterweisen ließe.

Mein Vater schien meine Panik zu spüren. Beruhigend legte er mir den Arm um die Schultern.

»Keine Sorge, Zeph – er hat nur die Ölfirma geprellt. Wir haben nichts verloren.«

»Aber seine Stimme«, stammelte ich. »Habt ihr seine Stimme gehört?«

Mein Vater runzelte die Stirn. »Das war in der Tat ein wenig befremdlich.«

»Befremdlich?«, kreischte ich. »Er hat ein Doppelleben geführt! Können wir ihn nicht dafür verklagen, dass er uns belogen hat? Dafür, dass er nicht der war, als der er sich ausgegeben hat?«

»Niemand ist, wer er zu sein vorgibt«, bemerkte Cliff philosophisch. Wir drehten uns zu ihm um, wie er da auf den Stufen vor dem Haus stand und sich auf seinen Instrumentenkasten stützte. »Tja, ist so«, meinte er achselzuckend.

»Hmmm ja, schön, schön«, verkündete mein Vater in einem Ton, der keinen Zweifel daran ließ, dass er sich nun gerne erfreulicheren Themen zuwenden würde. »Ich habe James ehrlich gesagt noch nie so recht über den Weg getraut. Viel zu klein.« Er zwinkerte dem großen, schlaksigen Cliff zu, der sich ein höfliches Lächeln abrang.

»Mrs. Zuckerman …«, setzte Mrs. Hannaham an und zupfte an den weißen Büroklammern, mit denen sie manchmal ihr struppiges schwarzes Haar frisierte.

»Mrs. Hannaham, nennen Sie mich doch bitte, *bitte* Bella! Das habe ich Ihnen doch schon so oft gesagt.« Meine

Mutter wollte eigentlich gar nicht, dass Mrs. Hannaham sie Bella nannte. Aber sie *wäre* gern jemand, der wollte, dass Mrs. Hannaham sie Bella nannte.

»Mrs. Zuckerman, Sie wissen doch, wie oft mein Abfluss verstopft, und seit mein lieber Compton nicht mehr bei uns ist …« Wir warteten geduldig, während sie theatralisch schniefte. Ihr Göttergatte Compton war seit fünfundzwanzig Jahren tot und hatte sie zuvor fünfundzwanzig Jahre lang mit seiner Sekretärin betrogen. »Ich kann nur in einem Haus mit einem eigenen Hausmeister leben! Hören Sie? Ich *brauche* einen Hausmeister!«

Meine Mutter wich unter diesem verbalen Ansturm einen Schritt zurück. Ihr war es lieber, wenn man *ihr* zuhörte.

»Ich habe einen Neffen, der handwerklich sehr geschickt ist und sich mit diesen ganzen Rohren und Leitungen und so was auskennt«, fuhr Mrs. Hannaham fort. »Der könnte doch der neue Hausmeister werden! Es ist wirklich wichtig, dass wir jemanden haben, der sich um alles kümmert. Was, wenn heute Nacht ein paar Rabauken mein Fenster einschlagen? Dann zahle ich Ihnen aber nicht mehr die volle Miete, das sage ich Ihnen gleich!«

Die Mischung aus Mitleid und Verärgerung, die sich in den Mienen meiner Eltern spiegelte, entsprach meinen eigenen Gefühlen. Ich sah ihnen an, wie sie sich still ermahnten, dass Mrs. Hannaham eben eine einsame alte Witwe sei, die von der (allerdings großzügig bemessenen) Pension ihres untreuen Gatten leben musste und gerne erzählte, dass ihre weiße Kleidung ein Zeichen ihrer Solidarität mit den entrechteten Witwen in Indien sei. Ich konnte mich allerdings noch gut daran erinnern, dass sie mir nicht mal ein paar Pennies gegeben hatte, wenn ich an Halloween mit meiner Unicef-Sammelbüchse von Tür zu Tür ging …

»Sie haben unsere Telefonnummer«, sagte meine Mutter

und bemühte sich gar nicht erst, ihre Ungeduld zu verbergen. »Und die von Zephyr haben Sie auch. Wenn jemand heute Nacht Ihr Fenster einschlägt, rufen Sie sie einfach an, okay?«

Ah ja. Und wen sollte *ich* bitte schön anrufen, wenn jemand Mrs. Hannahams Fenster demolierte? Eigentlich fand ich das mit ihrem Neffen gar keine so schlechte Idee. *Ihn* könnte ich anrufen! Ich malte mir aus, wie wir die Scherben gemeinsam zusammenkehrten und uns verliebten, als ich ihm eine Schnittwunde an der Hand verband. Er wäre beeindruckt, mit welch kühlem Kopf ich diese Krise gemeistert hatte. Neffe Hannaham und ich würden eine Glaserei aufmachen – einen Familienbetrieb, der sich auf Fenster für denkmalgeschützte Häuser spezialisierte –, und ich würde meiner Familie schonend beibringen müssen, dass ich unter meinem Stand geheiratet hatte und fortan ein Leben als Glaserin führen wollte. Ich konnte mir schon vorstellen, wie meine Eltern *sagen* würden, dass es ihnen ganz gleich sei, wie und wovon ich lebte, solange ich nur glücklich wäre, aber ich würde ihnen kein Wort glauben und sie der bourgeoisen Doppelmoral beschuldigen. Entschuldigend schaute ich zu meinen leidgeprüften Eltern hinüber und wünschte, ich müsste es ihnen nicht so schwer machen. Aber ach, die Liebe …

»Zeph?«, fragte meine Mutter. »Was hältst du davon?«

»Von Mrs. Hannahams Neffen? Der würde das bestimmt klasse machen!«, rief ich begeistert.

»Ich habe drinnen seinen Lebenslauf«, sagte Mrs. Hannaham eifrig.

»Seit wann haben Klempner denn einen Lebenslauf?«, fragte Cliff. So ein Snob! Das verhieß nichts Gutes. Aber noch war ich nicht bereit, meinen Traum davon aufzugeben, eine Chansonette zu werden und in verrauchten Kellerclubs ins Mikro zu schmachten, während die kundigen Finger meines Geliebten die Saiten seines Basses streichelten. Aber was hatte er da vorhin gesagt – von wegen, dass niemand sei, was er zu sein vorgibt? Vielleicht war er ja gar kein Musiker! Und in seinem Instrumentenkasten war auch überhaupt kein Kontrabass. Eine Leiche ließe sich da locker drin verstauen. Wirklich eine verdammt clevere Tarnung für einen Profikiller …

»Nein, Zeph, ich meinte eigentlich, was du davon hältst, wenn Mrs. Hannaham oder jemand der anderen Mieter *dich* anruft, wenn es im Haus Probleme gibt?«

Argwöhnisch sah ich sie an, denn ich ahnte, dass gleich ein wenig erfreulicher mütterlicher Vorschlag folgen würde. »Wie meinst du das … Was ich davon halte?«

»Damit meine ich«, erklärte meine Mutter mit wachsender Begeisterung, »dass du, da du dieser Tage ja nicht ganz so ausgelastet bist, wie du es sein könntest, uns sehr helfen würdest, wenn du James' Aufgaben übernimmst.«

»Zephy wird die neue Hausverwalterin!«, verkündete mein Vater.

Das sollte wohl ein Witz sein. Als Kind hatte ich mir vorgestellt, dass die Briefe, die man in den Briefkasten vorne an der Straßenecke warf, durch ein ausgeklügeltes Netzwerk unterirdischer Röhren flitzten, im Postamt aus der Erde sprangen und dann vom Postboten eigenhändig zugestellt würden. Dass zwischen dem Boden des Briefkastens und dem Straßenpflaster unübersehbar eine Handbreit Luft war, konnte meine Theorie nicht erschüttern. Was ich damit sagen will: Praktisches Denken ist nicht meine Stärke.

Ich habe auch noch nie selbst ein Bild aufgehängt, weil ich Angst habe, die Wand könnte einstürzen, wenn ich die Bohrmaschine ansetze. Und wie viel kostbare Lebenszeit habe ich nicht schon in Gedanken an all die Fäkalien verschwendet, die sich ihren Weg durch die New Yorker Kanalisation bahnen … Tief in mir sitzt eine unterschwellige Angst, dass es eines Tages eine Riesenverstopfung geben und das

Ende aller Tage uns in Form einer sintflutartigen Kackewelle ereilen wird.

Mein distanziertes Verhältnis zu den praktischen Aspekten des Lebens hat mich zwar nicht davon abgehalten, kurzzeitig eine Karriere als Ärztin anzustreben, disqualifizierte mich meiner Ansicht nach aber eindeutig dafür, jemals *Hausmeisterin* zu werden. Über meinen mittelprächtigen Modegeschmack ließ sich streiten, aber deshalb musste ich ja nicht gleich so tief sinken, mir einen Werkzeuggürtel umzuschnallen.

Doch während ich mir meine Eltern so anschaute, meine Mutter – deren Überzeugung, eine ganz geniale Idee zu haben, ihr so deutlich ins Gesicht geschrieben stand wie die Salzkrusten von ihrem schweißtreibenden Workout – und meinen Vater – in dessen Augen unverkennbare Freude darüber funkelte, wie schnell eine Lösung für das leidige Problem gefunden war –, überkam mich jäh eine erschreckende Erkenntnis.

Sie meinten es tatsächlich ernst.

Nachdem ich meine Eltern leichtfertig dazu gebracht hatte, in mir eine zukünftige Ärztin oder Anwältin zu sehen, sollte ich mir vielleicht wirklich langsam mal was einfallen lassen, um den geweckten Erwartungen gerecht zu werden.

Meine kleine Stippvisite an der Medizinischen Fakultät der Johns Hopkins University war in etwa ein Erdbeben der Stärke 3,0 auf der Richterskala meiner persönlichen Erschütterungen gewesen. Ich wusste nun, dass mir der Anblick von Blut nichts ausmachte und dass ich, obwohl es mir eigentlich wenig Spaß machte, richtig gut im Auswendiglernen war. Lymphozyten, neutrophil, Monozyten, eosinophil, Megakaryozyten. Verschnupft, verstimmt, müde, hungrig. Ein ganzes Jahr lang hatte meine Mutter überall erzählen können, dass ich an der Johns Hopkins wäre, und mein Vater sah in mir eine neu erschlossene Informationsquelle, die er nach Belieben anzapfen konnte, um sein ganz eigenes Theoriegemisch aus Wissenschaft und Spiritualität zu befeuern. »Erzähl mir doch ein bisschen mehr über die Natrium-Kalium-Ionenpumpe. An Gott glaube ich ja weiß Gott nicht, aber an die Segnungen der Natrium-Kalium-Ionenpumpe!«

In meinen Träumen sah ich mich für Ärzte ohne Grenzen arbeiten, reiste nach Malawi und rettete eigenhändig Tausende afrikanischer Kinder mit aufgeblähten Hungerbäuchen. Oder ich befand mich gerade auf einer politischen Kundgebung, als plötzlich auf den Kandidaten geschossen wurde, und ich würde mir meinen Weg durch die Menge bahnen – »Lassen Sie mich durch – ich bin Ärztin!« – und ihm natürlich das Leben retten. Ich konnte mir auch gut vorstellen, eines Tages den Nobelpreis zu bekommen, weil es mir gelungen war, einen Impfstoff gegen Aids zu entwickeln – und ihn weltweit so günstig verfügbar zu machen wie Aspirin. Meine Dankesrede hatte ich schon fast vollständig ausformuliert.

Bevor ich es meinen Eltern mitteilte, dass ich auf das Privileg verzichten wollte, meinem Namen einen Doktortitel anzufügen, mailte ich den Sterling Girls. Obwohl meine Freundinnen allesamt geradezu beunruhigend begabt und erfolgreich waren und somit nicht aus eigener Erfahrung wussten, was mir bevorstand, suchte ich aus alter Gewohnheit ihren Rat. Wenn ich mich selbst ein bisschen quälen wollte, brauchte ich mir übrigens nur vorzustellen, wie man uns fünf bei einer Party vorstellen würde. »Das ist Abigail, die Akademikerin. Lucy, die Sozialarbeiterin. Mercedes, die Musikerin. Tag ist Parasitologin. Und das ist Zephyr … Zephyr trinkt gern Kaffee.« Nicht mal äußerlich tat ich mich hervor: Tag und Mercedes waren groß und schlank und einfach umwerfend. Abigail und Lucy waren klein und zierlich und irgendwie niedlich, Abigail in der dunklen Variante, Lucy in der hellen. Ich war nicht groß genug, um zu den Großen zu zählen, aber zu groß, um so niedlich zu sein wie die Kleinen, Zierlichen, ich war weder auffallend schlank noch umwerfend schön und auch nicht besonders dunkelhaarig oder besonders blond.

Es ist keineswegs so, als könnte ich keine Entscheidung ohne die Sterling Girls treffen. Das könnte ich wohl – aber ich frage sie einfach lieber, bevor ich etwas entscheide. Wir halten uns alle gegenseitig davon ab, dumm zu sein oder dumme Dinge zu tun, und nachdem wir die dummen Dinge trotzdem getan haben, versichern wir uns, dass sie *so* dumm gar nicht waren. Doch diesmal sagten sie mir nur, da müsse ich jetzt durch, und ich solle es am besten so schnell wie möglich hinter mich bringen – so, wie man auch ein Pflaster am besten mit einem Ruck abzieht.

Also nahm ich all meinen Mut zusammen, bat meine Eltern eines frostkalten Märzmorgens, sich an den sonnigen Küchentresen zu setzen, und überfiel sie mit all meinen guten Gründen dafür, mein Medizinstudium abzubrechen.

Erstens würde ich nach vier Jahren Studium und vier Jahren Assistenzzeit zu alt sein, um noch Kinder zu bekommen. Dieses Argument galt meinem Vater, der mir dazu berufen schien, in absehbarer Zeit ein Enkelkind auf den Knien zu schaukeln.

Zweitens wäre es mir unerträglich, mich auf lange Sicht mit einem solchen Berg Schulden zu belasten. Das war auf Mom gemünzt, Gründerin und Geschäftsführerin von MWP, das ursprünglich Money – Women – Profit hieß. Sie bot Seminare an, in denen Führungskräften vermittelt wurde, wie sie mit ihren weiblichen Angestellten über finanzielle Fragen reden sollten, was sich angeblich unterm Strich für alle Beteiligten auszahlen sollte. Nachdem jedoch eine dieser weiblichen Angestellten Klage gegen ihren Arbeitgeber eingereicht hatte, weil der ein Coaching-Unternehmen mit einem ihrer Ansicht nach diskriminierenden Namen angeheuert hatte, wurde Money – Women – Profit geschreddert, gelöscht, zu den Akten gelegt und MWP aus der Wiege gehoben. Wenn zwischen uns beiden gar nichts anderes mehr ging, konnte ich meine Mutter immer noch mit nackten Zahlen überzeugen.

Der wahre Grund, weshalb ich mich aus Baltimore so bald wieder verabschiedet hatte? Keineswegs deshalb, weil das Medizinstudium nicht spannend gewesen wäre. Obwohl es genau das war – unspannend. Luka Kovac tadelte mich nicht mit sanfter Strenge in der Notaufnahme, während er ein Unfallopfer intubierte und ein Milligramm Epinephrin verabreichte. Und auch von Dr. Carter, diesem unverbesserlichen Herzensbrecher, weit und breit keine Spur. Stattdessen Professor Baumbach, der uns die modifizierte Dukes-Stadieneinteilung kolorektaler Karzinome auswendig lernen ließ. All das hätte ich gegebenenfalls noch hinnehmen können. Ja, ich hätte es ertragen, es durchgestanden und wäre bestimmt eine ganz passable Ärztin geworden. Aber immer wenn ich in *Harrisons Innere Medizin* blätterte, musste ich an all die anderen Möglichkeiten denken, die ich mir gerade verbaute.

Ich würde keine Parks entwerfen, niemals einen unschuldig Angeklagten vor Gericht verteidigen, niemals das Elend der Welt aus der Welt schaffen, niemals Videospiele erfinden. Nie den Oscar für die beste Kamera gewinnen oder am Broadway Regie führen, niemals mehr Schlagzeugerin in einer Mädchenband werden.

Auf dem College hatte mich oft die Hausarbeitslähmung überfallen – wenn ich mit einer Arbeit anfing, konnte ich mich drei anderen gezwungenermaßen nicht widmen. Sich für einen Beruf zu entscheiden, bedeutete, sich von zwanzig anderen zu verabschieden.

Ich hatte Bella und Ollie Zuckerman noch nie enttäuscht. Das überließ ich meinem Bruder. Gideon musste mit einem Mutanten-Gen auf die Welt gekommen sein, denn es war ihm absolut egal, ob er unsere Eltern enttäuschte oder glücklich machte. Er arbeitete in einem Studio in Colorado, das Filme schnitt, was einem verlängerten Skiurlaub gleichkam. Es befand sich im Keller eines Freundes in Steamboat Springs, und der aktuelle Film handelte von einem Snowboarder. Gideon arbeitete mittlerweile das dritte Jahr in diesem »Studio« und ließ nicht erkennen, dass er in absehbarer Zeit in die Zivilisation zurückkehren oder ein ernsthaftes Studium aufnehmen wollte. (Einen Bachelor-Abschluss hatte er immerhin schon, denn nicht mal mein Bruder hatte es gewagt, vor dem College auszusteigen.)

Meine Eltern hatten meine Neuigkeiten an jenem Märzmorgen ziemlich gefasst aufgenommen und waren keineswegs vom Schlag getroffen zu Boden gesunken – was auch daran liegen mochte, dass ich meinen Monolog mit einem spontanen Anfall von Feigheit enden ließ, der da lautete: »Und jetzt bewerbe ich mich für Jura!«

Als Ablenkungsmanöver funktionierte es bestens. Noch ehe meine Mutter »Puh« sagen konnte, schwebte mein Vater schon im siebten Himmel vor Glück – und wenn er einmal abgehoben hat, bringt ihn so schnell nichts mehr auf den irdischen Boden der Tatsachen zurück. Er war es übrigens, der Tommy »Kanalratte« Sanchez lebenslang hinter Gitter gebracht hatte. Der Fall hatte damals für Schlagzeilen gesorgt, weil er mit einem harmlosen Strafzettel für Falschparken begonnen und mit der Zerschlagung eines internationalen Drogenrings, der fünfzig Millionen Dollar im Jahr machte und seine Klientel von Bogotá bis Brooklyn mit Koks versorgte, geendet hatte. Mein Dad liebt das Gesetz. Er verehrt es. Es ist ihm heilig. Dass eines seiner Kinder nun in seine

Fußstapfen treten wollte, würde ihn bis ans Ende seiner Tage glücklich machen.

»Lass uns erst mal abwarten, wie du beim Juristentest abschneidest«, meinte meine Mutter.

»Du könntest nächsten Sommer bei mir in der Staatsanwaltschaft arbeiten!«, rief mein Vater.

Wer sich für ein Jurastudium bewirbt – und genommen wird –, hat im Grunde schon dann eine ganz beachtliche Karriere hingelegt. Und wenn man abgelehnt wird, war es dennoch nicht umsonst. Man lernt beispielsweise, neue Prioritäten zu setzen. Der Wortschatz muss erweitert, das Leseverständnis geübt, das logische Denken geschult werden. (»Entwerfen Sie in einem ovalen Album ein Familienbildnis unter Beachtung folgender Einschränkungen: Tante Minnie darf nicht neben Gladys oder Grandma Eudora sein, Teddy darf nicht neben Rita, muss dafür aber neben Minnie sein.« Wie solche Gedankenspiele verlässlich darüber Aufschluss geben sollen, ob jemand zur Rechtsprechung befähigt ist, ist vielen ein Rätsel – vor allem für von diesen Gesetzesvertretern verurteilte Strafgefangene.)

Nachdem der Test überstanden ist, vegetiert man einige Tage vor sich hin. Und wenn die Ergebnisse dann kommen und man genügend Punkte hat, beginnt der *eigentliche* Bewerbungsprozess samt der damit verbundenen möglichen Lebensentwürfe. Soll ich vielleicht doch nach Kalifornien ziehen? In den Südwesten? Oder nur nach Uptown? Und mal angenommen, ich gehe nach St. Louis und mein künftiger Ehemann ist in Michigan, wie soll ich ihm dann jemals begegnen?

Jeden Tag ging ich ins Così Café, um zu lernen, saß neben Drehbuchautoren, die sich nicht ins Doma Café trauten, Studenten von der New School, die sich das French Roast nicht leisten konnten, und Handelsvertretern, die wünschten, sie wären anderswo, am liebsten in einem International House of Pancakes. Unter den anerkennenden/verständnisvollen/süffisanten Blicken von alten Damen/Professoren/Jurastudenten vertiefte ich mich in meine Kaplan-Bücher. Danach schrieb ich differenzierte, pointierte Essays. Nebenbei fingen Tag und ich mit dem Party-Crashen an, und ich hatte eine kurze Beziehung mit einem fetten Filmstudenten namens Jake.

Von sieben der acht Unis, an denen ich mich für Jura beworben hatte, kam eine Zusage. War das nicht ein Zeichen? Hieß das nicht, dass mein Wert als verstandesbegabter Mensch sich genau messen ließ und für ausreichend befunden worden war? Sehr beflügelt und auf Kosten meiner Eltern – die sich bereit erklärt hatten, mich während meines »Übergangsjahres« zu beherbergen und finanziell zu unterstützen – flog ich nach Palo Alto, um mir die Stanford Law School anzusehen. Und um Abigail zu besuchen, mit der ich bei dampfendem Chai-Tee bis spät in die Nacht eher *college*reife Gespräche führte. Wieder zu Hause fühlte ich mich sehr beschwingt, entschlossen und zielgerichtet. Trotzdem blieb mir immer noch genügend Zeit, um mit Tag ins Fitnessstudio zu gehen, mir auf Mercedes' Designersofa, das sie auf Pump gekauft hatte, Wiederholungen von *Friends* anzuschauen, während sie im Zimmer nebenan Brahms' Sinfonie Nr. 4 in e-Moll übte. Auch das Hitchcock-Festival verpasste ich nicht und sah mir mit Lucy jeden im Quad Cinema gezeigten Film an.

Doch kaum hatte ich der University of Pennsylvania meine Kaution geschickt, begann ich meine Entscheidung (an der meine Schwäche für Cheese-Steak-Sandwichs nicht ganz unbeteiligt gewesen war) auch schon zu bereuen. Was aber keineswegs heißt, dass ich lieber Stanford, Columbia, der Northwestern oder einer der anderen Unis, die mich genommen hatten, zugesagt hätte. Nein, ich wünschte vielmehr, dass ich *allen* hätte zusagen und auf alle diese Unis zugleich hätte gehen können – während ich mich nebenbei noch für das olympische Rodelteam qualifizierte und Tierärztin wurde.

Aber dennoch verlebte ich einen so glücklichen, friedfertigen Sommer, wie er einem wahrscheinlich nur vergönnt ist, wenn man für den Herbst schon einen festen Plan hat. Einer der schönsten Sätze überhaupt war zu dieser Zeit: »Im Herbst fange ich mit Jura an.« Ende August trommelte ich meine Freundinnen zusammen, und wir schleppten Möbel aus dem Keller hinauf und verfrachteten sie in einen Transporter. Danach saßen wir verschwitzt in Shorts und T-Shirts auf der Treppe vor dem Haus, ließen den Lieferwagen mit meinen Habseligkeiten nicht aus den Augen und aßen Pizza. Es war eigentlich wie damals, als wir alle zum College aufgebrochen waren – nur dass diesmal ich die Einzige war, die aufbrechen würde. Ich brach auf in die akademische Welt angehender Wissenschaftler, Staatsanwälte und Menschenrechtsaktivisten, die tatsächlich eines Tages in der Lage wären, den afrikanischen Kindern mit den Hungerbäuchen zu helfen und die Verantwortlichen für die Gräueltaten in Darfur vor dem Internationalen Strafgerichtshof in Den Haag zur Rechenschaft zu ziehen.

Dass mir bei dem bloßen Gedanken an meine glänzende Zukunft nahezu die Luft wegblieb, schob ich darauf, dass ich zu viele schwere Kisten getragen hatten.

Eine Stunde später schwang mein Vater sich hinters Steuer und sah mich strahlend an. Ich versuchte, sein Lächeln zu erwidern, doch mein Bauch grummelte bedrohlich, und mein Mund war ganz trocken.

»Lieblingstochter …?«

Ich riss die Tür auf und kotzte auf den Gehweg, knapp an den Füßen einer Polizistin vorbei, die sich mit ihren Strafzetteln die Straße hinaufarbeitete.

Ich konnte also durchaus verstehen, weshalb meine Eltern von der Vorstellung begeistert waren, dass ich bald so sinnvolle Dinge machen würde wie Warmwasserboiler reparieren, den Gehweg fegen und in verstopfte Toiletten eintauchen.

Mir hingegen wurde bei dem Gedanken ganz anders zumute. Während Bella und Ollie Zuckerman mich erwartungsfroh anschauten, konnte ich nur an das erste Collegetreffen nach fünf Jahren denken, das in zwei Monaten stattfinden würde. Meine Eltern waren von glücklichen Visionen ihrer Tochter erfüllt, die sich mit Industriereiniger nützlich machte, aber mich plagten schon Schreckensvisionen der Gespräche, die ich auf dem Campus führen würde.

»… und nach der Lehrerausbildung bei Teach for America habe ich eine freie Schule im Süden von Los Angeles gegründet. Total verrückt, ich weiß, aber so was von aufregend! Und was hast du Schönes gemacht, Zephyr?«

»Ich verwalte das Haus meiner Eltern in Manhattan.«

»Wolltest du nicht Medizin studieren?«

»Habe ich abgebrochen.«

Schweigen.

»Nein, ich finde, das klingt richtig cool. Du musst machen, was für dich das Richtige ist.«

Oder: »… ich habe in der Poststelle angefangen, und das war richtig scheiße, aber wirklich so *richtig* scheiße, und eines Tages dachte ich mir: scheißegal, und habe mein Drehbuch in Grazers Post geschmuggelt, und stell dir vor, seine Assistentin hat es gelesen, und sie wollen es tatsächlich nehmen! Aber jetzt darf ich erst mal alles umschreiben – es ist das totale Chaos, und ich habe richtige Panik, dass es nicht gut wird. Wirklich schlau von dir, so was Vernünftiges wie Medizin zu studieren.«

»Mmmh, ja … also eigentlich …«

Schlimmer noch als mein verletzter Stolz war, dass der

Plan meiner Eltern, mich meinen Unterhalt verdienen zu lassen – keine unverhältnismäßige Forderung, sogar mir leuchtete das ein –, bedeutete, dass ich Dinge lernen musste, die ich niemals hatte lernen wollen, während es doch so viele andere Dinge gab, die ich wirklich gerne lernen wollte! Es bedeutete auch, dass ich für andere – sprich, die Mieter meiner Eltern – da sein müsste und sie sich auf mich verlassen würden. Sollte ich bei einem Persönlichkeitstest angeben, wie mir diese Vorstellung gefiele, würde ich wahrscheinlich »Schon okay« ankreuzen. Doch was, wenn eine meiner Freundinnen mich plötzlich ganz dringend bräuchte, ich aber gerade unabkömmlich wäre, da ich beide Hände voll mit Hausmeisterpflichten zu tun hatte? Ich überlegte angestrengt, welche Notlage eines der Sterling Girls ereilen und meinen sofortigen Beistand erfordern könnte, womit bewiesen wäre, dass ich als Hausverwalterin ungeeignet – da im Zweifelsfall unzuverlässig – bin. Doch leider fiel mir keine ein.

Der Gedanke daran, Hausverwalterin von 287 West 12th zu werden, wurde von dem schweren, dumpfen Geräusch zuschlagender Türen begleitet.

Und die Vorstellung, dass Hayden – Starreporter und Oberidiot – erfahren könnte, dass ich jetzt Gehwege fegte und Treppen wischte …

Verzagt nagte ich an meiner Unterlippe und fuhr mit dem Daumen über die verschnörkelten Windungen des schmiedeeisernen Treppengeländers. Verstohlen sah ich zu Cliff hinüber, der zu einer Melodie, die wohl nur er hören konnte, versonnen mit dem Kopf nickte. Wenn er mir nicht mal jetzt, an diesem Wendepunkt meines Lebens, seine ungeteilte Aufmerksamkeit widmen konnte, wie wollte er dann unseren Kindern ein emotional verfügbarer Vater sein?

»Es wäre auch nur so lange, bis du dir darüber im Klaren

bist, was du *eigentlich* machen willst«, meinte meine Mutter, und ihre Stimme schlug jenen schrillen Ton an, der ihre tiefen Zweifel erkennen ließ, ob sich diese Klarheit wohl jemals einstellen würde.

Mrs. Hannaham stemmte erwartungsvoll die Hände in die Hüften. Am liebsten hätte ich sie getreten. Ihr hatte ich das alles zu verdanken!

»Das wird dir bestimmt Spaß machen, Zephy«, sagte mein Vater gutmütig. »So was liegt dir.« Weil ich ihn so ungläubig ansah, fügte er hinzu: »Damit meine ich, dass du ehrlich und ordentlich bist. Du bekommst das schon hin.« Wenn er mir jetzt noch sagt, dass ich etwas ganz Besonderes bin, dachte ich, verkrieche ich mich mit einem großen Glas Marshmallow-Creme im Bett und heule.

»Und du kannst gut mit Menschen und gehst verantwortungsvoll mit Geld um«, fuhr er fort. »Außerdem sind es doch nur wir, die wir gerade hier stehen, plus noch die Caldwells und Roxana. Fast wie eine große Familie.«

War das eben ein dezenter Hinweis darauf, dass ich mich doch nicht mit Cliff fortpflanzen sollte?

»Und wer immer dann in James' Wohnung zieht«, ergänzte Mrs. Hannaham.

Ja, genau. Wer *würde* denn in James' Wohnung ziehen? Eine gute Frage. Es war eine hübsche kleine Zweizimmerwohnung im ersten Stock – das genaue Gegenstück zu meiner, die gleich gegenüberlag. Als Hausverwalterin hätte ich bei der Frage, wer dort einziehen würde, wohl einiges mitzureden. Er müsste natürlich Single sein. Und größer als Hayden. Und einen spannenden Beruf haben. Spannender als Haydens. War ich etwa schon dabei, mein verantwortungsvolles Amt zu missbrauchen, bevor ich es überhaupt angetreten hatte? Würde man auch mich eines Tages in Handschellen abführen – so wie James? Und wo würde mir dann der Prozess gemacht werden? In New York war mein Vater nämlich viel zu bekannt, als dass einer seiner Kollegen es wagen würde, ein Verfahren gegen mich einzuleiten. Ha, ich war unantastbar …

»Es würde wirklich nicht viel deiner Zeit beanspruchen«, versicherte mir meine Mutter. »Mal hier eine Öllieferung, mal da ein bisschen Ausfegen. Ab und an den Elektriker rufen, wenn was sein sollte. Ich kann mir nicht vorstellen, dass James sonderlich viel zu tun hatte.«

»Nicht viel zu tun? Ihr habt ihm die ganze Wohnung mietfrei überlassen! Da muss aber schon ordentlich was zu tun gewesen sein, damit sich das auszahlt.« Wütend schaute ich sie an.

Sie versuchte eine andere Strategie. »Natürlich *musst* du es nicht machen.« (Übersetzung: Natürlich musste ich es machen.) »Aber wir brauchen jemanden, dem wir vertrauen und auf den wir uns verlassen können. James ist soeben in Handschellen abgeführt worden und scheint zudem ein ernsthaftes psychisches Problem zu haben, Zephy! Es wäre wirklich nur eine kleine Aufgabe auf Vertrauensbasis, und du würdest uns damit eine schwere Last von den Schultern nehmen.«

Aha, so lief das jetzt. Sie gingen auf Nummer sicher, war ich doch nicht mein pflichtvergessener Bruder. Und wahrscheinlich reichte mein Unterhaltungswert allein auch nicht mehr aus – ich hatte ja noch nicht mal Gelegenheit gehabt, meine Eltern mit meinen Eskapaden im St. Regis zu erheitern –, um mir meinen Unterhalt zu sichern und mich als Erbschaftskandidatin zu empfehlen.

Ich ließ mich auf die Haustreppe sinken und rieb an einer Blase, die sich auf meinem großen Zeh auszubreiten begann. Eine lärmende Horde Vorstädterinnen kam hochhackig die Straße hinaufgeklackert und präsentierte in ihren tief sitzenden Jeans etliche Portionen gesunden Hüftspeck – wie aus der Form gegangene Muffins. Mein tiefer Dank gebührt der Frau, die sich als Erste geweigert hat, die Hüftjeans magersüchtigen Models zu überlassen, jener Pionierin, die als Erste mutig ihren Bauch über den Bund hängen ließ und verkündete: »Ladys, schaut her und nehmt euch an mir ein Beispiel!«

Und dann dachte ich: Ja, so will ich auch sein. Ich will so sein wie jene Unbekannte, die sich mit Mut und Pioniergeist dem klassischen Zuschnitt verweigert hatte. Mir wird nichts mehr peinlich sein, und schon gar nicht diese jüngste, vergleichsweise kleine Irritation in meinem Leben. Ja, ich bin siebenundzwanzig, und ich habe einen Bachelor-Abschluss, der meine Eltern ein kleines Vermögen gekostet hat, und ich habe mein Medizinstudium geschmissen und auf Jura gepfiffen, und meine frühreifen Freundinnen sind mir insofern weit voraus, als sie allesamt sinnvolle Berufe haben, während ich meinen Eltern und vielleicht ja sogar mir selbst mit meiner Ziellosigkeit ziemlich Angst mache.

Aber ich würde einen anderen Weg einschlagen. Ich würde mich fröhlich vom Leben treiben lassen und all seine Möglichkeiten nutzen. Ich würde aus sauren Zitronen nicht nur wunderbar süße Limonade machen, sondern eine gänzlich *neue* Sorte Limonade entwickeln, für die ich nicht nur das Goldene Limonadensiegel des Obstbauernverbandes bekäme, sondern auch eine Konzession der amerikanischen Regierung, so dass meine Limonade das offizielle Getränk an Bord der NASA-Spaceshuttles würde. Ich würde die erste Limonade kreieren, die einer Mondlandung würdig wäre.

4

*M*ercedes lachte mich aus. Sie trank meinen guten Kaffee von Chock Full o'Nuts, aß meine frisch aufgebackenen Waffeln und lachte mich aus, weil ich nicht wusste, was der Unterschied zwischen einem Kreuzschlitzschraubenzieher und einem Schlitzschraubenzieher war.

»Hast du denn noch nie was aufschrauben müssen? Ist doch egal, was, irgendwas eben. Wirklich *noch nie?*« Es war der Morgen nach James' Verhaftung, und wir saßen in meiner Küche und sichteten den Inhalt eines ziemlich siffigen Werkzeugkastens, den mein Vater irgendwo ausgegraben und mir voller Stolz und in vollem Ernst als Einstandsgeschenk für meinen nie gewollten Job überreicht hatte. Ich klärte ihn darüber auf, dass selbst weltlich orientierte Humanisten den Sonntag als Tag der Ruhe und Einkehr ehren sollten, worüber er nur gelacht hatte und wieder nach oben zu seinem leckeren Lachsfrühstück verschwunden war, das ich jetzt auch ganz gut gebrauchen könnte.

Ich streckte Mercedes die Zunge raus.

»Du weißt aber schon, dass man mit diesen Dingern nicht in Steckdosen herumstochern sollte, oder?«

»Nö, ich weiß ja nicht mal, was Steckdosen sind«, nölte ich, nahm mir eine meiner Waffeln von ihrem Teller und hockte mich auf den Hocker. Mein Plan, mich mit den Widrigkeiten meines Lebens abzufinden und das Beste daraus zu machen, lag gerade auf Eis. Mrs. Hannaham hatte mich heute früh um Viertel nach sieben angerufen und gesagt, sie würde etwas riechen. Eigentlich hatte ich mich immer für einen Morgenmenschen gehalten, aber mittlerweile wusste ich, dass ich nur dann ein Morgenmensch war, wenn meine morgendlichen Aktivitäten sich darauf beschränkten, im Bett zu liegen und zu lesen.

»Was riechen Sie denn, Mrs. Hannaham?«, hatte ich ins Telefon gekrächzt und nach dem Mickey-Maus-Wecker geschielt, der seit der vierten Klasse mein treuer Begleiter war.

»Gas, glaube ich. Auf jeden Fall rieche ich Rauch.«

»Das ist aber nicht dasselbe. Könnten Sie den Geruch beschreiben?«

»Ja, riechst du es denn nicht? James hat immer gerochen, was ich gerochen habe!«

Na, das konnte ja heiter werden.

»Ach so, *der* Geruch«, sagte ich und gähnte.

»Was hast du eben gesagt? Ich kann dich nicht verstehen.«

Ich zog mir die Bettdecke vom Gesicht.

Ich sagte: »Ach so, der Geruch. Jetzt rieche ich es auch. So wie Gas oder Rauch, nicht wahr?«

»Ja, genau!«, rief sie triumphierend.

»Dann werde ich mal gleich in den Keller gehen und nachsehen.«

»In den Keller? Der Geruch kommt aber nicht aus dem Keller.«

Ich seufzte und fragte mich, ob wir nun wohl jedes Mal Frage und Antwort spielen müssten, wenn sie sich ein Problem ausgedacht hatte.

»Gut. Dann schaue ich also in Ihrer Wohnung nach?«, fragte ich vorsichtig.

»In meiner Wohnung?! Du kommst mir nicht in meine Wohnung. Niemand kommt in meine Wohnung, solange es kein Notfall ist.«

Ich versagte es mir, sie darauf hinzuweisen, dass zwischen Rauchentwicklung und Notfällen oft ein gewisser Zusammenhang besteht. Stattdessen wartete ich still auf den nächsten Hinweis.

»Aber vielleicht ...«, sagte sie so beiläufig, als wäre es ihr eben erst eingefallen, »... magst du ja mal Miss Roxana einen Besuch abstatten.«

Während Mrs. Hannaham eine anstrengend aufdringliche, verbitterte Vogelscheuche von Witwe war, die wahrscheinlich den Großteil ihres Lebens im unfreiwilligen Zölibat zugebracht hatte, war Roxana Boureau eine schlanke, stets in Diane von Fürstenberg gekleidete, naturblonde Witwe, deren übertrieben klingender, aber authentischer französischer Akzent verbalen Sex verströmte. Anders als Mrs. Hannaham mit ihrem lieben Compton, erwähnte Roxana nie einen Monsieur Boureau, und im Gegensatz zu Mrs. H. kümmerte sie sich meist nur um ihre eigenen Angelegenheiten. Sie arbeitete von zu Hause aus, indem sie auf eBay kaufte und verkaufte – was genau, wusste niemand. Einmal hatte ich sie danach gefragt, und sie hatte mit einer abwinkenden Handbewegung, von deren beiläufiger Eleganz ich nur träumen konnte, erwidert: »*Ah oui*, mal dies, mal das.« Sie beschwerte sich nie und hatte immer frische Blumen vor ihrer Tür stehen, weshalb sie bei meiner Mutter für alle Zeiten einen Stein im Brett hatte. Sie sah aus, als wäre sie Ende dreißig, aber in Anbetracht dessen, dass sie Französin war und ihr daher die wundersame Gabe in die Wiege gelegt worden war, eine dauerhafte Diät aus Camembert und Cabernet in eine Hautverjüngungskur zu verstoffwechseln, war sie wahrscheinlich zehn Jahre älter als sie aussah.

Mrs. Hannaham, ohnehin von wenig toleranter Gesinnung, war trotz ihrer Solidarität mit den indischen Witwen wenig geneigt, gegenüber ihrer hausinternen Standesgenossin Nachsicht walten zu lassen. Gelegentlich hatte ich zwar gehört, wie sie spitze Bemerkungen über Roxanas anscheinend recht reges Liebesleben hatte fallenlassen (»Herrgott nochmal, soll sie doch gleich eine Drehtür einbauen lassen!«), aber dass sie ihr mittels James zu Leibe gerückt war, hatte ich bislang nicht gewusst. Kleiner Betrüger, der er war, vermisste ich ihn und sein diplomatisches Geschick schon jetzt. Wie hatte er das nur ausgehalten?

Kaum hatte ich aufgelegt, schlief ich sofort wieder ein und träumte süß. Nach einer halben Stunde klingelte das Telefon erneut.

»Und?« Mrs. Hannahams schrille Stimme zerfetzte die letzten Reste eines wunderbaren Traumes, in dem ich, George Clooney und ein Heißluftballon vorgekommen waren.

»Helium!«, rief ich, noch ehe ich ganz klar im Kopf war.

»Helium! Hast du schon die Feuerwehr gerufen?«

Indem ich einige mehr oder minder fundierte Fakten über das leichteste Element des Periodensystems zum Besten gab, gelang es mir vorerst, Mrs. H. von ihrem Vorhaben abzubringen, mir weiterhin das Leben zur Hölle zu machen. Erst nachdem ich aufgelegt hatte, wurde mir bewusst, dass dies der wohl schlimmste erste Arbeitstag der Geschichte geworden wäre, an dem ich zudem noch mein Zuhause verloren hätte, falls sie *tatsächlich* Rauch gerochen hätte …

Mein Plan, aus den Zitronen meines Lebens weltraumwürdige Limonade zu machen, war mir also schon etwas sauer aufgestoßen, als Mercedes eine Stunde später bei mir aufkreuzte und dem Sommer in Shorts und einem knappen T-Shirt Beine machen wollte. Ihre Mini-Dreadlocks mit den bunten Perlen wippten ihr munter ums Gesicht. Sie strotzte auf höchst irritierende Weise vor Energie, als wolle sie mir helfen, die Welt zu erobern, während ich ihr einfach nur eine Weile mein Leid klagen wollte.

Mercedes Kim war meine »Schwarze Freundin«. Genau genommen war sie für alle Sterling Girls die »Schwarze Freundin«, und wenn sie besonders gereizt war, weil sie sich den ganzen Nachmittag mit Schostakowitsch abgeplagt hatte, bestand sie darauf, dass wir sie bitte schön auch so nannten. Am ersten Tag auf der Highschool hatten wir es den älteren Jahrgängen unbewusst nachgemacht – den schönen Fotos von bunt gemischten Schülerscharen in der Schulbroschüre zum Trotz – und uns ganz von selbst in Schwarz und Weiß aufgeteilt. Nicht so Mercedes. Das große, schlaksige Mädchen mit dem Latina-Vornamen (ausgesucht von ihrem leiblichen Vater, zu dessen vielen verwerflichen Taten unter anderem auch gehörte, seine Tochter nach seiner liebsten Automarke zu benennen) und dem asiatischen Nachnamen (den sie ihrem Stiefvater verdankte, der sie nicht nur adoptiert, sondern ihr auch Schuberts Streichquartett in C-Dur vorgespielt hatte, womit er sie wie ein Dealer auf dem Schulhof lebenslang angefixt hatte) kam in der Mittagspause mit ihrem Tablett zu uns herüber und setzte sich an den Tisch, an den ich mich mit Abigail geflüchtet hatte. Wir versuchten, nicht weiter aufzufallen und *bloß nicht* angesprochen zu werden.

Sie faltete ihre langen Beine unter der Bank zusammen und verkündete: »Ich habe mein Stipendium für diesen Laden ganz gewiss nicht bekommen, um mit lauter Idioten abzuhängen, die nur damit angeben, wie sie sich im Sommer in den Hamptons jeden Abend haben volllaufen lassen.« Ihr Mut, so unverfroren schlecht über die Leute zu reden, vor denen ich solchen Schiss hatte, beeindruckte mich so sehr, dass ich kein Wort herausbrachte. Abigail klammerte sich an ihrem Tablett fest und starrte abwechselnd auf den Boden und die gegenüberliegende Tischkante. Aber im Laufe der einstündigen Pause und trotz des einschüchternden Stimmengewirrs in der Cafeteria, das immer so klang, als würden alle anderen über etwas reden, in das man selbst niemals eingeweiht werden würde, verwandelte Mercedes unser nervöses Schweigen in ein einvernehmliches Schweigen. Bis zum Ende dieser ersten Woche hatten auch Lucy und Tag zu uns gefunden, und die nächsten vier Jahre über verbrachten wir fünf jede Mittagspause zusammen.

»Nichts davon wird dir helfen, die Müllbehälter aufzubekommen«, meinte Mercedes nach einem abschließenden Blick in den Werkzeugkasten und schnappte mir ihre Waffel aus der Hand. »Entweder wir finden den Schlüssel, oder wir rufen den Schlüsseldienst.«

Meine erste Bewährungsprobe, nachdem ich der frühmorgendlichen Versuchung widerstanden hatte, Mrs. H. zu strangulieren, stellten die Müllbehälter dar, drei Holzcontainer, die in dem schmalen Durchgang hinter dem Haus standen. Montag war Müllabfuhrtag – was bereits heute deutlich zu riechen war –, und James hatte als Einziger Schlüssel zu den Schlössern an den Containern besessen.

Ich trottete zum Regal hinüber, zog die Gelben Seiten heraus und ließ sie auf den Werkzeugkasten fallen.

»Immer schön langsam … Schlüsseldienste sind genauso teuer wie Klempner und Elektriker – erst recht am Sonntag. Bist du sicher, dass niemand sonst einen Schlüssel hat?«

Ich schüttelte den Kopf.

»Sollten wir nicht erst mal in James' Wohnung nachschauen?«

Verdutzt schaute ich Mercedes an. Die Polizei hatte Absperrband wie Geburtstagsgirlanden kreuz und quer vor seine Tür gespannt. »Die ist wahrscheinlich auch abgeschlossen.«

»Glaubst du vielleicht, dass er daran gedacht hat, das Bett zu machen, das Licht zu löschen und die Tür hinter sich abzuschließen, wenn gerade die Bullen in seine Wohnung gestürmt sind, um ihn zu verhaften?«

»Du klingst wie ein echter Profi.«

»Jetzt mal im Ernst – wahrscheinlich ist *nicht* abgeschlossen. Und wenn er wirklich das Licht angelassen hat …«

Nun ging sogar mir ein kleines Lichtlein auf. »Dann ist es meine Pflicht, dort nach dem Rechten zu sehen, damit nicht auf Kosten der Hausgemeinschaft Energie verschwendet wird.«

»Was, wenn noch das Wasser läuft?«, fragte Mercedes mit Unschuldsmiene.

»Mrs. H. meinte, sie würde Rauch riechen! Wenn seine Wohnung in Flammen stünde, bliebe mir doch gar nichts anderes übrig, als mir Zutritt …«

Schon eilte Mercedes entschlossenen Schrittes durch mein Wohnzimmer und zur Tür hinaus. Ich stolperte hinter ihr her in den Hausflur. Sie stemmte die Hände auf ihre schmalen Hüften und bedeutete mir mit einem knappen Kopfnicken, James' Wohnungstür zu öffnen.

»Warum ich? Das war deine Idee«, flüsterte ich.

»Weil es besser ist, wenn deine Fingerabdrücke drauf sind«, zischte sie zurück.

»Fingerabdrücke! Fingerabdrücke klingt aber gar nicht gut.« Ich wollte mich wieder in meine Wohnung flüchten, doch Mercedes packte mich am Arm.

»Stell dich nicht so blöd an und mach endlich diese dusselige Tür auf.« Kurz musste ich daran denken, dass Tag doch erst gestern Abend zu mir meinte, ich solle da nicht so blöd rumstehen, und ich fragte mich ehrlich, ob wir uns nicht alle schon ein bisschen zu gut kannten, um noch Respekt voreinander zu haben.

Schnell schaute ich einmal die Treppe rauf und runter, drückte dann zaghaft die Klinke und hoffte, dass abgeschlossen wäre. Als die Tür sofort aufsprang, fuhr ich erschrocken zurück. Sogar Mercedes sah ein bisschen überrascht aus.

Langsam und mit einem leisen Knarzen ging die Tür auf, und wir spähten durch die gelben Absperrbänder.

In den zehn Jahren, die James unser Hausverwalter war, bin ich nicht ein einziges Mal in seiner Wohnung gewesen – auch nicht, nachdem ich aus der Wohnung meiner Eltern nach unten in den ersten Stock umgezogen war. Wenn ich etwas von James brauchte, hatte ich ihn entweder angerufen oder an seine Tür geklopft und gewartet, bis er zu mir rüberkam. Auf den ersten Blick sah es eigentlich auch gar nicht so aus, als hätte hier eine gespaltene Persönlichkeit gelebt. Alles war sauber und ordentlich, ein bisschen düster vielleicht, schlicht und elegant, wenngleich nicht gerade originell. Sitzecke aus schwarzem Leder, Couchtisch aus Glas und Chrom, riesiger Flachbildschirm, grauer Teppichboden. Die typische Behausung eines durchschnittlichen Junggesellen.

Ich schaute Mercedes an. Sie reckte die Nase und schnupperte. »Also, *ich* rieche da irgendwas …« So leicht würde sie mich nicht davonkommen lassen, und wenn ich ganz ehrlich war, fand ich die Vorstellung, in einer fremden Wohnung herumzuschnüffeln – und das mit gutem Grund! – immer verlockender. Die Tür war zwar gesichert, doch das Absperrband nur lose gespannt. Erst stieg ich etwas zögerlich über eines der Bänder, dann duckte ich mich unter einem anderen hindurch … und schon war ich drin.

Allein in einer fremden Wohnung zu sein, stellte die Selbstbeherrschung auf die ultimative Bewährungsprobe – zumindest *meine* Selbstbeherrschung. Ein Hund wäre jetzt einfach losgerannt, hätte in allen Ecken und Winkeln geschnüffelt, mit der Nase voraus den Müll durchstöbert, seine neugierigen Pfoten in Schubladen vergraben und wäre auf Betten gesprungen. Nur der langwierige Zivilisationsprozess menschlichen Verhaltens – und meine latente Furcht vor versteckten Überwachungskameras – hielt mich für gewöhnlich davon ab, anderer Leute Kühlschränke, Schreibtischschubladen und Badezimmerschränke aufzumachen. (In Haydens Wohnung herumzuschnüffeln zählte nicht zu den moralisch verwerflichen Grenzüberschreitungen, da es ein Akt der Selbsterhaltung gewesen war.)

Jetzt stand ich also mitten in James' Wohnzimmer. Aus seinem Fenster zu schauen war eine höchst befremdliche Erfahrung, da der Ausblick genau dort weiterging, wo er bei meinem Fenster aufhörte. Es war ein bisschen so, als könne man plötzlich seitlich über ein Foto hinausschauen und sehe dort die Fortsetzung dessen, was eigentlich abgeschnitten war. Er konnte direkt in die Lobby des gegenüberliegenden Hauses schauen, während ich nur ab und an mal sah, wie die Haustür auf- und zuging, und einen flüchtigen Blick auf die braun-goldene Uniform des Portiers erhaschte. Vor sein Fenster ragten auch nur die äußersten Zweige von Mrs. Hannahams Apfelbaum, dessen Laub mir im Sommer stets die Aussicht versperrte.

Aber nicht nur mir gab die Verlockung des fast Verbotenen einen erregenden Kick. Mercedes stellte sich auf die Zehenspitzen und streckte den Kopf so weit durch das Absperrband, wie es ihr nur irgend möglich war, ohne die Wohnung tatsächlich zu betreten.

»Ach herrje, jetzt stell dich nicht so an und komm schon rein«, sagte ich zu ihr. »Du kannst mir helfen, die Schlüssel zu suchen.«

Sofort wich Mercedes zurück. »Nein, nein, ich will lieber kein Risiko eingehen. Wenn die Polizei sich sogar Denzel geschnappt hat, was soll ich dann erst sagen?«

»Dass du nicht Denzel bist. Außerdem war das gar nicht Denzel Washington, sondern der andere – du weißt schon. Aber wenn du jetzt nicht mal mehr *deine eigenen Leute* auseinanderhalten kannst ...«

»Was redest du denn da? Und wenn du jetzt nicht endlich zu suchen anfängst, gehe ich.«

»Ja, ja, schon gut. Bleib bloß hier!« Ich beschloss, zuerst in den Küchenschubladen nachzusehen, weil ich in meiner Wohnung dort allen möglichen Kram aufbewahrte – Schlüssel, abgelaufene Gutscheine, ein Geodreieck, das mich seit der achten Klasse begleitete … Auf Zehenspitzen schlich ich lautlos durch den Flur.

»Hast du schon was gefunden?«, flüsterte Mercedes mir recht vernehmlich hinterher.

»Du meinst außer der Leiche?«

Ungnädiges Schweigen.

»Nein, noch nichts.« Vorsichtig zog ich die erste Schublade auf. Besteck! Und in der nächsten … ein Flaschenöffner! Während ich ein paar ebenso unergiebige Küchenschränke auf- und wieder zumachte, wuchs in mir die Furcht/Vorfreude darauf, dass ich auch den Rest der Wohnung würde durchsuchen müssen. Mittlerweile wusste ich immerhin schon, dass James nur vier Teller besaß, die zudem allesamt nicht zusammenpassten, dafür aber ganze vier Regalreihen voller Gläser.

Ich machte den Kühlschrank auf. Ein wenig bemerkenswertes Durcheinander aus Take-away-Behältern, verkrusteten Saucenflaschen und einem Stapel Filmrollen und Batterien. Aber dann … ein Blick in das untere Fach, und mir stockte der Atem. Auf der einen Seite zehn ordentlich aufgereihte Bierflaschen Brooklyn Lager, auf der anderen zehn ebenso sorgsam aufgestellte Gläser Marmite – jene tiefbraune Paste von zweifelhafter Konsistenz, die nur hartgesottene Briten genießbar finden und die wahrscheinlich der wahre Grund für den amerikanischen Unabhängigkeitskrieg war.

Mein allererster Einblick in den Kühlschrank eines Psychopathen ließ mich meine bislang entwickelten Theorien über James' wahren Charakter erneut überdenken. Nach dem gestrigen Abend war ich zu dem Schluss gelangt, dass der englische Akzent aufgesetzt war und zu James' sekundärer Persona gehörte. Nun war ich mir da nicht mehr so sicher. Könnte es sein, dass es bislang noch gar keine Forschungsergebnisse und Studien zu den Kühlschränken von Patienten mit multipler Persönlichkeit gab? Stand ich hier gerade etwa vor einem äußerst wichtigen Diagnoseinstrument? Sollte ich nicht vielleicht ein Psychologiestudium in Erwägung ziehen? Mein Promotionsthema hatte ich schon gefunden. Dank meiner grundlegenden Arbeit gelänge endlich der Durchbruch in der psychiatrischen …

»Zeph?« Mercedes klang nervös.

Schnell schlug ich den Kühlschrank zu.

»In der Küche war nichts. Ich gehe jetzt ins Bad.«

»Okaaay.«

»Was? Soll ich lieber nicht ins Bad gehen?« Ich rannte zurück zur Tür, wo Mercedes noch immer Wache stand.

»Nein, du sollst dich beeilen.« Sie zögerte kurz. »Hast du was gefunden?«

»Nur Teller, die nicht zusammenpassen, und zehn Gläser Marmite.«

»Was?«

»Marmite!«, rief ich, ganz kribbelig vor nervöser Energie. Ein leichter Luftzug fuhr durch die Wohnung und trug den Gestank der Müllcontainer herauf. Das Wohnzimmerfenster musste die ganze Nacht offen gestanden haben. Ich ging hinüber und schloss es, wobei ich mich auf einen herrlich bequemen Fenstersitz kniete, den James sich eigenhändig gebaut haben musste. Bislang hatte ich Fenstersitze mit tiefsinnigen, dem Denken und dem Sitzen zugeneigten Menschen in Verbindung gebracht – nicht unbedingt mit psychotischen Hausmeistern. Aber vielleicht hatte er sich, nachdem er beispielsweise das Leck in einem Wasserboiler abgedichtet hatte, in den englischen James verwandelt, der sich laut Sonette vorlas, vom Fenstersitz hinausschaute und mit verklärtem Blick die windumtosten Klippen von Dover heraufbeschwor.

Einen kleinen Kamin hatte James auch. Auf dem Marmorsims standen ein paar Duftkerzen, was den würzigen Geruch im Wohnzimmer erklärte, und zwei gerahmte Fotos. Vielleicht ein Familienbildnis mit alten Tanten, die angestrengt lächelnd auf einer sommerlichen Veranda standen? Oder eine Freundin, blond gelockt und spärlich bekleidet? Oder ein paar kernige, sonnenverbrannte Kumpels mit Bierdosen in der Hand, vor sich einen frisch gefangenen Riesenfisch? Ach, wäre das schön gewesen.

Nein, es waren zwei Fotos von James. Genauer gesagt, zweimal dasselbe Foto. James, und nur James. Große lächelnde, identische Porträts von James, der vom Kaminsims in seine Wohnung grinste. Zu beiden Seiten flankiert von Kerzen, wie ein Schrein.

»Aaaah! Uuh, uuuh. Aaaaah!« Schaudernd trat ich den Rückzug an.

»*Waaa*-haaas?!« Mercedes streckte den Kopf wieder durch das Absperrband. »Was *uuuh und aaah*?«

»Fotos.«

»Von …?« Ich sah ihr an, dass ihre Fantasie mit ihr durchging.

»Von sich.«

»Nackt?«

»Nein! Aber nur von sich – zwei Fotos *nur von sich*. Und es ist zweimal *dasselbe* Foto.«

»Nein!« Und damit kletterte Mercedes endlich doch durch das Absperrband und steuerte geradewegs auf den Kamin zu. Mit offenem Mund stand sie vor dem kleinen Alter-Ego-Altar. Mercedes' beruhigende Gegenwart und die

Entdeckung der Fotogalerie, die auch die allerletzten Zweifel an James' zwiespältiger Verfassung ausräumte, ließen mich langsam etwas entspannter werden. Ich ließ meine bis zu den Ohren hochgezogenen Schultern sinken, streckte meine Zehen und bewegte mich auf einmal mit viel größerem Selbstbewusstsein. Warum auch nicht? Immerhin gehörte meinen Eltern diese Wohnung. James war ein Betrüger. Und ich hatte hier etwas zu erledigen. Solange ich nicht auf das leuchtend gelbe Absperrband schaute, war eigentlich alles in Ordnung.

Die Schlüssel, ermahnte ich mich zur Pflicht. Ich schnüffelte nicht herum, nein, ich war hier, um die Schlüssel für die Müllbehälter zu suchen.

Und so ließ ich Mercedes am Kamin stehen, wo sie noch immer ungläubig auf die beiden Bilder starrte, und ging zu James' Schlafzimmer. Sowie ich die Tür aufmachte, schlug mir der Geruch entgegen. Das Zimmer roch nach Mann. Es war allerdings nicht der gute Männergeruch, der einen an diese Stelle hinten in seinem Nacken denken lässt, wo das Haar mit einem sauberen Schnitt endet und die Haut so weich und unschuldig ist, dass man sein Gesicht daran schmiegen möchte. Nicht der Geruch, der einen an sonnengebräunte, sehnige Unterarme denken lässt und daran, wie ihm das T-Shirt so lässig über den schmalen Rücken hängt. Nein. Das hier war der Geruch nach den Unterhosen von gestern und den Bettlaken von letztem Monat, nach einsamem Sex und versifftem Teppichboden, nach mit Barthaaren verstopften Rasierern und Zahnpastaspritzern auf dem Spiegel.

Mit angehaltenem Atem und auf Zehenspitzen bahnte ich mir meinen Weg über den unappetitlichen Teppich und versuchte, nur ja nicht auf die überall verstreuten Kleiderhaufen zu treten, von denen absolut tödliche Ausdünstungen aufstiegen. Auf dem Nachttisch machten sich Pornohefte und mit eingetrocknetem Fruchtfleisch verkrustete Saftgläser den

Platz streitig. Mit Grausen sah ich beiseite und wagte einen Blick unter das Bett, wo sich Staubmäuse tummelten. Mittendrin stand eine Schale, an deren Rand Cornflakes-Reste klebten. Beherzt zog ich ein paar Plastikbehälter hervor, die vielversprechend aussahen. Doch sie enthielten nur kleinere Plastikbehälter mit Nägeln, Schrauben, Dübeln sowie Klebeband und Maßbänder.

Ich stand auf und öffnete eine der beiden Schranktüren. Oder vielmehr ich *wollte* sie öffnen. Nachdem ich ein paar Mal vergeblich daran gezogen hatte, merkte ich endlich, dass sie abgeschlossen war. Eine verschlossene Schranktür in der Wohnung eines Verbrechers – okay, eines *mutmaß-lichen* Verbrechers. Was mochte da wohl drin sein? Wenn ich die Tür aufbrach und dahinter stapelweise druckfrische Hundertdollarscheine entdeckte, würde ich der Versuchung wohl widerstehen können? Ich, die ich doch eigentlich alles hatte: Gesundheit, Glück und Wohlstand. Dennoch – ich war mir ziemlich sicher, dass ich zumindest ein Bündel einstecken würde. Zu meiner Verteidigung möchte ich jedoch hinzufügen, dass ich, nachdem ich mir ein Budget für eine zehnminütige – nein, fünfzehnminütige – Massage einmal pro Woche – nein, einmal im Monat, nein, einmal die Woche – zugeteilt hatte, mit dem Geld wirklich gute Dinge tun würde. Ausgesetzte Hunde retten, Ärzte ohne Grenzen unterstützen, ganzseitige Anzeigen schalten, in denen ich alle Frauen vor Hayden Briggs warne.

Aber wie viel würde überhaupt in dem Schrank sein? Und was, wenn die Scheine markiert wären? Dieser Ausdruck ließ mich immer an einen dicken schwarzen Punkt in der Ecke des Geldscheins denken, aber mein scharfer kriminalistischer Verstand sagte mir, dass diese Vorstellung wahrscheinlich nicht ganz der Wirklichkeit entsprach. Ob es eine Falle war? Vielleicht war das Geld von der Polizei hier hinterlegt worden und die Seriennummern registriert. Oh, welche Schande ich über meine Eltern bringen würde, wenn herauskäme, dass ich gestohlenes Geld gestohlen hatte!

Hinter mir knarzte die Schlafzimmertür, und ich schrie leise auf.

»Ganz schön schreckhaft. Was treibst du denn da?«, wollte Mercedes wissen. Sie presste die Lippen zusammen und schnüffelte. »Mmmh, alte Pizza.«

»Diese Tür hier ist *abgeschlossen*«, raunte ich höchst bedeutungsvoll. Mercedes kam zu mir herüber und rüttelte an der Tür. Dann hockte sie sich hin und inspizierte den Türspalt. Sie zog mit einem kräftigen Ruck, und die Tür flog auf. Das Herz schlug mir bis zum Hals, und einen kurzen Augenblick lang meinte ich wirklich, stapelweise Geldscheine vor mir zu sehen. Dann kam mein Verstand wieder zu Sinnen, und meine Aufregung legte sich. Im Schrank waren Kleider. Schuhe, Gürtel, Hemden, Baseballkappen, Jeans, Arbeitshandschuhe.

»Schreckhaft *und* schwach«, schloss Mercedes.

»Also weißt du, wenn man Freunde wie dich hat …«

»Ist dein Leben gleich viel interessanter. Irgendwelche Schlüssel gefunden, Sherlock?«

Noch während ich den Kopf schüttelte, hörten wir von der Wohnungstür her eine rauchige französische Stimme rufen.

»*Allo?* Ist da jemand?«

Wie der Blitz – oder wie auf frischer Tat ertappt – schoss ich aus dem Schlafzimmer und sah Roxana ihre vollendet zerzauste Frisur durch das Absperrband stecken.

»Mrs. Hannaham meinte, sie hätte Rauch gerochen!«, platzte ich heraus, die Wangen hochrot vor Schuldgefühlen, die ja wohl völlig fehl am Platze waren, denn immerhin hatte ich einen triftigen Grund dafür, mich am Tatort herumzutreiben. Ich handelte sogar im Interesse der Allgemeinheit, verdammt nochmal! »Und außerdem musste ich nach den Schlüsseln für die Müllcontainer suchen.« Um meinen Worten Nachdruck zu verleihen, deutete ich mit dem Kopf Richtung Fenster und rümpfte die Nase.

»Was war denn los gestern Abend?« Roxana runzelte ihre entzückende kleine Stirn und ließ ihren Blick nervös durch James' Wohnzimmer huschen.

Etwas ratlos zuckte ich mit den Schultern. Wie immer befiel mich in ihrer Gegenwart das unerklärliche Gefühl, unbedingt von ihr gemocht werden zu wollen.

»James ist verhaftet worden.«

Sie nickte und wartete.

»Ähm ja … es sieht so aus, als hätte er Geld unterschlagen. Von der Ölfirma.«

Roxana schüttelte kaum merklich den Kopf und hob die feinen Brauen, als wollte sie sagen: Ja, und?

Ich zermarterte mir das Gehirn, was ich sagen sollte, denn natürlich wollte ich kompetent und bestens informiert wirken. »Jetzt prüfen wir erst mal, ob er auch Gelder der Hausgemeinschaft veruntreut hat. Oder etwas aus dem Gebäude gestohlen hat«, fügte ich hinzu, und in dem Moment wurde mir klar, dass wir das vielleicht wirklich mal überprüfen sollten.

»Meinst du, isch könnte …?« Sie zeigte in die Wohnung und machte Anstalten, über das Absperrband zu klettern. Ein heftiger Adrenalinschub schoss durch meinen Körper.

»Nein!«, rief ich entsetzt. »Nein, ich meine …« Obwohl ich meine eigene, fast schon pathologische Neugier ganz gut vor mir rechtfertigen konnte, legte ich bei anderen deutlich höhere Maßstäbe hinsichtlich ihrer Diskretion an. Und immerhin war ich die Eigentümertochter sowie vermutlich Mit-Erbin dieses Hauses und nun auch die Hausverwalterin, während Roxana wahrlich keinen Grund hatte, am Tatort herumzuschnüffeln. Also, ich muss schon sagen – ich war wirklich enttäuscht von ihr.

Meine Missbilligung muss mir deutlich anzusehen gewesen sein, denn Roxana trat einen Schritt zurück und meinte beschwichtigend. »*Non, non*, natürlich nischt. Isch war nur neugierisch.« Dass sie sich so anstandslos zurückzog, gab mir das befriedigende Gefühl, Autorität bewiesen zu haben.

Hinter mir tauchte Mercedes auf und klimperte triumphierend mit einem riesigen Schlüsselbund.

»Roxana, Mercedes. Mercedes, Roxana«, stellte ich vor.

»Wir kennen uns schon.« Mercedes nickte ihr freundlich zu.

Mercedes, Tag, Lucy und Abigail kannten Roxana eigentlich nur von den wenigen Malen, da sie ihr zufällig im Treppenhaus begegnet waren, aber die kleine Gallierin, wie Abigail sie genannt hatte, war eine nie versiegende Quelle der Faszination für die Sterling Girls. Roxana war von einer sinnlichen, verruchten Aura umgeben, die für uns höchstens durch eine DNA-Transplantation zu erlangen wäre. Wir alle wollten ihre tiefe, rauchige Stimme, ohne selber rauchen zu müssen. Ihre gertenschlanke Figur, ohne auf unsere Oreo-Kekse verzichten zu müssen. Die hohen Wangenknochen, ohne uns Silikon implantieren zu lassen.

Aber mehr noch als ihr fabelhaftes Aussehen wollten wir ihre geheimnisvolle Ausstrahlung. Roxana war so raffiniert und reserviert – während wir fünf ein Geheimnis nicht einmal so lange voreinander geheim halten konnten, wie der Gedanke »Das behalte ich aber mal für mich.« dauerte. Wir waren wie offene Bücher, und nichts war tabu. Nicht die unerwiderte Liebe, die Abigail für ihren verheirateten Doktorvater empfand. Nicht die grausigen Schilderungen von Lucy, deren Vater an Krebs gestorben war. Auch nicht das Magen-

Darm-Virus, das Tag sich auf einer Reise in Ostafrika einge-fangen hatte. Und erst recht nicht die detaillierten Berichte, wie wir eine nach der anderen unsere Jungfräulichkeiten verloren hatten.

Wir zögerten auch nie – allen voran natürlich Lucy, was eine Berufskrankheit sein mochte –, die Beziehungen der jeweils anderen zu ihrer Mutter zu analysieren, oder ihre Dating-Strategien zu zerpflücken. Und natürlich hielten wir uns nie mit Urteilen darüber zurück, wie die anderen ihr Leben unserer Ansicht nach leben sollten.

»Abigail, du verwendest unglaublich viel Energie darauf, eine ebenso brillante Wissenschaftlerin zu werden wie deine Mutter. Sei einfach nur gut zu dir.«

»Mercedes, du verwendest viel zu viel Energie darauf, die Tochter zu werden, von der du glaubst, dass dein Vater sie nicht verlassen hätte. Sei gut zu dir.«

»Lucy, du verschwendest unglaublich viel Energie darauf, Leuten zu sagen, sie sollen gut zu sich sein. Viele deiner Patienten sind so gewalttätig und kriminell, dass sie es gar nicht *verdient* haben, gut zu sich zu sein.«

Einem Außenstehenden mochten wir gähnend langweilig und unverzeihlich selbstbezogen erscheinen. Aber uns wurde mit uns selbst nie langweilig. Andererseits war ich mir sicher, dass Roxana und ihre geistreichen Freunde sich nicht in ei-ner Endlosschleife gegenseitig analysierten. Wenngleich ich sie – Mrs. Hannahams Vermutungen über ihren liederlichen Lebenswandel zum Trotz – noch nie in Begleitung irgendwel-cher Freunde gesehen hatte (ob nun geistreich oder nicht). Musste man erst all seine Freunde verstoßen, um wahrlich geistreich und geheimnisvoll zu werden? War es unreif, sich mit so vielen Freunden zu umgeben und immer alles mit ihnen zu besprechen, als wäre man selbst nicht urteilsfähig genug? Gab ich der Quantität vor der Qualität den Vorzug?

Auf welches der Sterling Girls könnte ich verzichten, wenn ich müsste?

»*Ah oui, oui* ... wie geht es dir?«, meinte Roxana und beäugte dabei den Schlüsselbund, den Mercedes in der Hand hielt. Es dürften ungefähr zwanzig verschiedene Schlüssel an diesem Ring baumeln.

»Einer von denen müsste für die Müllbehälter sein, oder?«, fragte Mercedes.

»Sind das James' Schlüssel?«, wollte Roxana wissen.

Ich nickte, aber Mercedes erwiderte: »Also, genau genommen gehören sie den Zuckermans.«

Roxana hob an, als wolle sie noch etwas anderes fragen, schien es sich dann jedoch anders zu überlegen.

»*Alors*«, meinte sie schließlich, noch immer mit Blick auf die Schlüssel, »dann haltet misch weiter auf dem Posten.«

Mercedes schaute verwirrt, aber ich erwiderte: »Aber ja, das werden wir, wir werden alle auf dem Posten halten.«

Ich sollte einen Job bei den Vereinten Nationen bekommen – so gut wie ich Brücken zwischen den Kulturen schlagen konnte! Am Anfang könnte ich ja als eine Art Hostess arbeiten, die Gattinnen ausländischer Staatsgäste durch meine wunderbare Stadt geleiten und ihnen die wahren Sehenswürdigkeiten zeigen. Natürlich nicht die Olive Gardens und Gaps und all die anderen Restaurant- und Ladenketten, die sich still und heimtückisch ausgebreitet hatten. Auch nicht die noblen, stickigen Kaufhäuser oder das Empire State Building, sondern die freigelegten Ruinen aus dem 17. Jahrhundert in der Broad Street und den Gewürzmarkt in Jackson Heights. Die hinter St. Luke in the Fields versteckten Gärten an der Hudson Street und den friedlichen, verlassenen Abschnitt im Westen von Pier 40 – einer der wenigen Orte, an dem man mitten in New York draußen allein und ungestört sein kann. Die ehemaligen Knastbrüder, die im City Hall Park mit den Bankern und Brokern Schach spielen, und die Ufer-promenade in Brooklyn Heights bei Sonnenuntergang. Das Marinedenkmal, über dem die Wellen des Hudson River stets erneut zusammenschlagen.

Während wir am Wasserfall in Chelsea Market vorbei-schlenderten, würde die First Lady des Iran/Irak/Libyens mir anvertrauen, wie erfrischend es sei, endlich einmal offen sprechen zu können – anderthalb Jahrzehnte mit den Sterling Girls erwiesen sich nun als ideale Vorbereitung auf meine wahre Berufung –, und wir würden einen Plan schmieden, wie sich Frieden zwischen unseren Ländern schaffen ließe. Endlich könnte ich meine Idee einbringen, die Welt dadurch zu retten, alle kleinen Jungen und jungen Männer in kriegeri-schen Staaten Romane lesen zu lassen. Wenn diese potenziel-len Terroristen nur mal etwas anderes zu lesen bekämen als die Bibel oder den Koran, könnten sie all ihre Energie, die sie bislang darauf verschwendet hatten zu lernen, wie man sich in die Luft sprengt, auf die Lektüre von Steinbeck, Defoe, Mar-quez, Dickens, Eliot und Fitzgerald verwenden und würden zu ganz neuen Einsichten gelangen, die selbstverständlich friedlicher Natur wären. Wir würden den Friedensnobelpreis bekommen, die First Ladys und ich.

Roxana ließ ihren Blick ein letztes Mal durch das Zimmer schweifen, musterte Mercedes und mich einen Moment lang eingehend (was ich unglaublich schmeichelhaft fand) und ging wieder nach oben.

»Was meinst du – ob wir wohl jemals so scharf und schick werden?«, überlegte Mercedes laut. Ich schüttelte den Kopf.

»Bereit für deinen neuen Job?«, fragte sie mich und schlüpfte durch das Absperrband hinaus auf den Flur.

»Nein, ganz und gar nicht.« Sie lachte, aber ich meinte das ernst. Unten am Müllcontainer zu stehen und zwanzig Schlüssel auszuprobieren, bis ich den passenden gefunden hatte, fand ich in etwa genauso verlockend wie die Vorstellung, Ärztin oder Anwältin zu werden.

Mercedes sah mich über das gelbe Plastikband hinweg an, und zum allerersten Mal in den vierzehn Jahren, die ich sie schon kannte, entdeckte ich in ihrem Blick einen Anflug, einen leichten Hauch, kaum merklich, aber doch eine Spur von … *Geringschätzung*. Mir wurde flau im Magen. Seit Mercedes sechs Jahre alt war, hatte sie jeden Morgen vor der Schule eine Stunde auf ihrer Bratsche geübt, und dann noch mal vier Stunden – *vier Stunden* – nach der Schule sowie fast das ganze Wochenende. Ihre Sommerferien bestanden aus Musik-Camps, Wettbewerben, Vorspielen und noch mehr Üben. Und bei jedem Schritt nach oben, von der Aufnahmeprüfung für die Musikhochschule bis zu ihrer Berufung zur dritten Bratsche bei den New Yorker Philharmonikern, hatte sie gegen jene subtilen Vorurteile ankämpfen müssen, die zu haben in der Musikwelt niemand jemals zugeben würde.

Ich seufzte. Mit der Enttäuschung meiner Eltern konnte ich irgendwie leben, aber ich würde es nicht ertragen, morgens mit dem Wissen aufzuwachen, dass meine Freunde mich verachteten.

Limonade. Ich wollte doch Limonade machen, und ich würde es tun. Notfalls auch aus Müll.

5

Eine Woche später ging ich nicht nur schon ganz selbstverständlich in James' Wohnung ein und aus – ich hatte sie praktisch zu meinem Büro erkoren. Das ganze Wohnzimmer war übersät mit zerknitterten, verschmierten Papieren, und sie alle betrafen Dinge, an die ich nicht einmal in meinen ödesten, blödesten Träumen einen Gedanken verschwendet hatte: Quittungen für Dichtungsringe und Verlängerungskabel, Wasserhähne und Bohraufsätze, Sperrholz und Spachtelmasse. Alte Rechnungen und Überweisungen an Elektriker, Kammerjäger, Feuerwehr und sogar an einen Eisenschmied. Steuerbescheide, Rechnungen für Wasser/Abwasser, Reparaturbelege, Wartungsprotokolle für Feuermelder, Heizöleinlagerungserlaubnis.

In den wenigen Momenten, in denen ich nicht von Angst, Panik und Verwirrung heimgesucht wurde, kam ich mir manchmal vor, als würde ich die Hinterlassenschaft eines alten Freundes durchsehen und dabei Dinge über ihn herausfinden, die ich zuvor nicht einmal geahnt hatte. Auf den Bericht eines Bautechnikers zu stoßen, war, als entdeckte ich ein EKG – oh, wer hätte gedacht, dass Joe Herzrhythmusstörungen hatte! Oder dass das Mauerwerk an der Ostseite meines Hauses neu ausgefugt werden musste. In James' fragwürdiger Ablage zu stöbern, bescherte mir ganz neue Einblicke in das Zuhause meiner Kindheit.

Bevor ich sie auf dem Wohnzimmerteppich ausgebreitet

hatte, hatten sämtliche Unterlagen ein unsortiertes und sehr beengtes Dasein in drei großen Kartons geführt. Als Lucy (die freimütig einräumte, hin und wieder unter zwanghaften Anwandlungen zu leiden) *das* gehört hatte, hatte sie sich extra freigenommen und stand eine Stunde später voller Tatendrang vor meiner Tür. Sie war angezogen, als erwarte sie ein Schlachtfeld und harte Arbeit: Jogginghose, eins der alten Armee-T-Shirts ihres Vaters, die blonden Haare mit einem Frottee-Stirnband zurückgebunden.

Lucy hatte auch darauf bestanden, allen Sterling Girls beim Einzug in ihre jeweiligen Wohnungen zu helfen, und noch immer wurmte es sie sehr, dass sie nicht nach Kalifornien hatte fliegen können, um Abigail beim Auspacken mit Rat und Tat zur Seite zu stehen. Dank Lucy wussten wir alle, wo wir was in der Wohnung der anderen finden konnten, denn alles war nach demselben Prinzip eingeräumt. In der Kommode befanden sich in der oberen Schublade Unterwäsche und BHs, Pullover und zusammenlegbare T-Shirts waren in der mittleren Schublade und in der unteren Jeans. In unseren Schränken hingen – von links nach rechts – Hosen (nach Gewicht, die schwersten zuerst), dann Röcke, Kleider und ganz rechts Blusen und diverses Unzusammenlegbares. Verschwitzte Sportklamotten hingen zum Lüften an Haken, die an die Rückseite der Schlafzimmertür geschraubt waren. Auch vor Küche und Bad, Bücher- und CD-Regalen hatte Lucys Ordnungswut nicht Halt gemacht.

»Hier ist noch was, das nach Klempner aussieht«, meinte sie und reichte mir einen zerknitterten gelben Durchschlag mit Kaffeeflecken, den ich auf den schon recht beachtlichen Klempnerstapel legte. Erst nachdem auch das allerletzte Zettelchen ordentlich ausgebreitet und vorsortiert war, erlaubte mir Lucy, alles in die von ihr mitgebrachten farbigen Ordner abzulegen, die farbige Etiketten auf den Rücken bekamen und dann in entsprechend farbig gekennzeichnete Rollcontainer eingestellt wurden. Lucy war die einzige Person in meiner näheren Bekanntschaft, die einen ganzen Vorrat farblich sortierter Indexstreifen und Ordneretiketten zu Hause hatte. Mit derselben Leidenschaft, mit der andere Frauen Schuhläden heimsuchten, stöberte Lucy in Läden für Bürobedarf – liebevoll, fast verlangend sichtete sie das Sortiment und fand immer etwas, das sie zwar nicht unbedingt brauchte, ohne das sie fortan aber nicht mehr würde leben können.

Verstohlen schaute ich auf meine Uhr. Tag hatte versprochen, ganz zufällig vorbeizukommen, um uns zu sagen, wie schön es doch draußen sei und ob wir nicht mit zum Pier 66 wollten zum Kajakfahren.

»Was ist – soll ich dir jetzt helfen oder nicht?«, fragte Lucy, der mein Blick nicht entgangen war.

»Doch, doch«, versicherte ich ihr. »Das ist echt klasse. Ich wüsste nicht, was ich ohne dich machen würde.«

»Du würdest noch immer in Schockstarre hier sitzen.« Sie reichte mir eine Rechnung. »Das kommt zu den Steuerbelegen. Hast du was zu essen da?«

Erleichtert sprang ich auf. »Ich hole was!«

»*Setz* dich. Wir machen um fünf nach zwei eine Pause.«

Tief durchatmen. »Okay.« Widerstrebend nahm ich einen weiteren Stapel unsortierter, zerknitterter Papiere zur Hand und begann, sie sorgsam glatt zu streichen. So ging das nun schon fast zwei Stunden. Doch kaum ließ ich mein gelangweiltes Auge über einen Steuerbescheid schweifen, klingelte es unten an der Haustür.

Tag!

»Ich geh schon!«, rief ich und sprang wieder auf. Lucy schüttelte missbilligend den Kopf. Barfuß hüpfte ich die knarzende teppichbespannte Holztreppe hinunter.

Auf den Stufen vor dem Haus stand ein hochgewachsener

Mann, der mein soziales Radar sofort in Irritation stürzte. Er trug einen blauen Overall, auf den »Ridofem« eingestickt war, daneben ein Logo mit einer Kakerlake und einer Ratte, die ihre Füßchen und Fühler seitlich ans Gesicht hielten wie in Munchs *Der Schrei*. Außerdem trug er einen Sprühkanister mit einem langen Schlauch und Spritzdüse, woraus ich eigentlich sofort gefolgert hätte, dass er der Kammerjäger war – *eigentlich*, denn allen Beteuerungen des Gegenteils zum Trotz war ich eben doch nicht klassenblind und konnte einen Handwerker sehr wohl von einem Kopfarbeiter unterscheiden. Irgendwas an diesem jungen Ungeziefervernichter wollte nicht so recht zusammenpassen und sandte höchst widersprüchliche Signale aus.

Er war blass und hager, aber durchaus nicht unansehnlich. Seine Nase war gerade groß genug, um ihn nicht eitel werden zu lassen (vermutete ich zumindest), aber auch nicht so groß, als dass sie sein Gesicht verschandelt hätte. Er hatte rotbraune, etwas verschossene Haare, schwere dunkle Brauen und große Augen – von undefinierbarer Farbe, so wie meine! –, umkränzt von dichten schwarzen Wimpern. Seine langen, knochigen Finger, mit denen er die Spritzdüse umfasst hielt, sahen eher so aus, als sollten sie voller Farbkleckse sein, Ton modellieren oder in alten kostbaren Büchern blättern.

Wahrscheinlich war ich nicht die Erste, die ihn mit einer gewissen Überraschung musterte, denn er seufzte und schien nur darauf zu warten, dass ich mit meinen Mutmaßungen endlich fertig würde.

»Ich dachte eigentlich, dass ich bei James geklingelt hätte«, sagte er leicht ungeduldig.

»Das haben Sie auch. Aber James ist gerade nicht hier. Kann ich Ihnen vielleicht helfen?«

Nun sah *er* aber überrascht aus. Vielleicht überlegte er ja gerade, was ich in James' Wohnung zu suchen hatte. Ob er mich für James' Freundin hielt? Hatte er mit dem englischen James zu tun gehabt oder mit Brooklyn-James? Was glaubte er wohl, mit welchem der beiden ich zusammen wäre? Und wie wäre es *überhaupt*, mit James zusammen zu sein? Eine schreckliche Vorstellung, aber es bereitete mir eine gewisse Genugtuung, mich diesem widersprüchlichen Kammerjäger geheimnisvoll und undurchschaubar zu präsentieren. Es kam nämlich sehr selten vor – ehrlich gesagt nie –, dass jemand *mich* geheimnisvoll und undurchschaubar fand.

Er hob seinen Sprühkanister hoch. »Ich soll heute dieses Gebäude machen.«

Es gab keinen Grund, warum ich ihm nicht hätte glauben sollen, hatte ich doch in dem Durcheinander dort oben mehr Rechnungen von Ridofem entdeckt, als mir lieb war. Aber mein neues Ich, mein verantwortungsbewusstes, Limonade machendes Verwalterinnen-Ich, dachte sich, dass es wohl angebracht wäre, noch ein paar Fragen zu stellen, bevor ich einen Fremden in meinem Haus einfach so Gift versprühen ließ.

Ich deutete auf den Kanister. »Was verwenden Sie denn?«

Mit ausdrucksloser Miene sah er mich an. »Kennen Sie sich mit Pestiziden aus?«

»Schon ein bisschen«, log ich.

»Reicht es Ihnen, wenn ich sage, dass wir Cypermethrin statt Bendiocarb verwenden?«, fragte er, nun hörbar genervt.

Also wirklich. Was glaubte er denn, wen er hier vor sich hatte? Woher wollte er wissen, dass ich keine Chemikerin war? Oder Angestellte des Gesundheitsamts. Oder ob meine kleine Cousine vielleicht ein pestizidgeschädigtes Baby war. Oder … Sein Ton machte mich wirklich wütend, aber statt meine Laune an ihm auszulassen, nahm ich einen Doppeldeckerbus, der eben mit einer Wagenladung Touristen gesetzeswidrig in unsere schmale Straße gebogen war, ins Visier.

»Auf dem Schild an der Ecke steht *nur für Anlieger*!«,

schrie ich schrill und stürzte aus dem Haus. »Steigt aus und lauft, ihr fetten Amis!«

Carl, der gegenüber wohnte und in seinem Wohnzimmer eine Biofeedback-Praxis betrieb, winkte mir vergnügt zu.

Der mysteriöse Kammerjäger trat einen Schritt zur Seite und tat, als würde er sich Spucke von der Wange wischen. »Sie tragen also auch Ihren Teil dazu bei, das Image von New York zu verbessern.«

»Wir sind die hilfreichsten Menschen auf dem ganzen Planeten«, erwiderte ich gereizt, denn mein Wutausbruch war mir peinlich, zumal ich wusste, dass ich mich nur deshalb so aufgeführt hatte, weil ich diesen Typen beeindrucken wollte. Warum nur, Zephyr? *Warum?*

»Solange keine Fremden durch Ihr Viertel fahren.«

»Nicht, wenn sie laufen sollten. Nicht, wenn diese furchtbaren Touristenbusse uns hier die Luft verpesten und die Äste unserer schönen alten Bäume abbrechen. Wenn diese Typen nur auf ihren fetten Hintern sitzen wollen, sollen sie doch gleich in Idowa bleiben! Ich meine natürlich in *Idaho*.«

Der Kammerjäger grinste. »Sie können nicht mal Idaho und Iowa auseinanderhalten.«

»Kann ich wohl«, schnaubte ich.

»Und wo ist Idaho?«

»*Erklären* kann ich das nicht.«

»Doch, können Sie.« Er verschränkte die Arme vor der Brust.

»Okay«, sagte ich ungeduldig. »Im Mittleren Westen gibt es drei Staaten, die mit I anfangen, und einer davon ist es.«

»Sie meinen Illinois, Iowa und Indiana?«

»Genau.«

»Da war Idaho aber nicht dabei«, stellte er mit einer solchen Süffisanz fest, dass ich ihn am liebsten getreten hätte.

»Was? Warum … Das ist doch albern!« Ich wedelte mit

den Händen durch die Luft, als wolle ich diese unsinnige Unterhaltung hinwegfegen.

»Ich komme aus Idaho«, sagte er triumphierend.

»Tun Sie nicht.« Ich suchte in seinem Gesicht nach untrüglichen Anzeichen von Idaho, aber natürlich hatte ich noch immer keine Ahnung, ob er tatsächlich aus dem Kartoffelstaat kam, und wir wussten beide, dass ich es jetzt auch nicht auf die Schnelle herausfinden würde und er mir alles Mögliche erzählen konnte.

Wieder sah er mir geradewegs in die Augen, und noch ehe ich wusste, wie mir geschah, stellte ich mir vor, wie ich ihn küsste. Ein köstliches Flattern fuhr mir in den Bauch, und ich sprang zurück, so erschrocken und überrascht, als hätten wir uns wirklich geküsst. Fragend hob er die Brauen und schaute dann demonstrativ auf seine Uhr.

»Okay, jetzt passen Sie mal auf – ich bin *wirklich* von Ridofem, und wir haben eine vertragliche Vereinbarung mit James laufen, dass dieses Gebäude einmal im Monat gemacht wird. Oder soll ich nochmal kommen, wenn er wieder da ist?«

Schnell verscheuchte ich die letzten berauschenden Nachwirkungen unseres nicht geküssten Kusses. »Nein, nicht nötig. Er wird sowieso so bald nicht wiederkommen.« Dass unser Hausverwalter im Knast war, behielt ich dann aber doch lieber für mich. »Sagen Sie mir einfach, was Sie brauchen, und ich werde mich darum kümmern«, meinte ich und versuchte kühl und kompetent zu wirken. Mit so viel Würde, wie ich unter den gegebenen Umständen aufbringen konnte, bedeutete ich ihm einzutreten.

Er folgte mir ins Foyer, und ich schloss die Tür hinter ihm. Die plötzliche Stille war sehr anheimelnd und lauschig und …

»Wer sind Sie eigentlich?«, fragte er unvermittelt.

Ganz förmlich streckte ich meine Hand aus. »Zephyr Zuckerman.«

Er nahm meine Hand und lachte. »Jetzt im Ernst?«

Etwas entgeistert zog ich meine Hand weg.

»Tut mir leid. Tut mir wirklich leid.« Er konnte gar nicht mehr aufhören zu lachen. »Aber es ist wirklich … ein ungewöhnlicher Name.«

»Ach ja? Wie heißen *Sie* denn?«, fuhr ich ihn an.

»Gregory. Und Samson. Also, ich meine, Gregory Samson.«

Einen Moment betrachtete ich ihn stirnrunzelnd, dann war es an mir, süffisant zu grinsen.

»Sagen Sie es nicht«, warnte er mich.

»Gregor Samsa war der Typ, der sich bei Kafka in einen Käfer verwandelt hat!«, rief ich triumphierend. Doch gleich mein nächster Gedanke war weniger erfreulich: Wie viele Insektenprotagonisten mochte es in der Weltliteratur wohl geben, und warum musste ausgerechnet ich immer Männern begegnen, die irgendeine Ähnlichkeit mit ihnen hatten? Ich war mir ziemlich sicher, dass dies in der Geschichte romantischer Verstrickungen ein bislang noch nicht beschriebenes Beuteschema war.

»Wohnen Sie hier?«, versuchte er es hartnäckig weiter.

»Mir *gehört* dieses Haus«, beschied ich großspurig. »Also, meiner Familie. Und weil James wie gesagt gerade nicht da ist, sagen Sie am besten mir, was Sie brauchen.«

Mir war, als würde ich einen Anflug von Enttäuschung über sein Gesicht huschen sehen, aber so kurz und flüchtig nur, dass ich es mir vielleicht auch eingebildet hatte.

»Ich brauche Zugang zu allen Wohnungen. Und wenn Sie sind, wer Sie sagen, dass Sie sind, müssten Sie mich – rein rechtlich gesehen – begleiten.«

»Warum soll sie denn nicht sein, wer sie sagt, dass sie ist?«

Lucy stand oben auf dem Treppenabsatz und rutschte mit Armen und Oberkörper das Geländer hinab, weshalb wir sie genau genommen kopfüber sahen.

Als Gregory zu ihr hinaufschaute, musterte ich prüfend sein Profil. War er wirklich ein Kammerjäger? Vielleicht war er ja ein verdeckter Ermittler, der sich nur als Kammerjäger ausgab! Womöglich sollte er untersuchen, ob meine Familie in James' kriminelle Machenschaften verstrickt war. Oh Schreck, hatte ich mir etwas zuschulden kommen lassen? Abgesehen davon, dass ich mein Büro inmitten des Tatorts eingerichtet hatte …

Aber vielleicht sollte Gregory mich gar nicht beschatten, sondern beschützen! Vielleicht war jemand, den James bestohlen hatte, hinter ihm her, und Gregory war hier, um mir rund um die Uhr Personenschutz zu gewähren. Wo würde er sich postieren? Etwa in meinem Wohnzimmer? Angestrengt versuchte ich mich zu erinnern, wann ich zuletzt gesaugt hatte.

Gregory und Lucy schienen darauf zu warten, dass ich etwas sagte.

»Tut mir leid, Luce. Ich komme gleich wieder hoch.«

Lucy bedachte mich mit einem vielsagenden Blick.

»Oh, natürlich. Gregory Samson, das ist Lucy. Lucy, das ist Gregory Samson«, stellte ich vor.

»Im Ernst?«, fragte Lucy, und ihre Augenbrauen schnellten in einem Anfall erfrischend unprofessioneller Taktlosigkeit und Verwunderung in die Höhe.

Ich lachte, und Gregory verdrehte die Augen.

»Ich meine …« Eilig richtete sie sich auf und kam die Treppe hinunter, damit sie Gregory in die Augen sehen konnte, wie sie es auch bei ihren Patienten machte sowie bei sämtlichen Verkäuferinnen, Kellnern und wer immer sich noch von ihr gewertschätzt und *gesehen* fühlen sollte. »Ist das nicht …«

»Ich bin der Kammerjäger«, unterbrach Gregory genervt. »Sind Sie auch Eigentümerin dieses Hauses? Brauche ich auch Ihre Erlaubnis, um hier aussprühen zu dürfen?«

»Was? Ach so. Nein, nur Zeph.« Ich sah, wie Lucy Gregory ebenso prüfend musterte wie ich, ihn einzusortieren versuchte und an seinem widersprüchlichen Äußeren scheiterte. Doch plötzlich hellte sich ihre Miene auf. »Welche Wohnungen sollen denn gemacht werden?«

»Alle«, sagte Gregory.

»Oh, klasse!« Lucy klatschte in die Hände. »Jetzt können wir endlich alle Schlüssel zuordnen und etikettieren!«

Vergnügt sprang sie die Treppe hinauf, lächelte Gregory über die Schulter kokett an und brachte ihre Grübchen bestens zur Geltung. Wie schamlos sie war! Gregory folgte ihr, und während ich hinter den beiden hertrottete, versuchte ich mir vorzustellen, was ich dem glücklichen Paar bei seiner Hochzeit an guten Wünschen mit auf den Weg geben wollte, doch vergebens. Mir fehlten die Worte. Stattdessen ereilten mich tränenreiche Bilder meiner selbst, wie ich meinen Kindern vom perfiden Verrat meiner einstigen Freundin Lucy erzählte.

Als wir im ersten Stock ankamen, weiteten sich Gregorys Augen beim Anblick des gelben Absperrbandes. Doch mit einer Selbstbeherrschung, die für mich immer unerreichbar bleiben wird, enthielt er sich jeden Kommentars und ging weiter die Treppe hinauf.

»Normalerweise fange ich ganz oben an und arbeite mich dann nach unten durch.« Er lief an Roxanas und Cliffs Wohnungen vorbei und steuerte die oberste Etage an, die meine Eltern sich mit den Caldwells teilten, einem älteren Paar – sie Ärztin, er Bildhauer –, die jedes Jahr eine rauschende Party zum Gedenken an Martin Luther King gaben, obwohl sie selbst weißer als weiß waren und ursprünglich aus New Canaan, Connecticut stammten. Gregory drehte sich zu uns um, woraufhin Lucy und ich ihn um die Wette anstrahlten. Ich straffte die Schultern, zog meinen Bauch ein und versuchte den Eindruck zu erwecken, dass ich intelligent, interessant, witzig und selbstbewusst wäre.

Mit zunehmender Besorgnis sah er zwischen uns hin und her, was vielleicht nicht ganz unverständlich war. Er befand sich im obersten Geschoss eines scheinbar menschenleeren Hauses, in Begleitung zweier junger Frauen, von denen die eine vorbeifahrende Touristen lauthals beschimpfte, und die ihn beide angrinsten, als wären sie der geschlossenen Abteilung entlaufen. Gleichzeitig war der einzige Mensch, den er hier im Haus gekannt hatte, spurlos verschwunden und seine Wohnungstür mit Absperrband verhangen, was gewiss nichts Gutes verhieß.

Gregory ließ den Schlauch des Sprühkanisters in der Hand wippen – vielleicht wollte er uns daran erinnern, dass er bewaffnet war.

»Schlüssel?«

»Ach ja, stimmt ... die Schlüssel!« Lucy und ich kicherten und sahen einander erwartungsvoll an.

»Ich weiß nicht, wo sie sind«, sagte ich schnell, um Lucy zuvorzukommen. Sie musste sich ziemlich anstrengen, um Gregory ihr engelsgleiches Gesicht zu zeigen und mich gleichzeitig mit giftigen Blicken niederzustrecken.

Als sie eilends die Treppe hinunterrannte, tat sie mir fast ein bisschen leid. Lucy war eine unverbesserliche, hoffnungslose – nein, hoffnungs*volle* – Romantikerin. In der Hoffnung, so eines Tages ihre große Liebe zu finden, verunstaltete sie unermüdlich Druckerzeugnisse der amerikanischen Notenbank. Es gab eine Zeit, da hatte sie auf jeden Zehndollarschein »Sonntagmittag Brooklyn Bridge« geschrieben, bevor sie ihn in Umlauf brachte, und gehofft, dass der Schein einem ebenso romantisch und optimistisch veranlagten Mann in die Hände fiele, der sich zu besagter Zeit an besagtem Ort einfinden würde. Fast ein Jahr lang war sie jeden Sonntag bei Wind und Wetter mit ihren Rollerblades die Brooklyn Bridge abgefahren, um nach potenzieller Beute Ausschau zu halten, doch irgendwann war ihr aufgefallen, dass zwei andere Frauen es ihr nachmachten, was zu einer gewissen Verwirrung führte. Danach schrieb sie auf ihre Geldscheine »Sonntagmittag 3 Lives Books«, was eine erhebliche Verbesserung war, vor allem bei Regen. Zudem hatte der Buchladen in der Zehnten Straße den Vorteil, schon im Vorfeld Leute abzuschrecken, die des Lesens unkundig waren, ebenso wie Menschen aus Uptown, die sich nicht mal tot südlich von Bloomingdale's sehen lassen würden.

Bislang waren dieser Strategie zwei Verabredungen entsprungen – ein kahlköpfiger Performancekünstler und ein verheirateter Mann in mittleren Jahren. Zudem hatte Lucy eine Handvoll Frauen behutsam enttäuschen müssen, weshalb sie ihren Botschaften dann noch ein »♂« hinzugefügt hatte. Aber sie scheute auch nicht davor zurück, dem Schicksal ein wenig nachzuhelfen: Wenn Lucy irgendwo einen netten Typen sah, der ihrem Beuteschema entsprach, fragte sie ihn einfach, ob er ihr vielleicht ihre beiden Zehndollarscheine in einen Zwanziger wechseln könnte, was geradezu grotesk war, denn wer tauschte schon kleine Scheine in große um? Doch Lucy, klein und zierlich und niedlich, mit großen blauen Augen, konnte sich das leisten, und kaum ein Mann verweigerte sich ihren fragwürdigen Transaktionen.

Kaum weg, kam sie nun wieder die Treppe hinaufgestürmt und brachte nicht nur den großen Schlüsselbund mit, sondern auch farbige Etiketten und einen Stift.

»So, dann wollen wir mal anfangen!«, rief sie und vergaß vor lauter Organisationseifer fast ihre romantische Mission. Bislang war es uns immerhin schon gelungen, James' Wohnungsschlüssel, den Haustürschlüssel, den Schlüssel für die Müllcontainer sowie meinen Wohnungsschlüssel zu-

zuordnen, womit aber immer noch siebzehn verwaiste, une-
tikettierte Schlüssel übrig blieben. Lucy steckte einen nach
dem anderen in das Türschloss der Caldwells. Gregory stellte
seinen Giftkanister ab und lehnte sich gegen die blassgelbe
Wand, während ich versuchte, wie eine kompetente Hausverwalterin auszusehen.

Plötzlich fiel mir ein, dass ich doch den Schlüssel zur
Wohnung meiner Eltern hatte! Gregory und ich könnten ja
schon mal *allein* nach drüben gehen, damit er dort anfangen
konnte. Ich öffnete den Mund. Und schloss ihn wieder. Nein,
so grausam war ich dann doch nicht, Lucy hier draußen zu-
rückzulassen, auf den Knien vor der Tür der Caldwells. So
nötig hatte ich Gregory auch wieder nicht. Im Grunde war
ich ohnehin davon überzeugt, dass ich schon sehr bald meine
große Liebe finden würde, während Lucy es – Ironie des
Schicksals – wie so viele Therapeuten viel schwerer haben
würde. Arme Lucy!

»Hey, Luce«, erbot ich mich großzügig, »lass mich das
doch machen.« Sie schaute mich so misstrauisch an, als gäbe
es einen Weg zu Gregorys Herz, den sie noch nicht entdeckt
hatte, bei dem es aber ungemein wichtig wäre, den richtigen
Schlüssel für dieses Türschloss zu finden. Widerwillig machte
sie mir Platz.

»Was ist eigentlich mit James' Wohnung passiert?«, fragte
Gregory schließlich. Aha, dachte ich. Er war also doch nicht
so cool, wie er tat. Ich überlegte kurz, aber mir wollte keine
Lüge einfallen, die interessanter oder weniger peinlich als die
Wahrheit gewesen wäre.

»Er hat Gelder veruntreut und ist verhaftet worden.«

»Ohne Scheiß?«

Lucy und ich wechselten einen kurzen, vielsagenden
Blick. Verwendung unflätiger Wörter im normalen Sprach-
gebrauch: unsexy. Leidenschaftliches und wortreiches Flu-

chen zu passender Gelegenheit: männlich. Pech für den Mann, der das nicht auseinanderhalten konnte. Auf einmal war ich schon viel weniger an Gregory interessiert. Lucy schien es ähnlich zu gehen.

»Hey, ihr beiden könntet doch eigentlich schon mal bei Zephyrs Eltern anfangen«, schlug sie vergnügt vor. Und das nach allem, was ich stillschweigend für sie getan hatte!

»Wen hat er denn beklaut? Die Hauseigentümer?«

»Die Ölfirma. Schmiergeld.«

Gregory schien überrascht. »Was sollte James denn zu bieten gehabt haben, das die Zahlung von Schmiergeldern gerechtfertigt hätte?«

Wieder wechselten Lucy und ich einen kurzen Blick. Das war eigentlich eloquent genug, um das »ohne Scheiß« wieder wettzumachen.

»Wie meinen Sie das?«, fragte ich.

»Na ja, er führte hier nicht gerade ein großes Unternehmen, sondern er war der Hausmeister. Ich meine, was soll er einer Ölfirma zu bieten gehabt haben, dass sie ihn dafür extra bezahlen würden? Abnahmegarantien für ein Siebenparteienhaus?« Er lachte.

Wenn Gregory lachte, erwachte sein ganzer Körper zum Leben. Seine hängenden Schultern strafften sich. Seine Arme und Hände entspannten sich. Sein Lächeln war überwältigend. Es ließ sein ganzes Gesicht erstrahlen und seine ansonsten etwas griesgrämigen Züge leuchten. Für ein paar Sekunden gab er jegliche Abwehrhaltung auf, und seine Augen gewährten mir großzügig Einlass.

Für ein paar Sekunden war Hayden Briggs ganz und gar vergessen.

»Sag mal, Gregory«, meinte Lucy just in diesem Augenblick, »du kannst mir nicht zufällig zwei Zehner in einen Zwanziger wechseln?«

6

Sechs Uhr an einem Samstagabend im April ist der perfekte Moment, um siebenundzwanzig zu sein und als Single in New York zu leben.

An der Badezimmertür hing ein frisch aufgebügeltes Secondhand-Schnäppchen, ich stand in meiner Unterwäsche – sexy, unbequeme, *zusammenpassende* Unterwäsche – vor dem Spiegel und experimentierte mit offenem/aufgestecktem Haar und langen/kurzen Ohrringen. Das *Abbey Road*-Album von den Beatles dröhnte durch meine Wohnung, und ich machte mich zurecht, um mit Tag, Mercedes und Lucy eine Party zu crashen.

Es hatte eine Weile gedauert, um wieder an diesen Punkt zu gelangen. Das erste Jahr nach dem Einsturz des World Trade Centers hatte ich keine Kontaktlinsen mehr getragen, weil der Rauch, der immer noch von Ground Zero aufstieg, jedes Paar nach ein oder zwei Tagen unbrauchbar gemacht hatte. Wenn ich die Sixth Avenue überquerte, hatte ich meinen Blick stets gesenkt gehalten, da ich den Anblick der klaffenden Lücke in der Skyline nicht ertragen konnte. In dieser Zeit erwachte ich jeden Morgen atemlos, weil ich wieder die Flammen und die in die Tiefe springenden Menschen vor mir sah, wie ich es an jenem Tag beobachtet hatte. Ich hatte mich in das Loft von Tags Vater in Tribeca zurückgezogen, um mich auf die Medizinerprüfung vorzubereiten und organische Chemie zu lernen. In den ersten zwölf Monaten danach hatte es keine aufgekratzte Vorfreude auf abendliches Ausgehen gegeben, kein lautes Mitsingen von »Maxwell's Silver Hammer«, kein zufälliges Hereinplatzen in die Geburtstagspartys spanischer Prinzessinnen. Erste-Welt-Momente schienen für immer der Vergangenheit anzugehören.

Nach dem ersten Jahrestag änderte sich das, und ich war fast ein bisschen schockiert und schämte mich insgeheim, wie schnell wir auf einmal wieder zur Normalität zurückkehrten. Selbst die letzten kleinen Auswirkungen auf unser Leben, wie beispielsweise Tags Herzrhythmusstörungen, verschwanden jäh. Als ihre aufgeregt flatternden Herzklappen anfingen, sie bei der Untersuchung von Bandwürmern zu stören, ging sie endlich zum Arzt, der ihr ein Langzeit-EKG verordnete. Tag hätte das Gerät eigentlich vierundzwanzig Stunden tragen müssen, doch als ein Mitarbeiter des Sicherheitsdienstes im Museum verdächtige Kabel unter Tags T-Shirt hervorhängen sah, schlug er Alarm, woraufhin das gesamte Gebäude kurzzeitig abgeriegelt wurde. Tag fand den Vorfall bezeichnend und so amüsant, dass ihr Herz – Ironie des Schicksals – sogleich zu seinem gewohnten Takt zurückgefunden hatte.

Aus Respekt vor den trauernden Familien versuchte ich, Ausmaß und Grauen der Anschläge nicht zu vergessen. Aber letztlich war ich eben doch New Yorkerin in vierter Generation. Und so kehrte auch ich zu meinem bisherigen Leben zurück – abgesehen von der gelegentlich aufflammenden Fantasie, dass ich eine Bombe in der U-Bahn entdecken, die Polizei gerade noch rechtzeitig alarmieren und in den Abendnachrichten interviewt würde *und* prompt meine eigene Talkshow auf PBS bekäme, weil die Produzenten von Charlie Rose just an diesem Morgen entschieden hatten, dass er seinen Gästen mittlerweile lang genug ins Wort gefallen war.

Ich balancierte also in meinem Wohnzimmer vor dem Spiegel auf einem Stuhl und wägte ab, ob mein schwarzer

BH und das dazu passende Höschen wirklich gut aussahen, oder ob sie eher unvorteilhaft meine frühlingshafte Blässe unterstrichen. Aus Angst, es würde mich eitel werden lassen (eines der liebsten Spott- und Analysethemen der Sterling Girls), hatte ich mir nie einen Spiegel gekauft, der groß genug gewesen wäre, um mich ganz darin zu sehen. Folglich sah ich mich auch jetzt nur von den Oberschenkeln bis hinauf zu meinen kräftigen Armen, meinem runden Gesicht und dem störrischen Haar – ein eher ausgesuchter Anblick, der mir schon manch schöne Überraschung beschert hatte, wenn ich mich zufällig mal in Gänze in einem Schaufenster sah. Ich beugte mich vor, schaute prüfend in den Spiegel und wischte mir einen Rest Erdnussbutter aus dem Mundwinkel.

Tag hatte Lucy, Mercedes und mich dazu überredet, eine Buchparty im Soho House zu crashen, einem exklusiven Hotel im Meatpacking District, das bei Filmstars, Filmproduzenten und Frauen, die minimalistische Kleidergrößen trugen, sehr beliebt war. Ich litt noch immer an den Nachwirkungen des Fiesta-Fiaskos im St. Regis vor zwei Wochen, aber Tag hatte darauf bestanden, dass wir uns nicht unterkriegen lassen sollten.

»Also, da werden wir einmal im Jahr …«

»Uh«, unterbrach ich sie.

»Okay, zweimal im Jahr – meinetwegen sogar dreimal – erwischt. Sollen wir deshalb unsere einzige Möglichkeit sausen lassen, Einblick in Lebenswelten zu gewinnen, die uns sonst wohl auf immer verschlossen blieben?«

Oh doch, sie konnte sehr überzeugend sein.

Ich schaute mir im Spiegel zu, wie ich auf dem Stuhl tanzte und »She's So Heavy« mitsang, und auf einmal wurde mir bewusst, dass ich mich für Gregory zurechtmachte. Normalerweise wurden meine modischen Entscheidungen allein von der Frage geleitet, ob Hayden bei einer zufälligen Begegnung die Augen übergehen und er sich vor Kummer grämen würde, dass er leichtfertig seine Chancen bei mir verspielt hatte. Doch heute Abend stellte ich mir vor, Gregory über den Weg zu laufen. Er war ein Griesgram in einem blauen Overall mit einem Ratten-und-Kakerlaken-Logo auf der Brust, und ich war mir noch immer nicht sicher, ob er nicht doch ein verdeckter Ermittler war ... und dennoch.

Die Erkenntnis ließ mich auf meinem Stuhl erstarren. Ich wusste nicht, was mir mehr Sorgen bereiten sollte – dass Hayden, zumindest für den Augenblick, aus meinen Gedanken verschwunden war, oder dass der mürrische Kammerjäger seinen Platz eingenommen hatte.

Das Telefon klingelte, und ich nahm mir vor, diese neue Entwicklung unbedingt mit den Sterling Girls zu besprechen, wenn sie nachher kämen.

»Zephyr, mein Schatz«, erklang die forsche Stimme meiner Mutter. »Wir sind gerade auf dem Sprung, um mit den Lowells zu essen und dann ins Ballett zu gehen ...«

Es folgte eine bedeutungsvolle Pause. Meine Mutter und Derek Lowells Mutter betrieben, seit Derek und ich im Kindergarten waren, eine recht offensichtliche Kampagne, uns beide miteinander zu verheiraten. Die Bemühungen waren verstärkt worden (seitens meiner Mutter), als er einen Platz in Harvard bekommen hatte, ließen etwas nach, als ich kurz mit einem jungen Rechtsanwalt zusammen war, verstärkten sich erneut (seitens seiner Mutter), als er mit einer Schauspielerin Schluss gemacht hatte, und nahmen nochmal an Fahrt zu (seitens meiner Mutter), nachdem ich mein Medizinstudium abgebrochen hatte. Wenn sie schon beruflich nichts aus sich machen wollte, dürfte meine Mutter sich gedacht haben, sollten wir sie wenigstens gut verheiraten.

»Ah ja«, sagte ich warnend.

»... und unser Trockner funktioniert nicht. Wenn man auf

Start drückt, macht er diese komischen Geräusche, die wie ›O Canada‹ klingen.«

Ich musste lachen. »Willst du meinen benutzen?«

Schon wieder eine bedeutungsvolle Pause.

»Also, eigentlich wollen wir, dass du ihn reparierst, Zeph. Oder ihn reparieren lässt.«

Jetzt war es so weit. Es war überhaupt kein Problem gewesen, Gregory durchs Haus zu führen, als er die Wohnungen ausgeräuchert hatte – praktisch wie ein erstes Date. Es war zwar lästig, aber durchaus erträglich, Mrs. Hannaham und ihre eingebildeten Gerüche zu erdulden. Geradezu lehrreich war es gewesen, den Caldwells zu helfen, ihre Badezimmerfenster zu vermessen, da sie neue Rollos anbringen wollten. (Bei der Gelegenheit fand ich auch heraus, dass die Ärztin im Ruhestand und ihr affektierter Bildhauer-Gatte im selben Schlafzimmer, aber in getrennten Betten schliefen, eine Erkenntnis, die ich sogleich mit Lucy teilen musste, die diese Sachlage gründlich analysierte, obwohl sie die Caldwells überhaupt nicht kannte.)

Aber jeglichen Gedanken an den Moment, da ich *für meine Eltern* Hausmeisterdienste verrichten müsste, hatte ich wohlweislich verdrängt. Im Grunde war das wahrscheinlich nicht anders, als in einem Familienbetrieb zu arbeiten, versuchte ich mich zu ermutigen, während ich hörte, wie meine Mutter am anderen Ende der Leitung atmete und wartete. Letztlich *war* 287 West 12th ja ein Familienbetrieb. Gab es nicht unendlich viele Eisenwarenläden, Steuerbüros, Arztpraxen und Bagel-Shops, die sich Soundso und Söhne nannten? Oder Zuckerman & Zuckerman Ltd., um der Sache näherzukommen. Wie oft hatte ich es nicht schon erlebt, dass der koreanische Gemüsehändler an der Ecke seine Kinder von den Hausaufgaben aufscheuchte, damit sie schnell mal einen Kunden abkassierten.

Doch der Unterschied bei diesen Familienbetrieben war der, dass der Junior zwar für seine Eltern *arbeitete*, aber andere Leute *bediente*. Wäre ich beispielsweise eine viel beschäftigte Baumpflegerin, die zufällig auch im selben Haus wie ihre Eltern lebte, und sie hätten mich angerufen, um ihnen mit ihrem Trockner zu helfen, dann hätte ich ihnen einen *Gefallen* getan. Als Hausverwalterin meiner Eltern aber musste ich nicht nur für Ollie und Bella Zuckerman arbeiten, sondern ihnen auch *zu Diensten* sein. Eine erschreckende Vorstellung.

Nervös fingerte ich an meinem Ohrring herum und spürte erste Panik in mir aufsteigen. Ich kannte das Gefühl gut – es stellte sich immer dann ein, wenn mir bewusst wurde, dass ich eine sehr, sehr schlechte Entscheidung getroffen hatte.

»Zeph?«

»Ja, klar, kein Problem«, erwiderte ich schnell, und dann kam mir ein noch entsetzlicherer Gedanke. »Soll das … ähm, noch heute Abend passieren?«

Woraufhin meine Mutter so schallend lachte, dass ich mir das Telefon vom Ohr weghalten musste. »Ach, Schätzchen, am Samstagabend dürftest du wohl keinen Elektriker mehr auftreiben. Schau es dir morgen an und dann …«

Und dann dürfte Bella Zuckerman wohl zu einer ähnlichen Erkenntnis gelangt sein wie ich just in diesem Augenblick – wenngleich sie es wahrscheinlich als Tabellenkalkulation vor sich sah. Auf der einen Seite: Summe des in vier Jahre private Highschool und vier Jahre College investierten Geldes, plus Vorbereitungskurse auf das Medizinstudium, ein Jahr Medizinstudium, Vorbereitungskurse und Bewerbungen für Jura, das alles ungefähr mal zwei, um auch die Kosten für den Filme machenden Sohn einzuberechnen. Auf der anderen Seite: null, in Form absoluter Unfähigkeit beider Kinder, mal schnell einen Wäschetrockner zu reparieren, der die kanadische Nationalhymne brummte.

»Also, schau ihn dir einfach mal an, dann suchst du dir aus James' Unterlagen einen Elektriker raus und rufst ihn an. Oder sie«, fügte sie politisch korrekt hinzu. »Natürlich kann es auch eine Elektrikerin sein. Jetzt, wo wir James' Gehalt einsparen, können wir ja ruhig was für die Reparatur zahlen.« Da sah ihre Bilanz doch gleich gar nicht mehr ganz so schlecht aus.

Niedergeschlagen legte ich auf. Ich fühlte mich, als hätte ich einen langen Abend hinter mir – und nicht vor mir. Mein trägerloser BH hing schlaff herunter, meine schwarze Spitzenunterhose ließ meine Schenkel auf einmal furchtbar blass aussehen, und ich war müde. Das Telefon klingelte. War jetzt etwa auch noch ihr Klo verstopft?

»Ja?«, sagte ich ungnädig.

»Ähm …«« Eine Männerstimme!

Meine Stimmung hellte sich geringfügig auf. »Ja, hallo?« Ich ließ die Stimme durch meine akustische Datenbank laufen, erster Stopp bei Hayden. Hayden?

»Hier ist Gregory Samson.«

Mein BH raffte sich auf, meine Schenkel verloren ihre winterliche Blässe.

»Hi!«, rief ich begeistert. »Wie geht's?« Ach, was war ich froh, dass ich ihm in meiner Funktion als Hausverwalterin ganz unverdächtig und offiziell meine Telefonnummer hatte geben können! Im letzten Moment hatte ich noch daran gedacht und sie ihm auf eine Baumarktquittung für Spachtelmasse und Dichtungsringe gekritzelt.

»Gut. Ich wollte eigentlich nur fragen, ob Sie heute Abend Zeit haben«, entgegnete er.

Fragend schaute ich mein Spiegelbild an. Was sollte *das* denn heißen?

Gregorys Ton war ziemlich unhöflich, aber ich ermahnte mich, nachsichtig zu sein, da Telefonieren für manche Menschen – insbesondere Männer – eine echte Herausforderung war. Zudem lebten wir ja nicht mehr in den Fünfzigern, und es war für eine Frau durchaus legitim zuzugeben, dass sie am Samstagabend nichts vorhatte. Ja, es war sogar ziemlich cool. Aber ich war trotzdem beleidigt.

»Ist Ihnen gerade eingefallen, dass Sie eine Ecke vergessen haben auszusprühen?«, fragte ich und bereute es sogleich. Warum konnten Gregory und ich – oh, das klang gut, Gregory und ich – nicht *normal* miteinander reden?

Er schwieg.

»Um ehrlich zu sein, nein – ich bin gerade auf dem Sprung. Was gibt es denn?« Ich versuchte nett und unbeschwert zu klingen.

»Ich wollte nur fragen, ob Sie mit mir essen gehen wollen, aber vergessen Sie's einfach.«

Ich seufzte tief und vernehmlich. So ein Idiot. Warum hatte er das nicht gleich sagen können?

»Okay, tut mir leid, aber das kam etwas … plötzlich.«

»Wenn Sie mit mir essen gehen, können Sie mir gleich gute Umgangsformen beibringen.« Und wieder wusste ich nicht, woran ich bei diesem undurchschaubaren Kammerjäger eigentlich war. War er herzerfrischend direkt oder einfach nur unausstehlich? Hatte er ein gesundes Selbstbewusstsein, oder war er ein sozial inkompetenter Spinner?

Während ich noch unentschlossen überlegte, klingelte jemand unten an der Tür, jemand anders warf etwas gegen mein Fenster, und nur für den Fall, dass ich noch immer nicht gemerkt haben sollte, dass meine Freundinnen da waren, rief Tag auch noch lauthals nach mir. Okay, wenn er direkt war, dann war ich es eben auch.

»Wie wäre es, wenn wir uns duzen und du morgen Mittag vorbeikämst und mir hilfst, den Wäschetrockner meiner Eltern zu reparieren, und danach gehen wir noch einen Kaf-

fee trinken?« Ich hielt die Luft an und wartete gespannt.
Welch kurioses Paarungsritual war *das* denn? Erst zusammen
Wohnungen ausräuchern und dann kaputte Wäschetrockner
reparieren …

»Das hört sich gut an.«

Überrascht hob ich die Brauen. Damit hatte ich jetzt
nicht gerechnet.

»Okay.«

»Okay.«

Seufz. Aus dieser Beziehung würde nie etwas werden.

»Dann sehen wir uns morgen um …«, ich überlegte
schnell, wie lang die Nacht wohl werden würde und wie lang
ich morgen schlafen wollte, »um zwölf.«

»Halb eins«, sagte er. Blödmann.

»Fünf nach halb eins«, erwiderte ich und bekam endlich
ein Lachen aus ihm heraus. Ich erinnerte mich noch ganz
genau daran, wie er aussah, wenn er lachte, und auf einmal
wollte ich, dass der Abend so schnell wie möglich vorüber
wäre, damit ich Gregory endlich wiedersehen konnte!

Ich legte auf und ließ die Mädels rein. Als sie mich nur
halbbekleidet vorfanden, waren sie sichtlich verwundert.

»Keine Sorge, ich bin schon fertig – guckt.« Ich schlüpfte
in mein neues Kleid und in die Nine Wests, die ich auch vor
zwei Wochen getragen hatte.

Mercedes musterte mich argwöhnisch. »Du bist normalerweise immer eine halbe Stunde vorher fertig. Was ist los?«

Eine Welle der Zuneigung stieg in mir auf, weil meine
Freundin mich so gut kannte, gefolgt von einem leichten Anflug von Verärgerung, weil sie glaubte, mich so gut zu kennen,
dass sie mich gleich in die Immer-pünktlich-Schublade stecken konnte.

»Bin sofort fertig«, versicherte ich ihr, tauschte meine
Ohrringe nochmal aus und steckte meine Haare schließlich

doch hoch. »Meine Mutter hat eben angerufen. Wegen ihrem Wäschetrockner.«

Ich schaute in die Runde, um zu sehen, was die Sterling Girls davon hielten. Mein neues Leben als viel beschäftigte Hausverwalterin!

»Und sonst? Hat sonst noch jemand angerufen?«, fragte Lucy gespannt und eine Spur zu schrill.

Ich bückte mich und tat so, als würde ich meinen Schuh zurechtrücken. An besagtem Nachmittag vor der Tür der Caldwells hatte Gregory einen Zwanzigdollarschein aus seiner Brieftasche gezogen und ihn mit etwas befremdeter Miene gegen Lucys beide Zehner eingetauscht. Während wir Gregory dann samt den Schlüsseln zu den sieben Wohnungen begleiteten, hatten Lucy und ich uns einen sehr erschöpfenden witzig-geistreichen Schlagabtausch geliefert, was praktisch darin resultierte, dass wir beide sehr angeregt miteinander plauderten und Gregory kein einziges Mal zu Wort kommen ließen. Nachdem er weg war, sortierten wir noch die restlichen Unterlagen in James' Wohnung, und der große rosa Elefant, der unausgesprochen in der Ecke lauerte, wurde von Minute zu Minute größer und größer, bis Lucy schließlich nach Hause gegangen war.

Ich wusste nicht, wie ich es ihr sagen sollte. Noch nie hatten die Sterling Girls sich für ein und denselben Mann interessiert – dafür war unser Männergeschmack einfach zu verschieden, was wahrlich ein Glück war. Bis jetzt hatte ich noch die schwache Hoffnung gehegt, dass Lucy in den paar Tagen, seit wir uns zuletzt gesehen hatten, über ihre Schwäche für Gregory hinweggekommen wäre. Doch wie es schien, hatte sie in Bezug auf mich genau dasselbe gehofft.

Langsam richtete ich mich auf und sah sie an, meine zierliche kleine Freundin Lucy, wie sie da stand in ihrem leuchtend blauen, rückenfreien Kleid, und mit ihren hellen blonden Haaren, die ihre knochigen Schultern gerade berührten.

»Gregory hat angerufen«, sagte ich vorsichtig. Mercedes und Tag, die mich mit leisem Gemurmel zur Eile trieben, verstummten. Gespannt sahen sie zwischen Lucy und mir hin und her. Wenn hier mal kein heikles Thema lauerte!

Als ich Lucys enttäuschte Miene sah, verließ mich der Mut.

»Er meinte, in Mrs. Hannahams Wohnung wären Mäuselöcher gewesen, weshalb er in den nächsten Tagen nochmal vorbeikommen will, um sie zuzuspachteln.« Die Lüge hatte sich gelohnt. Lucy entspannte sich, und der Abend schien gerettet.

»Wer ist Gregory?«, fragte Mercedes.

»Ach, nur dieser Kammerjäger«, meinte Lucy abfällig. So soll sie aber bitte schön nicht von meinem künftigen Ehemann reden, dachte ich erzürnt, bevor ich meine davongaloppierende Fantasie zügeln konnte.

»Oder ein verdeckter Ermittler«, sagte ich im Spaß. Halb im Spaß.

»Was?« Lucy sah mich mit großen Augen an. Und das, ging mir in diesem Moment auf, war meine Rettung! Wenn Gregory wegen James' Betrügereien ermittelte, würde er natürlich häufig mit mir sprechen müssen – schließlich war ich eine wichtige Zeugin. Wenn es sich nicht anders einrichten ließe, würde er mich auch bei einem gemeinsamen Essen verhören, warum denn nicht? Und wenn wir uns dann irgendwann ineinander verliebten – vorausgesetzt, wir bekämen vorher noch eine normale Unterhaltung hin –, sähe es nach dem natürlichen Lauf der Dinge aus. Das wäre für Lucy gewiss eher zu verkraften als die Tatsache, dass Gregory sich nach nur einem einzigen Nachmittag des gemeinsamen Ungeziefervernichtens für mich entschieden hatte.

»Na, überleg mal. Er sieht ja nun wirklich nicht aus wie ein Kammerjäger. Da könnte es doch gut sein, dass er ein verdeckter Ermittler ist, der in James' Umfeld ermittelt.«

»Wie genau sieht ein Kammerjäger denn aus?«, wollte Mercedes wissen, die augenblicklich dem Verband gegen die soziale Stereotypisierung von Kammerjägern beigetreten war.

»Schwarz!«, erwiderte Tag. »Die sind *alle* schwarz. Und Zephyr ist insgeheim eine unverbesserliche Rassistin und glaubt, dass Schwarze nichts anderes können als Ungeziefer vernichten. Ach ja, und Musik machen.«

Mercedes stürzte sich auf Tag und nahm sie in den Schwitzkasten.

»Ihre Haare!«, schrien Lucy und ich Mercedes an. »Mach doch ihre Frisur nicht kaputt!« Mercedes ließ los und inspizierte Tags wirre schwarze Lockenpracht.

»Welche Frisur? Hey, halt mal still, da versteckt sich ein Bandwurm …«

Nachdem sie sich noch ein bisschen gebalgt und wir alle nochmal gepinkelt und ein allerletztes Mal Deo aufgetragen hatten, waren wir endlich so weit. Ich scheuchte die Mädels nach draußen und schloss gerade meine Wohnung ab, als unten der Türöffner summte.

Bestimmt ein Senator, war mein erster Gedanke, als ich den perfekt frisierten, helmartigen Haarschopf die Treppe hochkommen sah. Zur makellosen Frisur gehörte ein ebenso makelloser Nadelstreifenanzug, der aussah wie frisch aus *L. A. Confidental*, ebenso wie auf Hochglanz polierte schwarze Schnürschuhe.

Als er uns auf dem ersten Treppenabsatz entdeckte, blieb er jäh stehen, überrascht und erfreut zugleich, wie es schien.

»Aber hallo«, sagt er, grinste und musterte uns alle von oben bis unten. Seine Stimme troff vor Charme, er hatte einen leichten Südstaatenakzent und roch nach Zigarren.

Während er seinen Kennerblick schweifen ließ, wurde sein Grinsen immer breiter. Er war wirklich widerlich.

»Können wir Ihnen weiterhelfen?«, fragte Tag ihn wenig freundlich und verschränkte die Arme vor der Brust.

»Aber ja … doch, doch, ich denke schon.« Er schaute Mercedes an. »Du könntest mir eine *sehr* große Hilfe sein.« Er lachte und wandte sich an Lucy. »Obwohl – *du* könntest dich auch in mancher Hinsicht als hilfreich erweisen, meine Kleine. Wie alt bist du denn?«

»Monsieur Smit? Monsieur Smit?« Roxana kam die Treppe hinuntergeeilt und blieb wie angewurzelt stehen, als sie uns sah.

»Ah, Zephyr … *Allo*.«

Mein erster Gedanke war: Roxana hat einen Freund! Roxana hat tatsächlich einen Freund! Endlich zeigte sie sich uns von ihrer menschlichen Seite.

Mr. Smith, mutmaßlicher Senator aus Washington, schaute sie so verzückt an, als warte er nur darauf, dass sie ihm die Dessertkarte vorlese.

»*Ah oui*, Monsieur Smit, das ist meine Nachbarin … isch meine natürlisch meine 'Ausverwalterin – *oui*, Zephyr?« Sie stieß ein kehliges Lachen aus, das ihr auf halbem Wege im Hals steckenblieb. »*Ah oui*, du und deine Freundinnen wollt eusch ein wenig amüsieren, *n'est-ce pas*? Das ist Monsieur Smit. Wir machen zusammen das eBay. *Oui, oui*, wir müssen ein *petit problème* bespreschen, die wir mit das eBay 'aben. Kommen Sie rauf, Monsieur Smit, kommen Sie!«

»Aber …«, empörte er sich, als sie ihn kurzerhand bei der Hand nahm und mit sich nach oben zerrte. Sein verlangender Raubtierblick war noch immer auf uns gerichtet. »Ich war doch gerade dabei, die Bekanntschaft dieser reizenden jungen Damen zu machen.«

»Grrr«, fauchte Mercedes ihn an.

113

Die Miene des Senators verfinsterte sich. »Wie kannst du es wagen, so mit mir zu sprechen!«, zischte er. »Kleiner Nigger!«

Roxana schleifte ihn in ihre Wohnung, warf mir kurz einen verstörten Blick zu und knallte die Tür hinter sich zu.

Wir vier blieben in nicht minder verstörtem Schweigen zurück.

Mercedes stand ganz still da und hielt ihren Zeigefinger fest auf den Nasenrücken gedrückt, als würde sie angestrengt nachdenken, aber ich wusste, dass sie diesen Trick auch anwandte, wenn sie beim Vorspielen nicht in Tränen ausbrechen wollte.

Schließlich legte Tag tröstend ihren Arm um Mercedes und meinte: »Stimmt doch gar nicht, dass du klein bist. Du bist *sehr* groß.«

7

*O*h, du hattest wirklich Recht, Tag«, seufzte Lucy verzückt, lehnte sich in ihren Liegestuhl zurück und nippte an etwas Pinkem, das prickelte und schäumte. Dabei streckte sie ihre Wade in die Luft und schien ihre Kniescheibe zu bewundern.

»Tut mir leid, könntest du das wiederholen?«, sagte Tag.

»Du hattest *absolut* Recht«, murmelte Mercedes und ließ ihren Blick aus der Sicherheit unserer kleinen Gruppe heraus über die Dachterrasse des Soho House schweifen, hinüber zum Pool, auf dem Seerosen und Wasserkerzen schwammen, umstanden von Strandfackeln und B-Prominenz. Sie leerte ihr Champagnerglas und nahm sich vom Tablett eines lautlos vorbeischwebenden Kellners ein neues.

»Genau die richtige Entscheidung.«

Nach der unerfreulichen Begegnung mit Roxanas Herrenbesuch war keine von uns mehr in der Stimmung für die Buchparty im Soho House gewesen, aber Tag hatte gemeint, es wäre genau das richtige Gegenmittel. Und so hatten wir eher unlustig die fünf Blocks bis zum Club zurückgelegt und unterwegs den absonderlichen Zwischenfall bis in die kleinste Einzelheit analysiert.

»Es war so was von offensichtlich, dass er kein Geschäftspartner von ihr ist – aber warum sollte sie uns anlügen?«, sagte ich und wich schnell einem Fahrradkurier aus, der wegen des Kopfsteinpflasters kurzerhand über den Gehweg fuhr.

»Würdest du etwa nicht lügen, wenn du mit so einem Typen ins Bett gehen würdest?«, erwiderte Tag.

»Sie ist bestimmt in einer missbräuchlichen Beziehung«, schloss Lucy bekümmert. »Aber wisst ihr was? Wir könnten ihr helfen.« Als wir in die Gansevoort Street einbogen, schlug uns vom Hudson ein laues Lüftchen entgegen.

»Genau. Wir könnten ihr einen Killer besorgen«, schlug Mercedes vor. »Ich glaube übrigens nicht, dass er ihr Freund war. So blöd ist sie nicht.«

»Du kennst sie doch gar nicht«, wandte ich ein. »Woher willst du wissen, dass sie nicht blöd ist? Weil sie so einen *niedlischen* französischen Akzent hat?«

»Und tolle Klamotten«, fügte Lucy hinzu.

»Ich will einfach nicht, dass auch nur *irgend*eine Frau so blöd ist, okay?« Mercedes blieb vor dem minimalistisch beschilderten Eingang des Soho House stehen und schaute uns genervt an. »Könnten wir das Thema jetzt abhaken? Wenn nicht, gehe ich nach Hause.«

In der menschenleeren Lobby stand neben der roten Samtkordel eine muntere PR-Frau mit einem Klemmbrett in der Hand. Sie hatte Mercedes' Worte gehört und wurde auf einmal ganz nervös. Sollten vier zielgruppengerechte, ansprechend dekorative junge Frauen ihrer Party den Rücken kehren wollen?

»Willkommen, meine Damen, herzlich willkommen!«, rief sie und kam uns auf dünnen Beinchen und noch dünneren Stiletto-Absätzen entgegengestakst. »Ihr kommt gerade noch rechtzeitig! Oben ist schon fast kein Platz mehr.« Verschwörerisch sah sie uns an und strich sich ihr superglattes blondes Haar aus dem Gesicht. »Nehmt euch eine Tüte mit Give-aways, es sind wirklich *gaaanz tolle* Sachen drin. Und dann nichts wie rauf an den Pool! Walter mixt die besten Caipirinhas der Stadt. Los, los, beeilt euch!«

Tiffany (Wie könnte jemand wie sie sonst heißen?) scheuchte uns in den Fahrstuhl. Kaum hatten sich die verspiegelten Türen hinter uns geschlossen, brachen wir in schallendes Gelächter aus.

»Siehst du? Das ist die Wiedergutmachung für die Blamage im St. Regis«, meinte Tag triumphierend zu mir.

Und nun saßen wir hier oben, in einer mondbeschienenen Ecke, und niemand nahm groß Notiz von uns, außer den beflissen umhereilenden Kellnern, die uns unaufdringlich betrachteten und abzuschätzen versuchten, ob wir wohl wichtig wären. Während wir uns mit leckeren Krabbenspießchen vergnügten, schlenderte die Moderatorin einer Vormittags-Talkshow vorbei, ein Tennis-Champion mit seiner Singer/Songwriter-Freundin und ein Teeniestar-Zwillingspärchen mit großen, à la Waschbär geschminkten Augen. Alle lächelten uns prophylaktisch an – für den Fall, dass wir *wirklich* wichtig wären.

»Für wen ist denn die Party?«, fragte ich Tag über das Gelächter hinweg, das von der Bar zu uns herüberdrang.

»Für Renee Ricardos Buch«, erwiderte sie.

»Macht die nicht auch irgendwas im Fernsehen?«, fragte Mercedes gelangweilt und ließ ihre flinken Finger derweil Luft-Bratsche spielen.

»Ja, irgendwas am Vormittag.«

»Weiß jemand, worum es in ihrem Buch geht?«, fragte ich weiter, denn ein bisschen schäbig kam ich mir schon vor, dass jemand sich die Mühe gemacht hatte, ein ganzes Buch zu schreiben, nur damit wir hier Krabbenspießchen schnorren konnten. Wir kannten nicht mal den Titel des Buches!

»Sie ist Wahrsagerin«, klärte Lucy uns auf. »Einmal die Woche kommt sie auf *Hello, America!*«

»Meintest du nicht mal, kein Frühstücksfernsehen mehr schauen zu wollen?«, bemerkte Tag süffisant. »Du wolltest dir bewusst Ruheräume schaffen, hast du gesagt.«

»Ähm, ja … aber meine Patienten?«, sagte Lucy im Tonfall einer Siebtklässlerin, die gerade beim Schummeln erwischt worden ist. »Die schauen das. Und sie sagen, dass sie wirklich total genaue Voraussagen macht.«

»Will sagen?«, hakte Tag, ganz Wissenschaftlerin, nach.

»*Will sagen*, dass sie einer Frau mal prophezeit hatte, dass sie bald einen Käufer für ihre Handtaschenkollektion finden würde, und dass es sich dabei um ein indisches Paar handeln würde. Und wisst ihr was? Es waren tatsächlich Inder, und sie haben gekauft!«

»Meinst du nicht, dass sie ihrem Glück etwas auf die Sprünge geholfen hat, indem sie mit kostenloser Werbung für ihre Kollektion auf Sendung gegangen ist?«, entgegnete Mercedes.

»Renee streitet ja auch gar nicht ab, dass sie den Leuten *hilft*, ihr Leben zu *gestalten*, indem sie ihnen die Zukunft voraussagt«, verteidigte sich Lucy. »Das sieht sie eigentlich ganz nüchtern und realistisch. Aber sie kann auch das Geschlecht von Babys vorhersagen …«

»Fünfzigprozentige Wahrscheinlichkeit«, unterbrach sie Tag.

»Weißt du, ich bin nicht Renee Ricardos Anwältin! Lass dir doch einfach mal von ihr die Zukunft voraussagen – wenn du dich *traust*«, fügte Lucy theatralisch hinzu und zeigte auf das kitschige Zelt, das in der hintersten Ecke der Dachterrasse aufgebaut worden war.

»Ich bitte dich.« Ungnädig winkte Tag diesen Vorschlag beiseite und leerte ihren Martini.

»Ich gehe freiwillig!«, erbot ich mich und sprang auf. Eine Wahrsagerin? Warum war ich bislang eigentlich noch nie bei einer gewesen? Bloß weil ich dazu erzogen worden war, nur an das zu glauben, was ich sehen, hören, berühren, riechen, schmecken oder beweisen konnte? Oder weil man es in meiner Familie und in meinem Freundeskreis als Charakterschwäche deuten würde, Geld für solchen Unsinn zum Fenster rauszuwerfen?

Aber hier gab es das ganz umsonst! Und die Frau kam sogar im Fernsehen! Folglich musste sie eine gute Erfolgsquote haben, sonst hätten verärgerte Zuschauer doch bestimmt längst gefordert, dass man sie aus dem Programm nimmt. Sie würde mir sagen können, was ich mit meinem Leben anfangen sollte. Wenn ich wüsste, dass alles gut werden und ich in fünf Jahren als Juristin Karriere machen würde, könnte ich mich jetzt ganz entspannt zurücklehnen und meine Zeit als Hausverwalterin genießen. Oder ich könnte beim Collegetreffen erzählen, dass ich mir gerade eine Auszeit genommen hätte, um meiner Familie zu helfen, danach aber mein Medizinstudium fortsetzen würde. Eine Wahrsagerin könnte mir meine Limonade versüßen.

»Wir wollten hier eigentlich nicht auffallen, Zeph«, ermahnte mich Tag. »Oder hat es dir so gut gefallen, aus dem St. Regis gejagt zu werden?«

»Hey, ich bin auch schon mal aus dem St. Regis gejagt worden!«, meinte da eine tiefe, irgendwie bekannt klingende Stimme. Überrascht schauten wir auf, und da stand er – so nah, dass wir die Bartstoppeln auf seinen perfekt geformten Wangen hätten streicheln können. Der wahre und einzige Dover Carter lächelte uns aus erhabener Höhe an.

Ich war es gewohnt, Promis auf der Straße zu sehen, aber meistens vermied ich es, sie direkt anzuschauen, weil ich ihnen zeigen wollte, dass wir New Yorker abgeklärt genug waren, ihnen die Privatsphäre zuzugestehen, die sie sich wünschten … und weil ich hoffte, dass ich eines Tages für meine Zurückhaltung belohnt würde. Zum Beispiel könnte ich einem Promi (vorzugsweise Jill Amos aus *Getting Warmer*) auffallen, weil ich gerade dabei wäre, eine gute

Tat zu vollbringen – beispielsweise könnte ich einer Familie helfen, ihr liegen gebliebenes Auto anzuschieben –, und er würde sich mir daraufhin ganz spontan anschließen. Mit vereinten Kräften würden wir den Wagen zur nächsten Werkstatt schieben. Unterwegs passierte natürlich noch etwas sitcom-mäßig Lustiges – Jills Schuh bliebe in einem Schlagloch hängen, oder es gäbe schreiend komische Missverständnisse mit den Besitzern des Autos. Wir würden uns ausschütten vor Lachen, und Jill würde mir anvertrauen, wie gut es täte, einfach mal ganz normal zu sein. Sie würde immer öfter Zuflucht in meinem erfrischend unglamourösen Leben suchen, und wir würden beste Freundinnen werden. Ich würde Jill den Sterling Girls vorstellen, und wir fünf würden ihr die wahren Freunde sein, die sie sich immer gewünscht hatte. Wir würden der Presse kein einziges Interview geben und uns von Jills märchenhaftem Promi-Leben völlig unbeeindruckt zeigen.

Doch meine Reaktion auf Dover Carters unverhoffte Nähe zeigte deutlich, dass noch ein langer Weg vor mir lag, bevor ich dazu qualifiziert wäre, Jill Amos' beste Freundin zu werden. Als ich zu dem Star aus *Last Call*, *The Ecstasy* und *Who Needs Mo?* und der Stimme des Grashüpferkönigs in *Squashed!* aufschaute, schlug mein Herz gleich doppelt so schnell, und ich bekam den Tunnelblick.

Was trieb Dover Carter hier inmitten von B-Promis? Dover Carter machte nur Filme, die politisch relevant oder anderweitig bahnbrechend waren. Er zeigte sich bei Spendenveranstaltungen für die Demokraten und scheute sich nicht, liberale Ansichten zu vertreten. Er war der erste Hollywoodstar, der sich ein Hybridauto zugelegt hatte und Sonnenkollektoren auf dem Dach seiner Villa in Malibu anbringen ließ. Würde man mich fragen, welchem Filmstar ich am liebsten Kinder gebären würde, gab es ganz klar nur eine einzige Antwort: Dover Carter. Und nun stand er doch tatsächlich neben uns und lächelte – etwas verlegen, wie ich fand.

»Ach ja?« Zweifelnd schaute Tag ihn an. »Wer hat Sie denn in die Flucht geschlagen?«

Lucy und ich tauschten nervöse Blicke. Gut möglich, dass Tag keine Ahnung hatte, mit wem sie da sprach.

»Paparazzi«, sagte er ohne jede falsche Bescheidenheit. »Und euch?«

Tag musterte ihn mit so kritischem Blick, als versuche sie, ihn zu klassifizieren. Lucy und ich stöhnten leise.

»Wir haben die Geburtstagsparty der spanischen Prinzessin gecrasht.«

»Tatsächlich?«, fragte Dover Carter lächelnd, verschränkte die Arme und hielt seine Ellbogen umfasst – eine anrührend unsichere Geste. »Macht ihr so was öfter?«

»Ja«, warf Mercedes ein. »Jetzt zum Beispiel.«

Wütend wandte Tag sich zu ihr um. Mercedes zuckte nur mit den Schultern und nippte an ihrem Champagner.

»Darüber bin ich sehr froh«, meinte Dover nun und schaute Mercedes – *ehrfürchtig?* – an.

»Warum?«, fragte Tag. »Sie kennen uns doch gar nicht.«

Lucy und ich sahen schweigend zu und wandten bedächtig die Köpfe hin und her wie zwei begriffsstutzige Zuschauer beim Tennis. Verzweifelt überlegte ich, was ich Witziges sagen könnte, um die Situation zu retten, doch glücklicherweise fiel mir nichts ein.

»Doch, das tue ich sehr wohl«, behauptete der Filmstar.

Ah ja, jetzt kommt's, dachte ich und war insgeheim enttäuscht, mir gleich eine bodenlos dumme Anmache anhören zu müssen, die Dover Carter als ebenso dämlich entlarven würde wie den Großteil seiner Geschlechtsgenossen.

»Sie spielen die dritte Bratsche bei den Philharmonikern«, sagte er zu Mercedes.

So aufregend es war, dieselbe Luft zu atmen wie Dover Carter – ebenso spannend war es, Tag einmal sprachlos zu erleben.

»Woher wissen Sie denn *das*?«, platzte Lucy heraus. Als er sie anlächelte, sank sie so schnell in ihren Liegestuhl zurück, als lasse sein bloßer Blick sie tief in den Polstern Schutz suchen.

»Ich bin ein Groupie.« Hilflos breitete er die Arme aus. »Ich versuche sogar, meine Filmaufnahmen so zu legen, dass sie sich nicht mit Ihren Auftritten überschneiden.«

»So ein Quatsch«, befand Tag, die sich schnell wieder gefangen hatte.

»Ta-aag«, ermahnte ich sie.

Es war Dover Carter wirklich hoch anzurechnen, dass er lachte. »Okay, zugegeben, in der letzten Saison habe ich ein paar Konzerte sausen lassen. Für meinen Geschmack zu viel Rock und Schostakowitsch. Vielleicht nicht gerade originell, aber ich mag Mozart und finde, dass ihr den auch besser draufhabt.«

Mercedes nickte ernst.

»Rock?«, fragte ich und wagte mutig, mich an dieser epochalen Unterhaltung zu beteiligen.

»Rachmaninow«, sagten Mercedes und Dover gleichzeitig. Ich schämte mich meiner Unwissenheit und wurde rot.

»Haben Sie sich Josh Bells Konzert angehört?«, fragte Mercedes interessiert. »Was meinen Sie, ist er wirklich talentiert oder wird er überschätzt, weil er noch jung und so nett anzuschauen ist?«

Und dann waren die beiden nicht mehr zu bremsen. Das eigentlich Überraschende war, dass Dover von Mercedes viel mehr beeindruckt zu sein schien als sie von ihm. Er war ein echter Fan – im wahrsten Sinne des Wortes. Er wusste die Namen aller Musiker der New Yorker Philharmoniker, wusste, was sie spielten und seit wann, wo sie vorher gespielt hatten und bei welchen Stücken ihre Stärken lagen und wo ihre Schwächen. Ein Baseballfan war nichts dagegen. Fehlte nur noch, dass Dover gleich seine Sammelkarten herauskramte.

»Lasst uns mal zu dieser Wahrsagerin gehen«, schlug Tag für ihre Verhältnisse ungewohnt taktvoll vor.

Mercedes und Dover bemerkten es gar nicht, als wir drei uns davonschlichen.

»Träume ich oder passiert das gerade wirklich?«, fragte ich ungläubig und drehte mich noch einmal nach einer meiner ältesten und besten Freundinnen um, die nun in ein sichtlich angeregtes Gespräch mit dem (laut wissenschaftlich fundierten Hochglanzzeitschriften) attraktivsten Mann des Jahres vertieft war.

Kaum außer Hörweite, fragte Tag, nun nicht mehr ganz so taktvoll: »Das war aber vorhin nicht euer Ernst, dass ihr zu dieser Wahrsagerin wollt, oder?«

»Doch«, entgegnete Lucy entschieden. »Ich will wissen, wann mir meine wahre Liebe begegnet.« Sie straffte die Schultern und wappnete sich für ihr Schicksal. »Vielleicht sagt Renee mir ja auch, dass es *niemals* geschehen wird. Doch ich bin stark – und unabhängig. Damit käme ich schon klar. Zumindest wüsste ich dann endlich, was ich zu erwarten habe.«

Tag schnaubte und schaute mich an.

»Bist du denn gar nicht neugierig?«, fragte ich, ein bisschen eingeschüchtert, denn *ich* war definitiv neugierig.

Mit einem mitleidigen Blick ließ Tag uns stehen und steuerte die Bar an. Lucy und ich stellten uns hinter einem nicht ganz unbekannten Mann an, der im Fernsehen das Wetter ansagte, ein unglaublich markantes Kinn und nun zwei kichernde Frauen an jedem Arm hängen hatte.

Ein warmer Wind wehte über die Dachterrasse und ließ Kerzen und Lampions flackern. Den beiden Frauen flatterten die Haare ins Gesicht, wobei einzelne Strähnen an ihrem Lippenstift kleben blieben, was die drei so lustig fanden, dass sie in lautes Gelächter ausbrachen. Ich stellte mir vor, wie die Frauen diesen kleinen Zwischenfall am nächsten Tag ihren Freundinnen erzählten und sich erneut vor Lachen ausschütteten. Gerade wollte ich mich zu snobistischer Überheblichkeit aufschwingen – Vom Winde verwehtes Haar finden solche Leute also lustig? –, als eine der beiden meinen leicht befremdeten Blick auffing und mich so nett und verschwörerisch anlächelte, dass ich ihr das schrille Gekichere fast verzieh. Wahrscheinlich war sie klüger, als ich und alle Welt dachten, und würde die Abendnachrichten moderieren, noch ehe ich überhaupt herausgefunden hatte, wie man eine kaputte Toilettenspülung reparierte.

Ungeduldig schaute ich an ihnen vorbei und wurde mit dem Anblick von Adam Mason belohnt – einem der frühesten Objekte meiner Begierde –, der soeben aus Renee Ricardos Zelt trat. Er hob triumphierend den Daumen und bedachte uns, die wir noch warten mussten, mit einem blendend weißen Zahnpastalächeln. Hektisch stieß ich Lucy meinen Ellenbogen in die Seite und wurde sofort von derselben schmachtenden Sehnsucht erfasst wie damals, als ich zarte zehn Jahre alt war und ihn durch die Studiokulissen hüpfen sah. Obwohl Adam überhaupt nicht gut alterte. Doch Lucy schien es genauso zu ergehen wir mir – sie hielt meine Hand und seufzte ergriffen, als sie den Schwarm unserer Kindheit sah. Dover Carter *und* Adam Mason, Mondschein, Essen umsonst und Seerosen im Pool … das würde ein ganz phänomenaler Abend werden. Und morgen würde ich Gregory wiedersehen. Erste-Welt-Moment im Anmarsch!

Nachdem der Wetteransager und seine dekorativen Begleiterinnen zusammen im Zelt verschwunden und kurz darauf unverändert guter Dinge wieder herausgekommen waren, wurde ich langsam nervös. Eine Hand winkte mich herein, doch ich hatte Angst, dass Renee mich hellseherisch durchschaute und ich das zweite Mal binnen eines Monats als Party-Crasherin auffliegen würde. Verstohlen wollte ich mich davonschleichen, doch da schlug schon Renees reizender junger Assistent ungeduldig den Vorhang zurück und bat mich einzutreten.

An einem Tisch mit vielen Kerzen und einem beeindruckenden Stapel Bücher (angeboten mit dreißigprozentiger Ermäßigung zum regulären Ladenpreis) saß eine Frau, die ich schon mal auf Werbebannern an Bussen gesehen hatte, wie ich mich flüchtig zu erinnern meinte. Sie war dick – so dick, wie man gerade noch sein darf, wenn man seinen Job beim Fernsehen nicht verlieren wollte – und hatte kinnlange rote Haare. Um den Hals trug sie Glasperlenketten. Sie strahlte etwas so Mütterliches, Vertrauenserweckendes aus, dass ich mir gut vorstellen konnte, dass die Leute ihr alles glaubten, was sie ihnen weissagte.

»Ich bin Renee Ricardo.« Ihre Stimme klang angesichts ihrer Leibesfülle unerwartet hoch. »Ich danke dir, dass du heute Abend gekommen bist, um ein wenig an *meinem* Glück teilzuhaben.« Sie lächelte und deutete an den Bücherstapeln vorbei auf einen Stuhl ihr gegenüber. »Möchtest du dich nicht setzen?«

Der Stuhl war noch warm, und ich erschauderte wohlig bei dem Gedanken, dass mein Kleid molekulare Partikel von Adam Mason aufsaugte …

»Bevor du mir eine Frage stellst, möchte ich dich bitten, mir etwas von dir zu geben – etwas, das ich in der Hand halten kann, vorzugsweise etwas Metallisches, das du immer bei dir trägst, beispielsweise einen Ring oder eine Uhr.«

Also war es doch nicht mehr als eine alberne Zirkusnummer, dachte ich enttäuscht. Höflich streifte ich den Granatring ab, den meine Eltern mir zu meinem einundzwanzigsten Geburtstag geschenkt hatten, und reichte ihn ihr. Wie schnell ich wohl wieder verschwinden könnte ohne sie zu brüskieren?

Renee hielt den Ring zwischen den Händen und verharrte in Gebetspose. Verstohlen schaute ich zu ihrem jungen Assistenten hinüber. Er blätterte gelangweilt in einem von Renees Büchern und kaute an seinen Fingernägeln.

»Ich spüre Schwingungen ... aber sie sind schwach. Hast du vielleicht etwas anderes? Lass es uns mit deiner Uhr versuchen.«

Als ich meine Uhr abnahm, war ich mir sicher, mich damit als Hochstaplerin zu entlarven, denn niemand sonst dürfte hier wohl eine billige Timex tragen.

»Oh ja, schon viel besser«, meinte sie, schloss die Augen und lächelte. »Jetzt spüre ich ganz viel. Du hast einen sehr starken Charakter, das macht es einfacher.«

Ich *bin* ja auch ein starker Charakter, dachte ich und schöpfte wieder Hoffnung. Schon viel besser, in der Tat.

»Deine Ahnen sprechen zu mir. Ich höre sehr deutlich eine mütterliche Stimme. Hast du eine Mutter oder Großmutter, die kürzlich verstorben ist?«

»Meine Tante ist dieses Jahr gestorben!«, rief ich ganz aufgeregt.

»Oh ja, wie sehr sie dich noch liebt. Sie passt gut auf dich auf und ist sehr glücklich über etwas.« Gut zu wissen, wenngleich ich zu Lebzeiten höchstens zweimal im Jahr mit meiner Tante gesprochen hatte.

»Sie sagt, dass du einen neuen Job angefangen hast? Oder ... es ist schwer zu verstehen ... sie glaubt, dass dein derzeitiger Job nicht das Richtige für dich ist.«

Warum bloß war ich nicht schon eher zu einer Wahrsagerin gegangen?

»Beides!«, rief ich. Der Assistent fuhr zusammen und

schaute zu uns herüber. Ich senkte meine Stimme. »Beides. Ich habe kürzlich einen neuen, ähm … ja doch, einen neuen Job angefangen, *und* ich finde, dass es nicht der richtige Job für mich ist!« Ich schnappte nach Luft. War das aufregend!

»Gut.« Renee öffnete die Augen wieder und sah mich lächelnd an. »Was möchtest du deine Tante gern fragen?«

Meine Gedanken überschlugen sich. Das war eine einmalige, bedeutsame Gelegenheit. Was wollte ich *unbedingt* wissen?

Wie lange werde ich noch Hausverwalterin sein?

Werde ich jemals aufhören, nach Hayden Ausschau zu halten?

Was werde ich mal machen, wenn ich erwachsen bin?

»Werde ich mit Gregory Samson zusammenkommen?«, platzte ich heraus.

Renee lächelte.

»Nein, Moment!«, rief ich. »Ich will doch nicht, dass das meine Frage ist.«

»Du kannst auch mehr als eine Frage stellen«, beruhigte sie mich.

»Ehrlich?« Ich überlegte, wie ich formulieren könnte, was ich *wirklich* wissen wollte, ohne dabei zu verraten, dass ich anderer Leute Müll wegräumte und überhaupt nicht zu ihrer Buchparty eingeladen war. »Werde ich jemals … eine Arbeit finden, die mich glücklich macht?«

Wieder schloss Renee die Augen und legte ihre Stirn in Falten.

Nervös rutschte ich auf meinem Stuhl hin und her. Der Assistent spuckte ein Stück Fingernagel aus und schaute gespannt zu uns herüber.

»Ja«, sagte Renee schließlich ganz ruhig. »Du wirst sehr glücklich werden. Bald wirst du herausfinden, was du wirklich machen möchtest …«

»Wie bald?«, unterbrach ich sie. Bildete ich mir das nur ein, oder huschte da tatsächlich ein Anflug von Ungeduld über ihr viel zu stark geschminktes Gesicht?

»Innerhalb der nächsten zwei Jahre«, erwiderte sie knapp. »Und wenn du es *ganz* genau wissen willst – du wirst den Rest deines Lebens mit Gregory Samson verbringen. Glückwunsch! Möchtest du vielleicht noch ein Exemplar meines Buches mit dreißigprozentiger Ermäßigung zum regulären Ladenpreis kaufen?«

8

Nach nur zwei Wochen hatte ich mich mit Mrs. Hannahams morgendlichen Anrufen abgefunden. Als das Telefon am nächsten Morgen klingelte, kam mir in den Sinn, dass das sprichwörtliche »Morgenstund hat Gold im Mund« vielleicht auf jene schicksalsergebenen Menschen zurückging, die Mrs. Hannahams Vorfahren als Nachbarn gehabt hatten.

»Da gehen komische Leute zu ihr in die Wohnung«, krächzte Mrs. Hannaham mir pünktlich um Viertel nach sieben ins Ohr.

Meine Blase war kurz davor zu platzen. Also verschwand ich mitsamt dem Telefon im Bad und setzte mich aufs Klo.

»Tut mir leid, *wer* spricht da bitte?« Es war gemein, aber ich musste sie einfach ein bisschen ärgern.

»Zephyr, hier spricht Mrs. Compton Hannaham, deine Mieterin aus dem Erdgeschoss. Was ist denn das für ein Geräusch? Ist da irgendwo ein Leck?«

Ich war am lecken und würde so bald auch nicht damit aufhören. Beneidenswert, wie gut sie in ihrem Alter noch hören konnte.

»Das ist nur der Wasserhahn«, beruhigte ich sie. »Ich wasche gerade ab.«

»Dann sieh aber zu, dass du immer das Joy nimmst, nicht das Ivory. Mit dem Ivory bekommst du das Porzellan nicht ordentlich sauber.«

»Klar, mach ich«, sagte ich und musste an mein angeschlagenes »Porzellan«-Geschirr von Ikea denken. Ich stützte die Ellenbogen auf die Knie und schloss die Augen.

»Und?«

»Und was?«

»Ich sagte eben, dass komische Leute in ihre Wohnung gehen«, knurrte Mrs. Hannaham.

»In wessen Wohnung?«, fragte ich und sicherte mir damit auf alle Zeiten meinen Platz in der Hölle, weil ich vorsätzlich eine einsame alte Frau quälte.

»Du weißt schon«, raunte Mrs. Hannaham unheilvoll. »*Ihre* Wohnung.«

Ich schwieg und ließ sie zappeln.

»Mrs. *Boureau*.«

»Was für komische Leute?« Weil ich zu müde war, um vom Klo aufzustehen, fing ich an, in einer alten wasserfleckigen Ausgabe des *New Yorker* zu blättern und nach den Cartoons zu suchen.

»Männer, Frauen. *Unschickliche* Männer und Frauen. Die ganze Nacht.«

Ich vermutete stark, dass für Mrs. Hannaham »die ganze Nacht« alles nach acht Uhr bedeutete.

»Okay, ich werde mal mit ihr reden«, meinte ich und gähnte laut.

»Du solltest unbedingt was gegen deine Erkältung nehmen«, riet sie mir noch, bevor sie auflegte. Einen Moment lang saß ich da und stellte mir vor, wie sie in ihrer weißen Wohnung herumschlurfte, an weißen Federboas zupfte, Fotos vom lieben Compton betrachtete (höchstwahrscheinlich in weißen Bilderrahmen), und ich versuchte, Mitleid mit ihr zu haben. Ich versuchte es wirklich.

Dann drückte ich die Klospülung und taumelte zurück in mein Bett. Jetzt konnte ich mir in aller Ruhe meine vorhergesagte Zukunft mit Gregory ausmalen, angefangen damit, was ich anziehen sollte, wenn er heute Mittag vorbeikam, um mir zu helfen, den Trockner meiner Eltern zu reparieren.

Gestern Abend waren Renee Ricardos Voraussagen allerdings eher skeptisch aufgenommen worden.

»Du glaubst auch alles«, hatte Tag gemeint. Nachdem auch Lucy an der Reihe gewesen war, hatten wir uns zu dritt an das andere Ende der Dachterrasse zurückgezogen, von wo man einen fantastischen Ausblick auf den Hudson River hatte.

»Aber warum sollte es denn nicht stimmen?«, beharrte ich und ließ meine Eiswürfel im Glas klirren. »Wenn sie alles falsch vorhersagen würde, wäre sie ihren Job beim Fernsehen längst los. Die Zuschauer würden ihr die Tür einrennen und ihr Geld zurückverlangen.«

»Sie wird vom Sender bezahlt«, stellte Tag nüchtern klar.

Ich schüttelte den Kopf. »Tut mir leid, aber sie *wusste* Sachen über mich, die sie eigentlich gar nicht wissen konnte. Und sie war sich *so* sicher, was Gregory und mich angeht.« Mittlerweile machte ich das richtig gern, Gregorys und meinen Namen zusammen zu sagen – so gern, dass ich mein Versprechen ganz vergaß, nicht in Lucys Gegenwart von ihm zu sprechen.

»Was wusste sie denn über dich?«

Das mit meinem starken Charakter behielt ich lieber für mich. Tag hätte mich in Sekundenschnelle zerpflückt.

»Sie wusste, dass meine Tante kürzlich gestorben ist.« Na ja, so ähnlich.

Tag hob nur die Brauen.

»Und sie wusste, dass mein Job nicht der richtige für mich ist.«

»Klar. Die meisten Leute glauben, dass sie den falschen Job haben.«

»Du nicht«, gab ich zurück.

Ich fuhr mit der Hand über die blank polierte Kupferbrüstung. »Sie hatte so viel Vertrauen – in *mich*. Niemand hat je mit einer solchen Zuversicht und Gewissheit zu mir gesprochen, nicht mal meine Eltern. Wir sind alle viel zu vorsichtig und realistisch.«

Tag wollte gerade etwas erwidern, doch ich ließ sie nicht zu Wort kommen.

»Okay, mag ja sein, dass sie keine Hellseherin ist, aber was, wenn sie die Gabe besitzt, Menschen ungewöhnlich schnell zu durchschauen und einfach nur gut einschätzen kann, wo ihre Potenziale liegen? Ich habe jetzt auf jeden Fall das Gefühl, dass ich alles daransetzen sollte, damit ich und …« Ich verstummte und sah verstohlen zu Lucy hinüber. »Damit ich mein Glück finde. Ich bin jetzt viel zuversichtlicher, dass es die Mühe auch wert ist, weil sie mir gesagt hat, dass alles gut wird.«

»Sie hat nur gesagt, dass du den Rest deines Lebens mit Gregory verbringen würdest«, meldete Lucy sich endlich zu Wort. »Sie hat nicht gesagt, *wie*, Zephyr. Vielleicht wird er ja für den Rest deines Lebens dein Kammerjäger bleiben.«

Lucy war sauer, weil – so behauptete sie zumindest – Renee ihr gesagt hatte, dass sie sterben würde.

»Klar«, meinte Tag zu Lucy. »Dann wende doch diese messerscharfe Logik auch auf das an, was sie zu dir gesagt hat, kluges Kind. Du hast sie gefragt, ob du sterben wirst. *Warum* du sie das gefragt hast, kann ich mir zwar nicht erklären, aber du hast es sie gefragt. Und sie sagt dir, ja, du wirst sterben. Das hätte ich dir auch sagen können.«

»Wenn es nicht schon bald wäre, hätte sie es nicht gesagt«, beharrte Lucy und klang sehr selbstmitleidig – was aber unter den gegebenen Umständen durchaus verständlich war. Nachdem sie aus Renees Zelt gekommen war, hatte sie erst mal zwei Caipirinhas gekippt und hing jetzt ziemlich in den Seilen.

»Ihr beiden geht mir echt auf die Nerven«, verkündete Tag. »Wo steckt Mercedes?«

Wir schauten hinüber zu den Sonnenliegen, wo wir vorhin gesessen hatten, doch keine Spur von Mercedes oder Dover Carter. Wir suchten die ganze Dachterrasse ab und fahndeten danach noch in der Damentoilette. Vergebens. Schließlich gingen wir nach unten und fragten Tiffany, die auf dem Stuhl des Türstehers saß und sich die stilettogeschädigten Füße rieb.

»Wie sieht eure Freundin denn aus?«, fragte sie mit gelangweilter Stimme. Ihre Begeisterung, uns unter den Gästen ihrer Party zu sehen, war offensichtlich längst verflogen.

»Groß und schwarz, mit einem blau-grünen schulterfreien Kleid«, beschrieb ich ihr Mercedes. »Und sie hat so ein blau-grünes Tuch um den Kopf.«

Tiffany horchte auf, und ihre Augen funkelten.

»Oh, die ist vorhin zusammen mit Dover Carter gegangen!«

»Freiwillig?«, fragte Tag misstrauisch, woraufhin Tiffany sie anschaute, als hätte sie den Verstand verloren.

»Ruf sie an«, sagte ich zu Lucy. Kaum hatte sie Mercedes' Nummer in ihr Handy getippt, klingelte es in meiner Handtasche.

Natürlich, jetzt fiel es mir wieder ein! »Scheiße. Sie hat mir ihr Handy gegeben, weil es nicht in ihre Tasche gepasst hat.«

»Was ist denn das für eine bescheuerte Handtasche, in die nicht mal ein Handy passt?«, schnaubte Tag.

»Eine ganz hübsche mit Perlen drauf«, murmelte Lucy verzückt.

Wie ich jetzt so in meinem Bett lag, befielen mich schwere Schuldgefühle, weil wir uns gestern sehr schnell darauf geeinigt hatten, dass mit Mercedes schon alles in Ordnung sein würde, wobei wir uns derselben Logik bedient hatten, mit der ich zuvor Renee Ricardos Glaubwürdigkeit verteidigt hatte – Dover Carter konnte sich keine schlechte Presse leisten, und deshalb drohte Mercedes auch keine Gefahr. So einfach war das. Oder?

Ich schnappte mir wieder mein Telefon und wählte Mercedes' Festnetznummer. Der Anrufbeantworter sprang an, aber noch während die Ansage lief, ging sie selbst ran.

»Es ist halb acht, verflixt nochmal«, schnauzte sie mich an. Mercedes hatte sich das derbe Fluchen mühsam abtrainiert, da sie meinte, eine schwarze Frau, die es in der klassischen Musik zu etwas bringen wolle, dürfe sich keine solchen Verfehlungen leisten. Es war eine der Lieblingsbeschäftigungen von uns anderen Sterling Girls, sie dennoch so weit zu bringen.

»Zwanzig vor acht, und ich habe mir wirklich *Sorgen* um dich gemacht«, sagte ich und versuchte, meine Schuldgefühle auf ihr abzuladen.

»Dazu dürfte es jetzt wohl ein bisschen zu spät sein«, erwiderte sie spitz.

Mir wurde ganz flau im Magen.

»Warum?« Ich setzte mich im Bett auf. »Was ist passiert? Was hat er dir angetan?«

Ich stellte mir vor, wie eine in Tränen aufgelöste Mercedes ihre wahre Geschichte bei *Dateline* erzählte. Natürlich würde ich neben ihr sitzen und ihre Hand halten, damit sie die Kraft fand zu berichten, wie furchtbar es gewesen war, dass niemand ihr geglaubt hatte – außer natürlich ihren besten Freundinnen. Wir würden eine Stiftung für die Opfer von Prominenten gründen …

»Nichts. Ich ruf dich später an.«

Ich hörte, wie sie an ihrer Bratsche zupfte.

»Du alte Lügnerin! Du übst bestimmt schon seit einer Stunde, stimmt's?«

Dann hörte ich auch noch gedämpfte Stimmen.

»Mercedes«, sagte ich, ganz langsam und deutlich. »Ist das etwa Dover Carter, der da gerade in deiner Wohnung ist?«

»Warte mal … was? Sorry, ich habe das Telefon fallen lassen.«

Ich sprang auf und stand jetzt kerzengerade im Bett. »Gibst du Dover Carter etwa morgens um halb acht ein Privatkonzert, *verdammt* nochmal?«, schrie ich.

»Zwanzig vor acht«, sagt sie und legte auf.

Ungläubig starrte ich mein Telefon an und sprang vom Bett. Krass, dachte ich, während ich ins Wohnzimmer trottete. Krasser als krass – und leider war es noch zu früh, um irgendjemanden anzurufen. *Meine* Freundin hatte die Nacht mit dem Mann *meiner* Träume verbracht! Welche von uns würde wohl ihre erste Brautjungfer werden? Fair wäre es, wenn wir alle Brautjungfern würden und es keine erste gäbe.

Ich schaute zum Fenster raus und beglückwünschte mich dazu, überhaupt nicht neidisch zu sein. Nicht so richtig neidisch. Okay, natürlich war ich neidisch, aber nur weil meine derzeitige Karriere nie im Leben das Interesse eines Filmstars wecken würde. Es war schlicht unvorstellbar, dass Dover Carter mich inmitten der anderen Gäste entdeckt und in mir das Objekt seiner Obsession erkannt hätte. »Du verwaltest das Haus deiner Eltern? Cool. Ich versuche immer, meine Filmaufnahmen so zu legen, dass …« Dass was? Dass er keinen Steuertermin versäumte? Oder nicht die Müllabfuhr verpasste? Ein abgrundtief deprimierender Gedanke, den ich schleunigst verdrängte.

Mein Telefon klingelte, und ich hechtete zum Hörer.

»Mercedes?«, fragte ich atemlos.

»Abigail«, sagte Abigail düster.

Wieder schaute ich auf die Uhr.

»Ist bei dir jetzt nicht mitten in der Nacht?«

»Männer sind Schweine.« Sie versuchte genervt zu klingen, aber ich hörte ihre Stimme leise beben.

»Oh nein.« Mist. Ausgeschlossen, dass ich ihr die brandaktuellen Neuigkeiten von Mercedes und Dover erzählte. Zumindest nicht jetzt sofort.

»Honey, was ist denn passiert?« Ich tapste in die Küche und füllte Wasser in den Teekessel, wischte einen Fleck von der Arbeitsplatte und überschlug dabei im Geiste, wie lange es dauern würde, die Wohnung in einen vorzeigbaren Zustand zu bringen, bevor Gregory kam.

»Die Sache ist die …«, fing Abigail an und holte tief Luft. »Meine Schwester hat gleich nach ihrer Promotion diesen Job in Yale bekommen und dann binnen eines Jahres geheiratet. Was sie hinbekommen hat, müsste ich ja wohl auch hinbekommen. Aber ich habe meine Promotion jetzt schon vor *zwei* Jahren abgeschlossen und noch immer keinen Mann!« Fast hätte ich darüber gelacht, weil es sie so empörte, dass ihr Leben sich erdreistete, vom bewährten Zeitplan der Familie Greenfield abzuweichen, doch für solche Scherze klang Abigail gerade zu verletzt.

»Ab, was ist *passiert*?«

»Darren.«

»Der Typ von JDate?« Ich kramte in den Fächern meines Kühlschranks und fand schließlich ein großes Stück Cheddar. »Aber ich dachte, der lebt hier in New York.«

»Er ist für eine Woche hier, wegen einer Konferenz. Wir waren dreimal zusammen aus, haben aber erst letzte Nacht was angefangen … also heute Nacht.«

An ihrem Ende der Leitung hörte ich eine Tür zufallen.

»Hab kurz die Katze rausgelassen«, erklärte sie niedergeschlagen. »Wir hatten wirklich eine schöne Zeit. Er ist süß, Zeph, richtig süß …« Ihre Stimme versagte.

»Und?«, ermunterte ich sie und biss in meinen Käse.

»Und intelligent. Er ist der Stiefenkel von Athol Baron.«

»Keine Ahnung, wer das ist, Abigail, aber willst du mir damit sagen, dass dein Typ allen Ernstes Darren Baron heißt?« Ich beobachtete die blau flackernde Flamme unter dem Wasserkessel und überlegte, ob ich im Fall einer undichten Gasleitung wohl für die Evakuierung des Hauses zuständig wäre. Müsste ich einen strategischen Notfallplan entwerfen?

»Er ist nicht mein Typ, und nein, er heißt nicht Baron sondern Schwartz. Er ist so unglaublich intelligent und hat einen absolut brillanten Vortrag zur theoretischen Linguistik gehalten …« Hier hielt sie inne – wahrscheinlich weil sie meine nicht ganz so brillierende Intelligenz nicht beleidigen wollte. »Na ja, er hat also diesen Vortrag gehalten, und ich dachte, bei uns stimmt die Chemie einfach. Er kann wirklich gut zuhören.«

»Ah ja.«

»Und heute Abend fummeln wir so rum …«

»Bedeutet?«

»Obenrum ausgezogen.«

»BH?«

»Noch an.«

»Wie prüde«, befand ich, während der Kessel schrill zu pfeifen begann.

»Weißt du was? Hier drüben bekomme ich nicht mal meinen Bengal-Spice-Tee!«, jammerte Abigail.

»Ihr habt also rumgefummelt …«, lenkte ich sie zum eigentlichen Thema zurück.

»Und … Ich kann es immer noch nicht fassen! Je mehr ich darüber nachdenke, desto wütender werde ich. So ein Arsch! Was für ein Mann sagt denn *so was*?«

»Abigail!«, rief ich. »Was ist *passiert?*«

»Er hat mir gesagt, ich würde ihm zu jüdisch aussehen«, meinte sie schließlich.

»Nein!« Ich knallte mein Stück Käse auf den Tisch. »Der Typ, den du auf einer jüdischen Dating-Website kennengelernt hast, sagt dir, du würdest zu *jüdisch aussehen?*«

»Und zu pummelig. Er würde eher auf dünne Asiatinnen stehen, meinte er.«

Ich war diesem gruseligen Typen noch nie begegnet, aber nichts täte ich lieber, als ihn mitten im Schneesturm über den Broadway zu jagen. Nackt. Oder nein, so leicht würde er mir nicht davonkommen – ich wollte ihn öffentlich demütigen, sein Herz brechen und ihn um Abigails Liebe betteln lassen. Am liebsten würde ich ihm ordentlich in den Unterleib treten und ihn winseln sehen.

»Und … und was hast *du* gesagt?«, stammelte ich, fast sprachlos vor Empörung.

»Ich habe ihm gesagt, dass er ein ganz mieser Scheißkerl ist, und ihn rausgeschmissen. Ist ungefähr eine halbe Stunde her.« Ich hörte, wie ihre Tür sich abermals öffnete und leise zufiel. »Wie kann ein intelligenter, gebildeter, anscheinend völlig normaler Mann …? Zeph, ich mochte ihn wirklich!« Ich stellte mir vor, wie sie dort ganz allein in der geräumigen Küche einer von der sprachwissenschaftlichen Fakultät bezuschussten Wohnung stand, mit hängenden Schultern, in einem viel zu großen T-Shirt, das ihr bis zu den Knien reichte, und ihre störrischen Locken um den Zeigefinger wickelte und zog, bis es wehtat. Es zerriss mir schier das Herz. Wie furchtbar, dass ausgerechnet jetzt dreitausend Meilen zwischen uns lagen!

»Und wer steht als Nächstes an?«, fragte ich betont munter, weil ich wollte, dass sie sich diesen Darren aus dem Kopf schlug.

Abigail stöhnte. »Spärliche Auswahl im milden Westen. Die kalifornische Sonne hat hier allen das Gehirn verschmort. Deshalb wollte ich ja jemanden importieren.« Sie schniefte. »Als ich ihn rausgeworfen habe, hat er nicht mal kapiert, was er falsch gemacht hat!«

»Oh, Abigail.«

»Egal. Morgen fliegt er sowieso nach New York zurück. Und ich probiere jetzt mal Speed-Dating. Dauert nur acht Minuten und klingt ziemlich effizient.« Ich konnte förmlich hören, wie sie sich Mut zusprach, sich aufrappelte und die Schultern straffte. »Was habt ihr denn heute Abend Schönes gemacht? Ich meine natürlich gestern Abend. Erzähl mir schon, wie viel Spaß ihr ohne mich hattet.«

»Ohne dich haben wir überhaupt keinen Spaß!«, erwiderte ich reflexartig und versenkte einen Teebeutel in einer Tasse, die ich mir mal aus Mexican Hat, Utah, mitgebracht hatte. Ich war damals mit Abigail und Tag quer durch die Staaten gefahren, um die Doktortitel der beiden zu feiern. Die Tasse war ein Andenken an eine der schönsten Reisen, die ich jemals gemacht hatte. Außerdem war es ein Mahnmal aus tee-fleckigem Porzellan, das mich immer daran erinnern sollte, wie hoffnungslos ungebildet ich im Vergleich zu meinen vier Freundinnen war, die eine wahre Buchstabensuppe aus akademischen Titeln vorzuweisen hatten. Aber sie liebten mich, und ich liebte sie, und ich würde jeden Typen eigenhändig foltern, der ihnen etwas zuleide tat.

»Lügnerin.«

»Wir haben uns zu einer Party ins Soho House eingeladen. Und eine Wahrsagerin hat Lucy gesagt, dass sie sterben würde«, fügte ich beiläufig hinzu, denn in Gedanken war ich schon anderswo. Mir kam da eine Idee …

»Wie … jetzt bald?« Abigail klang ehrlich besorgt.

»Ungewiss.« Ich trank einen Schluck Tee. »Warte mal,

Abigail, mir ist da was eingefallen. Wie erstellt man ein Profil auf JDate?«

Um zwölf Uhr war ich fast bereit. Ich trug meine formvollendet farbbekleckste Levi's, die den Eindruck erwecken sollte, dass ich patent und kreativ wäre (Zephyr hilft ihren Freunden Wände, Küchen und Kulissen zu bemalen!), und ein langärmeliges, tief ausgeschnittenes weißes T-Shirt, das an genau den richtigen Stellen figurbetont war und trotzdem meinen Bauchspeck auf wundersame Weise für ein paar Stunden verschwinden ließ. Nun stand nur noch eine kurze Privatsphärenprüfung meiner Wohnung an.

Im Wohnzimmer entfernte ich sämtliche *Us Weekly* und verteilte in strategischer Unordnung ein paar Ausgaben *National Geographic* und die *New York Times* von gestern. Ich warf einen Blick in meinen Postkorb und versteckte einen wenig erquicklichen Bankauszug unter einem Spendenaufruf vom öffentlichen Rundfunk. Auf den Notizblock neben dem Telefon kritzelte ich »Pete« und »Mark«, damit es so aussähe, als würden Scharen von Männern mein Leben bevölkern. Ich fügte noch »Hayden« hinzu. Dann strich ich es wieder durch. Und schrieb es nochmal.

Auf dem Bücherregal stellte ich ein paar gerahmte Fotos um und musste dabei wieder an James' gruseliges Doppelbildnis denken, das nebenan noch immer Hof hielt. Das Foto von uns fünf Sterling Girls, das wie eine Klamottenwerbung von Banana Republic aussah, stellte ich ganz nach vorn. Tags Halbbruder – Sohn von Trophäenfrau Nummer eins – hatte es letztes Jahr aufgenommen, als wir ein Wochenende im idyllischen Landhaus von Tags Vater verbracht hatten. Fast den ganzen Samstag hatten wir Herbstlaub zusammengerecht und sahen bewundernswert glücklich und naturverbunden aus.

In der Küche versteckte ich den unschön angeknabberten Schokoladenkuchen mit den tiefen Gabelfurchen in der Marshmallow-Glasur ganz hinten im Kühlschrank. Ebenso den Cheddar mit meinen Beißspuren. Auf der Anrichte ließ ich meine heiß geliebten Kellogg's Corn Pops hinter dem Müsli verschwinden.

Im Badezimmer verstaute ich die Mundspülung gegen Plaque im Schrank, und nur die Fluoridspülung blieb draußen. Ich wollte nicht, dass Gregory glaubte, ich wäre etwas zwanghaft, was meine Zahnhygiene anging (was ich durchaus war). Unschlüssig stand ich vor der Schachtel mit den Kondomen. Sexy oder zu viel des Guten? Ich verstaute sie schließlich auch im Badezimmerschrank, aber so, dass er sie sofort sehen würde, wenn er den Schrank öffnete (was ich an seiner Stelle wahrscheinlich tun würde).

Um Viertel nach zwölf klingelte es unten an der Tür. Ich sah aus dem Fenster und schaute von oben auf Gregorys Kopf. Der bloße Anblick verzückte mich ganz unbeschreiblich. Als würde er merken, dass ich auf ihn herabschaute, trat er einen Schritt zurück und sah zu meinem Fenster hinauf. Ich warf mich blitzschnell zu Boden.

Eine Viertelstunde zu früh?, dachte ich, während ich in Bauchlage aus seinem Blickfeld robbte. Was war denn das schon wieder für ein komisches Spielchen?

»Ich komme gleich runter«, rief ich in die Sprechanlage. Dann stand ich einen Moment reglos da – genervt, weil er zu früh war, und aufgeregt. Genauso aufgeregt wie vor den Schulbällen in der Sechsten, was ehrlich gesagt ziemlich irrational war, weil damals die Objekte meiner jugendlichen Begierde alle zusammen in einer dunklen Ecke saßen und nichts Besseres zu tun hatten, als sich darüber auszutauschen, was David Letterman am Vorabend wieder vom Studiodach geworfen hatte.

Ich ging nach unten und machte die Tür auf, die nicht mal verriegelt war. Gut, dass ich das merkte! Nachher würde ich einen Zettel aufhängen und alle Mieter daran erinnern, aus Sicherheitsgründen die Haustür stets zweimal abzuschließen. Ein Gedanke, mit dem ich mich sehr professionell und verantwortungsbewusst fühlte und sofort viel attraktiver. Wie ein bisschen Eyeliner für mein Ego.

Als ich ihn sah, überkamen mich sofort Gelüste, wie Lucy es nannte. Seine rotbraunen Haare schimmerten golden, was mir neulich gar nicht aufgefallen war, und er duftete gut. Irgendwie nach Wald. Er hatte Jeans an und ein dunkelrotes Hemd. Ob er sich wohl genauso viel Mühe gegeben hatte, sich für mich anzuziehen, wie ich mir für ihn?

Er lächelte etwas unsicher. Ha, er war nervös!

»Hattest du eine gute Fahrt von Idaho?«, fragte ich ihn und war stolz, genau den richtigen Ton getroffen zu haben: witzig und kokett und mir durchaus meiner eigenen Schwächen bewusst.

»Idowa«, meinte er und deutete ein Grinsen an.

»Stimmt, Idowa«, pflichtete ich ihm bei.

Er stand immer noch etwas unschlüssig draußen auf der Treppe.

»Und wo wollen wir jetzt hingehen?«, fragte er.

»Äh«, sagte ich und zögerte kurz. »Wie wäre es erst mal mit dem Trockner?«

»Kenne ich nicht, klingt aber gut.« Mit einem Blick auf meine nackten Füße meinte er: »Ich warte so lange hier.«

Auf einmal war es mir furchtbar peinlich, dass er so höflich und anständig war und das hier tatsächlich als richtige Verabredung sah, während ich ihn mit etwas festnageln wollte, das ich in einem Anfall von Verärgerung vorgeschlagen hatte. Ich verlor die Nerven. »Okay, bin gleich wieder da«, beeilte ich mich zu sagen und drehte mich um.

Ich rannte nach oben und suchte hastig Geld und Schlüssel zusammen, als Gregory auf einmal in meiner Wohnungstür stand.

»Tut mir leid, ich habe überhaupt nicht kapiert, was du mit Trockner gemeint hast«, sagte er hörbar kühl. »Du meintest den *Wäsche*trockner.« Ich sah, dass er seine mürrische Miene wieder aufgesetzt hatte, die ich noch von unserer ersten Begegnung bestens in Erinnerung hatte.

»Nein, nein«, beschwichtigte ich ihn schnell. »Lass uns Kaffee trinken gehen. Du musst dir den Trockner meiner Eltern nicht anschauen.« Ich versuchte, es so klingen zu lassen, als wäre es ein völlig unsinniger Vorschlag, der überhaupt nichts mit mir zu tun hatte. Wie käme ich dazu, ihm *so etwas* vorzuschlagen! Ich doch nicht.

Er deutete die Treppe hinauf nach oben.

»Na, komm schon. Das war Teil des Deals.«

Er ist sehr launisch und sehr ernst, hörte ich mich schon, wie ich den Sterling Girls Bericht erstattete. Aber ich wollte *wirklich* mit diesem Typen einen Kaffee trinken gehen, zumal dann, wenn unsere Verabredung letztlich dazu führte, dass ich ihn eines Tages heiraten würde. Gerade wollte ich den Mund aufmachen und sagen, dass er doch bitte diesen blöden Trockner vergessen solle, als er auch schon die Arme vor der Brust verschränkte, fragend die Augenbrauen hob und mich herausfordernd ansah.

Na schön. Ich schnappte mir meine Schlüssel und marschierte die zwei Stockwerke hinauf zu meinem einstigen Zuhause. Kaum hatte ich aufgeschlossen, fiel mir ein, dass meine Eltern nicht vorgewarnt und somit für einen Nicht-Zuckerman möglicherweise nicht präsentabel waren. Ich schickte ein kurzes Stoßgebet gen Himmel, dass sie gar nicht da wären.

»Zephy!«, rief meine Mutter erfreut, noch ehe ich den Schlüssel aus dem Schloss gezogen hatte.

»Lieblingstochter!«, polterte mein Vater hinterher.

»Seid ihr beiden vorzeigbar?«, rief ich und lächelte Gregory entschuldigend an. Vorsichtig spähte ich in die Wohnung.

»Wow«, hörte ich Gregory hinter mir leise sagen.

Es grenzt an ein Wunder, dass meine Eltern es jahrelang geschafft haben, Gideon und mich jeden Morgen in dem kreativen Chaos ihrer Wohnung ausfindig zu machen und pünktlich zur Schule zu schicken. Meine Mutter sagt gerne, dass ihr Zuhause eine gelebte Hommage an ihre vielfältigen, weltzugewandten Interessen sei. Weniger wohlwollend könnte man sagen, dass es die äußerliche Manifestation ihres konfusen Innenlebens ist.

Es gab kein Hobby, das Ollie und Bella Zuckerman nicht probiert hätten, und allesamt hatten sie in ihrer Wohnung Spuren hinterlassen. Am Fenster lagerten einige vertrocknete, abgestorbene Äste, die aus der Möbelschreinereiphase stammten. Neben der Quilt-Ecke mit ihren unzähligen angestaubten Stoffresten wurden die mittelalterlich anmutenden Werkzeuge zum Goldschmieden aufbewahrt, deren Erwerb nicht gerade billig gewesen war, wie ich mich erinnern konnte. Unter einem wuchtigen Sessel verstaut waren die Nachbildungen von Musikinstrumenten aus der Renaissance, mittlerweile fast vergessen und verdeckt von den zusammengerollten Postern mit den Schrittfolgen griechischer Volkstänze. Ich mochte meine Eltern wirklich sehr, aber ihre Begeisterungsfähigkeit war geradezu erdrückend.

Noch immer in ihren vom Frühsport verschwitzten Radlerklamotten hatten Bella und Ollie es sich auf ihrem Sofa gemütlich gemacht. Über ihnen stapelte sich ihre Sammlung an Kunsthandwerk in den Wandregalen. Auf dem Glastisch vor ihnen standen leere Kaffeetassen und Gläser mit einem giftgrünen Energiegetränk. Meine Mutter hatte ihre Füße in den Schoß meines Vaters gelegt, und es sah aus, als hätte die überall verstreut liegende Sonntagszeitung meine Eltern in Geiselhaft genommen. Auf dem Esszimmertisch fanden sich noch die Reste vom Frühstück – Lachs und Bagels und etwas, was wohl einmal der selbst gemachte Apfelstrudel meines Vaters gewesen war.

»Ihr hattet Brunch! Warum habt ihr mir nicht Bescheid gesagt?«, murrte ich und vergaß einen Moment lang, dass hinter mir ein Fremder stand, der gern vorgestellt werden wollte.

»Du hast die besten Bagels der Welt verpasst! Innen herrlich weich und außen schön fest. Ein herrlicher Morgen!« Mein Vater schob die Füße meiner Mutter beiseite, schälte sich aus etlichen Schichten Zeitung hervor und erhob sich zu beeindruckender Größe. Strahlend streckte er die Arme aus, und pflichtschuldig ließ ich mich umarmen.

Über seinen Ellbogen hinweg sah ich, dass meine Mutter Gregory von oben bis unten musterte.

»Sind Sie nicht …?«

»Das ist Gregory«, unterbrach ich sie und befreite mich aus der väterlichen Umarmung. »Er will sich den Trockner mal anschauen.« Nett klang das nicht gerade, aber was hätte ich meinen Eltern denn sonst sagen sollen? Dass ich ihn am Montag zum ersten Mal gesehen hatte und wir gerade versuchten, uns wie bei einem Date zu benehmen und zumindest für fünf Minuten ein zivilisiertes Gespräch zu führen?

»Aber sind Sie nicht der Kammerjäger?«, beharrte meine Mutter und betrachtete ihn über den Rand ihrer Lesebrille hinweg.

»Der bin ich«, bestätigte Gregory, womit von seiner Seite aus alles gesagt schien. Dieser Mann hatte wirklich die Sozialkompetenz einer Kanalratte!

»Tatsächlich?«, meinte nun mein Vater und bedachte Gregory mit prüfendem Blick. »Aber Sie …«

»Nein, ich sehe nicht wie ein Kammerjäger aus«, sagte

Gregory ruhig. »Ich sehe auch nicht aus, als wäre ich der Elektroinstallateur, der den Trockner reparieren will, aber genau deshalb bin ich hier.«

Fragend sah meine Mutter zu mir herüber und schnippte kurz mit Daumen und Zeigefinger – wie teuer würde das werden?

»Ah ja«, sinnierte mein Vater und rieb sich das Kinn. Schweigend betrachtete er Gregory, der seinen unverfrorenen Blick unerschrocken erwiderte.

»Da-aad.« Ich zupfte ihn am Ärmel und versuchte, dieser peinlichen Begrüßung ein Ende zu setzen.

Mein Vater berappelte sich. »Gut, dann will ich Ihnen mal sagen, was *meiner* Ansicht nach das Problem mit dem Trockner ist.« Er bedeutete Gregory ihm zu folgen. Ich sah ihnen nach, wie sie beide durch die Schwingtür verschwanden. *Schwiegersohn!*, musste ich unweigerlich denken.

Dann schaute ich meine Mutter an, die nachdenklich die Stirn runzelte – obwohl sie sich kürzlich Botox hatte spritzen lassen, was sie natürlich niemals zugeben würde.

»Er sieht wirklich nicht aus wie ein Kammerjäger«, meinte sie und schnappte auf einmal laut nach Luft. »Vielleicht ist er ja vom FBI! Oh, Zephy, glaubst du, dass er gegen Daddy ermittelt? Nach dieser unerfreulichen Sache mit Wheeler klopfen sie bestimmt die ganze Staatsanwaltschaft nach faulen Eiern ab …«

»Mom!« Manchmal kam sie auf so absurde Ideen, dass ich mich fast für sie schämte. Ich verdrängte meine eigene Undercover-Cop-Theorie in die Tiefen meines Unterbewusstseins und nahm mir einen Teller aus dem restaurationsbedürftigen Büfettschrank, den meine Eltern während ihrer Antiquitätenphase vor zwei Jahren auf einer Landpartie aufgetrieben hatten. Seitdem nahm meine Mutter sich jedes Wochenende vor, ihn endlich aufzuarbeiten. Vergeblich, wie man sah.

»Und da wir gerade von faulen Eiern sprechen …«, fügte sie in dramatischem Ton hinzu, während ich mir einen der besten Bagels der Welt mit Räucherlachs belegte, der mir als Tochter des Hauses zustand, wie ich fand. »Hat Officer Varlam dich schon erreicht?« Ich schüttelte den Kopf. »James hat sich schuldig bekannt. Dreifacher Postbetrug.«

»Wow.« Ich las ein paar Krümel auf und schüttelte den Kopf, da ich noch immer nicht fassen konnte, dass der amerikanische Ganove (Was genau war eigentlich Postbetrug?) mit dem englischen Gentleman identisch sein sollte, der so charmant über jeden meiner Witze gelacht und die letzten zehn Jahre meinen Müll runtergebracht hatte. »Wie lange er dafür wohl bekommt?«

»Hältst du es wirklich für möglich, dass in unseren Wohnungen all die Jahre ein psychisch gestörter Mann ein- und ausgegangen ist – und wir es nicht einmal gemerkt haben?« Meine Mutter schüttelte sich. »Ich meine, hast du das neulich gehört? Er hatte einen Akzent, als käme er aus Brooklyn!«

»Tja, wie dem auch sei«, sagte ich mit einer Zuversicht, die ich keineswegs empfand, »ich habe auf jeden Fall mal sämtliche Unterlagen durchgearbeitet, um zu sehen, ob er uns auch betrogen hat.« Das stimmte insofern, als ich es demnächst tun wollte. Ich sah kurz von meinem Bagel auf, um mich zu vergewissern, dass meine Mutter auch ordentlich beeindruckt war.

»Oh, ich bin die Abrechnungen auch ab und an mal durchgegangen«, meinte sie indes nur und wand sich anmutig unter den Zeitungen hervor. »Wenn er uns bestohlen hat, kann es nicht viel gewesen sein. Betriebskosten.« Sie machte eine wegwerfende Handbewegung. »Du musst unbedingt auch den geräucherten Skilfisch probieren.«

»Gerne, aber ihr habt mir ja keinen übrig gelassen«, sagte ich ungnädig und setzte mich.

Auf der anderen Seite der Tür rummste es laut. »Alles in Ordnung, alles in Ordnung!«, rief mein Vater vergnügt.

Meine Mutter strahlte stolz. »Er kann einfach alles reparieren.«

Warum hast du dann nicht gleich ihn gefragt?, hätte ich sie am liebsten gefragt. Was ist das für ein Test, den ich hier absolvieren muss, und wann erfahre ich, ob ich ihn bestanden habe? Aber ich hielt den Mund, denn eines der Dinge, die ich nicht bin, ist konfrontativ.

Und eigentlich wusste ich die Antwort doch. Den Test hätte ich dann bestanden, wenn ich endlich einen richtigen Job hatte.

Nein, keinen Job.

Eine Karriere.

Eigentlich nicht zu viel verlangt.

Während ich noch im Geiste eine sehr ausführliche Auseinandersetzung mit meiner Mutter führte – die sie natürlich gewann –, meinte sie vorsichtig: »Mittlerweile könnten wir … ich meine, könntest *du* James' Wohnung auch wieder vermieten.«

Da sie gerade den Tisch abräumte, schnappte ich mir schnell mein mit Frischkäse beschmiertes Messer, bevor sie mir das auch noch wegnahm.

»Eva Lowell kennt einen hervorragenden Immobilienmakler«, fuhr sie fort. Ach ja, so viel also zu meinem ausgeklügelten Plan, mir einen handverlesenen heißen Typen zu suchen, der bei mir gegenüber einziehen würde …

Wasserrauschen gefolgt von lautem Geschepper erinnerten mich daran, dass Gregory noch in der Nähe war. Mein Plan sah wie folgt aus: 1. mit Gregory Kaffee trinken, 2. schauen, ob wir es schafften, uns vernünftig zu unterhalten, und wenn nicht, dann 3. James' alte Wohnung mit einem neuen Anwärter auf künftiges Liebesglück bestücken, vorzugsweise jemand, dessen sinnerfüllte Arbeit als Entwickler für Bewässerungssysteme in Indien, als Architekt von flutfesten Häusern in Louisiana oder als Umweltaktivist, der der Plastiktütenindustrie den Kampf ansagte, mir neue berufliche Perspektiven erschließen würde.

»Erstens«, sagte meine Mutter, »musst du James' ganzen Kram aus der Wohnung schaffen, dann gründlich saubermachen. Danach kannst du Evas Makler anrufen und alles Weitere besprechen.«

Mein Plan war mir irgendwie lieber.

»Zephy?«

Mit einem Stapel Teller im Arm blieb sie an der Küchentür stehen und betrachtete mich. Ich leckte mein Messer ab, weil ich wusste, dass sie das wahnsinnig machte. (»Auf deine Zunge kannst du kein Pflaster kleben!«, hatte sie Gideon immer angeschrien, als wir noch kleiner waren.) Sie schüttelte den Kopf, verkniff sich aber einen Kommentar.

»Wie geht es denn so?«, fragte sie stattdessen leise. Ich schob mir ein Stück Bagel in den Mund und zuckte die Schultern. Eigentlich hatte ich gehofft, der Schmach zu entgehen, offen eingestehen zu müssen, dass meine weitere Lebensplanung auf unabsehbare Zeit auf Eis lag. Ich hatte gehofft, dass ich in nicht allzu ferner Zukunft, noch bevor ich zu sehr mit meiner Rolle als neuer James identifiziert würde, freudestrahlend nach oben gelaufen käme und verkündete, dass ich meine wahre Berufung gefunden hätte – als … als … Psychologin? Abwasseringenieurin? Staudammbauerin?

Sie nickte schweigend und sah beiseite – eine für die Chefin von MWP eher untypische Strategie, mit Konflikten umzugehen.

»Daddy und ich haben beschlossen, dass die Mieteinnahmen, die du mit James' Wohnung erzielst, dein Gehalt sein sollen. Es sind Einkünfte, die wir bislang ohnehin nicht hatten, weshalb wir sie nicht vermissen werden und … nun, du musst ja auch etwas verdienen«, fügte sie hinzu und brachte damit das Thema zur Sprache, dem wir alle seit zwei Wochen taktvoll aus dem Weg gegangen waren.

Mit großen Augen sah ich sie an. Vergessen war der heiße Typ mit dem goldenen Herzen. Ich würde die Wohnung an einen Broker vermieten und ihn ausnehmen wie eine Weihnachtsgans. Oder sie.

Wie viel konnte ich wohl verlangen? Egal. Ich hätte auf jeden Fall ein festes Einkommen. Wann hatte ich das schon zuletzt gehabt? Noch nie. Ich hatte *noch nie* ein festes Einkommen. Meine diversen Bildungsversuche qualifizierten mich zwar dazu, ab und an Nachhilfe zu geben, wovon ich immerhin meinen Heißhunger auf Käse stillen und Fahrkarten für die U-Bahn finanzieren konnte, aber große Vermögen wurden anders verdient.

Um meine Aufregung zu verbergen, trank ich einen großen Schluck von dem grünen Energiegetränk … und würgte jämmerlich. Anklagend sah ich meine Mutter an.

»Rote-Bete-Blätter und Limette«, klärte sie mich auf. »Was hältst du davon? Von meinem Vorschlag, meine ich.«

»Geht in Ordnung«, meinte ich beiläufig und nickte kurz.

»Hervorragend.« Sie schien zutiefst erleichtert. »Und übrigens«, sie deutete mit dem Kopf Richtung Küche und rückte den schwankenden Tellerstapel in ihren Armen zurecht, »dieser Kammerjäger, von dem ich übrigens glaube, dass er gar kein Kammerjäger ist, ist richtig süß.«

In dem Moment stieß Gregory die Tür auf.

»Oh, Shit«, murmelte ich und ging auf Tauchstation, indem ich einen weiteren Schluck von dem moosgrünen Stärkungselixir nahm.

»Danke«, sagte Gregory zu meiner Mutter.

»Aber gerne doch«, erwiderte sie ohne mit der Wimper

zu zucken. »Haben Sie meinen Trockner wieder zum Laufen gebracht?«

Als auch mein Vater aus der Küche kam, fiel mir erst auf, dass beide von der Hüfte aufwärts nass waren und das Haar ihnen feucht in der Stirn klebte. Mein Vater ließ seine Hand schwer auf Gregorys Schulter fallen.

»Und ob! Der Junge ist eine Wucht. Eine absolute Wucht, sage ich euch!«

»Warum seid ihr denn so nass?«, fragte ich und konnte Gregory nun erst recht nicht in die Augen schauen. Warum nur musste ich immer Sachen sagen, die potenziell schlüpfrig waren?

»Weil wir uns auch noch der Waschmaschine widmen mussten«, meinte Gregory. Ich warf ihm einen verstohlenen Blick zu, um zu sehen, ob das süffisant gemeint war, doch seine Miene war völlig ausdruckslos. Und wie bitte sollte ich den Rest meines Lebens mit jemandem verbringen, aus dem ich nicht schlau wurde?

»Du müsstest mir gleich den Durchgang hinter dem Haus aufschließen, damit ich mir den Lüftungsschacht ansehen kann«, sagte Gregory zu mir.

Durchgang. Lüftungsschacht. Gregory, wie er mich gegen die Hauswand drängt, sanft, aber bestimmt, mit beiden Händen mein Gesicht umfasst und mich zwingt, ihm in die Augen zu schauen. Wie die Nähe seiner sinnlichen Lippen mich lockt. Eine Hand lässt er über meine Hüfte gleiten und dort verharren. Sein Schlüsselbein verführt meine Finger, sein Hemd ganz aufzuknöpfen …

Kann sein, dass meine ausschweifende Fantasie »Lüftung« mit »Luftholen« verwechselte, denn auf einmal war ich ziemlich außer Atem.

»Er glaubt, dass der Abzug verstopft ist, und wisst ihr was? Ich glaube, der Junge hat Recht!«, verkündete mein Vater stolz. »Das Rohr dringt nicht ganz in den Lüftungsschacht ein.«

Oh je, ich hätte es nicht schöner sagen können. Wie es schien, lag das Talent zur Zweideutigkeit in der Familie.

9

In freudig banger Erster-Kuss-Erwartung lief ich hinter Gregory die Treppe hinunter, wobei ich mich allerdings zur Besonnenheit ermahnte, konnte er doch nicht wissen, dass es nur noch eine Frage von Minuten war, bis er hinter dem Haus mit mir knutschen würde. Zumindest nahm ich an, dass er es nicht wusste, hatte er doch bislang keinerlei Interesse an derlei Tun bekundet.

Aber immerhin war *er* es gewesen, der *mich* gestern angerufen hatte. Er hatte mich zum Essen eingeladen, woraus ich einen Reparaturtermin gemacht hatte.

Weder der Anruf noch die Einladung mussten bedeuten, dass er mich küssen wollte. Warum eigentlich nicht? Ich war durchaus küssenswert. War er vielleicht ein religiöser Fanatiker? Glaubte er an Enthaltsamkeit vor der Ehe? Ahnte er möglicherweise, dass meine nackten Schenkel im Sitzen aussahen wie zwei sich küssende Kartoffelchips? Wollte er mich nicht wenigstens verführen, um die Ermittlungen im Fall James voranzutreiben?

Aber James' Fall war abgeschlossen, hatte meine Mutter mir eben gesagt. Woraus ich folgerte, dass Gregory doch kein verdeckter Ermittler war.

Bevor ich diese ernüchternde Erkenntnis noch ganz verdaut hatte, blieb Gregory jäh auf dem Treppenabsatz im zweiten Stock stehen, um nicht mit Roxana und einer üppigen kleinen Blondine zusammenzustoßen. Meine lodernde Libido hielt mich nicht davon ab, geistesgegenwärtig meinen Hals zu recken und einen gezielten Blick in Roxanas Wohnung zu werfen, diesen geheimnisvollen Hort französischer Eleganz, den ich noch nie von innen gesehen hatte – nicht mal an jenem Tag, als Gregory die Wohnungen ausgesprüht hatte, denn Lucy und ich waren viel zu sehr damit beschäftigt gewesen, uns im Hausflur unserem wortreichen Wettstreit um seine Gunst zu widmen. Meine gymnastischen Anstrengungen wurden nun mit einem flüchtigen Blick auf einen gerahmten Druck minimalistischer Kunst belohnt, der über einem niedrigen, unbequem aussehenden Sofa mit wachsgelbem Bezug hing, welches wiederum vor einem plüschigen Orientteppich stand.

Mehr bekam ich nicht zu sehen, bevor Roxana die Tür fest hinter sich zuzog und abschloss. Ich war ein bisschen enttäuscht. Andererseits war da natürlich Roxanas Begleiterin, die meiner Fantasie reichlich Futter gab. In weniger als vierundzwanzig Stunden hatte ich jetzt schon *zwei* Bekannte meiner mysteriösen Nachbarin zu Gesicht bekommen – das waren zwei mehr als während der gesamten drei Jahre, die sie in 287 West 12th wohnte.

Die kleine Blondine sah wie eine noch kleinere Version von Dolly Parton aus – abzüglich der strahlenden Glückseligkeit, die mit einem sechsstelligen Kontostand und dem Vertrauen in Gott einhergeht. Mini-Dolly hingegen strahlte eine kalte, irgendwie sowjetische Strenge aus, wenngleich ihre Augen kurz aufgeleuchtet hatten, als sie zu Gregory aufschaute (wozu sie den Kopf weit in den Nacken hatte legen müssen). Sie war alles, was Roxana nicht war: üppig, geschmacklos gekleidet, maßlos mit Accessoires behangen.

Mich zu sehen, schien Roxana wenig zu freuen. Und seltsamerweise fühlte ich mich sofort schuldig – so als hätte ich es mir zur Aufgabe gemacht, ständig Roxanas Privatsphäre zu verletzen.

»*Allo*, Zephyr«, sagte sie mit tonloser Stimme und verzichtete diesmal, anders als bei unserer höchst bizarren Begegnung mit Senator Smith, gleich ganz darauf, uns einander vorzustellen.

Ich hatte den Eindruck, als wäre das ungewollte Zusammentreffen uns allen unangenehm – außer vielleicht Mini-Dolly, die Gregory noch immer interessiert musterte. Ich bedachte Roxana mit einem beschwichtigenden Lächeln, mit dem ich ihr versichern wollte, dass ich ihr keineswegs hinterherspionierte, und lief dann eilig die Treppe hinunter. Gregory folgte mir nach draußen.

Auf den Stufen vor dem Haus empfing uns milde Frühlingsluft, und Gregory schaute mich mit belustigtem Blick an, als wolle er fragen: »Was war *das* denn gerade?« Was wiederum bedeutete, dass er emotional aufgeschlossen war und Sinn für subtile zwischenmenschliche Spannungen sowie Humor hatte.

Ich konnte es kaum noch erwarten, endlich mit ihm hinter dem Haus zu verschwinden.

Ich hätte es verstehen können, in romantischer Hinsicht ernsthafter Konkurrenz zu unterliegen – Roxana beispielsweise –, aber *nie* hätte ich mir träumen lassen, dass mir ein Wäschetrockner die Aufmerksamkeit eines Mannes streitig machen würde. Während Mini-Dolly ihm nur ein amüsiertes Schmunzeln zu entlocken vermocht hatte, zog der geräuschvolle Trockner meiner Eltern Gregory ganz und gar in seinen Bann.

Wir standen in dem schmalen Durchgang hinter meinem Haus. Ich konnte an einer Hand abzählen, wie oft ich jemals hier gewesen war. Normalerweise mied ich diesen düsteren, beengten Gang, der vielleicht doch nicht ganz den richtigen Rahmen für einen ersten Kuss bot. Gregory legte den Kopf in den Nacken und betrachtete die Reihe von Lüftungsschlitzen, die sich auf Bodenhöhe eines jeden Stockwerks in der Wand befanden. Ich begutachtete derweil die verschrumpelten, blassen Zigarettenkippen, die wie vertrocknete Würmer überall auf dem Boden verstreut lagen. Welche Banausen wagten es, ihren Müll in unseren Hausdurchgang zu werfen? Ich wollte lieber früher als später wieder von hier verschwinden. Mein Verlangen, Gregory zu küssen, ließ rasch nach, und ohne dieses Verlangen blieb eigentlich nur, dass ich einen wunderschönen Sonntagnachmittag in Begleitung eines sozial inkompetenten Kammerjägers in einem deprimierenden, düsteren Hausdurchgang verschwendete.

»Na, Problem schon gesichtet?«, fragte ich und bemühte mich, aufmunternd und hilfreich zu klingen, obwohl ich soeben bemerkt hatte, dass Gregorys Hintern ein bisschen flach war. Seine Schenkel waren jedoch nicht schlecht. Sie spannten sich unter der Jeans, als er sein Gewicht etwas nach hinten verlagerte. Sehr imponierend.

»Nicht von hier. Wenn ich da oben raufkäme, könnte ich es mir vielleicht mal aus der Nähe anschauen.« Er rüttelte an dem Knauf einer schmalen Tür, die zu einem separaten zweigeschossigen Treppenhaus führte, das an der Außenseite des Gebäudes angebaut war. »Wo geht es denn hier hin?«

Seit der Highschool hatte ich mit dem Gedanken gespielt, zur CIA zu gehen. Tag hatte meine Träume immer mit der Begründung zunichte gemacht, dass ich kein Geheimnis für mich behalten könnte und meine Beobachtungsgabe nicht nur unterentwickelt, sondern nicht existent wäre. Mir fiel wirklich nur selten auf, wenn jemand eine neue Frisur, zehn Kilo abgenommen oder sein Sofa neu bezogen hatte, aber meiner Ansicht nach waren solche kleinen Belanglosigkeiten auch nicht von universeller, existenzieller Bedeutung. Mir fielen eben nur wirklich wichtige Dinge auf.

Womit sich mir nun folgende Frage stellte: Könnte ein neu aussehendes, verschlossenes Treppenhaus in irgendeiner Weise wichtig sein?

Die wenigen Besuche, die ich dem Durchgang während der letzten Jahre abgestattet hatte, hatte ich so kurz wie möglich gehalten, ohne dabei allzu genau hinzusehen – mal hatte ich während James' Urlaub einem Inspekteur der Feuerwehr die Notausgänge zeigen müssen, mal hatte ich den Caldwells geholfen, ein Foto zu suchen, das ihnen aus dem Fenster geweht war. Trotzdem war ich mir doch ziemlich sicher, dass mir ein neues Treppenhaus aufgefallen wäre. Ein richtiges Treppenhaus, umschlossen von einem Verschlag aus unbehandeltem Sperrholz. Ein Treppenhaus, das an der Außenwand *meines* Hauses – dem Haus meiner Eltern, meine ich – bis in den zweiten Stock führte.

Absolut sicher war ich mir allerdings nicht. Ich verwünschte Tag, die mal wieder Recht gehabt hatte, und sah meinen Traum vom Agentendasein dahinschwinden – ich in einem verführerischen Kleid auf einer Cocktailparty in den Uffizien, wo ich einem Antonio-Banderas-Doppelgänger mit dunklem Bartschatten international bedeutsame Geheimnisse entlockte … War diese Treppe etwa schon immer hier gewesen? Sie war mir zwar nie aufgefallen, aber wie sollte es anders sein? Ein Treppenhaus konnte man doch nicht still und heimlich bauen, ohne dass irgendjemand es bemerkte. Ohne dass *ich* es bemerkte. Oder etwa doch?

Nun rüttelte auch ich an dem Türknauf – so heftig, als wollte ich mein Erinnerungsvermögen gleich mit aufrütteln.

»Die führt in den zweiten Stock«, sagte ich schließlich.

»Ja, das sehe ich auch«, erwiderte Gregory. Ich presste die Lippen zusammen, rang kurz mit mir und ließ meinen Stolz fahren.

»Ich sehe diese Treppe gerade auch zum ersten Mal.«

Gregory verschränkte die Arme vor der Brust und sah mir tief in die Augen. Aber nicht so, wie ich es mir noch vor einer Viertelstunde erhofft hatte.

»Ich weiß, dass das ziemlich behindert klingt …«

»Sag nicht behindert«, unterbrach er mich.

»Ich lasse mir von dir nicht vorschreiben, wie ich politisch korrekt zu reden habe«, erwiderte ich.

»Meine Schwester hat eine Lernschwäche«, sagte er warnend.

»Klar. Und du bist aus Iowa.«

»Idaho.«

Ich schaute ihn so lange so wütend an, bis er schließlich lächelte und meinte: »Okay, ich bin nicht aus Idaho, und ich habe keine Schwester, weder mit noch ohne *besondere Lernbedürfnisse*. Aber willst du mir etwa weismachen, dass du seit … seit wann lebst du in diesem Haus?«

»Eigentlich schon mein ganzes Leben«, gestand ich.

»Ah ja. Und trotzdem ist dir diese Treppe nie zuvor aufgefallen?«

»Nein, weil ich nämlich glaube, dass diese Treppe neu ist.«

»Glaubst du?«

»Ja, vielleicht.« Ich schüttelte meine Zweifel ab. »Doch, sie ist neu. Ganz sicher.«

»Wie neu?«

»Als ich zuletzt hier war, war sie noch nicht da.«

»Und das war wann?« Jetzt klang er aber wirklich wie ein verdeckter Ermittler.

Gregory gegenüber zuzugeben, wie selten ich mich den unschönen Seiten des Familienbesitzes widmete, würde ihm zeigen, wie verwöhnt, verantwortungslos und ignorant ich war. Womit wohl alle Hoffnung verloren wäre, dass dieser Nachmittag sich doch noch vom Reparaturtermin zum Date wandeln würde.

»Vor ungefähr einem Jahr«, meinte ich beiläufig, und während ich die schlichte Holzkonstruktion so aufmerksam musterte, als wollte ich meine bisherige Achtlosigkeit doppelt und dreifach wettmachen, ging mir auf einmal auf, was es sein musste. »Es ist eine Feuertreppe!«, verkündete ich. Wie umsichtig und vorausschauend von James, sich so um die Sicherheit der Hausbewohner zu sorgen! Ich war beeindruckt – und kam mir gleich noch unzulänglicher vor, denn *mir* wäre das bestimmt nicht eingefallen. Was für eine schlechte Hausverwalterin ich doch war.

Gregory runzelte die Stirn. »Warum führt sie dann nicht bis ganz nach oben? Und warum ist sie aus Holz?«

Ratlos zuckte ich die Schultern.

»Aber mal angenommen, dieses Ding hätte oben einen Ausstieg, dann könnte ich zumindest raufklettern und versuchen, mir von da aus die Lüftung im dritten Stock anzuschauen. Gib mir mal die Schlüssel, die Laurie etikettiert hat.«

»Du meinst Lucy.«

»Lucy.«

Für einen Moment tat sie mir ehrlich leid. Ich gab Gregory den Schlüsselbund, den ich eben noch aus James' Wohnung geholt hatte. Er musste wohl das Schloss am Tor zum Durchgang ausgewechselt haben, denn mein Schlüssel passte nicht mehr. Für meine Mühe war ich damit belohnt worden, ausschnittsweise eine Auseinandersetzung zwischen Roxana und Mini-Dolly mitzubekommen, die auf dem Treppenabsatz im zweiten Stock stattfand. Ich machte ausreichend Lärm, um ihnen zu zeigen, dass ich nicht heimlich herumspionierte, aber nicht so viel, als dass ich nichts mehr verstanden hätte.

»Scheiße, was soll ich denn jetzt machen? Ich brauche das hier«, jammerte Mini-Dolly. Es überraschte mich nicht im Geringsten, dass sie weit weniger kultiviert klang als Roxana mit ihrem raffinierten Akzent.

»Tut mir leid, aber das ist nischt mehr mein Problem«, erwiderte Roxana kühl.

»Du sagst es – das wird dir noch *sehr* leidtun!«, zischte Mini-Dolly in melodramatischer Manier. Dann wurde eine Tür zugeschlagen, und ich lief schnell wieder nach draußen. Ich war ganz kribbelig vor Neugier. Was könnte es sein, das Mini-Dolly so dringend von Roxana brauchte? Und vor allem – was hatten die beiden *überhaupt* miteinander zu tun?

Wieder zurück hinter dem Haus stellte ich fest, dass keiner der Schlüssel in die Tür des mysteriösen Treppenhauses passte, was mich hoffen ließ. Wenn ich Gregory so weit bekam, dass er den Wäschetrockner endlich vergaß, könnten wir uns einen Kaffee holen, am Fluss spazieren gehen und die Sonne über Hoboken untergehen sehen. Ein Sonnenuntergang, selbst wenn es nur ein Sonnenuntergang über New Jersey war, war definitiv immer ein Kussauslöser.

»Lass uns mal schauen, ob wir durch James' Wohnung da rankommen.« Gregory sah prüfend zu dem Absatz im ersten Stock hinauf. »Sieht so aus, als würde die Treppe auch in seine Wohnung führen.« Er ging zurück zum Tor.

Schlimm genug, dass wir uns in diesem düsteren Durchgang herumtreiben mussten. Die bloße Vorstellung, jetzt auch noch mit Gregory in James' Schweinestall von Wohnung gehen zu müssen, gab mir den Rest. Was würde die raffinierte Roxana an meiner Stelle tun?

»Warte!«, rief ich.

Gregory drehte sich um und sah mich an.

»Du hast mich gestern Abend angerufen, weil …« *Du ein Date mit mir wolltest* hörte sich so überheblich an. »Na ja, damit wir etwas zusammen machen. Das sollte aber nicht heißen, dass du dich den ganzen Tag um das hier kümmern solltest«, sagte ich und deutete auf das hölzerne Treppenkonstrukt.

Gregory verschränkte die Arme. »Natürlich wolltest du das«, sagte er und schaute mich mit großen unschuldigen Augen an. »Du hast gesagt, wenn ich den Trockner deiner Eltern repariert hätte, könnten wir einen Kaffee trinken gehen. Und ich habe den Trockner noch nicht repariert.«

War das jetzt Süffisanz oder schlicht Dummheit? Vielleicht hatte er ja tatsächlich eine lernschwache Schwester. Vielleicht lag die lange Leitung in der Familie. Und was würde ich tun, wenn sich mein Verdacht durch einen Gentest bestätigen sollte?

»Für heute hast du dich erst mal genug um den Trockner gekümmert«, fing ich vorsichtig an.

»Freut mich, dass du das findest«, erwiderte er spöttisch.

Und dann, beflügelt durch einen frischen, warmen Lufthauch, der nach dem Apfelbaum vor dem Haus duftete, war es mit meiner Geduld vorbei. Niemand war *so früh* schon so viel Mühe wert. Hier überwogen ganz eindeutig nicht die glücklichen Momente – das hier war zähe, harte Arbeit, es troff vor Süffisanz und war von Sticheleien und Sarkasmus durchzogen. Genug! Ich würde anfangen, mit Cliff zu flirten, mir in der Wohnung gegenüber einen heißen Typen einmieten und mich mit Dover Carters erfolglosem, hässlichem Bruder verabreden, wenn er denn einen hatte. Ich hatte genug Zeit mit Gregory Samson verschwendet, diesem unverschämt anmaßenden Ungeziefervernichter.

»Weißt du was?«, sagte ich kühl – ermutigt von Roxanas Contenance in ihrer Auseinandersetzung mit Mini-Dolly. »Es reicht. Ich kenne dich noch nicht mal eine Woche, aber ich habe jetzt schon genug von dir und deinen widersprüchlichen Signalen und deiner sozial inkompetenten Art zu reden und deinem unverschämten, unhöflichen …«

»Sozial inkompetent?«, fragte er. »Ich dachte eigentlich, ich wäre direkt.«

»*Das* meinte ich«, sagte ich und drängte mich an ihm vorbei zum Tor. »Diese ständigen kleinen ...«

»Schlagfertigen Erwiderungen?«

»Meinetwegen«, seufzte ich resigniert. »Auf jeden Fall habe ich da keine Lust mehr drauf.«

»Worauf *hast* du denn Lust?«, fragte er ruhig. Es klang weder feindselig noch vorwurfsvoll, weder spöttisch noch süffisant, aber *mir* konnte er nichts vormachen.

»Was?«, erwiderte ich, schüttelte den Kopf und griff nach dem Riegel, um das Tor zu öffnen. »Jetzt gerade schon wieder – hör doch einfach auf damit! Ich habe nämlich *keine* Lust, schon vorher keine Lust mehr zu haben.«

Gregory hielt meine Hand fest, und ich fuhr jäh herum, als ich seine Berührung spürte.

»Das heißt, es gibt auch ein Nachher?«, fragte er erwartungsvoll.

»Weiß *ich* doch nicht!«, schrie ich ihn an und stampfte mit dem Fuß auf den Boden wie ein kleines Kind. »So schnell auf jeden Fall nicht!« Wütend funkelte ich ihn an und fühlte mich wie Alice im Wunderland, nachdem sie durch das Kaninchenloch gefallen war – eine Alice, die ihre Pubertät im 21. Jahrhundert mitten in Greenwich Village erlebte. Und wer war dann Gregory? Der verrückte Hutmacher? Oder die Grinsekatze?

Ganz egal. Denn nun tat Gregory, was er schon längst hätte tun sollen. Er drängte mich gegen das Tor – sanft, aber bestimmt –, umfasste mein Gesicht mit seinen Händen, betrachtete mich einen Augenblick lang und küsste mich dann.

Zärtlich küsste er meine Unterlippe. Meine Oberlippe. Dann beide Mundwinkel. Ich klammerte mich mit beiden Händen an den Gitterstäben fest, um nicht den Halt zu verlieren. Ausnahmsweise war mein ganzer Körper – einschließlich meines sonst so wirren Verstandes – hochkonzentriert und zielgerichtet. Alle Aufmerksamkeit richtete sich einzig darauf, wo Gregorys nächster Kuss landen würde.

Just als mir ein Seufzer ungezügelten Verlangens entfleuchen wollte, bedeckte er meinen Mund mit seinem. Nicht zu hastig, nicht zu feucht. Der makelloseste Kuss, den ich je das Vergnügen hatte zu empfangen. Ein Kuss, der mich davon überzeugte, dass meine Nervenenden sich allesamt in meinem Mund bündelten und dieser Mann sämtliche meiner inneren Organe und alle Extremitäten mit einem sachten Zungenschlag in Aufruhr versetzen konnte.

Seine Hüften berührten meine, gerade fest genug, dass ich nicht anders konnte, als seinen Hintern zu packen – der nicht annähernd so flach war wie er aussah – und Gregory so ungestüm an mich zu ziehen, dass sein Arm wegrutschte und gegen das Eisengitter schlug. Stöhnend vor Schmerz sprang Gregory zurück und rieb sich den Ellenbogen.

»Nein, nicht!«, beschwerte ich mich und bedauerte zutiefst das vorzeitige Ende unseres ersten Kusses.

Gregory stieß einen zischenden Laut aus, atmete tief ein und schien alles in allem sichtlich bemüht, sich zu beherrschen. Er schaute mich an, und wir lachten leise. Plötzlich kam mir ein ganz fürchterlicher Gedanke: Wie sollte ich das Lucy erklären? Lucy, die sterben würde. Irgendwann.

Erst gestern hatte ich ihr noch versichert, dass Gregory nur an Mrs. Hannahams Mäuselöchern interessiert sei. Wenn sich zwischen uns etwas angebahnt hätte, hätte es auf jeden Fall nicht so schnell gehen dürfen wie jetzt. Wir wären uns bei seinen Ermittlungen im Fall James *langsam* nähergekommen, das war der Plan gewesen.

»Bist du wirklich Kammerjäger?«, platzte ich heraus.

Er hörte auf, sich seinen Ellenbogen zu reiben und schaute mich gereizt an. Der beste Kuss, den ich jemals bekommen hatte, entschwand mit Lichtgeschwindigkeit.

»*Warum?*«, fragte er klagend. »Was ist daran so schwer zu glauben?«

»Na ja«, fing ich an, »es ist nur so, dass …« Wie sollte man einem Mann die diffizilen Feinheiten – und Fallstricke – von Frauenfreundschaften erklären? »Weil alles viel einfacher wäre, wenn du ein verdeckter Ermittler wärst.«

Gregory starrte mich an. In seiner Miene spiegelten sich so tiefe Zweifel an meiner Zurechnungsfähigkeit, dass ich nun zumindest mit ziemlicher Sicherheit – und einem leichten Anflug von Enttäuschung – davon ausgehen konnte, dass er definitiv kein verdeckter Ermittler war.

»Wie kommst du denn *um Gottes willen* darauf, dass ich ein Cop sein könnte?«, wollte er wissen.

»Du glaubst doch nicht etwa an Gott?«, fragte ich besorgt.

»Was? Moment.« Er rieb sich mit Daumen und Zeigefinger die Nasenwurzel, und es sah so aus, als ob nun *er* über Gedeih oder Verderb unserer kaum begonnenen Beziehung entscheiden wollte. »Ich bin überzeugter Atheist. Warum hast du geglaubt, dass ich ein Cop wäre?«

»Weil … weil …«, stammelte ich und verstummte. Ich konnte mich nicht mehr genau daran erinnern, wie mein ausschweifender Verstand auf solche Abwege geraten war.

»Weil ich nicht wie ein Kammerjäger aussehe«, vermutete er resigniert.

»Genau!« Jetzt wusste ich es wieder. »Und weil du gleich nach James' Verhaftung hier aufgetaucht bist.«

»Ich komme laut Vertrag einmal im Monat hier vorbei – nicht erst seit James verhaftet worden ist«, erinnerte er mich.

Als Eingeständnis meiner Niederlage hob ich entschuldigend die Hände und setzte eine beschämte Miene auf.

Gregory schaute zum Himmel hinauf und lachte leise. Ich atmete langsam aus.

»Weißt du was?«, meinte er. »Was ich anfange, beende ich

auch ganz gern.« Er fing an aufzuzählen: »Ich habe angefangen, den Trockner zu reparieren. Und ich habe angefangen, dich zu küssen.«

Ich biss mir auf die Lippe und wurde schon wieder ganz flatterig, als ich ihn von unserem Kuss reden hörte – ich hatte es also *nicht* nur geträumt.

»Lass uns erst mal den Trockner fertig machen. Danach gehen wir Kaffee trinken, und ich erzähle dir von meinem aufregenden Leben als Kammerjäger. Und dann kannst du entscheiden, ob du auch den Kuss beenden willst.«

10

In der zehnten Klasse hatte ich meinen ersten Freund. Er hieß Lance, war in der Oberstufe und kannte jedes Musical von Stephen Sondheim auswendig. Sein größter Wunsch war, an der Carnegie Mellon zu studieren und eines Tages auf den Bühnen des Broadway zu brillieren. Unsere dreimonatige Beziehung bestand im Wesentlichen aus unregelmäßigen Treffen auf der Dachterrasse seiner Mutter auf der Upper West Side, wo wir im Schatten des alten Wasserturms ziemlich unbeholfen herumfummelten. Mindestens dreimal so viel Zeit wie mit Lance verbrachte ich damit, die Beziehung mit den Sterling Girls zu analysieren.

Am besten gefiel mir unsere Beziehung, wenn Lance auf der Bühne stand und die Hauptrolle im alljährlich im Frühjahr aufgeführten Musical der Sterling School spielte, oder wenn er bei den Proben des Schulchors am Donnerstagnachmittag sein Solo schmetterte. Seine absolute Hingabe an die Musik, die ihn alles um sich her – und somit auch mich – vergessen ließ, gepaart mit dem Wissen, dass ich mit ihm Sachen machte (wenngleich nur in der jugendfreien Spielart), die außer uns ganz bestimmt niemand machte, fand ich weitaus reizvoller als unsere ungelenken Zusammenkünfte. Das war meine erste Erfahrung mit dem Sehen-und-Begehren-Phänomen.

Jetzt jedoch, wo ich voller Gelüste und zudem alt genug war, um nicht nur Zungen kreisen zu lassen, katapultierte das Sehen das Begehren in kosmische Sphären. Die Entschlossenheit, mit der Gregory das schon recht trostlos herabhängende Absperrband vor James' Wohnung herunterriss und an meinen arbeitsamen Papierstapeln vorbeieilte, ließ mir Lance' leidenschaftliche Bühnenauftritte geradezu blutleer erscheinen.

Während Gregory James' schauderhaftes Schlafzimmer inspizierte, überlegte ich, ob Sehen-und-Begehren wohl auch eine jahrzehntelange Ehe überdauern würde. Musste ich meine Eltern mal fragen.

»Ich glaube, dass die Treppe hier hereinführen müsste«, meinte er und klopfte die Wand zwischen den beiden Schränken ab.

Zwei Wochen der Untätigkeit waren dem Geruch des Zimmers nicht gerade förderlich gewesen. Ich sah, dass die Pizzaschachteln noch immer unter dem Bett lagen. Ob James absichtlich im Müll gehaust hatte, um Kakerlaken anzulocken? Vielleicht war es eine Strategie, um Gregory regelmäßig ins Haus holen zu können. Vielleicht war James ja in ihn verliebt. Tja, dumm gelaufen, dachte ich triumphierend. Jetzt gehörte Gregory mir. Zumindest war ich mir ziemlich sicher, dass er mir bald gehören würde.

Eigentlich hatte Gregory geradewegs in Roxanas Wohnung gewollt, wo die Außentreppe zu enden schien, und ich hätte fast alles getan, um ihm dabei behilflich zu sein, damit er endlich diese lästige Lüftung untersuchen und wir den Programmpunkt Küssen wieder aufnehmen konnten. Aber obwohl mir die Ohren rauschten vor Lust, war ich nicht allzu scharf darauf, Roxana zu bitten, uns in ihre Wohnung zu lassen. In den letzten Tagen war ich schon einmal zu oft mit ihrer Privatsphäre kollidiert.

Gregory streckte die Hand nach dem Griff an der Schranktür aus.

»Du musst kräftig ziehen, sonst geht sie nicht auf«, bemerkte ich sachkundig und musste wieder daran denken, wie schwach ich mich vor Mercedes gezeigt hatte. »Da ist aber nichts. Ich habe schon nachgeschaut.«

Gregory öffnete die Tür und schob die Kleider beiseite. Die Bügel quietschten empfindlich auf der Kleiderstange. »Nichts«, stellte er fest. Genau, hatte ich ihm doch gesagt. Könnten wir uns jetzt bitte küssen?

Er trat an den zweiten Schrank, wobei mir mit einem jähen Schauder des Schreckens bewusst wurde, dass ich diesen letzte Woche gar nicht erst geprüft hatte. Gut, ich würde mich den Tatsachen stellen müssen – bei der CIA dürfte man aller Wahrscheinlichkeit nach keinen Bedarf für mich haben.

Die Tür ging ganz leicht auf, natürlich. Ich schaute Gregory über die Schulter, widerstand dem Drang, mich an ihn zu schmiegen, und sah ein paar vereinzelte Kleidungsstücke an einer Stange hängen – die Bomberjacke, die James den ganzen Winter über getragen hatte, und einige alte Regenmäntel. Auf der einen Seite stand ein kaputter Karton mit verrosteten, farbverklecksten Werkzeugen auf dem Boden.

Und auf der anderen Seite stapelten sich nicht bündelweise Dollarnoten, wie ich mir kurz erhofft hatte, sondern zu meiner lüsternen Verzückung kartonweise Kondome in allen nur erdenklichen Farben und Geschmacksrichtungen. Außerdem Handschellen, manche davon mit Fellbezug (extra für die kalte Jahreszeit), und ein buntes Sortiment an Dildos. James führte allem Anschein nach keine Privatsphärenprüfungen durch. Andererseits hatte er wahrscheinlich auch nicht vorgehabt, so plötzlich nach Rikers Island umzusiedeln.

Gregory räusperte sich.

»Zwei Persönlichkeiten *und* eine Sexsucht«, sinnierte ich, fast ein bisschen stolz darauf, dass unser Hausverwalter so schillernde Störungsbilder vorzuweisen hatte.

Als Gregory die Kleider beiseiteschob, wurde unsere Suche mit einer Tür belohnt. Sie war in ein Loch eingepasst, das in die drei Stein dicke Außenwand geschlagen worden war. Um die Ränder quoll rosa Bauschaum hervor.

»Wusste ich es doch!« Gregory schlug mit der flachen Hand auf die Metalltür und probierte dann den Griff. Vergeblich. »Eine Feuertreppe? Welchen Notausgang schließt man denn *von innen* ab?«

»James' Notausgang«, sagte ich und reichte Gregory die Schlüssel, noch ehe er danach fragte. Sorgfältig probierte er sie einen nach dem anderen durch – sogar die, die Lucy schon beschriftet hatte –, doch ahnten wir beide bereits, das keiner passen würde. Ungeduldig wippte ich mit dem Fuß. So langsam steigerte sich das hier zu einem moralischen Wettstreit, in dem das technische Gerät den Ausschlag geben würde: Gregorys unerschütterliche Entschlossenheit, den Trockner zu reparieren, gegen unsere – oder nur meine? – eher niederen Bedürfnisse.

Ich lehnte mich gegen den Türrahmen, stellte mir dann vor, welche Aktionen an dieser Stelle wohl schon im Stehen vollzogen worden waren, und rückte schaudernd wieder davon ab. Die widernatürliche Scheußlichkeit dieser Wohnung war das Einzige, was mich noch davon abhielt, dem Ruf meiner Natur zu folgen, Gregory kurzerhand zu Boden zu stoßen und über ihn herzufallen.

»Soll ich den Schlüsseldienst rufen?«, fragte ich wenig begeistert.

»Du willst einen Fremden in deinem Haus eine Geheimtür öffnen lassen, von der du nicht mal weißt, wo sie hinführt oder wozu sie überhaupt da ist?«, fragte Gregory und gab mir den Schlüsselbund zurück.

Eine Geheimtür? Ich war sprachlos.

Ich hatte eine Geheimtür in meinem Haus?

In der Tat. Ich hatte eine Geheimtür! Mercedes hatte Dover Carter, aber ich hatte eine Geheimtür – etwas, das ich mir, wenn ich ganz ehrlich war, schon immer gewünscht hätte, hätte ich nur geahnt, dass der Wunsch nicht völlig abwegig wäre.

Wie aufregend. Wem konnte ich davon erzählen? Tag war heute im Museum und musste auf Wunsch des Direktors potenzielle Geldgeber umgarnen. Lucy war sauer auf mich. Mercedes gab in East Harlem Privatstunden. Abigail lebte in einer Zeitzone, die immer kurz davor war, im Pazifik zu versinken.

Also würde es ein Geheimnis zwischen mir und Gregory bleiben. Die Intimität dieses Gedankens ließ mich ganz kribbelig werden vor Verlangen.

Schweigend kramte ich in dem Karton mit Werkzeugen und fischte einen Farbspachtel heraus. Ich hockte mich vor das Türschloss, was mich mit Gregorys Schritt auf Augenhöhe brachte.

Ganz Gentleman, wich er ein Stück zurück.

Um meine aufgestaute Frustration in konstruktive Kanäle zu lenken, trieb ich den Spachtel in den Türspalt und attackierte das Schloss. Die Tür flog auf. Erschrocken über mein handwerkliches Geschick, sprang ich zurück und landete geradewegs an Gregorys Brust. Kurz legte er seinen Arm um mich und zog mich an sich, bis meine Schenkel seine berührten. Ich schluckte schwer.

Dann schob er mich vor zur Tür, und wir spähten hinaus in die kühle, abgestandene Luft. Er beugte sich vor und reckte den Hals, drehte den Kopf erst nach links, dann nach rechts.

»Ganz schön dunkel«, sagte ich unnötigerweise.

»Ja, und ganz schön …«, er tastete im Dunkeln an der Wand entlang, »… weich.«

»Was?« Ich legte meine Hand ganz nah neben seine und spürte etwas, das sich wie Seide anfühlte – und wie ein Lichtschalter. Einen Moment lang schwelgte ich in Fantasien davon, Falltüren zu öffnen und Explosionen auszulösen, dann drückte ich auf den Schalter.

Pink. Links pink, rechts pink, überall pink. Pinkfarbener Teppich auf den Treppenstufen, pinkfarbener Seidenstoff an den Wänden, pink leuchtende Lüster, die das pink gestrichene Geländer anstrahlten. Dieses Kaninchenloch war ein Traum aus rosa Zuckerwatte, so pink wie Barbies Orgasmus.

Gregory blies die Backen auf vor Überraschung und wagte sich vor in das pinke Wunderland.

»Warte!« Ich hielt ihn zurück. »Was, wenn es nicht hält und einstürzt? Oder wenn es eine Falle ist?«

»Eine Falle?«, wiederholte er spöttisch. Entweder war er ganz erschreckend mutig oder aber furchtbar einfallslos. Prüfend sprang er auf dem pink ausgelegten Treppenabsatz herum.

Ich folgte ihm hinaus und schaute die Treppe hinab zu der Tür, die wir vorhin entdeckt hatten. Von innen war sie pink. Dann schauten wir beide nach oben, wo die Treppe endete. Wieder eine pinkfarbene Tür. Diesmal war ziemlich klar, wohin sie führen würde.

Meine zögerliche Zurückhaltung, in Roxanas Privatsphäre zu dringen, stammte aus der Zeit vor der Entdeckung der pinken Geheimtreppe. Mit dem Drücken des Lichtschalters hatte sich meine Diskretion in Nichts aufgelöst. Und dass ich Roxana kurz nach ihrem kleinen Krach mit Mini-Dolly das Haus hatte verlassen sehen, ließ mich geradezu wagemutig werden.

Gregory folgte mir die knarzenden Holzstufen hinauf. Ich lief, wo ich eigentlich gar nicht laufen konnte. Diese Treppe dürfte nämlich theoretisch gar nicht hier sein, weshalb es auch ein bisschen so war, als würde ich auf einem Trugbild laufen, das jeden Moment wieder verschwinden könnte und uns dann wie Comicfiguren mit strampelnden Beinen in der Luft hängen ließe.

Oben angekommen, griff ich ohne große Hoffnung nach dem Türknauf, da ich vermutete, dass hier, ebenso wie bei den beiden anderen, abgeschlossen wäre. Doch die Tür ließ sich mit solch erschreckender Leichtigkeit öffnen, dass sogar Gregory hörbar nach Luft schnappte. Meine Knie wurden ganz weich. Wäre ich durch Roxanas Wohnungstür hereingekommen, wäre nichts weiter dabei gewesen – immerhin war ich ja die Verwalterin. Sich auf diese Weise Zugang zu ihrer Wohnung zu verschaffen, kam mir schon eher wie Einbruch vor, wenngleich ich ja genau genommen nicht einbrach, da schon offen war …

Gregory stupste mich leicht an, und ich wagte mich einen Schritt vor.

»Hallo«, flüsterte ich leise in die Dunkelheit. Ich wedelte mit den Armen vor mir herum und hatte Angst vor dem, was ich finden könnte. Meine Finger streiften etwas, das sich wie Kleider anfühlte, und zwar genau solche Kleider, wie man sie in Roxana Boureaus Schlafzimmer erwarten würde. Zart, hauchdünn und federleicht, aber nicht billig.

Hinter uns schlug die Tür zu, und ich spürte, wie Gregory neben mir zusammenzuckte. Ha, er hat sich erschrocken, dachte ich und wunderte mich sogleich, warum ich so versessen darauf war, Anzeichen von menschlicher Schwäche bei ihm zu entdecken, als wäre er ein Superheld, den ich vom Sockel stoßen wollte.

Einen Moment standen wir still und reglos und warteten, bis unsere Augen sich an das Dunkel gewöhnt hatten. Gregory streckte den Arm aus und tastete an mir vorbei nach einem Lichtschalter, doch ich hielt ihn rasch davon ab.

»Bist du verrückt?«, zischte ich. »Was, wenn wir in ihrem Schlafzimmer gelandet sind, und du machst einfach das Licht an, und schon ist sie da!«

»Meinst du nicht, sie hätte uns schon längst gehört, wenn sie da wäre?«, flüsterte Gregory ebenso unüberhörbar zurück.

Ha, ha, sehr witzig. Ich schnitt ihm eine Grimasse. Aber dann fiel mir ein, dass er mein Gesicht ja gar nicht sehen konnte, weshalb ich ihm meinen Ellenbogen in die Seite stieß.

»Au!«, schrie er.

»Psssst!«

»Du hast dich binnen einer halben Stunde jetzt zum zweiten Mal der Körperverletzung schuldig gemacht«, stellte er fest.

»*Körper*verletzung?«, flüsterte ich zurück.

»Körperverletzung«, erwiderte er, doch ich spürte, wie er seinen Arm sinken ließ.

Wir spähten zwischen den Kleidern hindurch, und ich stellte fest, dass wir schon wieder in einem Schrank gelandet waren. Aber das hier war nicht Wunderland, sondern Narnia mit Negligees. Ich stolperte, bückte mich und ertastete einen Haufen plüschiger Pantoffeln, die bestimmt farblich auf die seidenweichen Morgenmäntel abgestimmt waren, die jetzt mein Gesicht streiften.

Ich tastete die Wände ab, aber sonst befand sich nichts in dem Schrank. Gerade als Gregory die Tür öffnen wollte, die aller Wahrscheinlichkeit nach in Roxanas Schlafzimmer führte, ergoss sich von der anderen Seite her durch den Türspalt Licht auf unsere Füße. Erschrocken sprangen wir zurück und versteckten uns wieder hinter den Kleidern. Angst schnürte mir den Hals zu. Roxana war doch zu Hause!

Wortwörtlich mit dem Rücken zur Wand, lauschten wir starr vor Entsetzen, wie Roxana unruhig auf und ab ging und sich in höchst echauffiertem Französisch ereiferte. Ich verstand kein Wort. Einen kurzen Augenblick war sie still, dann ging es wieder los. Sie war demnach allein und telefonierte, kombinierte ich. Vielleicht würden sie mich beim CIA ja doch noch nehmen.

Verzweifelt beobachtete ich, wie Roxanas Bewegungen das Licht auf dem Schrankboden tanzen ließen. Was sollte ich nur sagen, wenn sie uns erwischte, wie wir hier lauschend in ihrem Schrank lauerten? Wie könnte ich sie davon abbringen, mich wegen Einbruchs anzuzeigen? Der Ruf meines Vaters wäre ruiniert! Die Enttäuschung meiner Eltern darüber, dass ich mich von zwei teuren Unis vorzeitig verabschiedet hatte, dürfte schnell vergessen sein, wenn sie mich erst auf der Anklagebank sitzen sahen. Schaute man eigentlich die Geschworenen an? Den Richter? Schlug man nicht vielleicht besser schuldbewusst die Augen nieder? Und was, wenn man während der Verhandlung plötzlich pinkeln musste?

In wilder Panik wandte ich mich an Gregory, doch er nahm nur meine Hand, zog mich mit sich hinab in die Hocke und schloss seine Finger fester um meine.

So blieben wir, Knie an Knie, Ellenbogen an Ellenbogen, und lauschten Roxana, wie sie abwechselnd schrie und dann wieder verstummte. Obwohl ich ganz starr vor Angst war, war ich doch auch fasziniert von der herrlich hochmütig klingenden Sprachmelodie. Wie ich da so im Dunkeln hockte und zuhörte, wie Roxana gurrte und keifte, wünschte ich mir, mit einem Baguette unter dem Arm und etwas Käse und einer Flasche Wein in meinem Rucksack durch die engen Gassen eines alten französischen Städtchens zu schlendern. Irgendwann käme ich zu einem von brüchigen Steinmauern gesäumten Feld, das still und verlassen in der gleißenden Mittagssonne daläge – das perfekte Plätzchen für ein Picknick und ein kleines Nickerchen. Ich würde es mir bequem machen, mich im warmen Sonnenschein ausstrecken und wäre zu allem bereit …

Meine Fantasie wurde von Gregorys Körperwärme an-
geheizt. Mein Ärmel berührte den seinen, und obwohl mir
Arme und Beine langsam steif wurden, wollte ich mich am
liebsten nie wieder von der Stelle rühren. Ab und an drückte
er meine Hand, was mich wahrscheinlich beruhigen sollte,
wodurch es jedoch jedes Mal nur noch aufgeregter in meinem
Bauch flatterte.

Hier, in der Dunkelheit einer fremden Wohnung, mit
einem fremden Mann und sonst niemandem auf der ganzen
Welt, der auch nur ahnen konnte, wo ich mich gerade befand,
wurde ich von meiner Begierde geradezu übermannt, über-
wältigt von dem Gefühl, mich außerhalb von Raum und Zeit zu
befinden. Auf einmal war es mir völlig egal, dass ich etwas Un-
gesetzliches tat oder dass ich noch immer keine Ahnung hatte,
was ich mit meinem Leben anfangen sollte. Ich wollte nur noch
den Mann neben mir, ohne Wenn und Aber. Hinzu kam, dass
wir nun nicht mehr in James' ekelerregender Wohnung waren,
sondern in einem sauberen, einladend behaglichen Schrank.

Kaum merklich fing Gregory an, mit dem Daumen über
meine Finger zu streichen. Genauso gut hätte er die In-
nenseite meiner Schenkel streicheln können. Hatte Hayden
jemals eine solche Wirkung auf mich gehabt?

Und dann beugte Gregory sich vor und küsste mich,
womit die Frage ebenso schnell wieder vergessen war. Hinter
der Geräuschkulisse eines weiteren von Roxanas lautstarken
Ausbrüchen gingen wir zu Boden und schoben dabei Federboas und spitze Stilettos aus dem Weg. Gregory streckte
seinen schlaksigen Körper auf mir aus und hielt meine Arme
über meinem Kopf fest. Ich hätte fast gestöhnt vor Wonne. Es
war, als hätte ich mich nicht erst ein paar Stunden, sondern
schon jahrelang danach gesehnt. Diesmal war sein Kuss verlangender, worüber ich froh war, denn wäre er sanfter gewesen, hätte ich wahrscheinlich angefangen zu heulen.

Als wüsste er genau, wie sehr ich mich nach ihm sehnte, zog er sein Knie an und schob es mir fest zwischen die Beine. Ich presste meine Schenkel zusammen und saugte seine Zunge in meinen Mund. Gregory ließ meine Arme los und seine Hände abwärts gleiten, bis sie auf meinen Brüsten ruhten. Er spreizte die Finger und drückte sachte. Ich packte ihn bei den Schultern, fuhr mit den Händen über seinen Nacken, umfasste seinen Kopf, vergrub meine Finger in seinem Haar. Gregory nahm seinen Mund von meinem und stöhnte leise in mein Ohr. Die Vibration seiner Stimme, sein Atem auf meinem Gesicht, seine Hände auf meinen Brüsten und sein Knie, das so punktgenau traf wie eine ferngesteuerte Rakete, ließen mich auf der Stelle – hier, auf dem plüschigen Boden von Roxanas Schlafzimmerschrank – kommen. Ich bäumte mich auf und vergrub mein Gesicht tief an seiner Schulter, um mein heftiges Keuchen zu ersticken.

Das hatte Hayden nie hinbekommen, musste ich unwillkürlich denken – zumindest nicht in bekleidetem Zustand und ohne den Einsatz exakt geformter Extremitäten.

Gerade als ich verzückt seufzen wollte, fiel uns beiden auf, dass es auf der anderen Seite der Schranktür ganz still geworden war. Wir erstarrten. Etwas kleines Rundes mit scharfen Kanten – vielleicht eine Paillette? – klebte an meiner Wange, aber ich rührte keinen Finger, um es zu entfernen. Meine Unterhose klebte mir feucht im Schritt, aber ich wagte nicht, meine Beine zu bewegen. Wir hörten Roxana wieder herumlaufen und leise vor sich hinmurmeln. Anscheinend hatte sie ihr Telefonat beendet, was uns jedoch, da anderweitig involviert, entgangen war.

Aus unserer neuen, nun flach auf dem Boden ausgestreckten Beobachtungsposition konnten wir Roxanas Füße samt Sandaletten sehen und nicht nur wie bisher den Schatten, den sie warfen. Die Füße kamen geradewegs auf uns zu.

Panik stieg in mir auf. Ich klammerte meine Hände fester um Gregorys Kopf und vergrub mein Gesicht an seiner Brust – diesmal aus schierer Angst.

Kurz vor der Schranktür blieben die Füße plötzlich stehen und machten kehrt, liefen hektisch auf und ab, drehten wieder auf dem Absatz um. Nochmal. Und dann noch einmal. *Was treibt sie denn da?*, dachte ich, und einen kurzen Augenblick vergaß ich vor lauter Ungeduld meine Angst.

Wir hörten es rascheln, begleitet von einigen sehr unroxanahaften *Merde!*, der Reißverschluss einer Handtasche wurde zugezogen, und dann ging – zu unserer Überraschung und Erleichterung – das Licht aus. Es war stockfinster, wir wagten noch immer nicht, uns zu rühren. Ich spürte Gregory auf mir, hörte ihn leise an meinem Ohr atmen. Wir hörten, wie Roxanas Geschimpfe sich immer weiter entfernte und dann schließlich das unverkennbare Knarren und dumpfe Knallen, mit dem sich alle Wohnungstüren in 287 West 12th bemerkbar machten. Wir verharrten eine weitere Minute reglos. Und dann noch eine. Obwohl Gregorys Gesicht so nah war, konnte ich es in der Dunkelheit nicht sehen. Langsam beruhigte ich mich ein bisschen und stimmte in seine tiefen, langen Atemzüge ein. Und als ich schon zu fürchten begann, er könnte eingeschlafen sein, streichelte er auf einmal meine Wange. Zärtlich rieb er seine Nase an der meinen, dann küsste er mich.

»Ich glaube, wir sollten von hier verschwinden«, flüsterte ich, ließ meine Hände seinen Rücken hinabwandern und schob meine Finger unter seine Jeans.

»Mmmh … ja«, meinte er und küsste mich erneut, fester und verlangender.

»Das ist absolut verrückt«, murmelte ich und knöpfte seine Hose auf.

»Absolut.«

»Aber wir können doch nicht einfach …«, jammerte ich verzweifelt und hielt inne. »Wir haben nichts dabei.«

»Doch. Hintere Hosentasche«, stieß er leise hervor. Ich tastete über seinen (wirklich überhaupt nicht flachen) Hintern und hätte fast gelacht vor Erleichterung, als ich in einer der beiden Taschen ein Kondom fand. Die Freude währte jedoch nur kurz – ich wurde ungehalten.

»Moment mal«, sagte ich vorwurfsvoll. »Hattest du das etwa geplant?«

»Gehofft. Nur gehofft.«

»Seit wann?«

»Seit einer Viertelstunde.«

»Dann ist das eins von *James'* Kondomen!«, zischte ich und ließ es so angewidert fallen, als hätte James es mir eben höchstpersönlich angeboten.

»Er hat es nicht *benutzt*, Zephyr.«

Meinen Namen aus dem Mund eines Mannes zu hören hatte auf mich dieselbe Wirkung wie Rosen und Opernbesuche auf andere Frauen – woran lag das nur? Wäre es nicht wünschenswert, nicht gar so schnell schwach zu werden? Egal, dachte ich und zerrte ihm ungeduldig die Hose über die schmalen Hüften.

11

Für Tag war die Sache klar. »Die beiden müssen eine Affäre gehabt haben«, meinte sie, als sie in dem geheimen Treppenhaus stand und die pinkfarbene Seidentapete betrachtete.

Fast achtundvierzig Stunden hatte ich das Geheimnis für mich behalten können, was schon eine recht beachtliche Zeitspanne war, wie ich fand, und weil die Sterling Girls erst einen Tag später hatten vorbeikommen können, war es fast so, als hätte ich es *ganze drei Tage* für mich behalten.

»Französin eben«, bemerkte Mercedes und zupfte mit geschlossenen Augen an einer imaginären Bratsche.

Am liebsten hätte ich sie kräftig gekniffen. Alles, was sie sagte und tat, erinnerte mich daran, dass sie sich noch immer nicht dazu herabgelassen hatte, uns mit Einzelheiten über ihre Nacht mit Dover Carter zu erfreuen. Dabei hoffte ich, dass es ihr ebenso schwerfiel, sich mit einem ausführlichen Bericht zurückzuhalten, wie mir, kein Wort über Gregory zu verlieren. Andererseits sah sie völlig gelassen aus, wie sie da auf James' Bett lag, das wir bis auf die Matratze abgezogen und unter Lucys fachkundiger Anweisung desinfiziert hatten. Es hatte mir mittelschwere Schuldgefühle bereitet, Lucy den desaströsen Zustand von James' Schlafzimmer sehen zu lassen, denn ich hatte ganz richtig vermutet, dass der Anblick einer käseverkrusteten Gabel, die in einen schmuddeligen Baumwollschlüpfer gebettet war, bei ihr eine heftige Attacke von Putzzwang auslösen würde. Andererseits kam mir das natürlich nicht ganz ungelegen, da ich auf dieser Müllhalde doch endlich vorankommen wollte.

Mein brillanter Plan, als Immobilienhai Karriere und ein Vermögen zu machen, hatte Sonntagabend, wenige Stunden nachdem ich Gregory zum Abschied geküsst hatte, eine ganz neue Dringlichkeit bekommen. Verträumt war ich in meiner Wohnung umhergeschlendert, hatte bei jedem Blick in den Spiegel glückselig gegrinst und mich mit wohligem Erschauern daran erinnert, wie Gregory sein Gesicht warm an meinen Hals geschmiegt hatte, als mich ganz unverhofft mein Bruder anrief und mir sehr ernüchternde Neuigkeiten mitzuteilen hatte.

Gideon, zuletzt auf Dauerskiurlaub in Steamboat Springs, verkündete mir stolz, dass sein »Film« jetzt ein richtiger Film würde. Keine Anführungszeichen mehr, kein selbstironisches Augenverdrehen, kein übertrieben verzweifeltes Seufzen. Sein Film – über einen Ski-Freak, der seine auf der Skipiste erworbenen Lebensprinzipien auf der Chefetage einbringt und als CEO Karriere macht – konnte nun von einem erweiterten Zuschauerkreis, der über ihn selbst und seine Mitbewohner hinausging, gesehen werden. Und ... *Und* er war für das Tribeca Film Festival angenommen worden! Was bedeutete, dass Gideon mich nicht nur auf den Rang des Mitglieds der Familie Zuckerman verwiesen hatte, das am wenigsten zustande gebracht hatte, sondern dass er auch bald wieder in New York sein würde. Der verlorene Sohn würde nach Hause zurückkehren, und all seine Sünden wären vergessen und vergeben, derweil die verlorene Tochter weiterhin verloren bliebe.

Ich tat so, als würde ich mich für Gideon freuen, aber kaum hatte ich aufgelegt, ließ ich mich auf den kleinen Küchenschemel plumpsen, und meine postkoital strahlende Verzückung wich zügelloser Verzweiflung, ausgelöst durch eine abermalige beziehungsweise andauernde berufliche Sinnkrise. Mit leerem Blick starrte ich auf einen Rostfleck unter der Spüle und überlegte, wie schnell ich James' Wohnung wohl ausgeräumt, gründlich gesäubert und einträglich vermietet bekäme. Wenn das geschafft wäre, könnte ich beim Collegetreffen immerhin erzählen, dass ich »in der Immobilienbranche tätig« wäre. Jetzt war *ich* es, die einen Job in Anführungszeichen hatte …

Eine Stunde würde ich mir noch gönnen und mich in meinen wonnigen Erinnerungen an Gregory sonnen, aber dann – ganz fester Vorsatz! – würde ich mir ein paar Müllsäcke und Gummihandschuhe schnappen und in der Wohnung gegenüber meine neue Karriere beginnen. Schon etwas beschwingter ging ich ins Bad und ließ Wasser in die Wanne laufen. Immerhin würde *ich* von meinem Job leben können – was Gideon bislang noch nicht von sich behaupten konnte –, *und* ich würde eine feste Beziehung mit Gregory haben, wofür es wiederum notwendig war, einen Job zu haben, denn ohne einen würde ich mich ziemlich schnell ziemlich unsexy fühlen.

Und schon sah die Welt gleich wieder viel rosiger aus, weshalb ich es an diesem Abend dann doch nicht mehr in James' Wohnung schaffte, denn nach meinem Bad fühlte ich mich so mollig warm und müde, dass es mir viel sinnvoller erschien, geradewegs ins Bett zu gehen und mich am nächsten Morgen erfrischt und voller Tatkraft an die Arbeit zu machen. Aber am nächsten Morgen hatte mein scharfer Kammerjäger mich *immer noch nicht* angerufen – und ich konnte nicht mal eines der Sterling Girls anrufen, um meinem Ärger Luft zu machen, weil ich ja nicht wollte, dass Lucy so bald schon von Gregory erfuhr. Beides regte mich so sehr auf, dass ich meine Aufräumaktion auf später vertagte, weil ich wusste, dass ich in meinem aufgewühlten Zustand sowieso nichts zustande bekäme. Als ich dann noch ein Päckchen für Cliff entgegennahm, fand ich, dass mein Tagespensum an Hausmeisterpflichten damit erfüllt sein dürfte. Weil aber meine Agentenambitionen noch nicht ganz vergessen waren, schüttelte ich das Päckchen vorsichtig und schnüffelte von allen Seiten daran herum. Cliffs Instrumentenkasten und seine nächtlichen Arbeitszeiten passten einfach zu perfekt zu meiner Theorie, dass er dunkle Transaktionen (wie beispielsweise Juwelenschmuggel) zu verbergen hatte. Schließlich gelangte ich jedoch mit leisem Bedauern zu dem Schluss, dass vielleicht doch alles ganz harmlos wäre und sich in dem Päckchen tatsächlich die auf der Rechnung ausgewiesenen Saiten für seinen Kontrabass befanden.

Am Dienstag war ich so weit, dass ich implodieren würde, wenn ich nicht bald mit jemandem reden könnte. Gregorys andauerndes Schweigen, das Eintreffen meines erschreckend wirklichkeitsnahen Kontoauszugs und die unerquickliche Aussicht darauf, James' Wohnung ausmisten zu dürfen, hatten meinen Käsekonsum und meine Olivia-Goldsmith-Lektüre Dimensionen erreichen lassen wie seit meiner Trennung von Hayden nicht mehr. Als mir eine lose, eselsohrige Seite aus *Die schönen Hyänen* entgegenflatterte, fragte ich mich, warum ich es mir eigentlich so schwer machte und Lucy nicht einfach von Gregory erzählte. Früher oder später würde sie es sowieso erfahren. Wobei später besser als früher wäre, dachte ich, als ich den Cheddar aus den Tiefen des Kühlschranks hervorkramte, wohin ich ihn am Sonntag verbannt hatte.

Beim Anblick meiner Beißspuren im Käse fiel mir wieder mein Gespräch mit Abigail ein. War mir da nicht eine Idee gekommen? Natürlich! Ich sprang vom Sofa auf. Jetzt hatte ich sogar einen richtig guten Grund, die Sterling Girls anzurufen. Ich schnappte mir das Telefon und hinterließ den dreien vor

Ort eine Nachricht. Ich lockte sie mit der Aussicht auf eine Geheimtreppe und drängte, dass unsere an die Westküste verbannte Freundin dringend unsere Hilfe brauchte.

Am Mittwochabend kamen sie dann trotz strömenden Regens zu mir. Während ich auf meine Freundinnen wartete, schaute ich aus dem Fenster, an dem leise die Zweige des Apfelbaums kratzten, und sah mit einer gewissen hausmeisterlichen Befriedigung zu, wie der Regen alle Spuren von Hundepisse, undichten Mülltüten und das Erbrochene von Samstagnacht von der Straße wusch. Das perfekte Wetter, um sich auch der innerhäuslichen Reinigung anzunehmen.

In James' Wohnung sorgte Lucy erst mal dafür, dass wir alle Gummihandschuhe anzogen, bevor wir irgendetwas anfassten und James' Habseligkeiten in Mülltüten stopften. Lebensmittel flogen gleich hinaus, Kleidung hoben wir sicherheitshalber auf, da ich nicht optimal über die Eigentumsrechte eines in Haft befindlichen Mieters informiert war. Lucy erlaubte uns nicht mal, das Bett mit sauberen Laken zu beziehen, da sie kaum wagte sich vorzustellen, was James unter »sauber« verstanden hatte.

Tag hatte gerade mal eine Tüte gefüllt, als sie endlich die Geheimtreppe vorgeführt bekommen wollte. Es war zutiefst befriedigend, den Gesichtsausdruck der drei zu beobachten, als ich unter gespanntem Schweigen die Schranktür öffnete und dann mit einem triumphierenden *Ta-taa*, dem ich nicht widerstehen konnte, die Tür zum geheimen Treppenhaus aufriss.

»Ich glaube eher nicht, dass zwei erwachsene Menschen, die allem Anschein nach unverheiratet und ungebunden sind, eine geheime Treppe bauen und sie plüschig pink dekorieren müssen, um eine Affäre miteinander zu haben«, zweifelte ich nun Tags Theorie an.

»Nein, da hast du natürlich Recht«, murmelte Tag und

schloss ein Paar flauschig blaue Handschellen auf. Nach einer fast wissenschaftlich genauen Betrachtung legte sie einen der Ringe um ihr Handgelenk und ließ ihn zuschnappen.

»Tag!«, schrien Lucy und ich gleichzeitig, als wir das leise Klicken hörten. Sogar Mercedes ließ vorübergehend von der Luft-Bratsche ab.

»Keine Sorge, ich habe natürlich ausprobiert, ob sie auch wieder aufgehen«, beruhigte Tag uns und hielt einen winzigen Schlüssel hoch. Dann schloss sie sich ein Paar goldene Handschellen um das andere Handgelenk und ließ die beiden herabbaumelnden Ringe gegeneinanderschlagen. »So fühlt es sich an, verheiratet zu sein«, klärte sie uns schaudernd auf.

»Ach ja, was ich dich schon immer mal fragen wollte«, meinte Mercedes, ließ sich zurück aufs Bett sinken und schloss die Augen wieder. »Was war eigentlich schlimmer: deine Ehe mit Glen oder der fleischfressende Parasit, der sich mal in deiner Kopfhaut eingenistet hatte?«

»Uuh, das war eklig!«, rief ich und schüttelte mich bei dem Gedanken an Tags Reise nach Costa Rica. »Hattest du dir nicht ein Stück rohes Fleisch an den Kopf gehalten, um das fiese Vieh rauszulocken?«

»Kein Vieh«, wies Tag mich zurecht. »Dasselfliegenlarven.« Die Erinnerung an diese spezielle Urlaubsfreude ließ sie so verzückt lächeln wie andere Menschen Sonnenuntergänge auf Hawaii. »Auf dieser Reise hatte ich *dreizehn* neue Arten entdeckt! Und zu deiner Frage, Merce: Mit Glen verheiratet zu sein, war definitiv schlimmer als so ein kleiner Hautparasit – genau genommen übrigens gar kein Fleischfresser.«

»Glen oder die Dasselfliege?«, fragte ich.

Lucy seufzte genervt und klopfte auf den Laptop, der zwischen ihr und Mercedes auf dem Bett stand.

»Wollen wir das jetzt machen oder nicht? Ich muss morgen früh raus.«

Mercedes, Tag und ich wechselten vielsagende Blicke. Es war gerade mal sechs. Seit Renee Ricardo ihr am Samstagabend ihr nicht näher datiertes Dahinscheiden geweissagt hatte, war Lucy ungewöhnlich dünnhäutig und gereizt. Wenig erfreut reagierte sie auch auf jegliche Erwähnung von Mercedes' märchenhafter Begegnung mit Dover Carter. Wahrscheinlich fand Lucy, dass so etwas *ihr* zugestanden hätte, sozusagen als Entschädigung für die unzähligen betexteten Zehndollarscheine und durchnässten Sonntagnachmittage auf der Brooklyn Bridge. Sie hatte natürlich Recht – es *war* unfair, dass ein gefeierter Filmstar sich ausgerechnet in Mercedes vergucken musste, die an einer Beziehung überhaupt nicht interessiert war, während Lucy schon so lange auf der Suche war.

Es war unfair, aber absolut verständlich. Mercedes war genauso schön, selbstsicher und begabt wie Tag, aber sie strahlte zudem noch eine Wärme aus, an der es Tag meistens fehlen ließ. Lucy hingegen hatte weder ein klares Bild von sich selbst noch davon, wie sie auf andere wirkte, weshalb sie sich immer wieder bei den falschen Männern falsche Hoffnungen machte. Wir waren stets bestürzt und zudem etwas ratlos, wie wir mit ihrer scheinbar angeborenen Wahrnehmungsschwäche umgehen sollten. Im Laufe der Jahre zeigte sich immer deutlicher, dass Lucy unbelehrbar war. Wir standen vor einem Dilemma. Sollten wir ihren Blick nicht doch diskret auf Männer lenken, die ihrer zwar nicht würdig waren, sie dafür aber bewunderten? Würde sie uns herablassend und anmaßend finden? Oder sollten wir einfach weiter darauf hoffen, dass doch noch ein toller Mann ihres Weges käme, der hinter all den Unsicherheiten, dem nervtötenden Lachen und dem meist etwas angestrengten Lächeln unsere loyale, witzige, für jeden Spaß zu habende Freundin Lucy entdeckte?

Im Augenblick wurde meine Sorge um Lucys Schicksal jedoch von der Frustration überlagert, nicht von Freud und Leid meiner vierstündigen Beziehung mit Gregory erzählen zu können, weil Lucy viel zu deprimiert war. Woraus folgte, dass es ebenso ausgeschlossen war, Mercedes in Lucys Gegenwart über den aktuellen Stand ihrer Hollywoodromanze auszufragen. Blieb mir nur, meine aufgestauten Gefühle in konstruktive Bahnen zu lenken, indem ich meinen Ärger in den Racheplan kanalisierte, den ich mir Abigail zuliebe ausgedacht und trefflich »JDate-Dschihad« genannt hatte.

»Schon gut, wir fangen *sofort* an«, beschwichtigte Tag Lucy und ließ sich mit scheppernden Handschellen neben sie und Mercedes aufs Bett plumpsen. »Hast du ihn gefunden?«

»Hier.« Lucy drehte den Laptop so, dass wir die JDate-Seite sehen konnten. Mit einem Mausklick vergrößerte sie das Foto eines allenfalls mittelprächtigen Exemplars der männlichen Spezies.

»*Der*? Bist du sicher?«, fragte Mercedes irritiert. Lucy schaute auf den Zettel, auf den ich ihr meine Zugangsdaten und Darren Schwartz' Benutzernamen geschrieben hatte.

»Bestimmt sieht er in natura besser aus«, meinte ich, wenngleich wenig überzeugt. LinguaFrank, wie Darren sich im Netz nannte, war bleich mit Sommersprossen und sah aus, als würden seine Gesichtszüge von einer unheimlichen destruktiven Kraft abwärtsgezogen. »Er ist der Enkel des Stiefsohns von irgendeiner Koryphäe und hat über irgendwas einen ganz tollen Vortrag gehalten.«

Meine Freundinnen schauten mich sichtlich befremdet an. Ich zuckte entschuldigend mit den Schultern.

»Okay, was sollen wir schreiben?«, fragte Tag.

»Dass wir eine überhaupt nicht jüdisch aussehende, strichdünne Asiatin sind, die einen netten, gut aussehenden jüdischen Mann …«

»Einen hässlichen, grässlichen jüdischen Mann«, murmelte Mercedes. Aus alter Gewohnheit setzte Lucy zu einem Laut der Entrüstung an, schüttelte dann aber nur den Kopf und winkte resigniert ab.

»Welche von uns gibt sich beim Treffen als Asiatin aus?«, wollte Tag wissen.

»Ich habe von meinem Stiefvater nur den Namen«, beeilte Mercedes sich zu sagen und gähnte so übertrieben, dass mich abermals der Wunsch überkam, sie in James' Schmuddelschrank zu sperren, bis sie mit pikanten Details über ihre Nacht mit Dover Carter herausrückte. Als ob sie meine Gedanken lesen könnte, grinste sie mich frech an.

»*Niemand* muss sich als Asiatin ausgeben«, erinnerte ich sie gereizt. »Wir wollen nur, dass er zu dem Date kommt, in der *Hoffnung*, eine scharfe Asiatin kennenzulernen, und dann geht eine von uns rein und sagt ihm, ihre Freundin wäre nicht an ihm interessiert, weil er ihr zu fett wäre und zu jüdisch aussähe.«

Das war übrigens keineswegs unser erster Vorstoß in die tückischen Gefilde weiblicher Rache. Auf dem College hatte Tag mit einem abschreibenden Aufschneider den Anfang gemacht, der ihre monatelange Recherche zu parasitären Vielzellern bei indonesischen Haifischen kurzerhand als seine eigene Forschungsarbeit ausgegeben hatte. Tag hatte es ihm mit gewohnter Gründlichkeit heimgezahlt, indem sie seine Sozialversicherungsnummer ausfindig gemacht, ihn auf diesem Wege kurz vor den Prüfungen für zwei Semester exmatrikuliert und in eine bürokratische Vorhölle katapultiert hatte, die sein Studium um ein ganzes Jahr verlängern sollte.

Ich setzte mich neben Lucy aufs Bett und machte mich an die Arbeit.

»Lieber LinguaFrank«, fing ich an zu tippen, »dein Profil klingt sehr interessant …«

»*Interessant?* Gib mal her.« Mercedes setzte sich entschieden auf und löschte meinen Text. »Lieber LinguaFrank, du siehst echt scharf aus …«

»Oh, seid ihr dämlich!« Mit klirrenden Handschellen stürzte Tag sich auf die Tastatur. »Ich bin eine superdünne Asiatin mit einem Doktortitel«, tippte sie, »und ich finde, wir sollten uns zumindest mal auf einen Kaffee treffen. Ich schicke ein Foto mit – lass mich wissen, ob dir gefällt, was du siehst.«

»Und was genau bekommt LinguaFrank zu sehen?«, fragte ich sie.

Tag googelte »Foto Asiatin« und landete direkt auf der Website einer Bildagentur. Sie klickte auf das Foto eines Models mit großen Augen und vollen Lippen, die mit Abstand das Üppigste an ihrem knochigen Körper waren. Fragend schaute Tag uns an. Wir nickten sichtlich beeindruckt. Sie kopierte das Bild in die Nachricht an LinguaFrank, drückte auf Abschicken und wandte sich wieder dem anderen Thema auf unserer Tagesordnung zu.

»Kann es sein, dass Roxana von dieser Treppe überhaupt nichts weiß?«, fragte sie.

»Wenn nicht, dann sollten wir es ihr auch nicht sagen. Stell dir nur vor – wie furchtbar!« Mercedes schüttelte sich.

»Vielleicht solltest du die Polizei einschalten«, schlug Tag mir vor. »Was, wenn er sie heimlich gefilmt hat? Ohne ihr Wissen in ihr Schlafzimmer eingedrungen ist? Sie erpresst hat? Sie als seine Sexsklavin gehalten hat?« Bei dieser Vorstellung begannen ihre Augen zu funkeln.

»Du klingst schon wie Zephyr«, brummelte Lucy.

»Hey«, beschwerte ich mich. »*Ich* ergötze mich nicht an anderer Leute Leid! Ich habe einfach nur eine lebhafte Fantasie.«

»Ich habe mich nicht ergötzt«, verteidigte sich Tag. »Aber ich frage mich, ob Roxana vielleicht unsere Hilfe braucht.«

Überrascht schauten wir sie an.

»Was ist? Für wie kalt und abgebrüht haltet ihr mich eigentlich?«, fragte Tag und klang ehrlich beleidigt.

Taktvoll wechselte Mercedes das Thema. »Zeph, wie hast du dieses Ding überhaupt entdeckt?« Sie rappelte sich vom Bett auf und steckte den Kopf hinaus in das pinkfarbene Treppenhaus.

Eine gefährliche Frage. Ich zögerte. Die Wahrheit zu sagen, hieße, ihnen von Gregory zu erzählen. Aber wenn ich log, würde ich mich bestimmt verplappern und ihnen letztlich auch von Gregory erzählen, denn ich war eine schrecklich schlechte Lügnerin.

»Also, ich musste hinter dem Haus was erledigen … ihr wisst schon, der schmale Durchgang bei den Müllcontainern … und na ja, da war auf einmal dieses Treppenhaus, das früher nicht da gewesen war«, stammelte ich. »Sah so aus, als würde es in James' Wohnung führen … Hätte ich das etwa auf sich beruhen lassen sollen?« Fragend hob ich die Schultern. Tag und Mercedes bedachten mich mit gleichermaßen argwöhnischen Blicken, nur Lucy verharrte dumpf in ihrer Depression und schien nichts zu merken. Gerade als Tag anfing, mich in inquisitorischer Manier ins Visier zu nehmen, machte der Computer *bling!*, und eine Nachricht von LinguaFrank erschien auf dem Bildschirm. Dankbar stürzte ich mich darauf.

»würde dich gern treffen. wo wohnst du?«, stand da.

»Der Typ hat in Linguistik promoviert und macht sich nicht mal die Mühe, ordentliche Großbuchstaben zu schreiben?«, empörte ich mich.

»Total triebgesteuert«, kam es vernichtend von Mercedes.

»Moment mal – heißt das, dass er gerade online ist?«, fragte Lucy. »Der sitzt einfach so vor dem Computer und wartet darauf, dass Frauen ihm mailen?« Schwer zu sagen, ob sie die Vorstellung verwerflich fand, oder ob sie in Erwägung zog, es künftig genauso zu machen. Aber ich würde mir ganz gewiss nicht anmaßen, Lucy darauf hinzuweisen, dass es durchaus Vorzüge hatte, auf seinem gemütlichen Sofa zu sitzen und in Ruhe eine Website mit potenziellen Kandidaten zu sichten – zumal verglichen mit den offensichtlichen Nachteilen, die es mit sich brachte, einmal die Woche bei Wind und Wetter auf einer Brücke Wache zu schieben und die Menschenmenge nach einem Unbekannten abzusuchen, der zudem verheiratet, schwul, gemeingefährlich oder anderweitig für romantische Verwicklungen ungeeignet sein könnte.

»Was sollen wir antworten?«, fragte Mercedes und sprang auf dem Bett herum, dass ihre Mini-Dreads ihr wild um den Kopf tanzten. Ihre Begeisterung – die nur selten für etwas anderes zu wecken war als für die Herren Schubert, Händel oder Mendelssohn – wirkte ansteckend und schien unseren perfiden Plan zu legitimieren. Sogar Tag und Lucy wurden wieder etwas munterer.

Mit gerunzelter Stirn ließ Tag ihre Finger über der Tastatur schweben.

»Hat Abigail gesagt, wo *er* wohnt?«

Ich schüttelte den Kopf.

»Er ist Akademiker«, stellte Lucy fest und folgerte daraus: »Irgendwo auf der West Side müsste schon passen.«

»Aber nicht im Starbucks«, wandte ich ein. »Da geht er bestimmt nicht hin.«

»Wie wäre es mit diesem einen Laden?«, schlug Mercedes vor. »Ihr wisst schon, dieser Laden, wo wir mal waren und wo diese eine Frau den komischen Mantel anhatte«, half sie uns auf die Sprünge.

»Ja!«, rief Lucy. »Perfekt. Gemütlich, hip und ein bisschen düster. Es würde bestimmt nicht auffallen, wenn wir uns heimlich heranschleichen und ihr Gespräch belauschen.« Lucy lächelte zum ersten Mal seit Tagen.

»Luce«, begann Tag geduldig, verzichtete dann aber darauf, sie darauf hinzuweisen, dass es doch gar kein Gespräch geben würde, weil die eine Hälfte des geplanten Tête-à-Tête frei erfunden wäre. Es würde nur einen Tête geben, sozusagen, und zwar den von Darren.

»Okay. Gemütlich, hip, düster, komischer Mantel. Erinnert sich auch noch jemand, wie der Laden hieß?«

»Es war in der Perry Street«, sagte ich.

»Einen *Namen* brauche ich.« Ungeduldig trommelte Tag auf den Laptop.

»Das war nicht in der Perry«, meinte Mercedes und schüttelte den Kopf. »Zeph, du verwechselst das mit diesem anderen Laden – du weißt schon, der, wo Tag auf der Toilette den Einzahlbeleg über sechshunderttausend Dollar gefunden hat.«

Mir kam der Gedanke, dass in New York bestimmt einige Leute herumliefen – Filmstars wie Dover Carter beispielsweise –, die locker eine halbe Million auf dem Konto hatten, verkniff mir aber jeden anzüglichen Kommentar.

Tag seufzte vernehmlich.

»Okay, okay, schon gut«, sagte ich schnell. »Wie wäre es mit dem Grounded in der Jane Street?« Dort hatte ich mit Gregory hingehen wollen, bevor wir auf Abwege geraten waren. Ich merkte, wie ich rot wurde und versuchte, an andere Sachen zu denken.

»Wie … wäre … es … mit … dem … Grounded … im … Village?«, diktierte Tag sich, während sie schrieb. »Diesen Samstag um 17 Uhr. Ich trage …« Fragend schaute sie uns an.

»Spitzendessous und Stilettos«, sagte Mercedes.

»Ein enges rotes Kleid?«, schlug ich vor.

»Mein rotes Lieblingskleid«, tippte Tag.

»Das klingt wie aus einem Katalog von L. L. Bean.« Ich schüttelte den Kopf, übernahm die Tastatur und löschte den letzten Teil des Textes. »Du wirst mich schon erkennen, wenn du mich siehst«, schrieb ich. »Versprochen.«

»Perfekt!«, verkündete Tag, womit anscheinend mir die Ehre zufiel, auf Abschicken zu drücken. Dann schauten wir schweigend auf den Bildschirm und warteten. Es dauerte keine Minute, bis die Antwort eintraf.

»freu mich«, stand da – mehr nicht. Ich wollte gerade anfangen, über LinguaFranks nachlässiges Kommunikationsverhalten zu lästern …

»Zeph, beherrsch dich«, schnitt Mercedes mir schon vorher das Wort ab.

»Ist das nicht doch ein bisschen zu gemein?«, fragte Lucy plötzlich.

»Oh je.« Tag stand auf und verzog sich in den Schrank, wo sie in James' beachtlicher Dildo- und Kondomsammlung herumkramte.

»Abigail war todunglücklich«, erinnerte ich Lucy.

»Jetzt hör aber mal auf – todunglücklich!«, erwiderte Lucy bitter. »Ich weiß genau, wie es ist, todunglücklich zu sein, und ich kenne doch Abigail. Vor ein paar Monaten hat sie beschlossen, dass es endlich Zeit für eine ernste Beziehung ist, und nach einem einzigen missglückten Date will sie schon todunglücklich sein?«

»Du hättest sie mal hören sollen«, meinte ich vorsichtig. Unsere kleine Meinungsverschiedenheit kam mir wie ein kümmerlicher Ersatz für das Gespräch vor, dem Lucy und ich sorgsam aus dem Weg gingen. »Luce, sie war wirklich zutiefst verletzt. Er war nicht nur gemein zu ihr – er war grausam.«

Als Lucy nur gleichgültig mit den Schultern zuckte, wurde ich wütend. Bloß weil sie keinen Typen abbekam und frustriert war, musste sie ja nicht gleich alle mit runterziehen! Wortlos schob ich den Laptop zu ihr rüber und verzog mich zu Tag in den Schrank. Sollte Mercedes sie doch bemitleiden.

Tag schüttelte eine Schachtel mit Batterien und flüsterte: »Sei ein bisschen nachsichtig mit ihr. Mercedes hat sich einen Filmstar geschnappt und dieser George, oder wie er heißt, hat sie nicht angerufen. Sie ist echt fertig.«

»Gregory«, platzte ich heraus.

»Was?«

»Nicht George«, sagte ich und wünschte, ich hätte den Mund gehalten. »Gregory.«

Tag hob den Blick von der Schachtel, die sie in der Hand hielt. »Oh je. Nein, nein, nein – sag, dass das nicht wahr ist.«

»Was?«, fragte ich und versuchte, ganz unschuldig auszusehen.

»Er hat *dich* angerufen, stimmt's?«, zischte sie mir zu.

»Was kann ich denn dafür?«, zischte ich zurück, unendlich erleichtert, dass sie bislang nur auf den Anruf gekommen war.

»Warst du mit ihm weg?«

Ich zögerte kurz, bevor mir klarwurde, dass ich ja sogar die Wahrheit sagen konnte! »Nein, ich war nicht mit ihm *weg*. Könnten wir vielleicht ein andermal darüber reden?«, meinte ich und nickte in Richtung Bett.

»Suchst du etwa den Schlüssel, Tag?«, rief Mercedes.

»Welchen Schlüssel?«

»Na, den für deine hübschen Armbänder.«

»Ach der … Der muss hier irgendwo sein«, wiegelte Tag ab.

»Muss hier irgendwo sein?«, fragte ich entsetzt. »Ich dachte, den hättest du!«

»Der wird sich schon finden«, sagte sie betont ruhig, wenngleich sich leichte Falten der Besorgnis auf ihrer Stirn zeigten..Wir kletterten aus dem Schrank und suchten den dicken grauen Teppich nach einem winzigen Handschellen- schlüssel ab, den Tag uns auch nur als ein sehr kleines Stück

Metall beschreiben konnte, das eigentlich gar nicht wie ein Schlüssel aussah. Mercedes und Lucy spähten unter das Bett.

»Mädchen?«, kam die Stimme meiner Mutter aus Richtung der Wohnungstür.

»Scheiße!«, flüsterte ich, und wir sprangen alle in höchster Alarmbereitschaft auf. Tag schnappte sich diverse Plastikpenisse, mit denen sie vorhin einen improvisierten Schattentanz aufgeführt hatte, und schmiss sie eilig in den Schrank. Ich warf noch einige andere ungehörige Dinge hinterher, die einfach so herausgepurzelt waren – eine Tüte mit Federn, eine Tube mit glitzerndem Gleitmittel –, dann schlug Mercedes die Tür kräftig zu.

Ich hatte meinen Eltern noch nichts von der geheimen Treppe erzählt – angeblich, weil ich nicht wollte, dass Roxana davon erfuhr, denn ich glaubte, dass es sie zutiefst traumatisieren könnte. In Wahrheit wollte ich einfach ein Geheimnis haben – sozusagen als Entschädigung dafür, dass mein Bruder nächsten Monat seinen Film beim Tribeca Film Festival zeigen würde. Ein kleines Geheimnis machte mir die Wirklichkeit erträglicher, die für mich derzeit darin bestand, in der Ex-Wohnung eines Häftlings zu sitzen und Wasser- und Abwasserrechnungen zu sortieren, mir über den tieferen Sinn von zehn Gläsern Marmite Gedanken zu machen und einer griesgrämigen alten Witwe jeden Tag aufs Neue zu versichern, dass ich mich um ihre eingebildeten Eindringlinge kümmerte.

Den Sterling Girls wiederum hatte ich nicht erzählt, dass Bella und Ollie nichts von der Treppe wussten. Erfreut und erleichtert stellte ich fest, dass unser Elternradar, das uns zu Highschool-Zeiten gute Dienste geleistet hatte, noch immer bestens funktionierte und bei den leisesten Verdachtsmomenten ansprang.

»Kommt ihr gut voran?« Gespannt schaute meine Mutter

zum Schlafzimmer herein. Ihr Gesicht glänzte feucht über den zahlreichen Lagen Lycra, in die sie ihren sportlich durchtrainierten Körper gehüllt hatte, und ihre Haare waren strähnig von Schweiß und Regen. Wir standen alle etwas verlegen herum. Düstere kleine Wolken der Schuld brauten sich zusammen und hingen schwer im Zimmer.

Lucy – unsere gute patente Lucy – schnappte sich schnell einen Müllbeutel und sagte: »Ja, wir kommen ganz gut voran, *aber* …« Vielsagend schaute sie sich um und fuhr sich dann allen Ernstes mit dem Arm über die Stirn und seufzte: »Puh!«, was ich persönlich ja etwas zu viel des Guten fand, doch Bella Zuckerman, selbst dem Dramatischen nicht ganz abgeneigt, schien sich an dieser übertriebenen Geste nicht zu stören.

»Unglaublich, wie widerlich es hier ist, nicht wahr?« Meine Mutter rümpfte die Nase. »Wer hätte das gedacht? Wo er doch mit diesem niedlichen englischen Akzent gesprochen hat …« Sie hob die Brauen und wackelte mit dem Kopf, um James' affektierten Tonfall anzudeuten.

»Danke, dass ihr Zephy helft«, plauderte sie munter weiter. »Je eher hier klar Schiff ist, desto eher kann sie die Wohnung nämlich vermieten!«

»Mom«, unterbrach ich sie scharf. »*Ich weiß*. Das musst du uns nicht sagen.« Es machte mich wütend, wie meine Mutter lächelnd meine Freundinnen betrachtete. Ich wusste genau, dass sie sich insgeheim fragte, wie es möglich war, dass ausgerechnet sie, die von *Newsweek* unter die »Fünfzig Frauen der Zukunft« gewählt worden war (vor siebzehn Jahren, tröstete ich mich), eine Tochter bekommen hatte, die man nicht mal als »Aussteigerin« bezeichnen konnte, weil besagte Tochter nämlich gar keine Karriere hatte, aus der sie hätte aussteigen können. Zweifelte sie etwa daran, dass ich alles mir Mögliche tat, um aus der Wohnung Profit zu schlagen? Nervös trat ich von einem Fuß auf den anderen und versuchte zu verdrängen, dass ich während der letzten drei Tage tatsächlich weder aufgeräumt noch geputzt noch einen Makler angerufen hatte – ja, eigentlich gar nichts getan hatte, außer von Gregory zu träumen.

Sie stemmte die Hände in die Hüften und nahm Mercedes ins Visier. »Mercedes, Schätzchen, eigentlich bin ich nur gekommen, weil Ollie und ich Karten für Samstag haben – wirst du an dem Abend spielen? Wenn ja, würden wir dich danach gern zum Essen einladen.«

Mercedes starrte einen Moment lang an die Zimmerdecke, bevor sie antwortete. »Oh, ich … das weiß ich gerade gar nicht. Aber wenn ja – ich müsste noch mal in meinem Kalender nachsehen –, sehr gern. Das ist wirklich lieb von dir, Bella.«

Tag und ich warfen Mercedes argwöhnische Blicke zu. Es war *so* offensichtlich, dass Mercedes log. Wenn sie nicht gerade auf Tournee war, kannte sie ihren Spielplan bis auf die Minute auswendig. Sie war ein wandelnder Terminkalender. Das roch verdammt nach Dover Carter!

»Merce, ich meine mich genau zu erinnern, dass du mir erzählt hast, du würdest an diesem Abend spielen«, sagte Tag und lächelte süffisant.

»Wie ich schon sagte«, erwiderte Mercedes betont deutlich in Richtung Tag, »ich müsste erst nochmal nachsehen.«

»Aber …«

»Tag«, unterbrach Mercedes sie, »meines Wissens bist du diejenige, die derzeit gewissen Einschränkungen unterliegt, oder täusche ich mich?«

Tag stand in nachdenklich wirkender Pose da, die Hände auf dem Rücken verschränkt, um die Handschellen zu verbergen, die noch immer an ihren Handgelenken baumelten. Ich versuchte einen Lachanfall zu unterdrücken und prustete leise. Lucy schaute zu mir herüber. Als sie Tag sah, die versuchte, *sehr* unschuldig auszusehen, wandte sie sich schnell ab, ihre Schultern bebten. Mercedes gab ein seltsames Husten von sich. Tag hob kühl die Brauen und betrachtete uns mit feinem Lächeln. Meine Mutter bekam von alledem nichts mit.

»Steht bei dir wieder eine Forschungsreise an?«, fragte sie interessiert. »Südamerika? Asien?« Ich warf Tag einen warnenden Blick zu, damit sie nicht, von unbedachter Begeisterung überkommen, ihren gefesselten Zustand preisgab.

»Nun …«, meinte sie bedächtig, »demnächst eine Konferenz in Spanien und im Sommer dann Bora Bora, das ist eigentlich alles.«

»Oh, wie ich dich beneide!«, rief meine Mutter. »Wisst ihr, was ich jetzt mache? Ich mixe euch zur Stärkung ein Energiegetränk.«

»Nein!«, entfuhr es Mercedes.

»Bitte nicht«, beeilte Tag sich zu sagen.

Bella tat unsere Einwände mit einer kurzen Handbewegung ab und eilte davon. Der Gedanke, etwas für unser leibliches Wohl zu tun, beflügelte ihre Schritte. Als wäre ihr noch etwas eingefallen, wandte sie sich plötzlich um und kam zurück.

»Ach ja, Zeph …«

»Hmmm?« Scheinbar in Gedanken schon wieder ganz bei meiner Arbeit schaute ich von einem der Müllbeutel auf.

»Habt ihr den Trockner repariert? Kann ich ihn wieder benutzen?«

Mir stockte der Atem.

»Wir … wir sind nicht ganz fertig geworden«, brachte ich heraus.

Meine Mutter nickte. »Nun ja. Bin gleich wieder da.«

Nachdem sie weg war, schloss ich erst mal die Wohnungstür ab. Kaum hatte ich den Schlüssel umgedreht, hörte ich aus dem Schlafzimmer lautes Gelächter. Schnell lief ich zurück und sah, wie meine Freundinnen sich in Tränen aufgelöst und nach Luft schnappend auf der Matratze wälzten. Gerade als ich sie anschreien wollte, dass sie sich bitte wieder einkriegen sollten, bevor meine Mutter zurückkam, sah ich auf einmal einen dünnen Metallschlüssel aus Tags hinterer Hosentasche ragen. Ich zeigte darauf und wollte es ihr sagen, doch vor lauter Lachen bekam ich keinen Ton heraus und ließ mich japsend neben sie aufs Bett fallen. Das Zimmer stank noch immer nach alten Unterhosen, der Schrank war voll mit dem Sexspielzeug unseres verhafteten Hausverwalters, und irgendjemand drückte mir ihren Schuh in den Rücken, aber trotzdem – oder vielleicht gerade deshalb – war es ein absolut perfekter Erste-Welt-Moment.

Lucy, Tag und Mercedes halfen mir noch ganze drei Stunden dabei, Mülltüten zu füllen, obwohl das dickflüssige, tiefrote Energiegetränk meiner Mutter uns überhaupt nicht gestärkt hatte. (Im Gegenteil – wir hatten es nach einem Schluck in den Ausguss gegossen, wo es verdächtig lange brauchte, bis es abgeflossen war.) Dafür hatten wir drei Packungen Cookie-Teig im Gefrierschrank gefunden, von denen wir zwei durch Auffuttern entsorgten. Tag und Mercedes tranken dazu Brooklyn Lager, denn zum Wegwerfen war es wirklich zu schade.

Während wir die verkrusteten Saucenflaschen in den Müll schmissen und James' Kondome in Kartons einlagerten (konnte man ja immer mal gebrauchen …), passierten vier Dinge. Tag entdeckte zwei Schlüssel, die in einem Bilderrahmen versteckt waren. Mercedes gestand, dass sie am Samstag tatsächlich mit Dover Carter verabredet war. Ich beichtete Gregory. Und Lucy kündigte an, dass sie eine Todesparty für sich geben wollte.

Als meine Mutter mit dem Energiegetränk zurückkam, hatte sie Mercedes erneut wegen Samstagabend gefragt, und Mercedes, die wusste, wie hartnäckig meine Mutter sein konnte, hatte schließlich zugegeben, dass sie nach der Vorstellung schon verabredet sei. Meine Mutter hatte dies mit einem bedauernden Achselzucken quittiert, doch nicht alle gaben sich so schnell zufrieden. Als sie gegangen war, schlich Tag sich leise an Mercedes heran und legte ihr hinterrücks Handschellen an.

»Was soll denn der Schwachsinn!«, brüllte Mercedes. Sie geriet so sehr in Panik, dass sie mir fast leidtat. »Meine Handgelenke! Du machst mir meine Handgelenke kaputt!«

»Dann zappel nicht so rum.«

»Nimm mir sofort diese Dinger ab!«

Wir sahen Mercedes schweigend an.

»Okay, schon gut.« Sie sprach schnell und leise. »Dover ist am Samstag über Nacht geblieben, aber wir haben uns nur geküsst.«

»Ha, ha!« Ich glaubte ihr kein Wort und kam mir vergleichsweise schamlos vor.

»Ehrlich wahr – ich schwöre es bei Gott. Machst du mir jetzt bitte diese Dinger ab?«, flehte sie Tag an.

»Etwas mehr hätten wir schon gern gehört, Ms. Kim«, sagte Tag betont gleichgültig und betrachtete ihre Fingernägel.

Und so beichtete Mercedes, dass Dover Carter ihr in den letzten drei Tagen zwei Sträuße Orchideen und drei seiner Lieblingseinspielungen von Bachs Kantaten geschickt hatte, was wir als sehr vorbildliches Understatement deuteten, hätte er ihr doch ebenso gut ein neues Auto als Beweis seiner Zuneigung schenken können. Und Gregory schaffte es nicht mal, mir zuliebe den Hörer abzuheben? Es fiel mir zunehmend schwer, nicht in Selbstmitleid zu versinken.

Tag schien zufrieden zu sein. Sie nickte und schloss die Handschellen auf. Mit vorwurfsvoller Miene rieb Mercedes sich ihre geschundenen Handgelenke. Lucy verteilte eine weitere Runde Latexhandschuhe aus dem Karton, den wir neben den Gleitmitteln im Schrank gefunden hatten, was sich nun einerseits als sehr praktisch erwies, uns irgendwie aber auch recht befremdlich vorgekommen war. Und dann konnte ich mein Unglück nicht länger für mich behalten.

»Ich habe mit dem Kammerjäger geschlafen!«, platzte ich heraus. Mitten in James' von Grau, Schwarz und Edelstahl dominierter Küche redete ich mir die herzergreifende Geschichte von dem kaputten Trockner, der geheimen Treppe hinter dem Haus, Roxanas plüschigem Schrank und Gregorys ausbleibendem Anruf von der Seele. Ich fürchtete Tadel (Mercedes), Spott (Tag) und in falsches Mitgefühl gehüllten Neid (Lucy), doch nichts dergleichen. Vielmehr hatte ich den Eindruck, ihre Meinung von mir völlig überschätzt zu haben, denn hauptsächlich waren sie erleichtert, dass ich mich nicht wieder mit Hayden eingelassen hatte. Für wie schwach und prinzipienlos hielten die mich eigentlich? Ich versuchte ihnen klarzumachen, dass ich ausgenutzt und sitzengelassen worden war und dafür ihr Mitgefühl verdiente, doch sie zeigten sich unbeeindruckt.

»Der ruft schon noch an«, meinte Tag, wandte sich wieder James' Küchenschränken zu und warf eine angebrochene Schachtel Cracker und eine staubige Tüte Mehl in den Müll.

Mercedes nickte zustimmend und schaltete den Staubsauger ein. Ich schaltete ihn aus.

»Warum rufst du *ihn* nicht einfach an?«, fragte sie mich und machte ihn wieder an. Frustriert trollte ich mich und trottete Lucy ins Badezimmer hinterher. Sie zog sich gerade ein zweites Paar Handschuhe über das erste Paar und spritzte WC-Reiniger in die Kloschüssel. Fast war ich froh, ihr berichten zu können, so schändlich ausgenutzt worden zu sein – sozusagen als Wiedergutmachung dafür, dass Gregory mich angerufen hatte und nicht sie. Aber nicht einmal Lucy schien an meinen Neuigkeiten sonderlich interessiert zu sein.

»Weißt du was?«, sagte sie, während sie die Klobürste kreisen ließ, und ich rechnete fest damit, dass nun eine längere Abhandlung über das undurchschaubare Paarungsverhalten der männlichen Spezies folgen würde. »Ich habe beschlossen, eine Party für mich zu geben.«

»Aha.« Ich nahm mir einen Schwamm und wartete darauf, dass sie diesen plötzlichen Themenwechsel näher ausführen würde.

»Eine Todesparty.«

»Luce …«, meinte ich genervt.

»Weißt du überhaupt, was eine Todesparty ist?«

»Du vielleicht?«

»Natürlich«, sagte sie. »Ich habe es mir ja ausgedacht.«

»Und was ist es?«, fragte ich.

Sie hockte sich auf die Fersen und ließ die tropfende Bürste über der Kloschüssel schweben. »Es ist … wenn man das Glück hat – wie du siehst, betrachte ich Renees Prophezeiung als großes Glück –, von seinem Tod rechtzeitig zu erfahren, und seinen Abschied somit noch richtig feiern kann.«

»Lucy«, versuchte ich es erneut.

»Jeder kann die Rede halten, die er sonst bei meinem Begräbnis gehalten hätte, was den Vorteil hat, dass ich sie tatsächlich hören kann. Ist es nicht das, was alle sich für die Toten wünschen? Dass sie all die wunderbaren Dinge hören können, die über sie gesagt werden?«

Sie versuchte, sich mit dem Arm eine Haarsträhne von der Wange zu streichen. Ich beugte mich vor und steckte sie ihr hinter dem Ohr fest. Aus der Nähe betrachtet fiel mir auf, wie müde ihre Augen waren, und mir wurde ganz beklommen zumute.

»Klingt nach einer guten Idee«, sagte ich leichthin und versuchte, mir nicht anmerken zu lassen, wie leid sie mir tat, weil ich wusste, dass Lucy sich darüber furchtbar aufregen würde.

»Ich werde viele Gäste einladen«, fuhr sie fort. »Wie zu einer Hochzeit. Oder einer Beerdigung. Es soll dieselbe Bedeutung haben.«

»Aber«, wandte ich ein, »sollen dann alle zur Beerdigung nochmal kommen? Oder ersetzt die Todesparty die Beerdigungsfeier?«

Lucy runzelte die Stirn. »Gute Frage. Abigail hat ja nicht so viel Geld und könnte es sich wahrscheinlich nicht leisten, zweimal herzufliegen.« Entschieden schüttelte sie den Kopf. »Nein, wer aus irgendwelchen Gründen nur zur Beerdigung *oder* der Party kommen kann, sollte sich lieber für die Todesparty entscheiden.«

Während ich noch grübelte, ob ich weitere Anstrengungen unternehmen sollte, sie von ihrem Vorhaben abzubringen, hörten wir Tag rufen: »Sag mal, kann ich diese gruseligen Fotos auch wegschmeißen?«

»Welche gruseligen Fotos?«, rief ich fast dankbar zurück und eilte aus dem Bad.

»Der böse Blick in Stereo, der auf dem Kamin steht!«

Tag stand im Wohnzimmer, vor James' Schrein seiner selbst. Um den Nervenkitzel etwas zu erhöhen, hatte sie das Licht ausgemacht und die Kerzen auf dem Kaminsims angezündet. Mit James' Doppelbildnis, das im flackernden Kerzenschein dämonisch grinste, und dem Regen, der gegen die dunklen Fensterscheiben prasselte, war aus der sowieso leicht unheimlichen Wohnung ein richtiges Horrorkabinett geworden.

»Tag!«, kreischte ich so entsetzt, dass Mercedes und Lucy neugierig herbeigerannt kamen.

»Das ist ja krank!«, schrie Lucy und machte das Licht an.

»Ich wollte nur mal sehen, was James so gesehen hat, wenn er sich angebetet hat«, kicherte Tag.

»Und was sehen *Sie* so, Granger?«, fragte Mercedes kühl.

»Staub«, sagte Tag und blies die Kerzen aus. Sie nahm eines der Bilder und warf es mir zu.

»Adios«, meinte ich, als ich es in den Karton mit James' Handtüchern legte. Dann warf Tag mir das zweite zu, und als ich es auffing, klapperte irgendwas. Wir schauten uns an. Ich stöhnte. Langsam hatte ich genug von James und seinen pinken Treppen, schmuddeligen Geheimnissen und multiplen Persönlichkeiten, die längst nicht mehr so aufregend waren, wie ich sie am Anfang gefunden hatte. Ich drehte den Bilderrahmen um und löste die Rückwand ab.

Zwei Schüssel funkelten mich an – zwei weitere Schlüssel zu weiß der Teufel was. Noch eine Treppe? Noch ein Schrank? James' musste mit einem Schlosser befreundet gewesen sein, das würde vieles erklären. Und eigentlich war es mir egal, was diese verdammten Schlüssel aufschlossen. Ich hatte genug von James. Ich wollte, dass Gregory mich endlich anrief. Ich wollte, dass diese Wohnung wie durch ein Wunder blitzblank würde, damit ich sie endlich vermieten konnte und mich nicht mehr darum kümmern musste.

Ich gab die Schlüssel Lucy, die sich sofort auf die Suche nach den farbigen Etiketten begab. Solange sie nur ordentlich etikettiert waren, war es Lucy völlig gleich, was das für Schlüssel waren. Und ich würde mir auch frühestens morgen Gedanken darüber machen. Oder übermorgen.

12

*A*m Donnerstagmorgen wachte ich mit einem schweren, stechenden Geruch in der Nase auf. Gas? Rauch? Helium? Ich sprang aus dem Bett und schnüffelte in meiner Wohnung herum. Ich rannte zum Fenster und hielt nach Feuerwehrautos, Lastwagen und qualmenden Telefonleitungen Ausschau. Nichts – außer einem Öltankwagen, der direkt vor unserem Haus parkte. Sowie ich die Wohnungstür aufmachte, schlug mir der Geruch noch stärker entgegen. Ich fing an zu wimmern, Panik strömte von meinem Herzen bis in meine Finger- und Zehenspitzen.

Ruhig, Zephyr, ganz ruhig. Hastig zog ich mir eine Jeans an, schnappte mir meine Schlüssel und rannte runter in den Keller.

Unseren Keller mochte ich in etwa genauso gern wie den Durchgang hinter dem Haus. Er war finster und eng und vollgestopft mit dem moderigen Sperrmüll einstiger und jetziger Hausbewohner. An der niedrigen Decke ein Gewirr aus Rohren und Kabeln, die auf mein ungeschultes Auge den Eindruck machten, als entsprächen sie den Sicherheitsstandards längst vergangener Jahrhunderte.

Ich machte das Licht an und wurde sogleich mit dem Anblick einer Horde Kakerlaken belohnt, die sich eilig in dunkle Nischen flüchteten. Wofür leisteten wir uns eigentlich den Luxus von Gregorys Gesellschaft, wenn *das* dabei herauskam? Ich schluckte meine aufsteigende Wut hinunter und lief tapfer den schmalen Gang entlang, der unter den Haus-eingang führte. Hier wurde der Gestank immer schlimmer, und als ich die Tür zum Heizungskeller aufriss, fingen meine Augen heftig an zu brennen. Der Boden war bedeckt von fettem schwarzem Öl, das ziemlich rasant auf mich und die Tür zufloss. Kam es mir vielleicht in den Sinn, dem heran-nahenden Zeug Sand aus den roten Löscheimern in den Weg zu werfen? Versuchte ich, mit einer alten Matratze die Flut aufzuhalten? Nein. Ich drehte mich um und rannte davon.

Das Herz schlug mir bis zum Hals. Konnte sich das Öl entzünden, so dass das ganze Haus in Flammen aufgehen würde? Ich musste irgendetwas tun – so viel war sicher. Doch was? Vielleicht jemanden anrufen? Aber wen? Die Polizei? Einen Klempner? Die Ölfirma, die James Schmiergelder gezahlt hatte? Durften wir von denen überhaupt weiterhin Öl beziehen? Warum hatte ich mir da nicht früher Gedanken drüber gemacht? Weil wir erst April und noch ausreichend Öl im Tank hatten. Hatte ich zumindest geglaubt.

Ich rannte wieder nach oben, zur Tür hinaus und die Treppe vor dem Haus hinunter. Ein unrasierter Typ, der eine Zigarette rauchte, die er – da war ich mir hingegen *ziemlich* sicher – bestimmt nicht hätte rauchen dürfen, während er Öl in unseren Einfüllstutzen pumpte, schaute kurz auf.

»Halt!«, schrie ich. Doch er hob nur verwundert die Brau-en, was mich unglaublich wütend machte. Er hätte *sofort* den Schlauch fallen lassen und genauso panisch werden müssen wie ich!

»Im Keller ist überall Öl auf dem Boden!«, kreischte ich und stellte mit Genugtuung fest, dass er jetzt zumindest den Zapfhahn ausklinkte.

»Ach ja … Scheiße.« Und dann schlug er sich doch tat-sächlich mit der flachen Hand, inklusive Zigarette, an die Stirn – eine Geste, die in sämtlichen Hollywoodstudios vor

Jahrzehnten schon aus den Drehbüchern gestrichen worden war. »Ihr seid ja die mit dem kaputten Grenzwertgeber.«

Ich starrte ihn an. Er ging zurück zu seinem Wagen und drückte auf einen Knopf, woraufhin der Schlauch sich langsam zurückschlängelte und von einem riesigen Rad aufgewickelt wurde.

»Ihr seid doch die Typen mit dem kaputten Grenzwertgeber, oder?«, wiederholte er.

»Keine Ahnung«, flüsterte ich heiser.

»Ja, doch, ihr seid das. Deshalb bleibt James nämlich immer unten stehen und sagt uns Bescheid, wenn voll ist. Stimmt, so war das. Aber der ist gerade nicht da, was? Wegen dieser Scheiße mit dem Geld. Echt dumm gelaufen.«

Mir fehlten die Worte. Mit hängenden Schultern und offenem Mund starrte ich ihn an.

»Okay, also ist was übergelaufen, oder was?«, fragte er.

»Könnte man so sagen. In meinem Keller schwimmt jetzt literweise Öl«, sagte ich und erwartete, dass er von sich aus anbieten würde, den Schaden zu beheben und die Schweinerei zu entfernen. Bestimmt stand das so in den Liefervereinbarungen.

Er nahm einen Lappen vom Beifahrersitz und wischte sich die Hände ab. »Na ja, literweise dürfte wohl übertrieben sein. Das sieht nur so viel aus wegen der geringeren Kohäsionskraft von Flüssigkeiten.«

Wollte James' Exkollege mir hier um sieben Uhr morgens Physikunterricht geben? Dann lieber zehn Anrufe von Mrs. Hannaham!

»Und was soll ich jetzt machen?«, fragte ich verzweifelt und den Tränen beängstigend nah.

»Katzenstreu«, sagte er, während er hinten am Laster ein paar Hebel umlegte.

»Katzenstreu.«

»Katzenstreu saugt das alles auf, und dann schmeißen Sie es einfach in den Müll. Nehmen Sie aber das billige Zeug, nicht diesen Bioscheiß. Damit geht's nämlich nicht.«

»Sie hätten mir ja auch Bescheid sagen können, dass dieses Grenzwertdingens nicht funktioniert!«, rief ich ungehalten.

»Ist nicht mein Haus«, meinte er achselzuckend.

»Können Sie mir vielleicht helfen?«, bat ich kleinlaut.

Er sprang in seinen Truck und zündete sich noch eine Zigarette an. »Tut mir leid, Schätzchen. Habe heute noch andere Lieferungen.« Prüfend musterte er mich durch den Rauch und kniff ein Auge zu. »Sind Sie etwa der neue Hausmeister?«

Ich nickte.

»Eine Hausmeisterin! Süß. Na ja, gute Sache eigentlich. Emanzipation und so.« Er ließ den Motor an. »Wollen Sie mal einen guten Rat?«

Ich wartete gespannt und hoffte auf geheimes Wissen, das nur innerhalb der Bruderschaft weitergegeben wurde – eine Geheimlehre, die nur Hausmeistern bekannt ist.

»Lassen Sie das Ding reparieren.« Damit fuhr er davon.

Mein Vater ging an diesem Tag etwas später zur Arbeit als sonst, da er mir erst noch dabei half, fünfzehn Riesensäcke supersaugfähige, geruchsneutrale Multifunktions-Katzenstreu aus dem Baumarkt an der Vierzehnten Straße zu holen und in einem Handkarren, den wir uns freundlicherweise leihen durften, nach Hause zu transportieren. Er versuchte mich von dem recht naheliegenden Gedanken abzubringen, eine völlige Versagerin zu sein, indem er mir die angeblich guten Seiten, die letztlich jede Sache habe, unter die von Heizöl und Katzenstreu malträtierte Nase rieb.

Zuerst kam: »Herrlich, Sport! Da müssen wir heute gar nicht mehr ins Fitnessstudio!« Dann: »Katzenstreu, hervorragend! Auf so was muss man erst mal kommen.« Und schließlich noch das Unvermeidliche: »Lieblingstochter, denk doch nur mal daran, was du alles dabei lernst. Wie viele Frauen in deinem Alter bekommen schon so eine praktische, handfeste Ausbildung? Ich finde das großartig! Irgendwann wirst du richtig froh sein, dass dir das passiert ist.«

Tatsächlich war das einzig Gute an dem Zwischenfall, dass er Mrs. Hannaham endgültig als olfaktorische Lügnerin entlarvt hatte. Denn wenn sie mich heute Morgen nicht angerufen hatte – ausgerechnet heute, da 287 West 12th vom schlimmsten Geruch seit den Tagen des seligen Compton ereilt worden war –, dann dürfte bewiesen sein, dass ihre Helium-, Rauch- und Gasgerüche allesamt erstunken und erlogen waren, um Aufmerksamkeit zu heischen oder auch nur, um mich zu quälen. Hätte ich nicht aus allen Poren nach Heizöl und dem künstlichen Frühlingsfrische-Duft der Katzenstreu gerochen, hätte sie mir vielleicht leidgetan. So jedoch freute der kleine Teufel auf meiner Schulter sich diebisch und klatschte vergnügt in die Hände, weil wir Mrs. Hannaham endlich auf die Schliche gekommen waren.

Fix und fertig mit mir und der Welt, trottete ich später die Treppe hinauf und sehnte mich nur noch nach einer heißen Dusche und meinem Bett. Kaum war ich im Bad und hatte den Vorhang zurückgeschoben, klingelte das Telefon. Weil ich mich außerstande sah, Mrs. Hannahams Beschwerde des Tages aufzunehmen, ließ ich den Anrufbeantworter anspringen. Doch statt Mrs. H. war es ein Makler, der über »einen Freund« von James' Wohnung gehört hatte und sich »das Angebot« gern mal ansehen wollte. Ich rannte aus dem Bad, schnappte mir das Telefon und meldete mich so atemlos, als wäre ich gerade erst zur Tür hereingekommen.

Ich vermutete, dass er ein Kollege von Eva Lowell, der Freundin meiner Mutter, war, doch als ich nachfragte, stellte sich heraus, dass Officer Varlam (der für James' Fall zuständig war) seinem Schwager (den ich jetzt am Telefon hatte) gern einen Gefallen damit tat, ihm Hinweise auf die Leerstände zu geben, die ja häufig aus seinen Verhaftungen resultierten. Freddy Givitch und ich vereinbarten für den Nachmittag einen Besichtigungstermin. Ich war so aufgeregt, einen Interessenten für die Wohnung zu haben, dass ich meine sträflich vernachlässigten Sportklamotten damit überraschte, sie anzuziehen und auf eine Runde Rollerbladen am Fluss auszuführen. Wenn ich sowieso schon unfrisch beziehungsweise katzenstreu-frühlingsfrisch war, konnte ich mir die öligen Ausdünstungen genauso gut aus den Poren schwitzen und dabei gleich die noch immer düsteren Gedanken an Gregory aus meinem müden Kopf vertreiben.

Draußen lagen überall abgebrochene Äste auf der Straße verstreut, und aufgeweichte Wurfsendungen klebten in matschig bunten Haufen auf der Treppe vor unserem Haus, doch die Luft war nach dem gestrigen Regen angenehm frisch und klar. Mit seitwärts ausgestellten Füßen stakste ich die Stufen hinunter, schnallte meinen Helm auf und fuhr die Zwölfte Straße hinab. Ich flitzte über den rissigen Gehweg, auf dem noch Pfützen standen, und nach zweimaligem Abbiegen weiter über die Dreizehnte Straße, vorbei am Yogazentrum und den zu früher Stunde schon Besoffenen, die das struppige Grünstück vereinnahmt hatten, das sich vergeblich bemühte, ein Park zu sein. Ich passierte Aqua Kids, einen Laden für Kindermode, der Strampelanzüge für fünfundneunzig Dollar verkaufte und für die Sterling Girls der Inbegriff all dessen war, was mit dieser Welt nicht stimmte.

Ich hatte gerade den Highway überquert und wollte gemütlich den Uferweg am Hudson entlangfahren, als ich zwei Polizisten bemerkte, die vor einer öffentlichen Toilette standen und mit zwei Frauen stritten, die beide recht groß waren, paillettenbesetzte Kleider trugen und sich mit einiger Mühe auf ihren High Heels hielten. So unauffällig wie möglich pirschte ich mich heran und versuchte, mir die Szene ganz genau einzuprägen – falls ich als Zeugin aussagen müsste. Was zieht man eigentlich an, wenn man als Zeugin vor Gericht muss? Ich bückte mich und tat so, als müsse ich meine Rollerblades fester schnallen.

»Ich kenne meine Rechte!«, schrie die größere der beiden Frauen die Cops an. Sie trug einen glitzernden, zebragestreiften Hosenanzug und wiegte sich leicht vor und zurück, die Hände auf den Hüften, die Brust weit herausgestreckt. »Es gehört zu meinen grundlegenden Menschenrechten, mich auf würdige und angemessene Weise zu erleichtern.«

»Jawohl, das ist ihr *gutes Recht*!«, betonte ihre regenbogenfarbige Freundin und fuchtelte dem kleineren der beiden Cops mit dem Finger vor dem Gesicht herum.

»Ma'am«, sagte der größere, rothaarige Cop vernehmlich und mit übertriebener Geduld, »niemand will Ihnen hier …«

»*Ma'am*, Sie haben *Ma'am* gesagt!«, rief Zebrastreifen triumphierend. »Sie geben also selbst zu, dass ich *tatsächlich* eine Frau bin! So, Officer, dann können Sie mich ja jetzt auch auf diese Toilette lassen!« Sie verschränkte die Arme vor ihrer breiten Brust.

Der kleine Cop stöhnte und schüttelte den Kopf. »Mensch, O'Ryan, warum hast du das bloß gesagt?«

»So, jetzt hören Sie mir mal zu«, beeilte O'Ryan sich daraufhin zu Zebra zu sagen. »Ich nenne Sie ›Ma'am‹, weil ich Ihre Entscheidung respektiere, aber Sie können Ihre Entscheidung nicht anderen aufdrängen, die diese Toilette benutzen möchten und sie mit ihren Steuergeldern finanziert haben.«

»Wollen Sie mich jetzt etwa noch der Steuerhinterziehung beschuldigen?«, kreischte Zebra. »Man beschuldigt mich zu

Unrecht! Hilfe!« Mit wildem Blick schaute sie sich um. »Und wem soll ich mich denn hier schon aufdrängen? Wem? *Ihr* vielleicht?« Mein Magen verkrampfte sich, als sie auf mich zeigte. Oh Gott, warum nur war ich stehen geblieben? Alle vier schauten mich jetzt an, wie ich da hockte und an meinem Schuh herumfummelte. Ich lächelte matt.

»Du da!«, rief Zebra laut, und ihre Augen funkelten. »Hast du ein Problem damit, wenn ich die Damentoilette benutze? Fühlst du dich von mir bedrängt, nur weil ich nicht das Glück hatte, in den Körper geboren worden zu sein, für den ich bestimmt bin?«

»Amen!«, schloss Regenbogen in einem volltönenden Bariton.

»Okay, das reicht«, meinte der kleine Cop. »Wir müssen jetzt nicht extra eine Umfrage starten. Ich mache Ihnen ein Angebot: Wenn sonst niemand auf der Toilette ist, können Sie sie benutzen.«

»Was? Ich … ich …!«, stammelte Zebra. Ihre Stimme überschlug sich fast.

»Entweder so oder gar nicht«, sagte er und ließ seine Hand lässig auf seinem Schlagstock ruhen.

Nein, nein, nein, dachte ich. Ein bisschen Aufregung gern, aber nicht so. Ich wollte in keinen Streit und keine Schlägerei verwickelt werden. Ich wollte nicht mitansehen müssen, wie Polizisten gewalttätig wurden, denn eigentlich mochte ich Cops. Und ich wollte nicht in eine Lage geraten, in der ich es bedauern würde, mein Medizinstudium abgebrochen zu haben.

Hochmütig verschränkte Zebra die Arme vor der Brust, und Regenbogen tat es ihr nach.

»Miss«, sagte der Cop.

»Ich?«, fragte ich unschuldig, zeigte mit dem Finger auf mich und stand zögernd auf.

»Ja, Sie. Würden Sie uns bitte den Gefallen tun, in die Damentoilette zu gehen und nachzuschauen, ob jemand drin ist?«

»Sie nennt er ›Miss‹‹, grummelte Zebra, ihre Stimme auf einmal zwei Oktaven tiefer als zuvor. »Weshalb sagt er zu mir dann ›Ma'am‹?«

Ich würde zur Lösung des Konfliktes beitragen können! Plötzlich wieder ganz zuversichtlich, fuhr ich an den vieren vorbei und erwog derweil schon eine Karriere als Mediatorin, wobei meinem scharfen Agentinnenblick nicht entging, dass die vier Streithähne allesamt Bartstoppeln auf den Wangen hatten. Beim Toilettenhäuschen angekommen, stieß ich die Tür auf und spähte hinein.

»Hallo, ist da jemand?«, rief ich. Ich rollte hinein und schaute unter beide Türen. Gerade als ich ein Paar Füße entdeckt hatte, antwortete eine ängstliche Stimme: »Yeah?«

Was würde eine Mediatorin jetzt tun?

»Nun, die Sache ist die …«, begann ich mit sorgfältig gewählten Worten, »dass draußen zwei … zwei *Damen* sind, die gern diese Toilette benutzen würden, aber es könnte sein, dass … ähm, dass die beiden …« In was war ich da nur hineingeraten? Bevor ich einen Lachanfall bekam, ratterte ich in einem einzigen Atemzug herunter: »Also, eigentlich sind die beiden Männer. Würde es Ihnen etwas ausmachen, wenn sie trotzdem diese Toilette benutzten?«

Hinter der Tür hörte ich ein leises Stöhnen, ein Rascheln, dann ein schnappendes Geräusch wie von einem Gummiband, und die unbekannte Besitzerin der Füße stieß einen tiefen, entspannten Seufzer aus.

»Macht mir nichts aus. Mir macht gar nichts was aus. Mädels mit Schwänzen, Schwänze mit Mädels. Mir doch egal. Find ich … *cooo*-oool.« Die Stimme erstarb langsam.

Ich wartete und lauschte noch einen Moment, dann rollte

ich wieder nach draußen. Die vier sahen mich gespannt an. Es wäre gelogen, würde ich behaupten, dass es mir nicht einen gewissen Kick gab, das hier *tatsächlich* zu erleben und es mir nicht nur auszudenken, um auf irgendeiner Diplomatenparty den Botschafter von Venezuela damit zu amüsieren.

»Da ist jemand drin, aber ihr scheint gar nichts etwas auszumachen. Oder anders gesagt«, wandte ich mich an die Evas mit Adamsäpfeln, »vielleicht wollen Sie die beiden netten Polizisten erst mal nachsehen lassen, dass auch alles in Ordnung ist, denn wer immer da drin ist, scheint den Tag mit einer Nadel im Arm begonnen zu haben.«

Zebra und Regenbogen rangen theatralisch nach Atem, die Cops fluchten leise.

»Drogen, Schätzchen?« Zebra streckte die Hand nach mir aus, als sei sie einer Ohnmacht nah, ihr beachtlicher Bizeps spannte sich unter dem Paillettenstoff. Sie schloss die Augen, legte sich die andere Hand mit gespreizten Fingern auf die Brust und bemühte sich sichtlich um Fassung.

»Mit Drogen will ich *nichts* zu tun haben. Komm, Evian, lass uns gehen. Wir werden uns einen anständigeren Ort für unsere Bedürfnisse suchen.«

»Hmmm, hmmm«, machte Evian, schüttelte missbilligend den Kopf und stakste neben Zebra davon.

Die beiden Cops schauten mich so finster und vorwurfsvoll an, als wäre es meine Schuld, dass dieser herrliche Donnerstagmorgen ihnen schon einen Junkie beschert hatte.

Ich rückte meine Handgelenksschützer zurecht und suchte auf dem Uferweg das Weite. Mit ausgebreiteten Armen umfing ich den leichten Wind, der vom Hudson heraufwehte.

Als ich zurückkam, hatte ich Krämpfe im Hintern und in den Schenkeln, aber noch immer schien mir dieser Tag – nach dem eher unerquicklichen Auftakt – wohlgesonnen. Gerard, der muntere Vietnamveteran, der im Sommer stets einen Tropenhelm und im Winter eine russische Pelzmütze trug, stand im Hausflur und warf die Post in die Briefkästen. Während meiner diversen Versuche, in der akademischen Welt Fuß zu fassen, hatten Gerard und ich uns angefreundet. Er hatte mir sämtliche Bewerbungsunterlagen, jedes Testergebnis, jede Zusage und jede Absage persönlich überreicht und mit Kennermiene kommentiert.

»Sehr gutes Ergebnis«, hatte er gemeint, als er prüfend den Umschlag mit den Ergebnissen des Juristentests in den Händen wog.

»Hier solltest du dich lieber nicht bewerben«, warnte er mich, als er mir die Bewerbungsunterlagen für eine Medizinische Hochschule aushändigte, die ziemlich weit weg war, was mich kurz auf den Gedanken brachte, ob er vielleicht heimlich in Diensten meiner Eltern stand.

»Das dürfte wohl nichts geworden sein«, meinte er bedauernd, wenn er mir besonders dicke Umschläge präsentierte.

»Schlechte Nachrichten«, empfing er mich nun und gab mir meine Post. Unter dem bunten Katalog eines Outdoor-Shops blitzte ein leuchtend orangefarbener Umschlag hervor.

»Die Geschworenenpflicht ruft«, verkündete er mit der düsteren Stimme eines Arztes, der seinem Patienten eine unheilbare Diagnose mitzuteilen hat.

Ich erstarrte.

»Keine Sorge«, beruhigte er mich. »Du kannst dich davor drücken. Sag' einfach, du hättest bei dir zu Hause einen Riss an der Decke, den du nicht aus den Augen lassen dürftest. Hat meine Cousine so gemacht.« Er machte eine wegwerfende Geste, die vermutlich bedeuten sollte, dass seine Cousine daraufhin von ihrer Geschworenenpflicht entbunden worden war.

»Geschworenenpflicht«, wiederholte ich ungläubig. »Im Ernst?«

Ich riss den Umschlag auf und ... tatsächlich – hier, in meinen Händen, war der Aufruf, meiner staatsbürgerlichen Pflicht nachzukommen. Mein Ticket für einen Platz in der ersten Reihe bei einer der besten Shows in der Stadt. Meine persönliche Eintrittskarte zur heiligsten aller amerikanischen Pflichten. Mein Garantieschein dafür, dass ich – zumindest eine Woche lang, vielleicht länger – jeden Tag einen festen Termin hätte und irgendwo erwartet würde. Das Allerbeste jedoch war, dass der Brief mich wegen Falschzustellung und Neuzustellung verspätet erreicht hatte und ich bereits *in vier Tagen* vor Gericht erwartet wurde! Ich platzte vor Stolz und plusterte mich in meiner frisch erlangten Bedeutsamkeit vor Gerard auf.

»Gerard!«, tadelte ich ihn streng und voll ehrlicher Entrüstung. »Sie haben Leib und Leben für Ihr Land riskiert. Sie haben Freunde und Brüder verloren – und da sagen Sie mir, ich solle mich vor dem Geschworenendienst drücken?«

Gerard besaß immerhin den Anstand, beschämt auszusehen.

»Wissen Sie denn nicht, welch eine *Ehre* es ist, Geschworener zu sein?«, fragte ich ihn und sah mich schon vor mir, unerklärlicherweise in Sepiatönen, wie ich in einem altehrwürdigen Gerichtssaal saß und die Last der Verantwortung schwer auf meinen Schultern trug. Feierlich versprach ich beiden Parteien, die gerechteste Geschworene zu sein, die das Hohe Gericht je zu Gesicht bekommen hätte.

Ich war übrigens schon mal berufen worden – nach zwei Tagen hatte man mich aber wieder entlassen, ohne dass ich überhaupt einen Gerichtssaal von innen gesehen hatte. Das war natürlich sehr enttäuschend gewesen, zumal mein Vater mich zuvor eine ganze Stunde lang darauf gedrillt hatte, als Geschworene ausgewählt zu werden. Ich sollte so wenig wie möglich über mich selbst reden, ohne dabei jedoch den Fragen des Richters auszuweichen, und während des ganzen Prozederes so unbeteiligt wie möglich wirken, ohne dabei begriffsstutzig zu erscheinen.

Eine heikle Gratwanderung, aber ich war bereit! Diesmal würde ich den begehrten Platz auf der Geschworenenbank ergattern. Ich schnallte die Rollerblades ab und rannte hoch in meine Wohnung, um zu duschen, und versuchte mir die gute Laune nicht gleich wieder durch den Anblick meines nicht blinkenden Anrufbeantworters samt seiner gesammelten Nicht-Nachrichten verderben zu lassen. Vergiss Gregory, wies ich mich zurecht. Wozu brauchte ich jetzt noch Gregory? Ich würde der Liebe meines Lebens beim Geschworenengericht begegnen. Am ersten Tag der Beratungen – so würden wir es unseren Kindern erzählen – wären wir vehement verschiedener Meinung gewesen und hätten uns über die kupferfarbenen Wasserkrüge hinweg bitterböse angegiftet. Doch dann, in den nachfolgenden Tagen, hätte ich meine Ansichten so geistreich und eloquent verteidigt, dass er meinen Standpunkt schließlich verstanden hätte und so ergriffen gewesen wäre von meiner brillanten Wortakrobatik, dass er sich hoffnungslos und heftigst in mich verliebte. Wir wären wie Katherine Hepburn und Spencer Tracy in *Ehekrieg* – nur eben keine Anwälte, sondern Geschworene. Gab es nicht vielleicht einen gut bezahlten Beruf, zu dessen besonderen Anforderungen außergewöhnlich gute Leistungen als Geschworene gehörten?

Gerade als ich unter den prickelnd heißen Duschstrahl huschen wollte, klopfte es an meiner Wohnungstür. Mürrisch murmelnd wickelte ich mich in ein Handtuch und überlegte, ob es Gerard sein könnte, der sich für seine verwerflich unamerikanische Gesinnung entschuldigen wollte. Barfuß tapste ich zur Tür und öffnete sie einen schmalen Spalt.

Gregory.

Am liebsten hätte ich mein Handtuch fallen gelassen, ihn mir geschnappt und zu Boden geworfen. Und geschlagen hätte ich ihn auch gern – linke Wange, rechte Wange, linke Wange, wie in einem schlechten Slapstick –, bis er um Vergebung bettelte. Ich machte den Mund auf und wollte nach Gründen für die Funkstille fragen.

»Warum hast du mich nicht angerufen?«, fragte er stattdessen mich, die Arme vor der Brust verschränkt, die Augen zornig funkelnd.

Ich starrte ihn an, ebenfalls wütend und ganz verwirrt noch dazu. Auf einmal wurde mir bewusst, dass ich mich schon fast damit abgefunden hatte, ihn nie wiederzusehen. Dass er nun plötzlich vor mir stand, zum Greifen nah – sein schlaksiger Körper, sein warmer Duft, seine langen Wimpern –, war eine solche Erleichterung, dass ich zu meinem größten Entsetzen in Tränen ausbrach. Wütend auf uns beide, wollte ich ihm die Tür vor der Nase zuschlagen. Glücklicherweise war Gregory so geistesgegenwärtig, die Hand auszustrecken und mich davon abzuhalten.

»Warum hast *du mich* nicht angerufen?«, jammerte ich und gab auch noch den letzten Rest meines Stolzes auf.

»*Warum?* Weil ich noch nie …«, er hob vielsagend die Brauen, um Kopulation mit allen einhergehenden Komplikationen anzudeuten, »… so früh in einer Beziehung – und schon gar nicht *so*. Ich habe mich benutzt gefühlt und ehrlich gesagt auf eine Entschuldigung von *dir* gewartet.«

Mir entfuhr ein wirres Stammeln, als ich den Sinn seiner Wort zu begreifen versuchte.

»Du glaubst also, dass ich Männer gleich reihenweise in meinem pinken Geheimschrank verführe?«, fragte ich ungläubig und zog mein Handtuch fester um mich.

»Ob er pink war, weiß ich nicht. Dazu war es zu dunkel«,

meinte Gregory und wartete gespannt ab, als ob das eben eine adäquate Antwort gewesen wäre. War es nicht, weshalb auch ich abwartete und schwieg. Er zuckte die Achseln. »Wirst du dich entschuldigen oder nicht?«

»Natürlich nicht!«, brauste ich auf. »Du vielleicht?«

»Nein.«

»Mach's gut, Zephyr!«, brüllte Gerard von unten herauf. Ich schloss die Augen, presste die Lippen zusammen und zählte bis drei.

»Ja, du auch, Gerard!«, zwitscherte ich dann fröhlich zurück und ergab mich in die tiefsten Gefilde der Peinlichkeit. Wir hörten Gerard zweimal abschließen und draußen mit den Schlüsseln klappern.

»Kann ich reinkommen?« Gregory klang genervt, was wiederum *mich* nervte.

»Klar. Fühl dich wie zu Hause.« Ich winkte ihn herein und schlug die Tür hinter ihm zu. Kurz kam mir der Gedanke, ob sich mit gezieltem Türenschlagen nicht ganz neue therapeutische Erfolge erzielen ließen – sozusagen die Urschrei-Therapie des neuen Jahrtausends …

Gregory ließ sich auf mein Sofa fallen, beugte sich vor, stützte die Ellenbogen auf seine Schenkel und blickte düster zu Boden. »Ich glaube, unser Problem …«, fing er an.

»Ach, Probleme haben wir auch schon?«

»Unser *Problem* ist, dass wir nochmal von vorn anfangen sollten, mit einer richtigen Verabredung. Wir sollten das Kaffeetrinken nachholen. Reden.«

Ich fragte mich, was er wohl tun würde, wenn ich mein Handtuch fallen ließe.

»Okay«, sagte ich.

»Okay«, sagte er und sah mich gespannt an. Ich schaute ebenso gespannt zurück. Plötzlich setzte er sich so jäh auf, dass ich erschrocken zusammenfuhr.

»Ist die Frauenbewegung eigentlich völlig an dir vorbeigegangen?«, fragte er ungehalten. »*Du* kannst *mich* um eine Verabredung bitten – ebenso wie *du* auch *mich* hättest anrufen können.«

»Ah ja, interessant. Ist es das, worum es deiner Ansicht nach bei der Frauenbewegung geht?«, erwiderte ich so überheblich, als wären mir alle Argumente von Gloria Steinem & Co. bestens bekannt. Ich spielte auf Zeit.

»Warum hast du mich nicht angerufen?«, fragte er wieder, diesmal in jenem fast traurigen Ton, der schon vor vier Tagen hinter dem Haus mein Verderben gewesen war. War das bei ihm echt, oder konnte er diese Mitleidsnummer auf Bestellung geben? Weil ich nicht wusste, was ich sagen sollte, zuckte ich einfach nur mit den Schultern und schüttelte den Kopf. Es war mir unerträglich, dass wir nicht längst nackt und ineinander verschlungen waren, sondern diese unsägliche Diskussion führen mussten.

Als könne er meine Gedanken lesen, meinte er sanft: »Lass uns Samstagabend essen gehen.«

Es war geradezu beleidigend, dass er mir widerstehen konnte, obwohl ich nur mit einem knappen weißen, im K-Mart auf dem Krabbeltisch erstandenen Baumwollhandtuch bekleidet vor ihm stand. Andererseits war es natürlich schon schmeichelhaft, dass ich es ihm wert war, das Feld von hinten aufzurollen, und er mich auch fernab von geheimen Treppen, schadhaften Trocknern und plüschigen Schlafzimmerschränken kennenlernen wollte.

»Gut«, sagte ich so kühl wie möglich. »Wann und wo?«

»Um sechs«, meinte er, auf einmal ganz vergnügt und allem Anschein nach völlig unempfänglich für meine fragile Gefühlslage. Herzlos fand ich es, geradezu *kaltblütig*, wie er so selbstverständlich glaubte, mit einem kurzen Drücken auf Neustart wäre alles geklärt. »Ich hole dich ab.«

Sichtlich erleichtert stand er auf, und ich folgte ihm zur Tür.

»Nein, Moment!«, rief ich, denn mir war eingefallen, dass ich für fünf Uhr den JDate-Dschihad geplant hatte. »Lass uns sieben sagen.«

»Sieben was?«

»Sieben Uhr«, sagte ich betont langsam und deutlich und fragte mich erneut, ob an der lernschwachen Schwester nicht doch etwas Wahres dran sein könnte.

»Warum?« Jetzt war er beleidigt, vielleicht sogar ein bisschen verletzt, dass ich so standhaft widerstehen und es eine ganze Stunde länger ohne ihn aushalten konnte. Ich verspürte einen leisen Triumph – was natürlich äußerst kindisch war. Ach, dachte ich, wie dysfunktional unsere gerade einmal vier Tage alte Beziehung doch schon war …

»Weil ich um fünf noch etwas mit meinen Freundinnen erledigen muss. Also, um sieben, okay?«, sagte ich sanft und öffnete die Tür. Er betrachtete mich so eindringlich, als wolle er herausfinden, ob ich die Wahrheit sagte oder nur ein Spiel mit ihm spielte.

»Ehrlich«, versicherte ich ihm und merkte, wie ich weich wurde. »Sei um sieben hier. Oder«, fügte ich hinzu, denn sein Vorwurf, dass ich meine frauenbewegten Schwestern verraten hätte, war längst nicht vergessen, »ich kann natürlich auch *dich* abholen. Wo wohnst du?«

In diesem Augenblick wurde im Stockwerk über uns eine Tür aufgerissen, und Roxana kam die Treppe hinuntergerannt – ganz untypisch in Jeans und ein kariertes Herrenhemd gekleidet. Sie sah müde und abgespannt aus, wirkte aber immer noch verführerischer, als ich selbst in einem sexy Ballkleid und nach einer Woche Wellnessurlaub jemals hätte aussehen können.

»Isch komme schon, isch komme!«, rief sie mürrisch. Als

sie mich sah, wie ich, nur in mein Handtuch gewandet, den Kammerjäger aus meiner Wohnung entließ, hielt sie für den Bruchteil einer Sekunde inne, und ihre Brauen wanderten kaum merklich gen Norden. Mir war, als hätte ich etliche Punkte aufgeholt. Meine Genugtuung ließ mich die Peinlichkeit der Situation vergessen, denn endlich war *ich* es, die Roxana Rätsel aufgab und sich in tiefe Unergründlichkeit hüllte, obwohl – oder gerade *weil* – ich derzeit eher unverhüllt war.

»Da muss jemand die Tür abgeschlossen 'aben«, ließ sie uns in gewohnt charmantem Ton wissen. Sie wollte gerade an Gregory vorbeihuschen, als er auf einmal die Schultern straffte und mit dröhnender Stimme fragte, die absolut unangebracht war, da Roxana ja praktisch neben ihm stand: »Ma'am, sind Sie nicht die Mieterin aus 3B?«

Roxana schaute ihn wie ein verschrecktes Kaninchen an. Sie nickte zaghaft, und ich fragte mich derweil, warum Gregory sich plötzlich aufführte, als wäre er einer antiquierten Krimiserie entsprungen.

»In Ihrer Wohnung waren zwei Zimmer, zu denen ich keinen Zugang hatte, als ich das Haus letzten Montag ausgesprüht habe. Sie waren verschlossen.« Ach! Das war mir neu. Eine kompetente Hausverwalterin, dachte ich verdrießlich, hätte im Treppenhaus keinen Zickenkrieg geführt, sondern diesen Fremden nicht aus den Augen gelassen, dem sie die Wohnungen ihrer Mieter geöffnet hatte. Noch ein Makel in meiner beschämenden Akte.

»Oh, James weiß, dass da nie gesprüht wird«, sagte Roxana rasch und winkte ab. »Isch bin nämlisch sehr empfindlisch mit dem Gift.« Den schmalen Rücken kerzengerade, eilte sie weiter die Treppe hinunter.

»Hmm, ja …«, fuhr Gregory etwas zögerlich fort. »Stimmt, das hat er mir gesagt. Aber könnten wir trotzdem einen Termin vereinbaren, an dem ich in die beiden Zimmer könnte? Vielleicht, wenn Sie mal ein paar Tage nicht in der Stadt sind? Es bringt nämlich herzlich wenig, den Rest des Hauses auszusprühen, wenn ich an manche Räume nicht rankomme. Das Ungeziefer kriecht dorthin, wo kein Gift ist und es sich ungestört vermehren kann.«

Mich schüttelte es schon bei der bloßen Vorstellung, und auch Roxanas Augen weiteten sich in leisem Entsetzen. »*Mais non* – isch 'abe kein Ungeziefer in meiner Wohnung!«, empörte sie sich, während unten jemand ungeduldig an die Haustür klopfte. »Isch 'alte alles sauber. Alles bei mir ist sehr, sehr sauber!« Damit drehte sie sich um und rannte nach unten.

»Warum hast du mir nichts davon gesagt, dass in ihrer Wohnung zwei verschlossene Zimmer waren?«, flüsterte ich ihm vorwurfsvoll zu.

»Du hast nicht danach gefragt.«

Weil ich mein Handtuch jetzt schlecht loslassen konnte und somit nicht beide Hände frei hatte, um Gregory verdientermaßen den Hals umzudrehen, stampfte ich wütend mit dem Fuß auf den Boden, was mich wahrscheinlich so würdevoll erscheinen ließ wie ein kleines Kind, das sich in einen Tobsuchtsanfall hineinsteigert.

»Woher hätte ich denn wissen sollen, dass ich dich danach *fragen* soll?«, zischte ich. »Ist eines davon das Zimmer, in dem wir … waren?«

Gregory schaute mich an, seine Mundwinkel zuckten leicht, dann streckte er den Arm nach mir aus, zog mich fest an sich und drückte seinen weichen, warmen Mund auf meinen. Seine Zunge schlich sich für eine prickelnd feuchte Sekunde hinein, und dann war es auch schon vorbei.

»Du solltest wieder reingehen«, meinte er, wich zurück und ließ mich begierig und benommen auf der Türschwelle stehen. Mit dem Kopf nickte er in Richtung der Treppe, von wo Roxana zu hören war, die ihren Besucher mit leiser, gereizter Stimme begrüßte, und eilte dann gleichfalls nach unten.

Gerade als ich die Tür zumachen wollte, sah ich Senator Smiths ergrautes Haupt hinter Roxana auftauchen. Sie schaute auf, und unsere Blicke trafen sich kurz, doch nicht so kurz, als dass mir die Angst in ihren Augen entgangen wäre. Etwas unschlüssig machte ich die Tür zu und stand wie gelähmt in meiner mittagshellen Wohnung. Hilflos lauschte ich, wie die Schritte der beiden nach oben entschwanden, und als Roxanas Tür dann mit einem dumpfen Laut zufiel, war mir, als würde ein Pistolenschuss meine schlimmsten Fantasien auslösen.

Freddy Givitch bot ein Bild des Jammers. Als ich am Nachmittag die Haustür öffnete, stand der unattraktivste Mann vor mir, der sich je die Stufen zu meinem Haus hinaufgewagt hatte. Triefaugen mit Tränensäcken und ein dazu passender Bauch, speichelfeuchte Lippen, wüst rasierte Wangen. Er fingerte nervös an seinen Gürtelschlaufen herum. Sein kariertes Hemd mochte vor zwei Jahrzehnten der letzte Schrei gewesen sein, seine Hose war schlicht schlammfarben, und den Abschluss dieser wenig ansprechenden Aufmachung machten ein Paar schäbige, schmuddelige Sneakers. Eine Glatze hatte er natürlich auch. Er hätte fünfundzwanzig sein können oder fünfundfünfzig – ich konnte es beim besten Willen nicht sagen, und eigentlich war es auch egal. Alles an ihm war mitleiderregend. Durch dicke Brillengläser sah er mich an, und ich verstand jetzt, warum Officer Varlam seinem Schwager auf alle nur erdenkliche Weise unter die Arme zu greifen versuchte. Ein einziger Blick genügte, und ich beschloss sofort, Freddy Givitch die Vermittlung der Wohnung zu überlassen.

»Kommen Sie herein, bitte kommen Sie herein«, sagte ich in einem Ton, als gewährte ich ihm Schutz nach einer

Naturkatastrophe, was vermutlich sogar eine ganz passende Umschreibung für sein Leben war.

»Danke, vielen Dank«, krächzte er, räusperte sich und ließ seinen Blick kurz zu meinen Augen heraufschnellen, um ihn dann irgendwo auf meiner Stirn ruhen zu lassen. Ob wir auch während der Besichtigung alles immer zweimal sagen würden?

Schnaufend lief er hinter mir die Treppe hinauf.

»Hier wären wir.« Ich führte ihn in James' Wohnung und fragte mich dann doch ein wenig besorgt, ob Freddy jemals in seinem Leben erfolgreich eine Wohnung vermittelt hatte, oder ob ich gerade meine einzige Einkommensquelle in den Sand setzte, nur weil mich der Anblick seiner viel zu langen, unbeholfen gebundenen Schnürsenkel schier in Tränen ausbrechen ließ.

Freddy verschränkte seine kurzen Arme vor der Brust, was ihn erneut angestrengt schnaufen ließ. Er sah sich im Wohnzimmer um, ging in die Küche und machte den Kühlschrank, einen Schrank und eine Schublade auf.

»Das meiste habe ich …«, fing ich an, aber da war Freddy schon wieder weg und steckte seinen birnenförmigen Kopf geschwind ins Bad, um dann mit beachtlichem Tempo ins Schlafzimmer zu traben.

»Sie hätten das Zimmer mal *vorher* sehen sollen. Absolut widerwärtig«, erzählte ich ihm stolz.

Die Sterling Girls und ich hatten eine Mary Poppins' würdige Verwandlung bewirkt, die so vollkommen war, dass ich kurz erwogen hatte, einen exquisiten Edel-Putzservice zu gründen. Bis zu unserem Feature auf *Good Morning America* war ich schon gekommen, als mir einfiel, dass meine Freundinnen ja bereits glücklich und gewinnbringend beschäftigt waren, und zudem in Berufen, für die es keines Wischmopps bedurfte.

Freddy nickte mir kurz zu und steuerte wieder die Wohnungstür an. Die ganze Besichtigung hatte nicht mal eine Minute gedauert. Wie wollte er künftigen Mietern die Wohnung schmackhaft machen, wenn er sich alles nur flüchtig angeschaut hatte?

An der Tür sagte er plötzlich: »Sie haben noch ein paar Filmrollen oder so was im Kühlschrank stehen. Die müssen weg.«

Kurze Pause. Dann, mir und der Wohnung noch immer den Rücken zugewandt, fragte er: »Kamin funktioniert auch?«

Ich nickte, doch da er mich nicht sehen konnte, fügte ich ein »Ja« hinzu.

»Und unter dem Fenstersitz, kann man da was aufbewahren?«

»Keine Ahnung«, meinte ich überrascht. Ich ging zum Fenster und hockte mich vor die Bank, die James dort eingebaut hatte. Vorsichtig hob ich eines der Kissen an und fuhr mit der Hand über das glatt polierte Holz. Ich ließ das Kissen wieder fallen, und als ich das nächste anhob, entdeckte ich zwei schimmernde Scharniere. Sofort überlegte ich, wie viel die Wohnung dank dieses wertvollen Zugewinns an Stauraum an Wert gewonnen hatte. Fünf Dollar? Hundert? Hoffentlich kannte Freddy sich da aus.

Allerdings ließ der Sitz sich nicht hochklappen. Bei näherer Betrachtung fand ich ein winziges Schloss, das in den Sockel eingelassen war. Ich seufzte und fragte mich, ob James im Gefängnis nicht viel besser aufgehoben war, wo Schlüssel und Schlösser den Alltag bestimmten.

»Da ist wirklich Stauraum drunter«, ließ ich Freddy wissen und stand wieder auf, »aber der Sitz ist abgeschlossen.«

»Sehen Sie zu, dass Sie ihn aufbekommen, räumen Sie alles raus, und dann ist das hier ruck, zuck vermietet.«

»Gut«, sagte ich zu Freddys Specknacken. »Und haben

228

Sie vielleicht schon eine Vorstellung ... ich meine, was glauben Sie, wie viel Sie dafür bekommen?«

»Viertausend. Ich vermiete Ihnen das für viertausend«, teilte Freddy der Tür mit, bevor er sie aufmachte und ohne ein weiteres Wort verschwand.

Ich stand wie angewurzelt da, als fürchtete ich, mit einer einzigen Bewegung die Worte zu verscheuchen, die noch immer verheißungsvoll in der Luft hingen. Mein Blick schweifte zum Kamin hinüber, und am liebsten hätte ich ihn gefragt: Hast du auch gehört, was ich eben gehört habe?

»Im Monat? Viertausend Dollar im Monat?«, fragte ich laut und rechnete fast damit, dass Freddy schnaufend hereingestürmt käme, mit dem Finger auf mich zeigen und so laut lachen würde, dass sein Hängebauch schwabbelte.

Als nichts passierte, rannte ich ins Schlafzimmer und suchte im Schrank nach dem Karton, in den ich die beiden gerahmten Fotos von James getan hatte. Ich vermutete, fürchtete und hoffte – das war mittlerweile nicht mehr voneinander zu unterscheiden –, dass einer der beiden Schlüssel, die in dem Rahmen versteckt waren, in das winzige Schloss des Fenstersitzes passen würde.

Lucy hatte die Bilder sorgfältig in fleckige Platzdeckchen gewickelt. Ich schüttelte beide und wickelte das klappernde mit spitzen Fingern aus, als wäre es ansteckend. James wurde mir von Minute zu Minute unheimlicher.

Nachdem ich die beiden Schlüssel erfolgreich geborgen hatte, kletterte ich aus dem Schrank, fuhr jedoch jäh wieder herum, denn mir war eine plötzliche Eingebung gekommen! Ich steckte einen der beiden Schlüssel in die Tür zum geheimen Treppenhaus – die Tür, die ich aufgebrochen hatte, als ich mit Gregory hier gewesen war. Er passte und drehte sich einwandfrei im Schloss, was ein leichtes Triumphgefühl bei mir auslöste. Ich hatte etwas herausgefunden – Agent

Zuckerman erstattet Bericht! Doch *was* ich eigentlich herausgefunden hatte, wusste ich noch immer nicht so genau. Und damit zurück zu Zimmermädchen Zephyr und dem Wischmopp.

Ich schaute noch einmal die Treppe hinauf und gönnte mir eine kurze, köstliche Erinnerung an meine befremdliche, doch sehr befriedigende Begegnung mit Gregory – hatte ich das *wirklich* getan? –, dann schloss ich schnell die Geheimtür und eilte zurück zu James' nicht minder geheimem Fenstersitz. Der Schlüssel klebte mir an der vor Aufregung feuchten Handfläche. Ich schob das Kissen beiseite und steckte den Schlüssel ins Schloss. Agent Zuckerman im Einsatz! Ganz vorsichtig und insgeheim darauf gefasst, auf eine Bombe, eine Schlangengrube oder eine Locke meines honigbraunen Haars zu stoßen, klappte ich den Sitz hoch.

Und was fand ich? Eine blaue Kühlbox, wie man sie für zehn Dollar in jedem Drogeriemarkt kaufen kann. Beherzt hob ich den schon ziemlich abgegriffen aussehenden weißen Plastikdeckel an und spähte hinein, das Gesicht nun schon in der Erwartung, etwas Ekliges zu erblicken, verzogen.

Zehn Reagenzgläser (eins für jedes Glas Marmite?) mit roten Gummistöpseln standen aufrecht in zehn umgedrehten Plastikbechern mit durchlöchertem Boden. Die Becher waren in nasse, wabbelige, längst aufgetaute Eisbeutel gebettet. Aus der Box roch es muffig. Ich streckte die Hand nach einem der Reagenzgläser aus, hielt jäh inne und holte mir erst mal ein Paar Gummihandschuhe aus der Küche.

Ich nahm ein Reagenzglas nach dem anderen heraus und hielt es gegen das Licht. In jedem befand sich eine geringe Menge einer zähflüssigen Substanz – es sah aus, als wäre der Inhalt größtenteils schon verdunstet. Ich drehte und wendete die Röhrchen, ließ die Flüssigkeit innen am Glas hinabrinnen, bis die Schlieren mich an eine Lavalampe erinnerten.

Drogen? Sprengstoff? Medikamente? Sperma? Ich schüttelte mich und stellte das letzte Reagenzglas schleunigst zurück in seinen Becher.

Ich klappte die Kühlbox zu, schloss den Fenstersitz ab und wusch mir sehr lange und sehr gründlich die Hände unter siedend heißem Wasser. Sollte ich jemanden anrufen und von meinem seltsamen Fund erzählen? Als mir sofort Gregory einfiel, schüttelte ich streng den Kopf. Warum sollte ich ihm etwas erzählen, bevor ich es den Sterling Girls erzählte? Zumal ich ihn noch keine zwei Wochen kannte, was ihn kaum zur wichtigen Bezugsperson qualifizieren dürfte. Ich fühlte mich wie eine Verräterin.

Officer Varlam wäre die naheliegendste Wahl, dachte ich, während ich die Seife eifrig schäumen ließ. Wenn ich wegen meines Fundes überhaupt jemanden anrufen sollte, dann wohl ihn, war er doch für James' Fall zuständig. Aber ich wollte nicht schon wieder Polizei im Haus haben. Die Cops würden hier womöglich alles auf den Kopf stellen, was die Vermietung der Wohnung und somit mein geregeltes Einkommen unnötig verzögern würde.

Oder machte ich mich der Mitwisserschaft schuldig, wenn ich den Fund der ominösen Kühlbox für mich behielt? Und die geheime Treppe nicht zu vergessen. Während das heiße Wasser über meine Finger lief, versuchte ich, die mir bekannten Fakten des Falls ganz nüchtern zu betrachten, so wie mein Vater es tun würde.

Fakt: James war verhaftet worden, weil er Gelder der Ölfirma veruntreut hatte.

Fakt: James hatte entweder eine Persönlichkeitsstörung, war ein internationaler Doppelagent, extrem narzisstisch oder eine Mischung aus alldem.

Fakt: James besaß eine ungewöhnlich umfängliche Sammlung von Sexspielzeug. (Wenngleich *ungewöhnlich umfänglich* mein persönlicher Eindruck war, womit es keine objektive Tatsache, sondern eine subjektive Wertung war.)

Fakt: James hatte – oder auch nicht – ein pinkfarbenes Treppenhaus errichtet, das nur zu seiner und zu Roxanas Wohnung führte, und dessen Schlüssel er in einem von zwei identischen Bildern von sich selbst versteckt hatte.

Fakt: James bewahrte unter seinem Fenstersitz eine Kühlbox mit zehn Reagenzgläsern einer unidentifizierten Flüssigkeit auf.

Fakt: James war zehn Jahre lang ein verantwortungsvoller, stets gut gelaunter und zugänglicher Hausverwalter gewesen.

Ich drehte das Wasser ab. Von der Unterschlagung abgesehen, für die er ja bereits verhaftet worden war, hatte James sich nichts Strafbares zuschulden kommen lassen. Eine landesweite, stichprobenartige Befragung allein lebender vierzigjähriger Männer würde gewiss ähnliche Eigenarten zutage fördern, die ebenso sehr oder ebenso wenig merkwürdig waren.

Trotzdem. Die Aussicht auf ein Monatseinkommen von viertausend Dollar hatte mein Selbstbewusstsein beflügelt und mein Verantwortungsgefühl verstärkt. Es war sozusagen der Zucker in meiner Weltraumlimonade. Meine Mutter hatte gar nicht so Unrecht, wenn sie in ihren Seminaren unzählige Male wiederholte: »Meine Damen, wünschen wir uns nicht alle, dass unsere Regel schwach und unser Geldfluss stark ist? Je höher Ihr Einkommen, desto größer Ihr Ansehen!« Früher hatte ich ihr immer vorgehalten, dass ihre Behauptungen nicht nur sexistisch, sondern auch völlig unfundiert seien, aber jetzt ahnte ich, dass vielleicht etwas Wahres daran war. Jetzt erschien es mir auf einmal unerlässlich, diese seltsame Sammlung von auffälligen Eigenarten und Artefakten sorgsam aufzubewahren und für mich zu behalten, bis die Fakten sich zu einer schlüssigen Geschichte zusammenreimten, die wiederum aus den gesammelten Artefakten Beweismaterial machen würde.

In meiner neuen Rolle als Beweismittelhüterin ging ich kurz in meine Wohnung hinüber und holte ein paar frische Eisbeutel, die ich sorgfältig um die Reagenzgläser in James' Kühlbox bettete. Ich musste daran denken, wie wir bei einem Experiment in der dritten Klasse alle ganz gespannt darauf gewartet hatten, dass Küken aus den scheinbar leblosen Eiern schlüpfen würden, die uns per FedEx von einer Farm in Utah geschickt worden waren. Wenn wir sie nicht immer exakt auf Körpertemperatur hielten, würden wir lange warten können, war uns gesagt worden, denn dann wären die Eier genauso tot wie ihre Verwandten im Supermarkt und keine Küken würden mehr schlüpfen. Woraus ich fürs Leben gelernt hatte und jetzt folgerte: Wenn ich die einst gut gekühlten Reagenzgläser weiterhin gut kühlte, würden die potenziell beweisträchtigen Eigenschaften der mysteriösen Substanz vielleicht erhalten bleiben.

Die aufgetauten Eisbeutel legte ich in James' Tiefkühlfach, räumte bei der Gelegenheit gleich die Filme aus dem Kühlschrank und zog dann die Tür seiner Wohnung hinter mir zu. Als sie ins Schloss fiel, empfand ich ein tiefes Gefühl der Zufriedenheit. Ich kam mir sehr effizient und fast ein bisschen erwachsen vor.

Und da überkam es mich plötzlich – die lebhafte und sehr prickelnde Erinnerung daran, wie Hayden seinen müßigen Blick bewundernd über unsere nackten, verschwitzt-verschlungenen Körper hatte schweifen lassen. Wütend hieb ich auf die Wand ein, um das lockende Bild aus meinem Kopf zu vertreiben. Eine neue Beziehung weckt ganz von selbst Erinnerungen an alte Beziehungen, versuchte ich mich zu beruhigen. Wo Hayden jetzt wohl gerade war? Stopp! Was würde er wohl dazu sagen, dass ich jetzt so viel verdiente? Verdammt. Hatte es deshalb nicht mit uns geklappt? Weil ich nicht in seiner Einkommensklasse spielte? Würde ich jetzt, da ich genauso viel verdiente wie er, oder sogar mehr, wieder anfangen an ihn zu denken? Und hatte ich völlig die Kontrolle über meinen unbeherrschten Verstand verloren?

Ich ging in meine Wohnung und schlug die Tür hinter mir zu – zum zweiten Mal an einem Tag. Dann setzte ich mich in meinem Schlafzimmer an den Schreibtisch und versuchte, mich mit einem Stapel noch zu entschlüsselnder Heizkostenabrechnungen abzulenken. Plötzlich tauchten die Worte »*nur ein Kammerjäger*« aus den ungeahnten Tiefen auf, in die ich sie verbannt hatte. Tränen der Selbstverachtung, des Selbstmitleids und der Selbsttäuschung schossen mir in die Augen. Ich ließ meinen Kopf in die Hände sinken, erschöpft von dem hoffnungslosen Unterfangen, jemals über Hayden hinwegzukommen.

13

Am Samstagnachmittag, nachdem ich über den Bauernmarkt am Union Square geschlendert war und bevor LinguaFrank im Grounded seine wohlverdiente Strafe finden würde, gab ich James' Filme ab und fragte mich, ob es wohl der britische oder der Brooklyn-James war, der lieber mit Film als digital fotografierte. Ganz kurz hatte ich die rechtlichen und moralischen Konsequenzen abgewogen und mich selbst schließlich davon überzeugt, dass ich ihm ja einen Gefallen tat – vielleicht waren es Bilder, die ihm wichtig waren und die er gerne haben wollte. Ich könnte sie ihm ins Gefängnis schicken. Aber ehrlich gesagt war ich einfach nur neugierig, was ein kleiner Betrüger so fotografierte.

Vielleicht hatte er ein heimliches Faible für Naturfotografie (Nahaufnahmen großstädtischer Flora, sehr pittoresk von winterlichem Raureif überzogen) oder eine sentimentale Seite, die ihn knuddelige Welpen ablichten ließ, die sich in einem rot-samtenen Hundekörbchen balgten. Oder er machte Fotos von unrasierten Typen in fleckigen Overalls, die vor ihrem Öltankwagen posierten. Aber vielleicht, dachte ich, als ich die Tür von Fast Foto hinter mir zuknallen ließ – hätten sie Foto mit Ph geschrieben, hätte ich die Tür leise geschlossen –, hatte James' komplexe Persönlichkeit auch bei ihm selbst zu allerhand Verwirrungen geführt, weshalb er Fotos brauchte, um sich an Gesichter zu erinnern und bei seinen dubiosen Transaktionen nicht durcheinanderzukommen.

Ich trat aus dem Fotoladen und stolperte, weil ich nämlich meine »Komfort geht vor«-Regel gebrochen hatte und Schuhe trug, die nicht zum Laufen gemacht waren. Mir taten die Waden weh, und ich musste einen Gang runterschalten, damit ich nicht überkompensierte und den Hintern auf jene seltsame Weise nach hinten schob – auch Entenarsch genannt –, die allen Sexappeal, den die Schuhe eventuell hervorriefen, sofort wieder zunichte machte. Und trotzdem – oder gerade deswegen – fühlte ich mich wunderbar! Ich hatte einen Job, ich hatte Freunde, ich hatte einen Freund, ich hatte sehr erträgliche Eltern. Und ich lebte in New York. *Und* ich bin hier geboren, dachte ich herablassend, als ich zwei superdünne, aus der Provinz hierher verpflanzte Blondinen im *Equinox* verschwinden sah, um sich Pfunde abzutrainieren, die schon jetzt nicht zu sehen waren. Mein Haar benahm sich ordentlich, mein Bauch fühlte sich flach an, und der laue Frühlingswind ließ mein hellgrünes Sommerkleid um meine frisch rasierten Beine flattern. Der strahlend blaue Himmel, die spät blühenden Hyazinthen, das frische grüne Laub mit seinem falschen Versprechen eines endlosen Sommers – die Stadt gab ihr Bestes, mich über meine gelegentlich noch zuschlagenden Hayden-Attacken hinwegsehen zu lassen.

Nachdem wir heute Abend unser erstes Date nachgeholt hätten, würden Gregory und ich so richtig durchstarten – und Hayden wäre Geschichte. Allerdings würde es den Prozess noch ein klein bisschen beschleunigen, dachte ich, als ich mir unter Einsatz meines Lebens bei Rot meinen Weg über die Greenwich Avenue bahnte, wenn ich Hayden vorher nochmal persönlich sehen würde – nur ein einziges Mal! –, um ihn zu exorzieren. Und ein großes bisschen würde es helfen, dachte ich weiter, während ich an einem Förderband vorbeilief, das stapelweise eingeschweißtes Sojafleisch in den Keller des Soy Luck Club beförderte, wenn ich ihm *jetzt* begegnen würde, da ich mich so makellos sexy fühlte und von der Vorfreude auf einen perfekt geplanten Samstagabend erfüllt war: erst Rachegelüste befriedigen, dann Liebe (und Gelüste befriedigen). Hoffnungsvoll schaute ich mich um, denn *völlig* ausgeschlossen war es ja nicht, dass Hayden mir in einer Stadt mit acht Millionen Einwohnern ausgerechnet jetzt über den Weg lief, am liebsten zu Tode betrübt, weil er gerade gefeuert worden war und mir natürlich auf den ersten Blick ansah, dass ich in nur wenigen Stunden mit einem anderen im Bett liegen würde.

Als ich in die Jane Street einbog, musste ich meinen Rock mit beiden Händen an den Schenkeln festhalten, damit er mir nicht hoch und ins Gesicht wehte (bei Marilyn sehr sexy, bei mir der Versuch, einen Fallschirm zu bändigen). Gerade als der flatternde Stoff meinen Fingern entwischen wollte, kam ein dicker Typ mit einem dünnen Pferdeschwanz auf seinem Skateboard an mir vorbeigebrettert.

»Hey!«, schrie ich empört auf, weil er meine nackten Zehen nur um Haaresbreite verfehlt hatte.

Ohne sich umzudrehen, zeigte er mir den Stinkefinger.

»Scheißkerl!«, schimpfte ich, und meine Vamp-Laune löste sich in Luft auf. Ungnädig sah ich mich um, ob es Zeugen für diesen willkürlichen Akt des Bösen gab. Natürlich nicht. Ich sollte eine Nettigkeitskampagne ins Leben rufen. Ich würde eine Satzung schreiben, landesweit einen Leitfaden verteilen und das Jahrhundert des mitmenschlichen Wohlwollens einläuten. Nach meinen beachtlichen Erfolgen in New York würde man im Kongress auf mich aufmerksam werden …

Der Typ sprang von seinem Skateboard, schnappte es sich lässig mit einer Hand und verschwand im Grounded. Das bleiche Gesicht mit den Sommersprossen war unverkennbar.

LinguaFrank.

Ich kochte vor Wut. Dieser scheinheilige, arrogante, wahrscheinlich sexistische und definitiv antisemitische Prolet! Und in natura war er sogar noch hässlicher als auf dem Foto seines JDate-Profils. Zeugte Abigails fehlgeleitete Wahl von schlechter Urteilskraft oder von schierer Verzweiflung? In beiden Fällen verdiente LinguaFrank keine Gnade. Ich wollte Vergeltung. Die ausgleichende Gerechtigkeit unseres Vorhabens ließ mein rächendes Herz schneller schlagen, und ich musste mir ein dämonisches Lachen verkneifen.

Mit suchendem Blick taxierte er die Tische, und da keine Asiatinnen zu sehen waren, setzte er sich auf einen freien Platz nahe der offenen Tür. Er schlug die Beine übereinander, Knöchel auf Knie – die arroganteste, raumgreifendste Art überhaupt, seine Beine zu verschränken – und fing an, sich mit einem Zuckertütchen zwischen den Zähnen herumzustochern. Widerlich! Mir entfuhr ein leiser Würgelaut.

LinguaFrank schaute sich noch einmal suchend um und beobachtete dann die Straße. Schnell sprang ich hinter einen Gingko-Baum. Im selben Moment entdeckte ich Lucy, die sich hinter dem großen Pflanzenkübel neben dem Eingang versteckte. Sie ließ die Tür nicht aus den Augen und machte sich dabei Notizen auf einem kleinen Block, was mal wieder typisch Lucy war und mich sofort nervte. Wir brauchten doch kein Protokoll! Wir würden allenfalls den Moment mit der Handykamera festhalten, in dem wir dem brillanten Sprachwissenschaftler Darren Schwartz alias LinguaFrank mitteilen würden, dass seine superdünne Traum-Asiatin, die zufällig eine gute Freundin von uns war, ihn von weitem gesehen hätte und gleich wieder gegangen wäre, weil er ihr zu fett war. Und zu jüdisch aussah. *Seine* Worte.

Ich hätte Lucy gern zugerufen, dass sie aufhören solle, Detektivin zu spielen und reingehen sollte, aber das ging natürlich nicht, ohne LinguaFranks Aufmerksamkeit auf uns zu lenken. Unauffällig verließ ich meinen Posten und lief ein paar Häuser weiter in westliche Richtung. Sowie er mich nicht mehr sehen konnte, überquerte ich die Straße, machte kehrt und knuffte Lucy kräftig in den Rücken.

Sie kreischte.

»Schhhh!« Ich gab ihr einen tadelnden Klaps auf den Arm.

»Was soll *das* denn?«, fauchte sie mich an. »Du hast mich geschlagen!«

»Ich habe dich nicht geschlagen.«

»Und was war das dann gerade?« Sie stieß mir ihren Ellenbogen in die Rippen.

»Ein Klaps.«

»*Hey* … ihr sollt euch nicht schlagen.« Tag hatte sich lautlos angeschlichen und erschreckte uns zu Tode. Vergnügt rieb sie sich die Hände und sah uns fragend an. »Wollen wir? Höchste Zeit, ihn aufzuschlitzen.«

»Er ist kein Haifisch«, erinnerte Lucy sie nervös.

»Du meinst, wir können ihn nicht ausweiden, seine Gedärme über Bord werfen und seinen Kopf zur weiteren Erforschung in ein Labor schicken?«

»Aus, Tag. Sitz!« Ich tätschelte beschwichtigend ihren Arm. Wenn ich daran dachte, wie wacker sie sich vor dem spanischen König gehalten hatte, überkam mich tiefe Dankbarkeit, dass meine unerschrockene Freundin an meiner Seite war, was mich wiederum nachsichtiger gegenüber Lucy sein ließ. »Das wird schon«, versicherte ich beiden.

Mutig machte Lucy den Anfang und ging uns voraus.

Obwohl wir nicht abgesprochen hatten, was wir anziehen wollten, hatten sich meine Freundinnen ebenfalls dem Anlass entsprechend aufgebrezelt. Lucy trug einen kurzen Rock mit wippenden Volants, Tag gewährte tiefe Einblicke in ihren Ausschnitt, und beide beschritten den Kriegspfad wie ich in

Highheels. Wollten wir LinguaFrank seine Tat büßen und ihn bitteres Bedauern spüren lassen, wollten wir die scharfe Frau repräsentieren, die er niemals würde haben können, mussten wir stellvertretend scharf sein.

Als ich ihnen zu einem freien Tisch folgte, dabei den Beinen anderer Gäste und der kitschigen Valentinstagsdeko, die noch immer von der Decke baumelte, auswich und versuchte, nicht mit meinem Kleid an einem der Topfkakteen hängenzubleiben, kamen mir zum ersten Mal Zweifel, ob mein Racheplan wirklich eine so gute Idee war.

Lingua musterte uns wie Freiwild, als wir an seinem Tisch vorbeikamen. Er lächelte ein selbstsicheres Lächeln, was sein Weißbrotgesicht noch unattraktiver aussehen ließ. Meine Zweifel legten sich wieder ein wenig. Das würde schon werden.

Lucy und ich setzten uns, Tag blieb stehen.

»Was möchtet ihr haben?«, fragte sie uns.

»Doppelter Latte ohne Milchschaum«, kam es von Lingua, der direkt hinter uns saß und dessen Stimme überraschend tief und sexy war. Das mochte es vielleicht erklären – Abigail hatte am Anfang wahrscheinlich nur mit ihm telefoniert und war seiner sinnlichen Stimme erlegen. Typischer Fall von Radiogesicht, dachte ich.

Langsam drehte Tag sich um. Ich ahnte Schlimmes und stieß sie warnend mit dem Fuß an, damit sie uns jetzt nicht alles vermasselte. Es funktionierte. Sie hielt sich zurück, zwang sich zu einem schmallippigen Lächeln und wandte sich wieder uns zu.

»Kakao«, sagte Lucy.

»Kleiner Kaffee«, sagte ich.

Sichtlich enttäuscht über unsere braven Bedürfnisse schüttelte Tag den Kopf und ging zur Theke, um zu bestellen.

Zum ersten Mal in den vierzehn langen Jahren, die wir

uns nun schon kannten, fiel Lucy und mir beim besten Willen nicht ein, worüber wir reden sollten, zumal wir uns nur allzu deutlich bewusst waren, dass Lingua zuhörte. Ein paar peinlich stille Augenblicke vergingen.

»Ich habe einen neuen Patienten«, platzte Lucy plötzlich heraus. »Er hat seine Frau für eine Dünnere verlassen, und jetzt tut es ihm total leid.«

Wütend funkelte ich Lucy an. Sie zuckte hilflos mit den Schultern.

»Ich bin heute Abend übrigens mit Gregory verabredet«, meinte ich, als Tag zurückkam, und machte den beiden vor, wie man die Sache etwas raffinierter und subtiler anging. »Rückwirkendes erstes Rendezvous.«

Lucy war sichtlich verwirrt. Mit einem bedeutungsvollen Blick versuchte ich ihr zu vermitteln, dass wir uns als scharfe Schnitten ausgeben sollten, anstatt Lingua mit pädagogisch wertvollen Anekdoten zu erfreuen, deren Moral er ohnehin nicht verstehen würde.

»Und was hast du mit ihm vor – *außer* ins Bett zu springen?«, fragte Tag und stieg voll auf meine Strategie ein. Linguas Aufmerksamkeit war uns sicher. Wir konnten förmlich spüren, wie seine Ohren sich an uns festsaugten. Trotzdem fand ich, dass Tag ein bisschen diskreter hätte sein können.

»Ins Bett?« Nun griff auch Lucy die neue Taktik auf. »Das wäre ja schon ein Fortschritt, wenn sie es diesmal wenigstens *in ein Bett* schaffen würden!« Die beiden gackerten vergnügt, und aus dem Augenwinkel sah ich, wie Lingua sich gespannt vorbeugte.

»Tag, hast du eigentlich nochmal was von diesem Typen gehört, mit dem du in Madagaskar geschlafen hast?« Ich hatte nicht die Absicht, hier das Opferlamm für peinliche Indiskretionen zu spielen.

»In Madagaskar? In Madagaskar habe ich mit niemandem geschlafen«, erwiderte sie kühl. Ach, warum nur war ich so schlecht in Geografie? M… M… Ich war mir ganz sicher, dass es irgendwas mit M war, wo sie einen One-Night-Stand mit einem Parasitologenkollegen gehabt hatte. Mexiko? Malawi? Ach, auch egal.

»Ob Mercedes heute Abend endlich mit Dover Carter schläft?«, plauderte ich munter weiter. Wenn Mercedes schon nicht selbst dabei sein konnte, musste sie eben indirekt ihren Beitrag zu Abigails Rache leisten. Und Dover Carter zu erwähnen, war einfach zu verlockend. Allerdings hatte ich leise Zweifel, dass meine Botschaft ankommen würde, denn wenn Lingua ebenso wie Abigail im wissenschaftlichen Elfenbeinturm lebte, wusste er wahrscheinlich gar nicht, wer Dover Carter war.

»Bestimmt nicht«, meinte Tag. »Mercedes kann furchtbar prüde sein – vor allem dann, wenn sie jemanden wirklich mag.«

»Moment«, sagte ich und vergaß vor Schreck fast den Lingua-Lauscher hinter uns. »Willst du damit sagen, dass sie sich ernsthaft in ihn verlieben könnte? Aber er ist ein Filmstar! Der lässt sich niemals auf eine Beziehung ein!« Der Gedanke an Dovers künftige Affären und Mercedes' gebrochenes Herz machten mich richtig wütend.

»Also erstens: Beruhige dich«, ermahnte mich Tag.

»Und zweitens«, fügte Lucy hinzu, »ist er auch nur ein Mensch. Warum sollte er nicht wie jeder andere auch an einer tiefer gehenden Beziehung interessiert sein?«

Tag und ich schauten Lucy zweifelnd an.

»Es gibt wirklich Männer, die sich eine feste Beziehung wünschen«, bekräftigte sie. »Und warum sollte Dover nicht einer von ihnen sein? Er ist sehr erfolgreich in seinem Job, war noch nie verheiratet, er hat keine Kinder. Vielleicht ist er jetzt einfach so weit.«

Tag schüttelte sich bei dem Gedanken wie ein Pferd, das eine lästige Fliege verscheuchen will. Und wahrscheinlich versuchte sie – ebenso wie ich, und das nicht zum ersten Mal – sich unsere zierliche blonde Lucy vorzustellen, wie sie in ihrem düsteren, spärlich eingerichteten Büro in Bed-Stuy saß und einer völlig verzweifelten arbeitslosen Mutter tröstend beistand, die drei kleine Kinder von drei verschiedenen Männern hatte, welche sie geprügelt und betrogen hatten. Aber wenn ich mir Lucy jetzt so ansah, ihre offene Miene, ihr unschuldiger Blick, fragte ich mich, ob das, was ich bislang immer für mühsam errungene Überzeugung gehalten hatte, nicht einfach pure Naivität war. Eine Sozialarbeiterin, die nicht an das Gute im Menschen glaubt, braucht mit der Arbeit wahrscheinlich gar nicht erst anzufangen. Vielleicht half Lucy ihren Patienten mit diesem Urvertrauen ja viel besser, als wir ihr das jemals zugetraut hätten.

Auf einmal sah ich Lucy mit ganz anderen Augen. Sie erwiderte meinen bewundernden Blick mit Argwohn.

»Was ist?«

»Nichts«, sagte ich und streichelte kurz ihren Arm in einer Geste spontaner Zuneigung. »Vielleicht hast du ja Recht mit Dover.«

Tag ließ so betrübt den Kopf hängen, als sehe sie bereits eine weitere Freundin in die von ihr so belächelten und geschmähten Gefilde der Liebe entschwinden. Geschäftig sah sie auf die Uhr.

»Okay, wir sitzen hier schon zehn Minuten. Bringen wir es hinter uns«, sagte sie leise.

»Ich finde, wir sollten ihn noch ein bisschen zappeln lassen«, flüsterte ich zurück und wurde plötzlich wieder ganz nervös.

»Aber schau ihn dir doch an – der zappelt nicht. Sitzt noch immer genauso großspurig da wie vorhin, als wir reingekommen sind.« Wir schauten kurz hinüber. Er lümmelte lässig in seinem Sessel, die Arme entspannt auf den Lehnen, und ließ den Blick über sein kleines Königreich schweifen.

»Vielleicht ist er ja so in unser Gespräch vertieft, dass er noch gar nicht gemerkt hat, dass er gerade versetzt wird«, meinte Lucy.

»Bilde dir bloß nichts ein«, sagte Tag streng. »Wenn ihr beide es nicht machen wollt, mir juckt es in den Fingern.«

»Moment«, hielt ich sie zurück. »Wir haben ja noch nicht mal unsere Getränke bekommen!«

»Na und? Wir sagen ihm jetzt kurz, was Sache ist, dann trinken wir was, und dann gehen wir.«

»Das dürfte dann aber kein besonders triumphaler Abgang werden«, fand Lucy, und da musste ich ihr Recht geben.

Also warteten wir, bis der Barista Tags Namen aufrief. Tag stand auf, holte unsere Getränke, und wir tranken schweigend.

»Wollten wir nicht auch ein Foto machen?«, flüsterte ich.

Lucy hielt ihr Handy hoch.

»Ich bin nervös«, gestand ich schließlich.

Tag und Lucy nickten zustimmend.

»Was? Moment mal, *du* bist nervös?«, fragte ich Tag vorwurfsvoll. Das brachte mein ganzes Weltbild zum Einsturz. *Nichts* konnte Tag nervös machen!

»Na ja, nicht so richtig nervös …«, stellte sie klar, aber überzeugend klang das nicht.

»Wir müssen es ja nicht machen«, schlug Lucy vor. »Selbst wenn wir nichts weiter machen, ist er trotzdem versetzt worden.«

Aber die Sache jetzt nicht durchzuziehen, käme mir wie feiger Verrat an Abigail vor, die ganz allein drüben in Palo Alto saß und schon gespannt auf unseren Anruf wartete. Tag schien das genauso zu sehen.

»Nein«, sagte sie entschieden und trank ihren Espresso aus. »Wir machen das jetzt einfach.«

Verstohlen rief sie mich wie vereinbart auf meinem Handy an. Ich holte tief Luft und ging ran. Sie legte wieder auf, aber ich tat so, als würde ich richtig telefonieren.

»Oh, hi!«, fing ich eine Spur zu begeistert an. Tag und Lucy schüttelten gleichzeitig den Kopf. Also schaltete ich einen Gang zurück. »Hmmm. Ja. Verstehe.« Mittlerweile genoss ich es fast, meine unverwirklichte Schauspielkarriere endlich ein bisschen auszuleben. »Oh ja«, sagte ich wissend und überaus verständnisvoll, wobei ich zu LinguaFrank hinüberschaute, der uns uns ganz offen beobachtete und zuhörte.

Ebenso unverfroren fing ich seinen Blick auf. »Ja doch, ich weiß genau, was du meinst.« Herrlich, wie seine sowieso ziemlich nah beieinanderstehenden Augen nun noch enger zusammenrückten, als er besorgt die Stirn runzelte. »Ja, klar. Nein, verschwende hier nicht unnütz deine Zeit. Wir erledigen das schon.«

Ich klappte mein Handy zusammen, schaute meine Freundinnen vielsagend an und schüttelt sehr dramatisch den Kopf. Nur Mut, immerhin waren wir in der Überzahl. Entschlossen drehte ich mich zu Lingua um.

»Du wartest hier auf jemanden, nicht wahr? Asiatin? Dünn?«

»Rotes Kleid«, kam es von Lucy.

Lingua schaute sichtlich überrascht drein.

»Sie kommt nicht«, teilte ich ihm fröhlich mit.

»Wer seid ihr?«, wollte er wissen.

»Ihre Freundinnen. Ihre *guten* Freundinnen.«

»Und sie traut sich nicht, herzukommen und mir das selbst zu sagen?«, fragte er.

So hatte ich die Sache noch gar nicht gesehen. Tag kam mir zu Hilfe.

»Sie hat gerade ziemlich viel zu tun. Da hat sie keine Zeit für Männer wie dich.«

»Männer wie mich?«, wiederholte er und beugte sich vor, was recht bedrohlich aussah. Aber Tag machte es ihm ganz unerschrocken nach.

»Fette Männer. Jüdisch aussehende Männer«, zischte sie und betonte jede Silbe mit boshafter Deutlichkeit. Er lehnte sich zurück und sah aus, als wäre er von ihr geschlagen worden. Mir schlug das Herz bis zum Hals. Dann kniff er die Augen schmal zusammen.

»Aber wir haben uns auf JDate kennengelernt!«, stieß er hervor.

»Ja, komisch eigentlich, nicht wahr?«, warf ich ein und täuschte tiefe Nachdenklichkeit vor. »Wer würde so etwas schon zu jemandem sagen, den er auf JDate kennengelernt hat?«

Auch Lucy kam jetzt in Fahrt. »Und wer«, sagte sie, »würde so etwas *überhaupt* zu jemandem sagen?«

Wir beobachteten ihn gespannt und warteten darauf, dass es ihm langsam dämmerte, dass er beschämt dreinschauen würde. Doch vergebens. Der brillante Wissenschaftler musterte uns ungeduldig und lächelte spöttisch.

»Was ist eigentlich mit euch los, dass ihr an einem so schönen Samstagnachmittag nichts Besseres zu tun habt, als für eure feige Freundin die Drecksarbeit zu erledigen?« Zufrieden lehnte er sich zurück und verschränkte die Arme vor der Brust.

»Und warum surfst du auf JDate, wenn du gar keine jüdischen Frauen treffen willst?«, platzte ich heraus.

Er überlegte kurz, dann huschte ein anzügliches Grinsen über sein Gesicht.

»Weil viele Schicksen scharf auf einen guten jüdischen Mann sind. Stets zu Diensten, Ma'am.« Er tippte sich mit zwei Fingern an einen imaginären Hut. Als Tag so tat, als wolle sie sich auf ihn stürzen, zuckte er zusammen. Nun war es an Tag, sich zufrieden lächelnd zurückzulehnen.

»Was ist an *dir* denn gut?«, wollte ich wissen.

»Zephyr!« Ich fiel gerade ein bisschen aus der Rolle, und das machte Lucy nervös.

»Nun, *Zephyr*«, meinte Lingua und betonte süffisant meinen Namen, »gut beschreibt in diesem Fall jemandes Fertigkeiten im Bett und nicht notwendigerweise seinen Charakter als Ganzes.«

»Nun, *Darren*, da spricht der Linguist«, meinte Tag.

Seine Miene verfinsterte sich. »Woher weißt du, wie ich heiße? Oder was ich mache?« Auf einmal sah es so aus, als hätten wir die Oberhand gewonnen. Oder zumindest schien jetzt eine gute Gelegenheit zu sein, den Spaß hier zu beenden, zumal wir mit unserem kleinen verbalen Schlagabtausch längst das Interesse der anderen Gäste auf uns gezogen hatten. Wie auf ein geheimes Stichwort standen wir auf und bereiteten unseren triumphalen Abgang vor.

»Hey, wo wollt ihr denn jetzt hin?«, fragte Darren und stand ebenfalls auf, was uns endgültig die allgemeine Aufmerksamkeit sicherte. Lucy und ich schauten hilfesuchend zu Tag, die jedoch mindestens genauso überrascht schien wie wir.

»Wir sind fertig mit dir«, erklärte sie ihm ruhig. Sichtlich um Autorität bemüht, steuerte sie auf den Ausgang zu. Wir folgten ihr. Darren Schwartz wiederum folgte uns.

»Was soll *das* denn heißen – ›fertig mit mir‹? Und weshalb seid ihr überhaupt hierhergekommen? Warum kommt eure Freundin nicht selbst und sagt mir ins Gesicht, dass ich zu fett bin und zu jüdisch?« Seine Stimme erklomm jämmerliche Höhen und klang auf einmal gar nicht mehr sexy. Er war gekränkt, schien aber noch immer nicht zu merken, dass wir ihn mit seinen eigenen Waffen schlugen.

Mittlerweile standen wir alle vier draußen auf dem Gehweg, eingefasst von den weit offen stehenden Türen, so dass wir allen, die im Grounded saßen, eine kostenlose Show boten. Verzweifelt fragte ich mich, wie ich ernsthaft hatte glauben können, dass dieser Plan jemals ein befriedigendes – oder auch nur würdiges – Ende finden könnte.

»Clever, wirklich clever. Und überhaupt nicht kindisch.« Aufgeregt gestikulierte er mit den Armen und steigerte sich nun richtig in die Sache rein. »Eure Freundin versetzt mich, und ihr schaut euch das an und erstattet ihr dann brav Bericht. Ich bin beeindruckt! Ein absolut brillanter Plan. Wenn man sonst nichts zu tun hat.« Er versuchte ein höhnisches Lachen, hatte dabei aber den gehetzten Blick eines angeketteten Hundes, der sich plötzlich einem wilden Raubtier gegenübersieht.

Dass er tatsächlich zu glauben schien, seine Traumfrau treibe sich jetzt irgendwo in ihrem engen roten Kleid im Village herum und finde ihn zu fett und zu jüdisch, machte uns erst bewusst, dass unsere Strategie trotz allem aufgegangen war.

Tag, Lucy und ich brachen in lautes Gelächter aus.

»Warum lacht ihr?«, wollte er wissen, worüber wir nur noch mehr lachen mussten.

Wir ließen ihn stehen und schlenderten Arm in Arm die Greenwich Avenue hinunter. Ich wollte mich nicht umdrehen, um unseren dramatischen, triumphalen Abgang nicht zu zerstören, aber ich konnte förmlich spüren, wie er uns mit offenem Mund nachschaute, empört, frustriert und gebührend bestraft.

Wer meine Freunde verletzt, soll nicht ungeschoren davonkommen, dachte ich und war sehr zufrieden mit mir, als uns auf einmal frontal ein Windstoß entgegenblies und mir meinen Rock ins Gesicht wehte.

Tag und Lucy bogen an der Ecke von Zwölfter Straße und Seventh Avenue ab, um sich bei Papa Beard Windbeutel zu kaufen und den zweiten Abend der Weighty-Eighties-Filmretrospektive im IFC nicht zu verpassen. Kurz spürte ich leises Bedauern und wäre am liebsten mitgegangen. Ich wollte jetzt viel lieber mit ihnen in einem dunklen Kino sitzen, mich mit Süßigkeiten vollstopfen, John-Hughes-Filme schauen und im Flüsterton Trivialitäten über Molly Ringwald austauschen. Ich wollte mich in ihrer vertrauten Gesellschaft sicher und geborgen fühlen, statt mich aufraffen und die nötige Energie aufbringen zu müssen, die es brauchte, um eine neue Beziehung anzufangen – noch dazu mit einem so launischen, undurchschaubaren und unberechenbaren Mann wie Gregory. Single zu sein hatte durchaus auch seine Vorteile.

Ich lief die Zwölfte Straße hinunter, blieb jedoch wie angewurzelt stehen, als ich jemanden auf der Treppe vor unserem Haus sitzen sah. Er saß vornüber gebeugt und schien seine Schuhe zu betrachten. Ein Betrunkener, den ich bitten müsste, sich anderswo niederzulassen? Ein Student von der New School, den ich daran erinnern müsste, seine Zigarettenkippen nicht vor unserem Haus liegen zu lassen? Ein Bauarbeiter, der Burger gegessen und unsere Treppe mit McDonald's-Ketchup besudelt hatte? Ich witterte Konfrontation und wappnete mich. Aus meiner Konfrontationsangst wurde Ärger, als ich sah, dass es Gregory war. Eine Stunde zu früh. Schon wieder! Was war los mit diesem Mann? Hatte er nicht den blassesten Schimmer von den simpelsten sozialen Gepflogenheiten, die seit Jahrhunderten (so sollte man nach der Lektüre von Jane Austen zumindest meinen) üblich waren? Zugleich war ich aber auch geschmeichelt und beeindruckt. Er konnte es scheinbar gar nicht erwarten, mich zu sehen, und hatte zudem keine Angst es zu zeigen. Entweder das, oder er hatte vergessen, um wie viel Uhr wir verabredet waren.

Ein Stück Zeitung wehte über den Gehweg und blieb an meiner schmerzenden Wade hängen. Als ich mich bückte, es wegzog und mich dabei fragte, ob er wohl jemals meine Beine bemerken würde, hob er plötzlich den Kopf, schaute mich an und lächelte ein leichtes, wissendes, schiefes Lächeln. Das durch das Laub des Apfelbaums fallende Sonnenlicht ließ sein braunes Haar golden und seine Wangen rosig schimmern. Am liebsten wäre ich geradewegs zu ihm gerannt und hätte mich Hals über Kopf in seine Arme gestürzt.

Stattdessen winkte ich, lächelte verhalten und versuchte, etwas an Tempo zuzulegen ohne in den Entenarschgang zu verfallen.

»Hi«, sagte ich und hoffte, dass diese eine Silbe möglichst vielsagend klang.

»Hi«, erwiderte er lächelnd. So weit hatten wir es bislang noch nie ohne Missverständnisse geschafft. Er drehte sich um und griff nach einem kleinen plastikbeschichteten Pappkarton, der neben ihm auf der Treppe stand. Windbeutel! Gefüllte Windbeutel von Papa Beard. Mir fiel natürlich sofort die Weissagung der Wahrsagerin ein, die mir prophezeit hatte, dass Gregory und ich den Rest unseres Lebens zusammen verbringen würden. Ich schaute ihn mit großen Augen an und fragte mich, woher er wissen konnte, dass Papa Beard der Schlüssel zu meinem Herzen war.

»Das Wetter ist so herrlich, dass ich dachte, wir könnten vielleicht erst noch ein bisschen hier draußen sitzen und dann später essen gehen. Du weißt schon – weil nichts im Leben gewiss ist, und man deshalb das Dessert immer zuerst essen sollte.« Er wirkte tatsächlich ein bisschen nervös.

Ich setzte mich so anmutig wie möglich auf die Stufen und versuchte, ebenso anmutig zu klingen, statt gegen das laute, aufgeregte Klopfen meines Herzens anzuschreien.

»Weißt du was?«, meinte ich leichthin. »Genau diesen Spruch hatte ich mir bei meinem Abschluss auf der Highschool für meine Seite im Jahrbuch ausgesucht. Ich glaube, dass es wahrscheinlich das am wenigsten gepriesene Privileg des Erwachsenseins ist, dass man Nachtisch essen kann, wann immer einem danach ist.« Noch während ich es sagte, stellte ich überrascht fest, dass ich mich gerade selbst als Erwachsene bezeichnet hatte!

Er nickte ernst. Er bemühte sich redlich, dass unsere erste offizielle Verabredung reibungslos ablief – ohne Süffisanz und Sarkasmus. Ich war gerührt, aber dennoch schien der Frieden trügerisch, was mir wiederum bewusst machte, dass wir uns *eigentlich* überhaupt nicht kannten.

»Also«, fing ich etwas verlegen an, »eigentlich weiß ich überhaupt nichts über dich.« Nun ja, fast nichts. Schnell nahm ich mir einen Mini-Windbeutel und biss hinein.

Er schaute mich an, setzte zu einem süffisanten Lächeln an, beherrschte sich aber gerade noch rechtzeitig.

»Ich bin in Alabama aufgewachsen …«

»Im Ernst?«, unterbrach ich ihn, den Mund voller Cremefüllung. Bevor ich weitersprach, schluckte ich erst mal alles runter. »Ich glaube, ich kenne niemanden, der im Süden aufgewachsen ist und nicht …« Ich zögerte und suchte nach den richtigen Worten.

»Entweder schwarz oder Baptist ist?«, schlug er vor. »Es gibt da unten mehr Juden, als man für möglich halten würde, aber mit New York kann es natürlich nicht mithalten.«

»Bist du deshalb hierhergezogen?«, fragte ich argwöhnisch. Wenn er zu religiös war oder eine ethnische Fixierung hatte, würde das nie was mit uns werden.

»Um Gottes willen, nein!« Er verzog das Gesicht. »Ich bin einfach wegen des Studiums hergezogen.«

»Ha!«, rief ich. Mein erster Eindruck hatte mich also nicht getäuscht. Trotz Ridofem-Anzug und Sprühkanister hatte ich ihn von Anfang an für einen Akademiker gehalten. Ich lächelte triumphierend.

»Was ›ha!‹?«, fragte er misstrauisch.

»Nichts, nichts«, winkte ich rasch ab, denn ich wollte unbedingt mehr erfahren. »Wo warst du? Was hast du studiert?«

»NYU. Shakespeare.« Er suchte sich einen zweiten Windbeutel aus dem Karton heraus, während ich angestrengt überlegte, was ich mit dem letzten Bissen von meinem machen sollte, der trockenen Kruste ohne Cremefüllung.

»Und? Bist du noch an der Uni?« Vielleicht war das Kakerlaken-Jagen ja nur ein Nebenjob. Verstohlen legte ich den Windbeutelrest auf der Treppe ab und nahm mir einen neuen. Ich hoffte natürlich, Gregory würde bemerken, dass ich einen herzhaften Appetit hatte und keins dieser Salat-Mädchen war.

Er schüttelte den Kopf. »Sagt dir Harvey Blane was?«

Überrascht nickte ich und schickte einen stillen Dank an Abigail. Blane war ein Shakespeare-Forscher, der berühmt und berüchtigt war für seine Publikationswut, seinen unersättlichen Appetit auf weibliche Doktorandinnen und seine unberechenbaren, ungezügelten Temperamentsausbrüche – Leidenschaften, denen auch die Tatsache, dass er von Geburt an blind war, keinen Abbruch getan hatte. Abigail hatte mir mal eine pikante Anekdote von einer Studentin erzählt, die im Seminar neben Blane gesessen hatte, der plötzlich die Nase rümpfte, sich zu ihr umdrehte und meinte: »Ich rieche, dass Sie menstruieren.« Harvey Blane war es zu verdanken, dass an der NYU schon sehr früh Richtlinien zur Ahndung sexueller Belästigung erlassen worden waren.

»Jetzt erzähl mir aber bitte nicht, dass er dich auch angegraben hat!«, meinte ich lachend und war froh mitreden zu können.

»Dabei hätte ich vermutlich mehr Spaß gehabt«, meinte

Gregory und leckte sich Vanillecreme von den Fingern. Auf einmal konnte ich mir sehr lebhaft vorstellen, wie er als kleiner Junge ausgesehen hatte. »Nein, ich hatte es bei ihm bis zu den mündlichen Prüfungen geschafft, und danach meinte er zu mir, dass ich, obwohl ich bestanden hatte, einfach nicht das gewisse Etwas hätte, das einen wirklich guten Wissenschaftler ausmache. Ich fragte ihn daraufhin, ob das gewisse Etwas seiner Ansicht nach darin bestünde, die Studentinnen in meinem Tutorium zu nötigen, mit mir ins Bett zu gehen, und tja …«, meinte Gregory achselzuckend, »von da an wurde es zwischen uns etwas kompliziert. Hinzu kam, dass ich irgendwann merkte, dass er Recht hatte. Ich bin einfach nicht für das akademische Leben gemacht. Also bin ich ausgestiegen.«

»Um *Kammerjäger* zu werden?«, fragte ich ungläubig. Mir war zwar bewusst, dass ich als Allerletzte das Recht hatte, einen Studienabbrecher zu verurteilen, doch zu meiner großen Überraschung musste ich mir eingestehen, dass ich trotzdem von Gregory enttäuscht war.

Er sah mich scharf an. »Wäre das ein Problem?«

»Nein«, beeilte ich mich zu sagen und wurde zugleich wütend, dass er anzudeuten wagte, ich könne ein Snob sein, womit er wahrscheinlich nicht ganz Unrecht hatte. »Aber du stimmst mir doch gewiss zu, dass es ein ziemlicher Unterschied zu dem ist, was du vorher gemacht hast. Oder findest du es etwa genauso spannend, Kakerlaken zu eliminieren wie *King Lear* zu zerpflücken?«

Gregory sah mich unverwandt an, und ich merkte, dass er sich sehr anstrengen musste, jetzt keinen Streit anzufangen.

»Nein, das finde ich keineswegs«, sagte er ruhig. »Aber ich werde es so lange tun, bis ich mir darüber im Klaren bin, was ich eigentlich machen möchte. Es ist so ähnlich wie bei dir, denke ich mal.«

Ich nickte, wenngleich mir bei dem Gedanken ganz anders wurde. Steckten wir beide in einer Sinnkrise? Konnten wir beide nicht erwachsen werden? Ich brauchte jemanden, der fester im Leben stand als ich, jemand, der mich ins Erwachsensein befördern könnte, nicht jemanden, den ich noch an die Hand nehmen musste. Aber obwohl mich derlei ungnädige Gedanken plagten, meinte ich doch, bei Gregory eine Reife und Abgeklärtheit zu spüren, die mir völlig fehlte.

Während er mich noch immer mit seinen weisen Eulenaugen ansah, versuchte ich derlei verfrühte Gedanken zu verdrängen. Genieße den Augenblick, Zephyr. Die Windbeutel, die laue Luft, seine langen Beine, die meine berührten, die Aussicht darauf, heute Abend mit ihm ins Bett zu gehen.

Ich beugte mich vor und küsste ihn.

»Wofür war das?«, fragte er leise.

»Für die Windbeutel«, sagte ich. Zwei Eichhörnchen, die sich in den Ästen des Apfelbaums balgten, ließen Blätter und kleine Zweige auf uns regnen. Gregory nahm ein Blatt fort, das mir in den Schoß gefallen war. Die bloße Nähe seiner Hände jagte mir einen wohligen Schauder durch Bauch und Brust, der sich hinten in meinem Hals festsetzte. Ich schluckte.

Wir blieben auf der Treppe vor dem Haus sitzen und redeten sehr, sehr lange. Die Gewissheit, wohin der Abend führen würde, ließ uns geduldig ausharren und unseren statischen Paarungstanz in die Länge ziehen. Während Gregory seine Vergangenheit vor mir ausbreitete, zerfiel seine auf den ersten Blick so abweisende Fassade zusehends. Und eigentlich hatten wir ziemlich viel gemeinsam. Wir waren uns einig, dass wir alles dafür geben würden, mal eine Nacht an Bord eines der Hausboote zu verbringen, die im Bootsbecken an der Neunundsiebzigsten Straße lagen, dass uns unsere Freunde genauso wichtig waren wie die Familie, dass künftige Generationen in George W. Bush einen Verbrecher sehen würden und dass Bleecker Street Pizza viel besser war als John's Pizza.

»Schön«, meinte ich, drehte einen herabgefallenen Zweig zwischen den Fingern und konnte meine Neugierde nicht länger bezwingen, obwohl ich fürchtete, das bislang gelegte Fundament gleich wieder zu zerstören. »Aber was sagen eigentlich deine Eltern zu deiner, ähm … beruflichen Neuorientierung?«

Zu meiner Erleichterung lachte Gregory.

»Sagen wir mal so …«, fing er an und betrachtete einen Moment lang den Himmel, bevor er weitersprach. »Meine Eltern sind darüber enttäuscht, dass mein Bruder an einer Schule in Montgomery Mathe unterrichtet, statt in Harvard Mathematik zu lehren, wo er natürlich bessere Aussichten darauf hätte, eines Tages den Nobelpreis zu bekommen. Weshalb meine Entscheidung, nun ja …« Er verstummte.

Mein Blut geriet schon jetzt in Wallung, wenn ich mir vorstellte, unsere Kinder irgendwann einmal vor ihren anmaßenden Großeltern in Schutz nehmen zu müssen. Und ich empfand plötzlich tiefe Dankbarkeit für *meine* Eltern, die sich das Enttäuschtsein für wirklich ernüchternde Situationen aufsparten – wie beispielsweise für den Moment, in dem ihre wankelmütige Tochter beschloss, bereits entrichtete Studiengebühren kurzerhand in wohltätige Spenden für die Wissenschaft umzuwandeln.

Gerade war ich dabei, mir einen Showdown mit meinen bösen Schwiegereltern auf einer Brücke in Alabama auszumalen – in Schwarz-Weiß, was daran liegen mochte, dass meine Vorstellung von den Südstaaten von Nachrichtenbildern aus den Sechzigern geprägt war –, als Gregory achselzuckend hinzufügte: »Es liegt in der Verantwortung der Eltern, ihre eigenen Wünsche und Hoffnungen von den Erwartungen an ihre Kinder zu unterscheiden. Letztlich sind sie es, die versagt haben, nicht ich.«

Ich war beeindruckt. Hätte er mich just in diesem Augenblick in einem Privatjet nach Paris entführt, wäre ich nicht minder hin und weg gewesen. Etwas Erhellenderes hatte ich in letzter Zeit selten zu hören bekommen, noch dazu in so einfache, klare Worte gefasst und zu so unerwarteter Gelegenheit. Wann hatte ein Date mir schon mal geholfen, meine Beziehung zu meinen Eltern besser zu verstehen? Zum ersten Mal begann ich zu ahnen, dass die Beziehung zu einem Mann durchaus auch eine Freundschaft beinhalten konnte. Vielleicht könnte ein Freund ja eine ähnliche Bereicherung für mein Leben bedeuten wie die Sterling Girls.

Gregory und ich redeten auch dann noch, als die Sonne längst lange Schatten warf und die Abenddämmerung rot zwischen die Häuser schien. Zwischendurch halfen wir den Caldwells, ihre Wochenendeinkäufe aus dem Auto ins Haus zu tragen, hielten Cliff und seinem dubiosen Instrumentenkasten die Tür auf und versicherten Mrs. Hannaham, dass es nicht zu kalt wäre, um an einem milden Aprilabend eindreiviertel Stunden draußen auf der Treppe zu sitzen. Es machte mir nicht einmal etwas aus, dass sie uns die ganze Zeit beobachtet und dabei regelmäßig auf die Uhr geschaut haben musste – gerade so, als würden noch andere Leute darauf warten, auf der Treppe sitzen zu dürfen. Mir wollte auch beim besten Willen nicht mehr einfallen, was ich jemals an Cliff reizvoll gefunden hatte, und mir taten die Caldwells wegen ihrer getrennten Betten von Herzen leid. Sie waren so bedauernswert, verglichen mit dem jungen Paar, das sich auf den Stufen von 287 West 12th soeben ineinander verliebte.

Denn ich war mir ziemlich sicher, dass Gregory und ich uns gerade ineinander verliebten. Dieses Gefühl hatte ich bislang erst zweimal gehabt: zuerst mit einem Freund, den ich im Ferienlager kennengelernt, dessen Reiz sich aber als ortsgebunden herausgestellt hatte, und dann mit Hayden, der sich als Geißel der Menschheit erwiesen hatte. Doch nun war ich wieder bereit, den Sprung zu wagen, mein Herz zu öffnen, meinen Stolz aufs Spiel zu setzen, mich weit aus dem Fenster zu lehnen und notfalls auch herauszufallen. Meine Eltern pflegten mich gern daran zu erinnern (und sich dabei dümmlich anzulächeln), dass es naturgemäß immer nur *eine* Beziehung im Leben gebe, die die einzig wahre wäre. Und um die zu finden, müsse man sich auf andere Menschen einlassen, auch mal schlechte Entscheidungen treffen, sich das Herz brechen lassen oder in dem Glauben leben, man hätte die einzig wahre Beziehung gefunden, selbst wenn sich irgendwann herausstellte, dass sie es nicht war.

Ich hörte das Skateboard, noch ehe ich es sah.

Eben war ich dabei, Gregory mit einer verlässlich lustigen Geschichte über eine Rucksackreise mit Tag nach Griechenland zu erheitern. Unter anderem ging es darin um eine handgreifliche Auseinandersetzung zwischen mir und ein paar zankeslustigen Zigeunerkindern, mit denen ich mich auf der Fähre von Patras nach Brindisi um einen Schlafplatz an Deck gestritten hatte – vermutlich einer der wenigen Momente in meinem Leben, wo ich genauso mutig und unerschrocken gewesen war wie Tag. Ich genoss die Erinnerung an diesen Urlaub, wenn auch nicht gar so sehr wie die Tatsache, dass ich Gregory mit der Geschichte zum Lachen bringen konnte. Aber als ich das vertraute Rattern der Rollen auf dem Gehweg hörte, hielt ich mitten im Satz inne und erstarrte wie ein Kaninchen, das die tödliche Stoßstange heranrasen sieht.

»Du *Hure!*«, brüllte Darren Schwartz die Straße hinab, noch ehe ich Gregory beim Kragen packen und ins Haus zerren konnte.

Ich bemühte mich vergeblich, so zu tun, als hätte ich nichts gehört. »Und dann hatte sich das jüngste der Kinder einfach auf meinem Schlafsack breitgemacht …«, fuhr ich mit etwas zu schriller Stimme und gar nicht mehr unerschrocken fort.

»Du kannst ja nicht mal warten, bis ihr es *ins Bett* schafft!« Darren alias LinguaFrank alias der Teufel in Person war mit quietschenden Rädern am Fuß der Treppe stehen geblieben. Er trat sein Skateboard in die Vertikale und starrte finster zu uns herauf. Von hier oben aus betrachtet, sah er wie ein rotgesichtiger Zwerg aus. Am liebsten hätte ich ihn mit meinem Riesenfuß zertreten …

Doch stattdessen schaute ich ihn bloß fassungslos an. »Bist du mir etwa *gefolgt*?«

»Du kennst diesen Typen?«, fragte Gregory mich entsetzt und sah aus, als wäre er zutiefst von mir enttäuscht.

»*Nein*«, sagte ich nachdrücklich. »Ich meine, er war mal auf einem Date mit …«

»Aber *natürlich* kennst du mich, Zephyr«, schnarrte Darren anzüglich, »du kennst mich sogar *richtig gut*. Aber da bin ich ja nicht der Einzige, nicht wahr?«

Flehentlich schaute ich Gregory an, doch der verschränkte nur die Arme vor der Brust, runzelte die Stirn und schien auf eine Erklärung zu warten.

»Sie und ihre Freundinnen«, klärte Darren ihn auf, »halten es nämlich nie lange mit einem Typen aus. Wir haben doch gerade erst beim Kaffee im Grounded darüber geredet, nicht wahr? Sie treiben es mit *jedem*, immer und überall, auf der ganzen Welt.«

Eine winzige Windung meines Gehirns war auf sehr masochistische Weise von Darrens Hör- und Erinnerungsvermögen beeindruckt, vor allem aber war ich mit dem vernichtenden Gefühl beschäftigt, das mich überkam, als ich Gregorys Gesicht beobachtete. Es war, als würde man im Zeitraffer zuschauen, wie eine zarte Knospe vom späten Frost dahingerafft wird. Und dann war da noch etwas – etwas, das ich erst viel später verstehen würde …

Gregory ließ sein Gesicht in die Hände sinken. Es schien, als wäre er ebenso sehr von sich selbst enttäuscht wie von mir.

»Gregory«, sagte ich mit einem schrillen, ungläubigen Lachen, um ihm zu zeigen, wie absurd das alles war. »Glaubst du etwa, was dieser Typ erzählt? Hey, sieh mich an. Ich kann dir alles erklären.« Ich versuchte, seine Hände von seinem Gesicht wegzuziehen, aber er wich so heftig vor meiner Berührung zurück, dass meine Hand abrutschte und gegen die Treppenstufe stieß. Fassungslos schaute ich ihn an.

»Ist es das, wofür du die Treppe benutzt?«, flüsterte er.

»Was?« Ich verstand überhaupt nicht, was er meinte, aber LinguaFrank nahm die Fährte auf wie ein Hai, der Blut gewittert hat.

»Oh, yeah«, schmachtete er, »sie mag es auf der Treppe. Sie *liebt* es auf der Treppe! Und im Treppenhaus erst! In Fahrstühlen auch. Auf Feuerleitern. Wenn ich du wäre, würde ich verdammt gut aufpassen. Sie ist eine total durchtriebene Schlampe.«

Empört sprang ich auf.

»Halt den Mund!«, schrie ich. »Halt endlich die Klappe, du krankes, perverses, widerliches Stück Scheiße! Verkriech dich wieder in deiner Höhle!« Während ich ihn laut zeternd verwünschte, verwünschte ich mich selbst, weil ich so laut zeterte und mir nichts Originelleres einfiel und ich genauso jämmerlich klang wie er vorhin vor dem Grounded. Aber ich wollte einfach nur, dass er aufhörte damit, dass er wieder auf sein albernes Skateboard stieg und davonflitzte, bevor er mir die Aussicht auf eine gemeinsame Zukunft mit Gregory ganz verdorben hatte.

»Ich will die kleine Asiatin sehen«, sagte Darren ganz cool und warf seinen strähnigen Pferdeschwanz mit einer knappen

Kopfbewegung von einer Schulter auf die andere, was definitiv unmännlich aussah. »Sag deiner Freundin, dass sie sich das nächste Mal lieber nicht drücken sollte.«

Ich stieß ein irres Lachen aus und sah, wie Gregory zusammenzuckte. »Du Idiot!«, schnaubte ich. »Es gibt keine kleine Asiatin! Es gibt überhaupt niemanden! Niemand hat dich versetzt. Wir haben dich reingelegt, weil du so mies zu Abigail Greenfield warst – falls du dich noch an sie erinnerst. Oder hast du schon vergessen, dass du zu ihr gesagt hast, sie wäre zu dick? Zu jüdisch? Dass du auf superdünne Asiatinnen stehen würdest?«

Unglaublich, dass ich so deutlich werden musste – es machte jede Rachefantasie zunichte, wenn man seinem Opfer erst erklären musste, wofür man sich rächte. Ich schaute verstohlen zu Gregory hinüber, der ein Stück von mir abgerückt war.

»Nein, halt«, kreischte ich. »Darren, du Scheißkerl, du erzählst ihm jetzt, was du getan hast. Sag ihm, dass ich dich heute zum allerersten Mal gesehen habe.«

»Du bist eine Freundin von Abigail?«, fragte Darren ungläubig.

»Wer ist Abigail?«, wollte Gregory wissen.

»Die fünfte Freundin. Ich hatte dir doch vorhin von meinen Freundinnen von der Highschool erzählt«, sagte ich beschwörend. »Du weißt schon, Abigail, die jetzt in Kalifornien lebt.«

»Warum sollte … *er*«, Gregory würdigte Darren keines Blickes, »mit jemandem in Kalifornien ein Date haben?« Er betrachtete mich prüfend.

»Was hat das denn jetzt …? Gregory, dieser Typ *lügt*.« Ich machte eine bedeutungsvolle Pause. »Glaubst du vielleicht, ich würde mich jemals mit so einem Typen abgeben?«

Entrüstet schaute ich Gregory an. Mein Bedürfnis, mich

zu rechtfertigen, überwog kurzzeitig meine Angst, ihn zu verlieren.

»Zephy? Alles in Ordnung?«

Ich fuhr herum und sah meinen Vater in der Haustür stehen. Das Blut schoss mir in die Wangen. Meine Eltern und ich hatten zwar das, was man gemeinhin eine offene Beziehung nannte, aber meine Offenheit hatte auch ihre Grenzen. Dass ich beispielsweise mit dem Kammerjäger Sex gehabt hatte – in einem geheimen Treppenhaus, von dem sie nichts wussten und das vermutlich von unserem inhaftierten Hausverwalter aus bislang ungeklärten Gründen erbaut worden war –, mussten sie meiner Meinung nach nicht unbedingt erfahren. Es reizte mich auch nicht sonderlich, meinem Vater LinguaFrank vorzustellen.

Doch glücklicherweise schien Linguas Welt längst wieder in Ordnung.

»Abigails Freundin!«, lachte er leise in sich hinein und schüttelte ungläubig den Kopf, was ihn wie einen gutmütigen Onkel aussehen ließ, der nachsichtig über die dummen Streiche der Nachbarskinder hinwegsieht. »Schon verstanden.« Fröhlich grinste er in die Runde und hob lässig die Hand. »Okay, Leute, man sieht sich.«

Er warf sein Skateboard auf den Boden und stieß sich mit einem Bein kräftig ab, wobei sich seine durchgesessene Khakihose bedrohlich über seinem breiten Hintern spannte. Ich drehte mich zu Gregory um, der nun so weit von mir entfernt stand, wie es auf der Treppe nur irgend möglich war. Die Arme hatte er vor den Brust verschränkt, den Blick auf seine Schuhspitzen gerichtet.

»Ich frage nur, weil … na ja, der Geräuschpegel doch etwas hoch war«, meinte mein Vater und zeigte entschuldigend zu dem offenen Fenster im dritten Stock, dann erst schien er Gregory zu bemerken. »Hey, das ist doch der Kammerjäger!

Gregory, mein Junge, wie geht es dir?« Er führte sich auf, als hätte er seinen lang verlorenen Sohn wiedergefunden.

»*Dad.*« Ich schaute ihn vielsagend an.

»Was habt ihr denn da eben so laut über Treppen erzählt?«, fragte er. Ich biss mir auf die Lippe und schwieg. Zum Glück war mein Vater nicht sehr beharrlich. »Der Trockner funktioniert übrigens ganz fantastisch!«, sagte er, strahlte Gregory an und schnippte dabei mit den Fingern, als wäre er geradewegs den Fünfzigern entsprungen. »Habt ihr beide den Abzug reparieren können?«

»Ja«, log ich, just als Gregory sagte: »Nein, dazu sind wir nicht mehr gekommen.« Wir bedachten uns gegenseitig mit vernichtenden Blicken.

»Na ja, ist ja eigentlich auch egal, wie ihr das hinbekommen habt – Hauptsache, es funktioniert. Hey, was sehe ich denn da? Windbeutel! Habt ihr noch was übrig für einen armen alten Mann mit einem Loch im Bauch?« Ohne die Antwort abzuwarten, bückte mein giraffengroßer Vater sich blitzgeschwind und schnappte sich einen kleinen Schoko-Windbeutel. Als er hineinbiss, seufzte er verzückt.

»Gibt es überhaupt etwas, das es in dieser Stadt nicht gibt? Denkt ihr nicht auch manchmal, wie gut es uns doch geht, wenn ihr so etwas Köstliches esst?«

»Dad!«, wiederholte ich scharf.

»Ich lass euch den Rest da.« Gregory bückte sich und hob seinen Rucksack auf.

»Du gehst schon?«, fragte ich ungläubig.

»Das dürfte wohl besser sein.« Er wich meinem Blick aus.

Endlich bemerkte sogar mein Vater den Lavastrom, der seine Tochter und den Kammerjäger zu verschlingen drohte.

»Oh nein, lasst euch nicht stören! Redet ihr jungen Leute ruhig weiter, schreit herum, meinetwegen auch über Treppen, was immer ihr wollt. Deine Mutter und ich müssen sowieso los, der großen Mercedes Kim dabei lauschen, was sie mit Schostakowitsch anstellt. Ba-da-da, ba-da-DAH!« Er nahm noch einen Bissen und verschwand wieder im Haus. »Mmmh, lecker, vielleicht sollte ich auf meine alten Tage doch noch Bäcker werden …« Die Tür schloss sich hinter ihm.

»Gregory«, sagte ich mit fester Stimme und ermahnte mich, dass an Linguas Beschimpfungen nichts, aber auch *gar nichts* Wahres dran war und ich mir absolut nichts vorzuwerfen hatte. »Wir wollten doch heute Abend essen gehen.« Unter anderem, fügte ich in Gedanken hinzu. »Willst du etwa zulassen, dass ein total durchgeknallter Typen etwas kaputt macht, was der Anfang von etwas ganz Wunderbarem sein könnte?« Nun fing meine Stimme doch an zu zittern, aber ich musste wirklich all meinen Mut aufbringen, um so ehrlich zu sein.

»Ich muss erst mal nachdenken«, meinte Gregory ruhig. »Ich möchte sicher sein, dass du wirklich die bist, die du zu sein vorgibst.«

»Und das willst du herausfinden, indem du jetzt gehst?«, erwiderte ich so kühl wie möglich. Bevor er mich stehen lassen konnte, drehte ich mich um und rannte ins Haus, damit er nicht sah, wie mir die Tränen über die Wangen liefen.

14

*J*ch rieche es schon wieder«, sagte Mrs. Hannaham, als ich am Montagmorgen ans Telefon ging. Blinzelnd sah ich auf die Uhr – *halb* sieben. Das war neue Bestzeit. Ich hatte nur deshalb schon beim ersten Läuten abgehoben, weil ich gehofft hatte, es wäre Gregory, der sich für sein Verhalten am Samstagabend entschuldigen wollte. Stattdessen wurde ich durch den Hörer mit Barry Manilows »Copacabana« beschallt.

»Das Helium?«, fragte ich genervt. Konnte sie nicht wenigstens die Musik ausmachen, wenn sie mit mir telefonierte?

»Jetzt mal nicht gleich schnippisch werden, Fräulein«, krächzte Mrs. Hannaham mir ins Ohr. »Und lass es nicht an mir aus, dass du dich mit deinem neuen Verehrer gestritten hast«, fügte sie hinzu.

Ich zog mir die Bettdecke über den Kopf, aber dadurch hörte ich Barry und die heisere Hexenstimme nur noch deutlicher, weshalb ich schnell wieder auftauchte.

»Mein Compton und ich haben uns nicht ein einziges Mal in all den Jahren gestritten. Wir waren wirklich vom Glück gesegnet«, prahlte sie.

Ja, klar. Du, Compton und die Sekretärin – die heilige Dreifaltigkeit.

»Ich werde mir Roxanas Wohnung nochmal anschauen«, versprach ich und verzichtete wohlweislich darauf, Mrs. H. zu sagen, dass ich noch kein einziges Mal dort gewesen war.

»Wann?«

»Heute.«

»Wann heute?«

Ich seufzte, ein vernehmliches Schnauben aus den Tiefen meines Selbstmitleids. »Ich bin als Geschworene einberufen worden und muss heute ans Gericht, also irgendwann danach. Einverstanden? Gibt es sonst noch etwas, das ich für Sie tun kann, Mrs. Hannaham?«

»Geschworenenpflicht!«, rief sie aufgeregt. »Vielleicht triffst du ja Lennie Briscoe!«

Ich wollte gerade etwas erwidern, wusste aber kaum, wo ich anfangen sollte, und ließ es sein. Ob Mrs. Hannaham wusste, dass *Law & Order* eine fiktive Fernsehserie war? Und dass Jerry Orbach, der den Lennie Briscoe gespielt hatte, längst tot war? War Mrs. Hannaham überhaupt noch in der Lage, allein zu leben und für sich selbst zu sorgen, oder sollte ich den sozialen Dienst benachrichtigen? Vielleicht sollte ich Lucy anrufen und um Rat fragen. Wahrscheinlich täte es ihrem angeknacksten Selbstbewusstsein gut, wenn ihre Freundin sie händeringend um ihre professionelle Meinung bat …

»Was Mrs. Boureau anbelangt«, fuhr Mrs. Hannaham in hochmütigem Ton fort, »so hatte ich dich ja gebeten, ein Auge auf ihre Besucher zu haben.«

Ich machte eine »Ja, und?«-Geste gen Decke.

»Stimmt, das sagten Sie«, meinte ich. »Werde ich machen. Mache ich bereits.«

»Erzähl denen bloß nicht, dass du die *New York Times* liest.«

»Wie bitte?«

»Dann halten sie dich nämlich für zu liberal. Aber auch nicht die *Post* – da macht die Verteidigung kurzen Prozess mit dir. Wenn du als Geschworene genommen werden willst, sagst du am besten, du würdest die *Daily News* lesen.«

266

»Danke für den Tipp.« Galt es schon als Lesen, dass ich gelegentlich die *Post* nach Haydens Namen absuchte?

Mrs. Hannaham legte auf.

Ich blieb im Bett liegen und dachte über die Tatsache nach, dass Mrs. Hannaham und mich eine eher seltene Schwäche für Schwurgerichte zu verbinden schien. Es gab jetzt zwei Möglichkeiten: Entweder konnte ich mich von dieser Erkenntnis ganz fürchterlich deprimieren lassen und die emotionale Talfahrt, die Gregory am Samstagabend losgetreten hatte, noch beschleunigen, oder aber ich könnte dem weiter keine Beachtung schenken und mich auf meine unmittelbare Zukunft als Star-Geschworene konzentrieren.

Ich entschied mich für Letzteres, schwang beherzt die Beine aus dem Bett und schaute, was mein Kleiderschrank so hergab. Vielleicht würde ich sogar Obmann werden! Die Entscheidung der Geschworenen würde sichtlich schwer auf meinen Schultern lasten, wenn ich vor das Hohe Gericht träte, um das lang erwartete Urteil zu verkünden. Und bevor es so weit wäre, fantasierte ich weiter, während ich meterweise unprofessionell aussehende Kleidung sichtete, die sich in einem halben Jahrzehnt professioneller beruflicher Untätigkeit angesammelt hatte, würde ich dem Jurypool angehören. Ich würde Geschäftsleute und Ballerinas kennenlernen, arme Migranten und reiche Erbinnen. Es würden sich dramatische Szenen abspielen – im Gerichtssaal, im Geschworenenzimmer, in langen Gängen und Korridoren und vielleicht sogar in einem anonymen Hotelzimmer, falls wir von der Außenwelt abgeschottet werden mussten.

Ich würde keine Lügengeschichten erzählen dürfen, ermahnte ich mich. Keine netten Anekdoten davon, wie ich auf der Ranch meines Onkels im australischen Outback Rinderherden mit dem Lasso eingefangen oder mit meinen chilenischen Cousins Berge bestiegen hatte. Zumindest nicht unter Eid. Nach langem Grübeln entschied ich mich schließlich für einen leichten grauen Pullover und eine schwarze Hose – neutrale Farben für die perfekt unparteiische Geschworene. Dann spielte ich noch einmal das Szenario durch, wie ich der Liebe meines Lebens beim Schwurgericht begegnete, doch jetzt – während ich die Geschichte im Geiste meinen Kindern erzählte – straffte ich den Spannungsbogen noch ein wenig: Als ich das Gericht schweren Herzens und schweren Schrittes betreten hatte, hatte ich nämlich nur *geglaubt*, an einem gebrochenen Herzen zu leiden, denn der Idiot, dem ich hinterherweinte (komisch, dass ich mich nun kaum noch an seinen Namen erinnern konnte – George? Geoffrey?), war nichts weiter als ein aufbrausender, intoleranter Studienabbrecher, der eurem Vater, der, wie ihr wisst, den weltweiten Klimawandel eigenhändig aufgehalten hat, bei weitem nicht das Wasser reichen konnte. Als ich in meine schwarzen Lederstiefel stieg (ein Trostkauf aus der Zeit nach Hayden) und die Reißverschlüsse hochzog, spürte ich meine gespannte Vorfreude langsam zurückkehren.

Hätte ich gewusst, was mich während der nächsten zwei Tage erwarten würde, hätte ich dem Hohen Gericht vielleicht doch lieber erzählt, dass ich die *Times* und die *Post* las, wenn ich nicht gerade vollauf damit beschäftigt war, den Riss an meiner Zimmerdecke zu beobachten, und wäre eilends zu Mrs. Hannaham und ihren eingebildeten Heliumgerüchen zurückgekehrt.

Um elf Uhr an diesem Vormittag hatte ich fast das gesamte *Wall Street Journal* durchgelesen, das ein Finanzchef hatte liegen lassen, der mich zuvor mit einem ewig langen Monolog gelangweilt hatte, der darauf hinauslief, dass er viel zu wichtig und unabkömmlich war, um seiner Geschworenenpflicht nachzukommen. Zufrieden sah ich, wie er gequält das

Gesicht verzog, als er aufgerufen wurde, doch diese kleine Genugtuung reichte leider nicht aus, um mich die lähmende Langeweile vergessen zu lassen, die sich unweigerlich einstellt, wenn man fast drei Stunden wartend in einem riesigen grauen Raum zubringt. Ich hatte mir bereits das Video angeschaut, in dem potenzielle Geschworene darüber aufgeklärt werden, was einen guten Geschworenen ausmacht, hatte die ersten dreißig Seiten des neuen Ian McEwan gelesen und ein paar Runden durch den Raum gedreht, um zu erkunden, wie andere Leute sich so die Zeit vertrieben, doch auch das war wenig unterhaltsam gewesen – stricken, lesen, vor sich hinstarren, schlafen.

Ich stand auf, streckte mich und schaute hoffnungsvoll zu dem Gerichtsdiener hinüber, der über das Telefon wachte, über welches in regelmäßigen Abständen Geschworene aus dem Wartezimmer angefordert wurden. Doch er schaute nicht auf, blätterte weiter gelangweilt in der *Post*, weshalb ich mich auf einen weiteren Rundgang zur Sondierung der Lage begab. Diesmal beschloss ich, das kleine Arbeitszimmer auszukundschaften, das an den großen Warteraum angrenzte.

Hier konnten die eher betriebsam veranlagten Bürger ihre Laptops anschließen und sich die Wartezeit auf konstruktive Art vertreiben. Wer hier saß, war im Durchschnitt jünger, schicker und mit mobiler Elektronik ausgestattet. Das leise Klackern der Tastaturen weckte wehmütige Erinnerungen an meine Collegezeiten. Ich blieb stehen und musste plötzlich an meinen ersten Winter auf dem College denken. Während ich fleißig in der kuschelig warmen Bibliothek gesessen hatte – und mir dabei vielleicht eine selbstgefällige Spur *zu* bewusst war, dass ich jetzt zu den glücklichen Auserwählten gehörte, die den höheren Bildungsweg beschreiten durften –, hatte sich im Flüsterton die Nachricht verbreitet, dass auf dem zentralen Campus eine Schneeballschlacht von ungeahnten Ausmaßen stattfinde. Und so hatte ich meine Hausarbeit liegen gelassen, im Schnee herumgetobt und mir in der Folge eine Lungenentzündung und mein erstes Ausreichend eingefangen.

Mein nostalgisches Innehalten ließ einen Mann Mitte dreißig aufschauen und mich argwöhnisch mustern. Er war recht klein, hatte Locken und war eher der nerdige Typ, aber ganz niedlich. Wahrscheinlich arbeitete er im IT-Bereich, denn wer so aussah, arbeitete eigentlich immer im IT-Bereich. Über einem verwaschenen T-Shirt mit dem Logo einer Fischrestaurantkette trug er ein nur zur Hälfte zugeknöpftes Hemd. Seine Brille war ihm etwas die Nase runtergerutscht, und um ihn her vibrierte es förmlich vor nervöser Energie. Vor ihm lag ein zugeklapptes iBook, darauf Bargeld, das er gerade zu zählen schien. Das Kleingeld war nach Größe gestapelt, die Scheine zeigten allesamt mit dem Gesicht nach oben in dieselbe Richtung. Den restlichen Inhalt seiner Brieftasche schien er bereits gesichtet zu haben, denn neben dem Computer lagen aufgereiht ordentliche Stapel von Quittungen, Kassenbons und Visitenkarten. Lucy wäre von diesem sinnvollen Zeitvertreib begeistert, dachte ich und wollte gerade weitergehen, als mein Blick auf einen seiner Zehndollarscheine fiel.

Da, am oberen Rand stand es, in wisch- und wasserfestem schwarzem Filzstift: *Sonntagmittag 3 Lives Books.*

»Oh Gott«, entfuhr es mir leise, aber in einem Raum, in dem es so still war wie in einer Bibliothek, klang selbst leise ziemlich laut, weshalb sich unerwartet viele Leute nach mir umdrehten. Der IT-Typ schaute mich mit zunehmender Besorgnis an und legte schützend die Hände über sein Geld.

»Nein, keine Sorge«, flüsterte ich und hob beschwichtigend die Hand, was ihm nur noch größere Angst einzujagen schien. Hastig schob er sein Geld zusammen und stopfte es ziemlich unsortiert in die Brieftasche.

»Nein, warte doch mal«, flüsterte ich, während er sich nach einem rettenden Gerichtsdiener umsah. »Dieser Zehndollarschein … der gerade ganz oben lag. Schau ihn dir nochmal an.«

Er warf mir einen misstrauischen Blick zu. Ich neigte den Kopf zur Seite, als wolle ich fragen: Sehe *ich* etwa wie eine Kriminelle aus?

»Los, nimm ihn nochmal raus und schau ihn dir an!«, forderte ich ihn auf.

Ohne mich auch nur eine Sekunde aus den Augen zu lassen, öffnete er widerstebend seine Brieftasche, zog den Zehner heraus, las Lucys handschriftliche Nachricht und schaute dann wieder mich mit ausdrucksloser Miene an.

Ich zögerte, denn vor mir lag ein schwieriger Balanceakt. Einerseits wollte ich Lucys Glauben an das Schicksal respektieren, andererseits bekam ich gerade die Chance, diesem Schicksal gehörig auf die Sprünge zu helfen.

»Weißt du, was das bedeutet? Verstehst du, was da steht?«

Er warf noch mal einen kurzen Blick auf den Schein.

»Ist das nicht dieser Buchladen im Village?« Seine Stimme klang für meinen Geschmack ein bisschen zu nasal, aber hier ging es ja nicht um mich.

»Genau! Genau der ist es. Du kennst ihn?«, sagte ich ganz aufgeregt.

Er zuckte mit den Schultern, als wolle er fragen: Ja, und?

»Und siehst du, was da noch steht? Der Tag und die Uhrzeit?«, drängte ich weiter. »Jetzt mal angenommen, es wäre dir ganz von selbst aufgefallen – was hättest du dann getan?«

Mittlerweile wurden wir von anderen potenziellen Geschworenen beobachtet, die sich wahrscheinlich fragten, ob wir uns kannten oder ob ich den armen Mann belästigte. Ich zog mir einen Stuhl heran und setzte mich.

»Was hättest du getan?«, wiederholte ich ungeduldiger

als beabsichtigt. Liebesboten sollten wahrscheinlich sanftere Töne anschlagen.

»Was ich getan hätte?«, flüsterte er zurück. »Nichts natürlich. Ich lasse mir doch nicht von Kritzeleien auf Geldscheinen sagen, was ich zu tun habe.«

Kluger Junge.

»Okay, jetzt pass mal auf.« Ich zeigte auf besagte Kritzelei. »*Das hier* hat eine wirklich gute Freundin von mir geschrieben. Sie ist hoffnungslos romantisch und glaubt, dass irgendwo dort draußen der Richtige auf sie wartet, das hier lesen, sie im Buchladen treffen und sie bis ans Ende ihrer Tage lieben wird.« Entschuldigend breitete ich die Hände aus, als wolle ich sagen: Sorry, war nicht meine Idee.

»Und dieser Schein ist ausgerechnet *bei mir* gelandet?«, fragte er ungläubig. Ich wollte ihm gerade erklären, dass Dutzende dieser Scheine im Umlauf waren, nicht nur dieser eine, doch er sah so ehrlich beeindruckt aus, dass ich es mir anders überlegte und nur höchst bedeutungsvoll nickte.

»Hmm.« Wieder betrachtete er seine schicksalsträchtigen zehn Dollar. »Wie jetzt – sie geht wirklich jeden Sonntagmittag da hin und wartet, dass irgendein Typ auftaucht?«

Ich fragte mich, ob Lucy das Szenario jemals so weit durchgespielt hatte. Ob sie schon mal an den Punkt gelangt war, wo sie würde zugeben müssen, dass sie wirklich genau das tat.

»Wie gesagt, sie ist hoffnungslos romantisch«, wiederholte ich etwas ratlos. »Und ein richtiger Büchernarr. Sie ist sowieso andauernd in Buchläden, weshalb sie sich dachte …« Nein, das war nicht gut. »Sie ist hübsch und intelligent und hat einen ganz fantastischen Humor. Und man kann sich immer auf sie verlassen«, ratterte ich herunter und war schon jetzt so wütend, als hätte er Lucy bereits zurückgewiesen.

»Okay, okay, reg dich nicht auf«, beschwichtigte er mich und lächelte zum ersten Mal. Er schob sich seine rutschende

Brille hoch und zupfte nachdenklich an seinem Ohrläppchen. »Warum eigentlich nicht? Selbst wenn sie eine Serienmörderin wäre, dürfte sie mir mitten im Buchladen wohl kaum gefährlich werden.«

Mutig und beherzt klang er ja nicht gerade, aber durchaus vernünftig.

»Und woher weiß ich, wer sie ist?«

Ich dachte kurz nach, dann holte ich mein Handy heraus und schaltete es ein.

»Das darfst du hier nicht!«, flüsterte er erschrocken. Ach ja, dachte ich, er und Lucy würden es ganz wunderbar zusammen haben und ein glückliches, gesetzestreues Leben führen.

Ich scrollte schnell meine Bilder durch, bis ich eins von uns vier auf der Party im Soho House gefunden hatte. »Hier. Die Blonde in dem blauen Kleid.«

Er schien schwer beeindruckt. »Im Ernst? Wie heißt sie?«

Ich schüttelte den Kopf. »Tu einfach so, als hättest du die Nachricht selbst entdeckt. Du gehst doch diesen Sonntag hin, oder?«

Er nickte eifrig und verrenkte sich fast den Hals, um noch einen letzten Blick auf Lucy zu erhaschen, bevor ich mein Handy wieder wegsteckte. Als ich aufstand und meinen Stuhl zurückstellte, war ich sehr zufrieden mit mir. Selbst wenn der Gerichtsdiener, der das Telefon bewachte, meinen Namen niemals aufrufen würde, so hatte ich heute doch zumindest einem kleinen Teil der Menschheit schon einen großen Dienst erwiesen.

Eine halbe Stunde später wurden wir gnädigerweise in die Mittagspause entlassen. Sofort rief ich Lucy an.

»Du gehst doch sonntagmittags noch immer in den Buchladen, oder?«, kam ich gleich zur Sache, kaum dass sie sich gemeldet hatte.

»Zephyr?«

»Diesen Sonntag solltest du nämlich auf jeden Fall hingehen.«

»Warum?«, fragte sie mich misstrauisch. Im Hintergrund hörte ich einen Mann laut schreien.

»Alles in Ordnung bei dir?«, fragte ich besorgt und dachte nicht zum ersten Mal, dass Lucy und ich endlich einen Geheimcode zu ihrer Sicherheit vereinbaren sollten. Würde ich zufällig anrufen, während einer ihrer Patienten sie gerade mit dem Messer bedrohte, könnte Lucy einfach sagen: »Ach, was war Sterling doch für eine fantastische Schule!«, und sofort wüsste ich, dass etwas nicht stimmte und könnte die Polizei alarmieren. Aus meiner simplen Idee würde eine fantastische Geschäftsidee und in der Folge eine fantastische Karriere werden. Ich würde im ganzen Land Schulungen abhalten und Sozialarbeiter über die Möglichkeit der Integration effektiver, innovativer Sicherheitskonzepte in ihre tägliche Arbeit informieren.

»Ach, ich glaube, der Hausmeister hat sich den Zeh gestoßen«, sagte sie, ihre Stimme leise und undeutlich, weil sie sich vom Hörer wegzulehnen und nach dem Wohlbefinden des tolpatschigen Hausmeisters zu erkundigen schien. »Manchmal gehe ich noch in der Buchhandlung vorbei«, gab sie dann zu. »Warum soll ich ausgerechnet diesen Sonntag hingehen?«

Ich wählte meine Worte sehr sorgfältig. »Ich bin ja gerade am Gericht …«

»Ach ja, stimmt, der Geschworenendienst! Wie läuft es denn?«, unterbrach sie mich sofort, denn Lucy legte großen Wert darauf, selbst über die banalsten Dinge im Leben ihrer Freunde auf dem Laufenden zu sein.

»Gut«, erwiderte ich ungeduldig. »Also eigentlich ist es total langweilig, und ich bin immer noch nicht aufgerufen worden, aber im Prinzip gut. Und jetzt pass mal gut auf: Ich habe hier einen Typen mit einem deiner Zehndollarscheine gesehen!«

Ich hörte, wie sie nach Luft schnappte, und mir wurde ganz warm ums Herz angesichts so viel hoffnungsfroher Zuversicht.

»Ein ganz süßer Typ, Lucy, und ich bin mir ziemlich sicher, dass er am Sonntag ins Three Lives kommen wird.«

»Was hast du zu ihm gesagt?«, fragte sie vorwurfsvoll.

»Nichts!«

»Lügnerin.«

»Mir war einfach nur aufgefallen, dass er diesen Schein hatte, und da meinte ich halb im Spaß, wenn ich er wäre, würde ich da mal vorbeischauen«, log ich.

»Und?«

»Und er hat gelacht und meinte: ›Ja, klar – man kann ja nie wissen!‹«

»Süßer Typ, sagst du?«

»Absolut«, versicherte ich ihr, weil die Geschmäcker ja bekanntlich verschieden sind. »Du gehst also hin?«

»Ja, klar.«

»Begeistert klingst du nicht gerade.«

»Doch, doch, es ist einfach nur … ach, du weißt schon«, sagte sie und klang zutiefst betrübt.

»Ich weiß«, meinte ich mitfühlend, »aber diesmal könnte alles anders sein.« Kaum hatte ich es gesagt, merkte ich, dass ich nicht nur Lucy, sondern auch mich und mein selbstmitleidiges Herz aufheitern wollte.

»Wie läuft es mit Gregory?«, fragte sie.

»Vorbei«, erwiderte ich knapp.

»Oh nein, Zeph – was ist passiert?« Lucy klang ehrlich bestürzt.

Ich schüttelte den Kopf und fürchtete, vor den Angehörigen der Angeklagten und den Anwälten, die sich rauchend vor dem Gerichtsgebäude eingefunden hatten, in Tränen auszubrechen.

»Lange Geschichte. Ich erzähle es euch, wenn wir uns das nächste Mal sehen. Treffen wir uns morgen Abend nicht sowieso alle bei Merce?«

»Wenn sie uns wieder wegen Dover versetzt, bleiben nur wir beide.«

Oh nein, Mist! Vor lauter Selbstmitleid hatte ich am Sonntag völlig vergessen, Tag anzurufen und mich von ihr zu verabschieden. Sie war doch zu ihrer einwöchigen Konferenz in den Senegal aufgebrochen. Oder war es Saudi-Arabien? Ach, irgendwas mit S.

»Das würde Mercedes niemals tun«, sagte ich wenig überzeugt. Mercedes war bislang außer in Mozart noch in keinen Mann nennenswert verliebt gewesen. Wie sollte man da wissen, wie sie sich verhalten würde? Sofort schalt ich mich für meine bitteren Gedanken – wo ich mich doch eigentlich für meine Freundin *freuen* sollte. Diesen Sieg wollte ich Gregory nicht gönnen. Wenn ich mich von Hayden dem Schrecklichen nicht hatte unterkriegen lassen, würde ich mir von einem schlaksigen, seine Shakespeare-Studien abbrechenden, aus den *Südstaaten* kommenden Kammerjäger erst recht nicht die Laune verderben lassen.

»Hast du seit Samstag mal mit ihr gesprochen?«, fragte Lucy mit vielsagendem Unterton.

»Hat sie etwa mit ihm geschlafen?«, kreischte ich so laut, dass ein paar vorbeigehende Polizisten mich amüsiert musterten.

»*Das* musst du sie schon selber fragen«, meinte Lucy leichthin. Die Aussicht darauf, nächsten Sonntag der Liebe ihres Lebens zu begegnen, schien sie so sehr aufgeheitert zu haben, dass sie mir schon wieder auf die Nerven ging.

Nach der Mittagspause ging es zurück in die Vorhölle.

Der sterbenslangweilige Finanzchef war wieder zu uns Normalsterblichen ins Wartezimmer entlassen worden, doch sein kurzer Einblick in das Walten der Gerichtsbarkeit gab ihm Anlass zu reichlich Kritik.

»Effizienz ist das A und O«, verkündete er. Ich lehnte mich vor, um zu sehen, wer sein neues Opfer war: eine gut gebräunte und geliftete Frau, die sehr nach Park Avenue aussah und dem effizienten Finanzchef hingerissen lauschte. Ich stand auf und setzte mich woanders hin. Die beiden waren unerträglich. Wo war er nur, der soziale und kulturelle Schmelztiegel, der meine Stadt doch angeblich sein sollte?

»Okay, alle mal herhören!«, rief plötzlich der Gerichtsdiener mit dem Telefon, und seine durchdringende Stimme wirkte wie ein belebender Stromstoß auf die in kollektive Lethargie gefallenen Wartenden. »Ich lese jetzt ein paar Namen vor, und wenn Ihr Name dabei ist, stellen Sie sich hier vorne auf, damit Officer Pendleton Sie nach oben führen kann.« Er warf einen Blick in seine Unterlagen und fing an, Namen aufzurufen.

»Sean O'Malley. Jennifer Smith. Astrid Heffenfigger. Concita Buenavista«, leierte er herunter und entstellte die Namen dabei bis zur Unverständlichkeit.

Bittebittebittebittebitte. Natürlich war ich mir bewusst, wie erbärmlich es war, darauf zu hoffen, dem Gericht als Geschworene dienen zu dürfen, um etwas Aufregung in mein unspektakuläres Leben zu bringen, aber ich brauchte wirklich *ganz dringend* etwas, das mich von Gregory ablenkte. Und davon, dass ich siebenundzwanzig war und zwei Stockwerke unter meinen Eltern wohnte. Und davon, dass meine Freundin mit einem Filmstar zusammen war und dass mein kleiner Bruder als der nächste Scorsese gefeiert werden würde …

»Ebony Leonard. Tamara Weinstein. Marguerite Du-Bois«, dröhnte er weiter. »Zephyr Zuckerman.«

Trotz des Adrenalinschubs versuchte ich, so gelassen wie möglich zu wirken, suchte meine Sachen zusammen und ging zu den anderen Auserwählten hinüber. Als wir nun einen grau gefliesten Gang entlanggeführt wurden, der beißend nach Ammoniak roch, fühlte ich mich ein bisschen an meinen ersten Schultag erinnert. Schweigend drängten wir uns alle zusammen in einen Fahrstuhl, fuhren in den zehnten Stock und stellten uns artig vor zwei geschlossenen Doppeltüren auf. Verstohlen musterte ich meine Mitgeschworenen, konnte aber niemanden entdecken, der auch nur annähernd so begeistert schien wie ich. Officer Pendleton, die vom Typ tyrannische Oberschwester war und eine Dienstwaffe trug, hob mahnend die Hand, bevor sie eine der beiden Türen öffnete und sich leise mit jemandem im Gerichtssaal beriet. Dann wandte sie sich wieder an uns.

»Sie nehmen in den hinteren beiden Reihen Platz«, wies sie uns an. »Es wird nicht geredet, kein Kaugummi gekaut, nicht gegessen, nicht gelesen, keine Handys, keine Kopfbedeckung. Mit der Vorsitzenden Richterin ist *nicht* zu spaßen.« Sie bedachte uns mit einem Blick, der stark vermuten ließ, dass die richterliche Strenge ganz in ihrem Sinne war.

Wahrscheinlich wusste ich besser darüber Bescheid, was uns erwartete, als die meisten anderen Geschworenenanwärter. Seit ich sieben war, hatte ich regelmäßig Gerichtsverhandlungen besucht und meinem Vater voller Stolz bei der Arbeit zugeschaut. Ich hatte somit schon früh feststellen dürfen, dass in Wirklichkeit alles ganz anders war als im Fernsehen. Farbe blätterte von den Wänden, Fenster klemmten, Gerichtsdiener lasen während der Verhandlung gelangweilt Zeitung, meistens gab es keinen einzigen Zuschauer, es herrschte Totenstille, und die Spannung war minimal. Dass während der Verhandlung über das Schicksal von Menschen entschieden wurde, geriet fast völlig in Vergessenheit. Selbst die Befragung durch den Staatsanwalt, sprich meinen Vater, verlor sich oft in sterbenslangweiligen Details – so war einmal eine ganze Stunde darauf verwendet worden zu klären, wie viele Schritte es *ganz genau* vom Fahrstuhl zur Wohnung des Angeklagten waren.

Weshalb es mich auch ziemlich überraschte, dass der Gerichtssaal bis auf den letzten Platz besetzt war. Es herrschte gespannte Unruhe, wie ich sie bei den Fällen meines Vaters nie bemerkt hatte. Nur die beiden für uns reservierten Stuhlreihen waren noch frei. Gerichtsbeamte, bewaffnet und die Arme vor der Brust verschränkt, standen hinter der ebenfalls voll besetzten Anklagebank. Die Angeklagten waren von ihren Anwälten kaum zu unterscheiden – sie trugen ausnahmslos schicke Anzüge und sahen sehr geschniegelt aus. Als wir den Saal betraten, drehten sich alle Anwesenden gespannt nach uns um und beobachteten, wie wir unsere Plätze einnahmen.

Ich setzte mich neben einen laut durch den Mund atmenden Koloss mit Stiernacken, an dessen Hals dicke, fitness-gestählte Sehnen hervortraten. Zu meiner Rechten saß eine ältere schwarze Frau mit dicken Brillengläsern. Sie roch nach Kokosnuss, trug einen Pillbox-Hut mit Hutnadel und hielt die Hände ordentlich auf ihrer Handtasche gefaltet. Am liebsten hätte ich schützend den Arm um sie gelegt, doch ich konnte mir schon vorstellen, wie Mercedes mich allein wegen des Gedankens des positiven Rassismus' bezichtigen würde.

Die Richterin bedachte uns mit einem kühlen Lächeln und ließ ihren professionellen Blick über das bunt zusammengewürfelte Häuflein vor ihr schweifen.

»Willkommen zur heutigen Verhandlung, und vielen Dank, dass Sie Ihrer Bürgerpflicht nachgekommen sind.«

Sogleich setzte ich mich etwas aufrechter hin.

»Ich werde Ihnen jetzt kurz den Hintergrund des Falls erläutern, danach nehmen Sie bitte auf der Geschworenenbank Platz, und ich werde Sie einzeln aufrufen, um mit der formalen Befragung zu beginnen.«

Der nervtötende Finanzchef, der es ebenfalls zu den Auserwählten geschafft hatte, hob die Hand. Die Richterin maß ihn mit strengem Blick und fuhr unbeirrt mit ihrer an uns alle gerichteten Ansprache fort.

»*Nachdem* wir die Formalitäten geklärt haben, haben Sie Gelegenheit, das Hohe Gericht über eventuell gegebene Gründe zu informieren, deretwegen Sie meinen, Ihrer Geschworenenpflicht nicht nachkommen zu können. Wenngleich ich vollstes Verständnis dafür habe, dass es vielen von Ihnen aus den verschiedensten Gründen schwerfallen mag, sich auf einen aller Voraussicht nach lange andauernden Prozess einzustellen, werde ich niemanden von seiner Pflicht entbinden, nur weil er oder sie eine Geschäftsreise anstehen oder einen Urlaub auf den Bahamas geplant hat.« Der Finanzchef ließ seine Hand sinken und presste die Lippen zusammen, bis sie weiß wurden.

»Obwohl wir es in der Regel vorziehen, wenn die Geschworenen keinerlei Kenntnis von den Einzelheiten des Falls haben«, fuhr sie fort, »wird es sich kaum vermeiden lassen, dass Sie von *diesem* Fall bereits gehört haben – es sei denn, Sie haben während des letzten Jahres auf einer einsamen Insel gelebt.« Ich fing an, die Richterin zu mögen, und ebenso wie ich mir wünschte, Jill Amos' beste Freundin zu sein, wollte ich von der Richterin gemocht werden. Also versuchte ich, aufgeweckt und intelligent auszusehen.

»Die vier Angeklagten werden beschuldigt, an dem versuchten Raub eines Gemäldes aus einem Museum in Manhattan beteiligt gewesen zu sein. Zwei von ihnen sind zudem des Mordes an dem Museumswärter angeklagt, der sich ihnen in den Weg gestellt hatte. Alle vier sind schwerer Verbrechen angeklagt.«

Oh, mein Gott! Das war der »Adios Pelarose«-Fall! Ich holte tief Luft und fing an, hektisch mit dem Fuß zu wippen, um meine nervöse Energie umzulenken. Über den Fall war das ganze letzte Jahr über ausführlich in allen Zeitungen berichtet worden. Das »Gemälde« war kein Geringeres als ein Picasso, das »Museum in Manhattan« war das Metropolitan. Für die Medien war der Fall ein gefundenes Fressen gewesen. Die Geschichte ging wie folgt: Luis Pelarose, einer der gerissensten Mafiabosse aller Zeiten, hatte sein Herz – und vielleicht auch seinen Verstand – an eine vollbusige Geliebte namens Maria Anna Mariza verloren. Die wünschte sich, er möge ihr seine Liebe mit etwas Größerem und Besserem als einem Diamantring von Harry Winston beweisen, und bald kursierte das Gerücht, dass sie einen echten van Gogh über dem Kamin ihrer Wohnung in Sheepshead Bay hängen habe. Als Pelaroses Frau davon erfuhr, war sie so erzürnt, dass sie ihm damit drohte, zur Polizei zu gehen und auszupacken, sollte er ihr nicht ein noch größeres und noch besseres Geschenk machen. So war es zu dem versuchten Raub des Picassos gekommen und dazu, dass wir nun alle zusammen in diesem Gerichtssaal versammelt waren.

Ich konnte mein Glück kaum fassen. Ich *musste* unbedingt als Geschworene für diesen Fall ernannt werden!

Während die Richterin noch eine Weile weiterredete, verrenkte ich mir unauffällig den Hals und versuchte, Pelarose persönlich unter den Angeklagten auszumachen. Dann suchte ich die Zuschauerreihen nach üppigen Blondinen ab und entdeckte schließlich Maria Anna, die ein Chanel-Kostüm in grellem Pink und passenden Lippenstift trug. Sie flüsterte dem Mann, der neben ihr saß, etwas zu. Er kam mir auch irgendwie bekannt vor, und ich überlegte angestrengt, um welches der zahlreichen Familienmitglieder es sich bei ihm wohl handeln könnte …

»Zephyr Zuckerman.«

Ich fuhr so heftig zusammen, dass der Fitnesstrainer neben mir sich fast zu Tode erschreckte. Die alte Frau mit dem Pillbox-Hut tätschelte meine Hand und lächelte mir aufmunternd zu.

Ich stand auf, und einer der Gerichtsdiener begleitete mich zur Geschworenenbank. Nun, da aller Augen auf mich gerichtet waren, kam ich mir fast ein bisschen wie eine kleine Berühmtheit vor. Ich versuchte, tief Luft zu holen (vergeblich), und atmete zitternd aus. Als der Officer mich ganz vorne – auf dem vordersten Sitz! – Platz nehmen ließ, hätte ich mich vor Aufregung fast daneben gesetzt. Er reichte mir ein laminiertes Blatt Papier, auf dem eine ganze Reihe Routinefragen standen. Ich warf einen flüchtigen Blick darauf und legte es mir dann auf meine noch immer wackeligen Knie.

Während ich wartete, dass die anderen Geschworenen ihre Plätze einnahmen, wurde ich immer nervöser. Wo sollte ich hinschauen? Blickkontakt mit den Angeklagten oder ihren Anwälten wollte ich vermeiden. Ob ich Personenschutz bekäme, wenn ich auf schuldig entschied? Würde man versuchen, mich mit einem Koffer voller Geld zu bestechen, damit ich für einen Freispruch stimmte? Würden die Mafiosi meinen Freunden oder meiner Familie etwas antun? Unvorstellbar, dass Dover Carter bei seiner neuen Freundin bliebe, wenn er auf einmal Todesdrohungen von der Mafia bekäme! Ich beschloss, meinen Blick nicht von der Richterin abzuwenden. Als auch der letzte der Geschworenen sich gesetzt hatte, schaute sie kurz auf ihre Uhr.

»So, meine Damen und Herren«, sagte sie streng in Richtung der Anwälte, »wegen der vormittäglichen Verzögerungen« – Was für Verzögerungen? War es gar zu einer Schießerei gekommen? Zu leidenschaftlichen Liebesbekundungen? – »bleibt Ihnen heute nur noch Zeit, einen, allenfalls zwei der potenziellen Geschworenen zu befragen, ehe wir uns auf morgen vertagen. Wir beginnen mit«, sie schaute vor sich auf den Tisch, »Ms. Zuckerman. Ms. Zuckerman, bitte machen Sie unter Verwendung der Fragen, die man Ihnen gegeben hat, ein paar Angaben zu Ihrer Person.«

Ich schaute auf das Plastikblatt, das recht bedrohlich in meiner Hand zitterte.

»Mein vollständiger Name lautet Zephyr Anne Zuckerman«, krächzte ich.

»Bitte entspannen Sie sich und sprechen Sie laut und deutlich, damit jeder im Saal Sie gut verstehen kann«, wies die Richterin mich an.

»Zephyr Anne Zuckerman«, wiederholte ich etwas lauter und deutlicher. »Ich lebe in Greenwich Village, wo ich eigentlich mein ganzes bisheriges Leben verbracht habe.« Hilfesuchend schaute ich auf die Fragen. »Ich bin alleinstehend, siebenundzwanzig Jahre alt und …« *Wie viele Erwachsene leben in ihrem Haushalt?* Mich etwa eingeschlossen? »Ich lebe allein.«

Eine flüchtige Bewegung in der zweiten Reihe lenkte mich ab, und ich schaute kurz hinüber. Beunruhigt stellte ich fest, dass zwei Typen mit Kapuzen-Shirts und Bürstenhaarschnitten miteinander tuschelten und mich dabei aufmerksam musterten.

»Ms. Zuckerman, fahren Sie bitte fort«, sagte die Richterin streng.

»Ausbildung. Ähm … Also, ich habe einen Bachelor und habe Vorbereitungskurse für das Medizinstudium besucht.« *Wo sind Sie derzeit beschäftigt?* Ich schluckte. »Ich … ich verwalte das Wohnhaus meiner Eltern im Village.« Keine tiefen Seufzer der Enttäuschung. Kein grölendes Gelächter und Fingerzeigen. Ich entspannte mich ein bisschen und sah mir die restlichen Fragen an.

»Ich kenne keinen, der an diesem Fall beteiligt ist, und …« Bei der nächsten Frage zögerte ich kurz. »Mein Vater ist Anwalt, aber niemand sonst in meiner Familie ist juristisch tätig. Oder bei der Polizei.« Hoffentlich konnten wir es dabei belassen.

»Danke«, sagte die Richterin. »Mr. Suarez?«

Einer der Anwälte sprang so eifrig auf, dass er fast seinen Stuhl umgeworfen hätte. Er sah aus, als wäre er in meinem Alter.

»Sie sagten, Ihr Vater sei Anwalt, Ms. Zuckerman?«, fragte er süffisant. Ich holte tief Luft.

»Ja.«

»Könnten Sie das vielleicht etwas genauer ausführen?«

»Er ist bei der Staatsanwaltschaft.«

»Mit anderen Worten: Er ist Staatsanwalt.«

»Ja«, erwiderte ich und hielt Suarez' triumphierendem Blick tapfer stand.

»Und wo?«

»In Brooklyn.«

»Verstehe«, meinte er vielsagend. »Und Sie meinen, einen Staatsanwalt zum Vater zu haben, ließe Sie unvoreingenommen sein und würde sich in diesem Fall nicht auf Ihre Entscheidung auswirken?«

»Das meine ich«, erwiderte ich ruhig.

»Obwohl Ihr Vater Leute mit mutmaßlichen Verbindungen zur Mafia erfolgreich zur Anklage gebracht hat?«

Gut möglich, dass ich heute Abend in bester Patenmanier einen abgetrennten Pferdekopf in meinem Bett finden würde.

»Der Beruf meines Vaters wird – so weit es diesen Fall anbelangt – keinerlei Auswirkung auf mich oder mein Urteil haben«, sagte ich und dachte dabei, wie stolz mein Vater auf diese wohlformulierte Antwort wäre.

»Sehen Sie Ihren Vater oft?«

Wem zum Teufel wurde hier eigentlich der Prozess gemacht?

»Wir sehen uns regelmäßig, sprechen aber nur selten über seine Arbeit.« Zumindest nicht, solange ein Verfahren noch nicht abgeschlossen war.

»Wohnt er in Ihrer Nähe?«

Ich zögerte.

»Ms. Zuckerman?«

»Ja, über mir«, flüsterte ich.

Mr. Suarez grinste.

»Würden Sie das bitte noch einmal wiederholen, damit auch der Gerichtsreporter es hören kann?«

»Zwei Stockwerke weiter oben«, sagte ich, woraufhin der ganze Saal in Gelächter ausbrach. Sogar die Richterin konnte sich ein Lächeln nicht verkneifen. Mein Gesicht glühte.

»Und Sie würden diesen Fall also nicht mit Ihrem Vater diskutieren, dem Mafiajäger, der ›zwei Stockwerke weiter oben‹ wohnt?« Noch mehr Gelächter. Ich fuhr mir kurz mit der Zunge über die Lippen, sah wieder auf und erwiderte seinen arroganten, siegesgewissen Blick. Seine Wangen waren von pockigen Aknenarben zerfurcht.

»Nein, würde ich nicht.« Hoffentlich hatte das jetzt souverän und selbstbewusst und nicht trotzig geklungen.

»Ah ja. Na dann.« Suarez der Einschüchternde trat den Rückzug von der Geschworenenbank an, und ich atmete leise auf, weil ich dachte, er wäre fertig. Doch dann fuhr er jäh auf dem Absatz herum und tat, als wäre ihm ganz plötzlich noch etwas eingefallen.

»Hat Ihr Vater nicht ein Buch geschrieben, in dem er sich mit den kriminellen Machenschaften in unserem Land befasst und untersucht hat, welche nachhaltig negativen Auswirkungen das organisierte Verbrechen auf die regionale Wirtschaft haben kann?«

Das Buch. Das dumme, gottverdammte Buch. Mein Vater hatte es sich vor zwanzig Jahren aus den Fingern gesogen, weil er mal ausprobieren wollte, ob man als Autor nicht auch ein schönes Leben führen könnte. Ungefähr zehn Exemplare waren verkauft worden, und niemand außer den Kollegen meines Vaters hatte es je gelesen – niemand außer diesem jungen Anwaltsstreber. Ich war kurz versucht, ihn zu fragen, ob das schon ein Eingeständnis seinerseits war, dass seine Mandanten Mafiosi waren, aber er sah so triumphierend aus, als hätte er den Fall bereits gewonnen, weshalb ich natürlich den Mund hielt.

Ich wartete, bis das Gelächter sich wieder gelegt hatte, und sagte dann: »Das hat er geschrieben, als ich sieben war. Ich habe es nie gelesen.« Was leider der Wahrheit entsprach. Mein Vater, der unzählige ermüdend langatmige Schulaufführungen ausgesessen, seitenweise Ergüsse schlechter Lyrik gelesen und Dutzende halbgarer Hausarbeiten korrigiert hatte, hatte eine gnadenlos undankbare Tochter, die nicht ein einziges Mal *versucht* hatte, das einzige Buch, das er jemals geschrieben hatte – und jemals schreiben würde –, zu lesen. Beschämend, aber jetzt gerade schien mir meine töchterliche Undankbarkeit sehr zugute zu kommen.

»Keine weiteren Fragen, Euer Ehren«, sagte Suarez mit süffisantem Grinsen und trat endgültig den Rückzug an. Ich klammerte mich an den Stuhl, der einmal der meine werden könnte – der Stuhl der ersten Geschworenen. Der Obmännin des Geschworenengerichts. Noch schien mein Ziel in realistischer Reichweite.

»Ms. Langley?«, wandte die Richterin sich fragend an die Staatsanwältin, eine zierliche kleine Person, die nun strahlend lächelte, die Hände ausbreitete und meinte: »Mehr brauche ich gar nicht zu wissen«, was erneut mit einer Runde spannungslösender Heiterkeit bedacht wurde. Super, ich durfte hier anscheinend für die Lacher sorgen.

Ich schmorte beleidigt vor mich hin, während Suarez sich den Fitnesstrainer vorknöpfte. Wie sich herausstellte, war er gar kein Fitnesstrainer, sondern Kieferorthopäde. Bei *seiner* Befragung lachte niemand – nicht mal dann, als er sagte, er würde nie Nachrichten schauen, nur Tierfilme. Suarez schien zufrieden und setzte sich wieder.

»So, mehr Zeit bleibt uns heute leider nicht«, schloss die Richterin mit einem letzten strafenden Blick in Richtung der Anwälte. »Meine Damen, meine Herren«, meinte sie an uns gewandt, »ich möchte Sie daran erinnern, dass Sie als potenzielle Geschworene auch vor der endgültigen Auswahl bereits unter Eid stehen und mit *niemandem* über diesen Fall reden dürfen. Das schließt sowohl alle beteiligten Parteien als auch die Presse mit ein. Bitte seien Sie morgen pünktlich um halb zehn wieder hier im Gerichtssaal. Sie nehmen dieselben Plätze ein wie heute, und wir werden mit der Befragung fortfahren. Officer Pendleton?«

Die Gerichtsdienerin, die uns vorhin so streng gemaßregelt hatte, trat vor und führte uns aus dem Saal. Dabei fiel mein Blick wieder auf die Männer in der zweiten Reihe, die mich vorhin angestarrt hatten. Während ich noch überlegte, wie ich Officer Pendleton möglichst unaufgeregt fragen konnte, ob ich über Nacht Personenschutz bekommen könnte, entdeckte ich jedoch noch etwas anderes – *jemand* anderen.

Da war er, saß direkt hinter meinen beiden kapuzen-shirtigen Bewunderern und lächelte dasselbe selbstzufriedene Lächeln, das mich zwei Jahre lang schier um den Verstand gebracht hatte.

Hayden.

Draußen auf dem nur spärlich beleuchteten Gang, umgeben von dem aufgeregten Geplapper meiner zuvor so wortkargen Mitgeschworenen, setzte bei mir plötzlich Tunnelblick ein, und ich musste mich an der Wand abstützen, um nicht umzukippen. In ein paar Sekunden würde Hayden mit den anderen Journalisten aus dem Gerichtssaal kommen, weshalb ich mich jetzt schnell entscheiden musste, ob ich ihm noch einmal begegnen oder doch lieber schleunigst das Weite suchen wollte.

Aber bis ich meinen Körper davon überzeugt hatte, bitte nicht in Ohnmacht zu fallen, war Hayden auch schon an meiner Seite aufgetaucht und hatte mir seinen Arm so lässig um die Schulter gelegt, als ob wir uns gerade letzte Woche erst gesehen hätten. Offensichtlich scherte er sich herzlich wenig um die richterliche Anordnung, dass die Geschworenen nicht mit Vertretern der Presse verkehren sollten.

»Hey du«, flüsterte er mir ins Ohr. Seine Stimme vibrierte meine Wirbelsäule hinab und landete zielsicher zwischen meinen Beinen. Ich verwünschte Hayden, mich und Luis Pelarose, als mir auf einmal der vertraute Hayden-Duft in die Nase stieg, der bereits etliche Male zuvor mein Verderben gewesen war und nun drohte, mich hier auf der Stelle, in den ehrwürdigen Hallen der Justiz, zu Fall zu bringen.

»Hey«, war alles, was ich herausbrachte, während ich meine Gedanken zu sammeln versuchte und mein Hormonspiegel in pubertäre Höhen schnellte. Ein paar neue Lachfalten um die Augen machten seinen Blick noch verführerischer, und sein dickes rotes Haar wollte noch immer von mir zerzaust werden. Ganz gegen meinen Willen taxierte ich auch noch den Rest, gab es doch kaum etwas an Hayden, das ich nicht irgendwann einmal befingert, gestreichelt oder begierig an mich gezogen hatte.

»Lass uns was trinken gehen«, schnurrte er, und ich fühlte mich ertappt.

Eigentlich wollte ich entrüstet ablehnen, doch ich brachte nur ein verwirrtes Stammeln zustande.

»Aaah … an diese Laute kann ich mich noch gut erinnern.« Seine Augen funkelten amüsiert.

»*Mooo*-ment. So einfach geht das nicht«, fuhr ich ihn an. Immerhin besaß er den Anstand, überrascht zu wirken, was mir wiederum Gelegenheit gab, meine Sprachgewalt zurückzuerlangen, als plötzlich die Kapuzen-Shirt-Träger aus dem Saal auftauchten, beide in ein Gespräch mit den Anklägern vertieft.

»Komm.« Ich packte Hayden beim Arm, zog ihn schnell um die Ecke und weiter zu den Fahrstühlen. Als ich ihn kurz anschaute, grinste er mich unverschämt an.

»Immer noch so scharf«, stellte er fest.

»Ja, scharf darauf, nicht mit dir gesehen zu werden.«

»Wenn du dir solche Sorgen machst, dass die Justiz dich hier mit mir sehen könnte, dann lass uns doch einfach zu dir gehen«, schlug er vor.

Ich stieß ein ungläubiges, leicht hysterisch klingendes Schnauben aus, das eigentlich ein Lachen hätte sein sollen. »Du hast dich überhaupt nicht verändert.«

»Stimmt, ich bin genauso gut wie früher«, versprach er.

»Nein. Du bist noch genauso schlimm wie früher.« Ich versuchte ihn loszuwerden (wirklich!), doch währenddessen schien ich mit ihm zu flirten. »Solltest du nicht längst woanders sein – irgendeine Story recherchieren oder deine Zeit anderweitig produktiv nutzen?« So anhänglich und zugänglich war er in der kurzen Zeit, die wir zusammen waren, nie gewesen.

Er sah mich unverwandt an und meinte achselzuckend: »Es gibt noch keine Story. Komm schon, Zephyr. Lass uns einfach nur reden.«

15

*D*u bist jetzt die Hausverwalterin?«, fragte Hayden, als er am frühen Abend meinen Kühlschrank mit einer solchen Selbstverständlichkeit öffnete, als wäre er hier zu Hause. »Hey, du hast Bier da! *Das* ist eine Schlagzeile wert.«

»Restbestände vom letzten Hausverwalter«, sagte ich, während er sich eines von James' Brooklyn Lagers aufmachte und sich grinsend an mich heranpirschte.

Was tust du nur, Zephyr? Was zum Teufel tust du nur?
»Ich bin mal kurz im Bad!«, rief ich und eilte aus der Küche, bevor ich vollends den Verstand und die Beherrschung verlor.

Unterwegs zog ich mir die Stiefel aus und warf sie ins Schlafzimmer, in dem es chaotisch aussah. Es schien Lichtjahre her zu sein, seit ich heute morgen die Wohnung verlassen hatte – das war noch in jener Phase meines Lebens gewesen, als ich überall in der Stadt nach Hayden Ausschau gehalten hatte. Mittlerweile hatte ich das nächste Level erreicht: Ich hatte ihn gefunden.

Aber wie ich nun feststellte, als ich mir meine nicht privatsphärengeprüfte Wohnung so anschaute, hatte ich das Szenario nie weiter als bis zu dem Moment unseres Wiedersehens durchgespielt. Ich hatte mir das in etwa so vorgestellt, dass ich gerade mit einem tollen Date im Restaurant säße und natürlich umwerfend aussähe. Hayden liefe an unserem Tisch vorbei, unsere Blicke würden sich kreuzen, was mir Gelegenheit gäbe, still, doch triumphierend zu lächeln, denn

sowohl Haydens bekümmerte Miene als auch seine stups-
nasige, bebrillte Begleiterin ließen keinen Zweifel daran, dass
er nach der Trennung eindeutig schlechter weggekommen
war als ich und bis ans Ende seiner Tage von Reue geplagt
sein würde.

Hierbei hatte ich es in meiner Fantasie bewenden lassen.
Nie hatte ich mir beispielsweise vorgestellt, dass er jemals
wieder einen Fuß in meine Wohnung setzen würde – und
schon gar nicht, dass er an meinen Kühlschrank gehen und
ein Bier in meiner Küche trinken würde! Hätte ich das geahnt, hätte ich nämlich vorher die Beißspuren aus dem Käse
geschnitten und meine verschwitzten Sportklamotten einge-
sammelt, die zum Auslüften auf Stühlen und Bücherregalen
hingen.

Ich verdrückte mich ins Bad und schloss die Tür ab.
Wenigstens Zahnspülung und Tampons konnte ich noch
verschwinden lassen. Mit einer gewissen Selbstverachtung
platzierte ich stattdessen die Kondome auf dem Spülkasten.
Kopfschüttelnd räumte ich sie zurück in den Schrank. Und
holte sie wieder raus.

Ich hockte mich aufs Klo, stützte den Kopf in die Hände
und dachte nach. Wir waren allein in meiner Wohnung. Niemand wusste, dass wir hier waren. Wenn etwas passierte, wäre
es fast so, als wäre es nicht wirklich passiert, denn niemand
würde davon erfahren. Was würde ich mit dieser geheimen
Freiheit anstellen?

Erst mal pinkeln. Sofort breitete sich im ganzen Bad der
Geruch des Spargelsalats aus, den ich heute Mittag gegessen
hatte. Hilfe! Was, wenn Hayden nach mir ins Bad wollte und
es roch?

Scheißegal, was er dachte! Wollte ich wirklich mit jemandem zusammen sein, vor dem mir meine natürlichsten Kör-
perfunktionen peinlich waren? Entschlossen stellte ich die

Kondome zurück in den Schrank und die Tampons auf den Spülkasten. Ich würde sowieso nicht mit ihm schlafen. War mir doch egal, wenn er meine Spargelpisse roch.

Verdammt. Es war mir nicht egal. Panisch sah ich mich nach etwas um, womit ich den Geruch überdecken könnte. Mein Blick fiel auf die Flasche mit Zahnspülung. Würde Hayden dann womöglich denken, ich hätte mir für ihn die Zähne geputzt? War das besser oder schlimmer, als wenn er meine Spargelpisse roch?

Während ich Hayden verwünschte, kam mir plötzlich der Gedanke, dass ich mich Gregory gegenüber nie so verlegen gefühlt hatte – und das, obwohl ich ihn erst zwei Wochen kannte. Wahrscheinlich, weil Gregory echt war. Und Hayden falsch.

Ich spritzte ein bisschen WC-Reiniger ins Klo. Aber wenn ich jetzt nochmal spülte, musste er dann nicht denken, ich hätte ein so großes Geschäft gemacht, dass ich es mit einmal Spülen nicht runterbekam? Oh Gott, ich drehte noch durch! Ich schaute in den Spiegel, um zu schauen, ob ich durchgedreht aussah. Ich sah definitiv durchgedreht aus.

Tief durchatmen. Denk an seinen unterirdischen Trennungsbrief. An die Kakerlaken-Kleinbuchstaben. An all die Abende, an denen du allein Sushi gegessen hast. Daran, wie du seine leeren Bierflaschen unter dem Bett weggeräumt hast. Er ist nicht der Richtige für dich, Zephyr. Schmeiß ihn raus!

Aber ich habe doch gerade niemand anderen, krächzte das kleine Teufelchen auf meiner Schulter und freute sich diebisch. Gregory hat mich sitzenlassen, weil er lieber einem Irren auf einem Skateboard glaubt, als mir eine faire Chance zu geben. Und alle anderen noch verfügbaren Männer *waren* wahrscheinlich Irre auf Skateboards. Vielleicht könnte ich einfach mit Hayden schlafen, ohne mich emotional auf ihn einzulassen.

Ja, doch, das könnte gehen.

Noch immer etwas unentschlossen, riss ich die Tür auf und … stand direkt vor Hayden. Barfuß, mit hochgekrempelten Ärmeln stand er da, die sommersprossigen Arme auf den Türrahmen gestützt, und wartete auf mich. Sein Mund lag in direkter Linie zu meinem Mund, und es schien mir das Einfachste, alle weiteren Entscheidungen auf später zu vertagen – nachdem ich ihn geküsst hatte.

Haydens Küsse standen in einem gewissen Gegensatz zu seiner Arroganz und seinem Egoismus. Seine Küsse liebkosten und ließen sich Zeit. Sie waren bedächtig, geduldig und großzügig. Zärtlich biss er in meine Lippen, ließ seine Zunge gemächlich meinen Mund erkunden und versetzte mich in einen Zustand wohligen, wehrlosen Erschauerns. Ich ließ mich von Hayden zu meinem Bett führen, fiel zurück in die Kissen und zog ihn auf mich, packte seine schmalen Hüften und meine zweite Chance mit beiden Händen und ergab mich mit Wonne und wider besseren Wissens. Er fühlte sich noch viel, viel besser an, als ich ihn in Erinnerung hatte, wärmer und irgendwie handfester, wie ich fand, und mein ganzer Körper löste sich umgehend unter dem Ansturm meines zwei Jahre lang verdrängten Verlangens auf.

Haydens Hände glitten unter meinen Pullover, er ließ seine Finger über meinen Bauch tanzen, bis ich vom Kopf bis zu den Zehen nur noch aus prickelnder Gänsehaut bestand. Ich stöhnte leise, als er meinen BH öffnete. Mittlerweile interessierte mich nur noch, seine Hände auf meinen Brüsten zu spüren, aber darauf würde er mich noch ein Weilchen warten lassen, wie ich wusste. Schweren Herzens ließ ich von seinem knackigen, runden Hintern ab, und meine Hände wanderten zur Vorderseite seines Körpers, um noch interessanteres Terrain zu erforschen. Gerade wollte ich den Reißverschluss seiner Hose aufziehen, da klingelte das Telefon.

»Geh nicht ran«, murmelte er und hauchte Küsse von meinem Bauchnabel hinauf bis zu meinen Brüsten. Ich packte seinen Kopf und zog ihn an mich, damit ich ihn küssen konnte. Das Telefon hörte auf zu läuten, ich entspannte mich und ließ meine Hände wieder südwärts wandern.

»Ich habe dich vermisst«, flüsterte er. »Ich habe deine Haut vermisst und dein Haar und deinen Hintern und deine göttlichen grauen Augen.«

In seinem Trennungsbrief hatte er sie noch blau genannt, dachte ich, als das Telefon erneut anfing zu klingeln.

»Ach, verdammt!«, schrie ich, stieß Hayden beiseite und schnappte mir den Hörer.

»Zephyr, er hat mir Hämorridencreme gekauft!«

Noch immer halb von Sinnen keuchte ich ins Telefon.

»Zeph, alles okay bei dir? Hier ist Mercedes.«

»Ich … was? Hämorridencreme?« Hayden drängte mich zurück aufs Bett, schob den Kopf unter meinen Pullover und fing an, mit der Zunge meine Rippen entlangzufahren. Fast hätte ich laut gestöhnt, aber nur fast.

»Dover«, sagte Mercedes. »Nach dem Konzert am Samstagabend hatte ich höllische Schmerzen. Deine Eltern haben übrigens die Standing Ovations angefangen – sie sind ja *so* lieb, wenngleich ein bisschen durchgeknallt. Auf jeden Fall waren wir dann schon bei mir, als ich es kaum noch aushielt, und da ist Dover kurz um die Ecke zum Duane Reade, der die ganze Nacht offen hat, du weißt schon, und hat mir Hämorridencreme gekauft! Zephyr, ich bin total verliebt. Jetzt verstehe ich endlich, was das ganze Theater soll. Ich liebe ihn.«

Ich wüsste nicht, wann ich Mercedes zuletzt so schwärmen gehört hatte (denn für ihre Verhältnisse war das schwärmen). Ungeduldig stieß ich Hayden erneut beiseite und hob warnend den Finger.

»Gleich«, flüsterte ich.

»Ist Gregory bei dir?«, fragte Mercedes.

»Nein, nur der Paketbote an der Tür.« Hayden kletterte wieder auf mich und fing an, seinen Finger knapp oberhalb meiner Jeans kreisen zu lassen. Ich biss die Zähne zusammen, verkniff mir meine begierigen Gelüste und überlegte, ob es nicht eine diplomatische Lösung gäbe, meine Freundin loszuwerden.

»Mercedes«, sagte ich also mit so viel Begeisterung, wie ich nur aufbringen konnte, »das musst du mir *ganz* ausführlich erzählen – und am besten persönlich, nicht am Telefon. Wie wäre es mit morgen Abend? Du, ich und Lucy, okay?« Hoffentlich klang das so überzeugend, wie es gemeint war.

»Seine Eltern sind beide gestorben, als er zehn war. Er ist von seiner Schwester großgezogen worden«, sagte Mercedes verträumt.

»Merce, das weiß die halbe Welt«, erwiderte ich, während Hayden sich über mich beugte und seine Zunge in meinen Bauchnabel schnellen ließ.

Da klingelte es an der Tür, was mir einerseits ziemlich ungelegen kam, mir aber zumindest einen Anlass gab, endlich laut zu stöhnen.

»Ich gehe schon hin«, meinte Hayden. Blitzschnell hielt ich die Hand über den Hörer und funkelte ihn wütend an.

»Zeph, wer ist denn da bei dir?«, wollte Mercedes misstrauisch wissen. Hayden sprang vom Bett und sauste zur Sprechanlage.

»Wehe, du gehst da ran«, zischte ich und rannte ihm hinterher. Er ließ seinen Finger über dem Summer kreisen und grinste mich an. Ich legte den Hörer beiseite und wurde handgreiflich.

»Hayden, lass das!«, rief ich.

»Hayden ist bei dir? *Hayden?*«, kreischte Mercedes durch den Hörer. »Scheiße, Zephyr, das kann nicht dein Ernst sein!

Wenn du ihn nicht sofort rausschmeißt, komme ich rüber und übernehme das. Ich reiße ihm seinen kleinen Schwanz ab, versprochen! Und dann drehe ich dir den Hals um! Sag mal, spinnst du? Hayden! Dieser miese kleine Scheißkerl.«

Mercedes fluchen zu hören, und noch dazu mit einer Ausdruckskraft, die Tag alle Ehre machen würde, ließ mich vor Schreck wie angewurzelt stehen bleiben. Hayden fuhr jäh zurück und ließ irritiert seinen Finger sinken. Zum ersten Mal, seit ich ihn kannte, sah er tatsächlich ein klein bisschen verunsichert aus.

»Wer ist *das* denn?«, fragte er und runzelte verstört die Stirn.

»Ja?«, rief ich in die Sprechanlage, ohne ihm oder Mercedes weiter Beachtung zu schenken.

»Ich bin's.« Gregorys liebe Stimme knisterte sich durch die Kabel zu mir herauf und geradewegs in mein Herz.

Scheiße. Scheißescheiße*scheiße*.

»Zephyr …!«, drohte mir Mercedes.

Ich drehte mich um. Hayden hatte die Arme vor der Brust verschränkt, lächelte und schien sich bestens zu amüsieren. Schade, dass seine Kastrationsangst so schnell verflogen war.

»Ich muss jetzt auflegen. Wir sehen uns morgen«, sagte ich zu Mercedes und fügte schnell noch hinzu: »Ich mache schon keine Dummheiten.«

»Doch, machst du«, seufzte sie resigniert.

»Ja, stimmt«, meinte ich und legte auf. Unten wurde nochmal geklingelt. Wie eine wütende Riesenwespe brummte das Klingelgeräusch in meinem Ohr.

»Ich komme schon!«, rief ich in die Sprechanlage, warf einen prüfenden Blick auf Hayden und wünschte, ich könnte ihn in Luft auflösen – oder wenigstens in einen Schrank sperren.

»Wo waren wir stehengeblieben …«, flüsterte er und legte mir die Hände um die Hüften.

»Du rührst dich nicht von der Stelle«, sagte ich streng und hoffte, einen Ton getroffen zu haben, der sowohl einschüchternd als auch verführerisch klang. Es schien zu wirken – Hayden ließ mich los.

Dann raste ich die Treppe hinunter, wobei ich gleichzeitig versuchte, mir unter dem Pulli den BH zuzuhaken und mir zu überlegen, wie ich Gregory schnellstmöglich zum Verschwinden bringen und mich gleichzeitig für ein eventuelles Friedensangebot von seiner Seite empfänglich zeigen könnte.

Als ich die Haustür aufriss, standen da allerdings außer Gregory noch Freddy Givitch mit seinem aschfahlen Gesicht und eine Frau, die Sandra Oh aus *Grey's Anatomy* fast aufs Haar glich. Im ersten Moment und einer sehr verqueren Logik folgend dachte ich, dass Gregory versuchte, mich zurückzugewinnen, indem er mir eine kleine, scharfe Asiatin für Darren Schwartz herbeigezaubert hatte.

»Wegen der Wohnung«, murmelte Freddy an meine Füße gewandt. »Sie hätte Interesse.« Über einem perfekt sitzenden Kostüm ließ Sandra Ohs Klon ein knappes Lächeln aufblitzen, das wahrscheinlich andeuten sollte, dass wir bereits viel zu viel ihrer knappen Zeit verschwendet hätten. Ungeduldig schaute sie an mir vorbei die Treppe hinauf. Ich trat beiseite und bedeutete ihnen einzutreten.

»Sollten Sie Fragen haben, können Sie sich gern an mich wenden …«, rief ich ihnen hinterher, wobei mein Bemühen, professionell und kompetent zu wirken, wohl etwas zu spät kam. Wenigstens hatte ich noch mein Geschworenen-Outfit an, das Verantwortung und Kompetenz ausstrahlte.

Dann drehte ich mich wieder zu Gregory um, sagte jedoch lieber nichts, da ich meiner Stimme nicht so ganz traute. Der Schmerz über seine Zurückweisung, die noch keine zwei Tage zurücklag und sich auf eben diesen schicksalsträchtigen Stufen ereignet hatte, auf denen wir jetzt standen, machte es mir eigentlich unmöglich, überhaupt etwas zu tun, außer alle paar Sekunden kurz zu ihm auf- und dann schnell wieder wegzuschauen, was mich wahrscheinlich wie eine Maus mit Tourette-Syndrom aussehen ließ.

»Zephyr«, sagte er und hob hilflos die Arme. Ich schluckte. »Ich muss dir etwas erklären. Kann ich raufkommen? Können wir drinnen in Ruhe reden?« Am liebsten hätte ich jetzt sofort meine Arme um ihn geschlungen, mein Gesicht an seinen Hals geschmiegt und seine Hände warm auf meinem Rücken gespürt – doch wegen logistischer Komplikationen konnte ich leider nur den Kopf schütteln.

Damit schien Gregory nicht gerechnet zu haben. Er schien am Boden zerstört, wie ich mit einer gewissen Genugtuung feststellte.

»Zephyr«, flötete Hayden von oben. »Ich warte!«

Ich fuhr mir hektisch mit den Händen durchs Haar und zog verzweifelt daran, als hoffte ich, so eine geheime Falltür aufklappen zu lassen, durch die ich flink verschwinden könnte. Mein Atem ging schnell und flach, und zum zweiten Mal an ein und demselben Tag fürchtete ich, in Ohnmacht zu fallen. Außerdem fing mein rechtes Augenlid zu zucken an – so wie an jenem Abend, als Tag und ich im St. Regis erwischt worden waren. Ich musste Gregory auf der Stelle loswerden.

»Wer war das denn?«, wollte Gregory wissen.

»Der Makler«, stieß ich atemlos hervor.

»Der?«, fragte Gregory ungläubig und schaute an mir vorbei ins Treppenhaus. Ich drehte mich um und sah Sandra schon wieder die Treppe herunterkommen, dicht gefolgt von Freddy, dem ein Ausdruck ins Gesicht geschrieben stand, der ganz entfernt an ein Lächeln erinnerte.

»Nehme ich«, sagte sie mit einer beiläufigen Handbewegung in die ungefähre Richtung der Wohnung, als sie an mir vorbei aus dem Haus eilte.

»Die Wohnung kann noch nicht wieder vermietet werden«, warf Gregory plötzlich ein.

Was? Verdutzt schaute ich ihn an. Sandra blieb wie angewurzelt stehen, ließ ihre fitnessgestählte Wade wie erstarrt über der ersten Treppenstufe schweben. Betont langsam drehte sie sich um und bedachte Freddy mit einem vernichtenden Blick.

»Dann sorgen Sie dafür, dass Sie wieder vermietet werden kann«, beschied sie kühl.

Vielleicht sollte man bei potenziellen Mietern doch nicht nur auf ihr Bankkonto achten, dachte ich und erwog sogar, mich eventuell auch mit weniger als viertausend im Monat zufriedenzugeben. Eventuell.

»Wer ist der Typ?«, murmelte Freddy in Gregorys Richtung, derweil Sandra längst zielstrebig zur Greenwich Avenue vormarschierte, um sich ein Taxi herbeizuwinken.

»Ja, genau, Zephyr – wer sind diese Typen eigentlich?« Vergnügt kam Hayden barfuß die Treppe heruntergelatscht und lehnte sich gespannt gegen die Hauswand, in der Hand ein frisches Bier.

Gregory schaute zwischen meinen und Haydens nackten Füßen hin und her, dann sah er auf.

Du betrügst mich!, blitzte es in seinen Augen.

»Die Wohnung kann noch nicht wieder vermietet werden«, wiederholte er langsam und deutlich, aber natürlich meinte er etwas ganz anderes. Ich musste an LinguaFranks Beschimpfungen denken und wäre am liebsten im Boden versunken.

»Zephyr?«, kam es kläglich von Freddy.

»Es stehen meines Wissens noch ein paar bauliche Veränderungen an«, sagte Gregory und schaute mich vielsagend an.

Die Treppe, natürlich. Hoffte er etwa auf weitere Eskapaden im pinkfarbenen Plüsch? Bedeutete ich ihm so viel? Oder so wenig? Bedeutete er mir mehr als viertausend Dollar im Monat?

»Will jemand ein Bier?«, fragte Hayden.

»Herrgott nochmal!«, explodierte ich. »Hayden, du verschwindest jetzt. Sofort.«

Hayden rührte sich nicht vom Fleck.

»Freddy, die Wohnung *kann* wieder vermietet werden«, sagte ich und schaute Gregory meinerseits vielsagend an. Was sollte das ganze Theater wegen dieser blöden Treppe? Mag sein, dass sie unserer kurzen, flüchtigen Beziehung auf die Sprünge geholfen hatte, aber die war sowieso schon wieder vorbei. Weil Gregory nämlich andauernd schlecht gelaunt, sarkastisch, süffisant, unberechenbar und sozial inkompetent war und sich in Sachen einmischte, die ihn nichts angingen. Ich würde die geheime Tür im Schrank einfach zumauern lassen, und wenn Sandra Oh oder sonst wer Solventes die Wohnung mietete und sich erkundigte, was das denn für eine Tür da im Schrank wäre, würde ich einfach sagen, es wäre ein Relikt aus grauer Vorzeit und würde nirgendwohin führen. Eine schöne Metapher für mein Leben eigentlich, das sich auch gerade rückwärts ins Nirgendwo zu bewegen schien.

»Sie kann vermietet werden«, sagte ich entschieden. »Wann will sie einziehen?«

Gregory umfasste mit beiden Händen seinen Nacken und streckte sich, was wie der Versuch aussah, das Verlangen zu unterdrücken, mir eigenhändig den Hals umzudrehen.

»Ist das dein Freund?«, fragte Hayden beiläufig und trank den Rest seines Biers aus.

Freddy schaute auf – vielleicht zum ersten Mal in seinem Leben.

»Nein, nicht du. Er.« Hayden zeigte mit seiner Bierflasche auf Gregory.

»Nein«, schnauzte Gregory ihn an. »Ich bin nur der Kammerjäger.«

Ohne mich auch nur eines weiteren Blickes zu würdigen, drehte er sich um und ging davon. Ich ließ mich gegen die Haustür fallen. Wie konnte es sein, dass ein und derselbe Mann binnen zweier Tage gleich zweimal mit mir Schluss machte? Und warum tat es heute genauso weh wie vorgestern? War das nicht eigentlich ein Ding der Unmöglichkeit? Verstieß das nicht gegen irgendein physikalisches Gesetz?

»Der Kammerjäger?«, horchte Freddy auf, den Blick mittlerweile wieder auf den üblichen Bereich ungefähr auf Höhe meiner Knie gerichtet. »Gibt es hier im Haus Probleme mit Ungeziefer?«

»Oh ja«, sagte ich und schaute Hayden an, der mich anlächelte und belustigt mit den Augenbrauen wackelte.

»Kümmern Sie sich drum«, murmelte Freddy zum Abschied und trottete die Treppe hinunter auf die Straße.

Wortlos huschte Hayden an mir vorbei, streifte dabei rein zufällig meine Brüste und schloss die Tür hinter Freddy ab. Dann fasst er mich bei den Händen und zog mich an sich.

»Hey du«, flüsterte er dicht an meinem Ohr.

»Wie heiße ich?«, konnte ich mir nicht verkneifen zurückzuflüstern.

Entgeistert sah er mich an. »Was?«

Ich schüttelte den Kopf und schaute in seine grünen Augen, wartete darauf, dass die Lust mich wieder überkam, doch ich konnte einzig nur an Gregory denken. Gregory, wie er auf der Treppe vor dem Haus saß und sich Vanillecreme von den Fingern leckte. Gregorys Atem, der in der Dunkelheit von Roxanas Schrank meine Wange streifte. Gregory, von dem ich in einer Stunde mehr über mich lernen konnte als von Hayden in einem ganzen Leben.

Ich drückte Haydens Hände und redete mir gut zu, einfach mit ihm hochzugehen und dort weiterzumachen, wo wir vorhin aufgehört hatten. Die Zephyr der vergangenen zwei Jahre wollte es so. Ich *wollte* Hayden einfach weiterhin begehren. Außerdem: Gregory war ja weg – mal wieder, sollte man vielleicht sagen –, und hier stand leibhaftig der Mann vor mir, von dem ich so lange besessen gewesen war, und bot sich mir an.

Hayden steuerte auf die Treppe zu und zog mich mit sich. Langsam stieg ich die Stufen hinauf und zählte jede einzelne, während ich mich mit dem zeternden Teufelchen auf meiner Schulter zankte.

Zwei Stufen blieben noch, als ich zu einer Entscheidung kam.

»Hayden«, sagte ich und blieb jäh stehen.

Er drehte sich um, schaute mich an und lächelte.

»Das war doch dein Freund, oder?« Er klang wehmütig und zeigte sich mit dieser einen Frage einsichtiger als in den knapp fünf Monaten, die wir zusammen gewesen waren. Fast wäre ich schwach geworden.

»Ich weiß es ehrlich gesagt selbst nicht«, meinte ich entschuldigend und fühlte mich, als müsse ich gleich von einer sehr, sehr hohen Klippe springen, »aber er … er geht mir einfach nicht mehr aus dem Kopf«, schloss ich und bedauerte, dass mir nichts Besseres einfiel.

»Soll ich lieber gehen?« Er streichelte mit dem Daumen über mein Handgelenk. Meine Knie wurden schon wieder weich, doch ich biss fest die Zähne zusammen und nickte.

Er nickte zurück (eine Spur zu selbstmitleidig, wie ich fand) und ließ meine Hand los (etwas zu plötzlich, wie ich fand). Ich holte tief Luft. Oh Gott, ich würde ihn *niemals* wiedersehen! Ich hatte eine zweite Chance bekommen und warf sie einfach so weg! Oh, wie musste ich mich zusammenreißen, damit ich ihn nicht ungestüm in meine Wohnung schob und ihm versicherte, das wäre doch nur ein dummer Scherz gewesen. Prüfend ließ ich meinen Blick auf Hayden ruhen. Ja, doch, beschloss ich – das war's dann.

»Okay, ich hole nur noch schnell meine Schuhe«, meinte er, auf einmal wieder ganz zuversichtlich und versöhnlich, zwinkerte mir zu und stieß die Tür zu meiner Wohnung auf.

Ich schüttelte bedauernd den Kopf. Armer Junge. Das war es *wirklich*, Hayden, versuchte ich uns beide stumm zu überzeugen. Es ist *aus*.

Schweigend schaute ich zu, wie er sich seine Schuhe anzog und seine rote Kuriertasche umhängte.

»Wir sehen uns dann morgen im Gericht!« Er gab mir einen Kuss auf die Nase und sprang die Treppe hinunter.

»Er hat mein Buch gelesen, Zephy? Wirklich?«

Am Abend lag ich bei meinen Eltern auf dem Sofa, einen Arm über den Augen, rücklings an meinen Vater gelehnt. Gleich nachdem Hayden gegangen war, hatte es wieder zu regnen begonnen, und das Geräusch des auf das Oberlicht prasselnden Wassers passte bestens zu meiner Weltuntergangsstimmung. Eigentlich sollte mein Vater mir den Nacken massieren, konnte aber der Versuchung nicht widerstehen, an meinen Ohren zu ziehen, während er laut nachdachte.

»Autsch! Nicht die Ohren, Dad.«

»Entschuldige. Was hat er dazu gesagt? Hat es ihm gefallen?«, beharrte mein Vater und zog schon wieder an meinen Ohrläppchen.

»Aua, ich *weiß* es nicht. Er wollte mich kleinkriegen. Er hat das Buch als *Waffe* gegen mich verwendet!« Natürlich war ich mir bewusst, dass ich übertrieb und mich melodramatisch aufführte, aber das war mir egal. Ich hatte fürchterlichen Liebeskummer, und meinen Vater interessierte nur, was irgendein übereifriger Verteidiger von seinem Buch dachte.

»Und was hältst du von Anne?«, wollte er wissen. Gemeint war Langley, die blonde Staatsanwältin. »Sie ist ein richtiger Star. Wie findest du sie? Was hat sie dich gefragt?«

»Dad«, murmelte ich, die Nase fast in meiner Achselhöhle. »Genau deshalb wird man mich bestimmt *niemals* als Geschworene auswählen. Hör auf, mich auszufragen!«

Ich hörte Eiswürfel klappern, und als ich unter meinem Arm hervorspähte, sah ich meine Mutter ein Tablett mit Sherry und Fischsalat hereinbringen. Beides war für meine Eltern zu einem festen abendlichen Ritual geworden.

Mein Vater nahm einen Schluck Sherry und schmatzte mit den Lippen.

»Ach, Zephy … ein Jammer, dass du nichts trinkst. In Zeiten wie diesen würde es dir bestimmt guttun.«

Leise stöhnend schloss ich die Augen wieder.

Ich spürte, wie meine Mutter sich neben mich setzte. Als sie anfing, mir übers Haar zu streichen, entwand ich mich meinem Vater und rutschte näher an sie heran. Ich hatte vor, so viel mütterliche Streicheleinheiten wie nur möglich aufzusaugen, bevor mein Bruder, der gefeierte Regisseur, nächste Woche nach Hause kam.

»Zephy, Schätzchen, so ganz verstehe ich das nicht«, meinte sie behutsam. »Du kennst diesen Jungen erst …«

»Er ist ein *Mann*«, unterbrach ich sie gereizt. »Ich verabrede mich mit *Männern*.«

»Du kennst diesen Mann erst zwei Wochen, und ihr streitet euch schon die ganze Zeit? Vielleicht ist er den Kummer ja nicht wert.«

»Das sagst du nur, weil du nicht willst, dass ich mit einem Kammerjäger zusammen bin«, hielt ich ihr vor und merkte schon, dass ich mich damit gehörig in Schwierigkeiten brachte. Schlagartig hörte sie auf, mein Haar zu streicheln und klopfte tadelnd mit dem Fingernagel auf meine Kopfhaut.

305

»Zephyr«, sagte sie streng.

»Tut mir leid«, murmelte ich und setzte mich auf.

»Weshalb hast *du* denn ein Problem damit, mit einem Kammerjäger zusammen zu sein?«, fragte sie mich.

»Habe ich doch gar nicht«, entgegnete ich, obwohl ich ahnte, dass das nicht so ganz stimmte. »Ich meine, wünsche ich mir, dass er einen interessanteren Beruf hätte? Eine tolle Karriere? Dass er beispielsweise … dass er Kriminalreporter für eine große Tageszeitung wäre? Ja, doch, eigentlich schon.«

Meine Eltern schauten mich etwas verständnislos an – ich hatte Hayden ja erfolgreich vor ihnen geheim gehalten.

»Ihr seid es doch, die tolle, erfolgreiche Karrieren habt«, quengelte ich und hasste den weinerlichen Klang meiner Stimme, konnte den hin und wieder sehr reizvollen Rückfall in frühkindliche Verhaltensweisen aber nicht verhindern. »*Ihr* habt mir unterbewusst zu verstehen gegeben, wer als Freund erwünscht ist und wer nicht. *Ihr* habt Angst, dass ich niemals auch nur *irgendwas* zustande bekommen werde.«

»Nun mal langsam«, meinte mein Vater und zog die Augenbrauen hoch.

»Das sind zwei völlig verschiedene Dinge«, sagte meine Mutter. »Du kannst zusammen sein, mit wem du willst, solange er nur nett und gut zu dir ist. Das hat überhaupt nichts mit unserer Hoffnung zu tun, dass du etwas aus deinem Leben machen wirst.«

Hoffnung. Sie hatte »Hoffnung« gesagt! Gregory hatte kürzlich gemeint, es läge in der Verantwortung der Eltern, ihre eigenen Wünsche und Hoffnungen von den Erwartungen an ihre Kinder zu unterscheiden. Meine Eltern konnten beides tatsächlich auseinanderhalten. Ein heftiges Schluchzen stieg in mir auf. Ich versuchte es zurückzuhalten, doch vergebens – es brach einfach aus mir heraus. Laut schluchzend warf ich mich meiner Mutter an den Hals.

Ich spürte, wie sie meinem Vater über meinen Kopf hinweg ihr Sherryglas reichte und mich dann in die Arme schloss, woraufhin ich noch lauter schluchzte. Ich heulte so heftig, dass die Schrittfolgen der griechischen Volkstänze auf dem Boden vor meinen Augen auf und ab hüpften. Ich heulte, weil ich keine Hausverwalterin sein wollte. Weil ich versuchte, aus Zitronen weltraumwürdige Limonade zu machen, es aber nicht hinbekam. Weil ich nicht verstand, wie ich so große Pläne haben und gleichzeitig so faul und unmotiviert sein konnte. Weil Gregory wusste, dass ich dachte, er wäre nicht gut genug für mich, wofür ich mich wirklich verabscheute. Ich konnte nicht mal LinguaFrank die Schuld dafür geben, dass Gregory auf und davon war. Gregory hatte ja versucht zurückzukommen, doch ich musste ihm natürlich zu verstehen geben, dass ich bessere Optionen hätte. Ich hasste mich dafür, so scheußlich zu ihm gewesen zu sein.

Mein Vater tätschelte meinen Fuß. »Weißt du, Zephy«, meinte er gutmütig, »was die meisten Menschen einfach nicht begreifen wollen, ist, dass wahre Liebe in der Regel Schwiegereltern, Hypotheken und Windeln nach sich zieht. Wenn du eine Beziehung willst, die immer nur aufregend und spannend ist, bleibst du am Ende allein. Entweder weil du gar nicht erst fündig wirst, oder weil deiner wahren Liebe beim Aufstieg auf den Mount Everest die Luft ausgeht.« Er lachte leise und etwas freudlos, wie ich fand.

Ich setzte mich auf, und meine Mutter wischte mir die Tränen von der Wange. »Ich will doch gar nicht, dass es immer aufregend und spannend ist«, jammerte ich. »Ich will ...«

Meine Eltern sahen mich so erwartungsvoll an, als hofften sie, endlich die Antwort auf jene Frage zu hören, die sie sich wahrscheinlich schon unzählige Male gestellt hatten. Vielleicht hofften sie zu hören, dass ich beschlossen hätte, es doch nochmal mit Jura zu versuchen, oder dass ich mir vorstellen könnte, wieder ein Stethoskop in die Hand zu nehmen oder mich für den diplomatischen Dienst zu bewerben. Ich wusste allerdings noch immer nicht, was ich mal machen wollte, wenn ich erwachsen wäre. Doch zumindest wusste ich jetzt, mit wem ich dann zusammen sein wollte.

»Ich will den Kammerjäger«, schluchzte ich. »Aber ich habe es total vermasselt!«

16

Am nächsten Tag ließ ich mich neben dem stiernackigen Kieferorthopäden auf meinen Platz plumpsen und harrte geduldig aus, während die restlichen Kandidaten befragt wurden. Ich wickelte einen losen Faden an meinem – heute schwarzen – Pullover um den Finger, wickelte ihn ab und dann wieder auf. Während General Suarez die Hundepensionsbesitzerin, die hinter mir saß, befragte, versuchte ich meinen Blick nur ja nicht zu dem roten Haarschopf im Publikum schweifen zu lassen. Vor lauter Anstrengung, nicht einmal *annähernd* in Richtung des vierten Stuhls von links in der dritten Reihe zu schauen, bekam ich Nackenverspannungen. Ich überlegte, wie oft ich – rein statistisch betrachtet – unter normalen Umständen während einer Minute in diese Richtung geschaut hätte und wie auffällig es wohl wäre, dass ich dies nun so angestrengt vermied …

Der Saal war wieder proppenvoll, doch nun fand ich den Anblick von Maria Anna Mariza in einem heute schockblauen Kostüm, wie sie mit ihrem Sitznachbarn tuschelte – mir war noch immer nicht eingefallen, welcher von Pelaroses Handlangern er war –, einfach nur deprimierend. Auf der Geschworenenbank zu sitzen war ein so langweiliger und undankbarer Job, dass ich mir fast wünschte, ich wäre längst zurück in 287 West 12th und könnte Zigarettenkippen aus dem Hausdurchgang fegen.

Einer der Gerichtsdiener sprach schon seit einer Weile

leise mit den beiden mysteriösen Muskelmännern mit den Bürstenhaarschnitten, die sich heute übrigens in taubengraue Anzüge gezwängt hatten. Nun richtete er sich auf und trat durch die Schwingtür in den Anwaltsbereich. Er flüsterte einer Gerichtsdienerin etwas zu, die daraufhin aufstand und auf Absätzen, die ein Wunderwerk der Folterkunst waren, zu dem pokergesichtigen Assistenten stöckelte, der neben der Richterbank saß, und ihm einen Zettel gab. Der Assistent las ihn und flüsterte der Richterin etwas zu, woraufhin sie aufsah und – ungelogen – geradewegs *mich* anschaute. Ich setzte mich aufrecht hin, straffte die Schultern und konnte gerade noch dem nervösen Impuls widerstehen, mir hektisch die Haare glatt zu streichen.

»Mr. Suarez, bitte entschuldigen Sie, wenn ich Sie kurz unterbreche«, fiel sie dem übereifrigen Verteidiger in den eloquenten Redeschwall. »Meine Herren, muss das wirklich *jetzt* sein?«, fragte sie an die Bürstenhaarschnitte gewandt, die sich von ihren Stühlen erhoben, bevor sie antworteten.

»Euer Ehren«, sagte der Kräftigere der beiden in breitestem Bronx-Tonfall, »entschuldigen Sie die Störung, aber wir sind der Ansicht, dass es keinen Aufschub duldet.«

Aus dem Augenwinkel nahm ich wahr, wie Hayden gespannt zwischen den Muskelmännern und der Richterin hin und her sah.

»In Zukunft erledigen Sie Ihre Arbeit bitte, während das Gericht pausiert, statt hier einfach die Geschworenenauswahl zu unterbrechen.« Sie bedachte die beiden mit tadelndem Blick.

»Jawohl, Euer Ehren«, erwiderte der Größere höflich. »Derzeit deutet nichts darauf hin, dass wir das Prozedere noch einmal stören müssten.«

Die Richterin seufzte und schaute wieder mich an.

»Ms. Zuckerman, wenn Sie bitte so freundlich wären,

den beiden Herren zu folgen? Ich möchte mich bei allen Anwesenden für die Unterbrechung entschuldigen.«

Ich schluckte und merkte, wie meine Ohren zu glühen anfingen. Das hatte ich ja noch nie gehört, dass so etwas mal vorgekommen ist! Waren sie vielleicht zu dem Schluss gekommen, dass ich bei der Befragung falsche Angaben zu meinen Lebensverhältnissen gemacht hatte? Aber ich lebte doch wirklich allein! Würde man mich wegen vermeintlichen Meineides einbuchten?

Verwirrt und leicht panisch griff ich nach meinem Rucksack. Mein Blick fiel auf Suarez, der überrascht die Brauen hob. Die blonde Staatsanwältin runzelte die Stirn und kritzelte etwas auf ihren Notizblock. Sie schien verärgert, weil sie mich als Geschworene haben wollte. Wusste ich es doch! Sie mochte mich. Oh, welch ein wunderbarer Prozess es hätte werden können …

Leicht wackelig auf den Beinen, schob ich mich an den Knien meiner ehemaligen Mitgeschworenen vorbei. Im Saal herrschte Totenstille. Außer meinen Schritten und dem leisen Rascheln der Anzüge der beiden Bürstenhaarschnitte war kein Laut zu hören. Während ich ihnen zu einer Seitentür folgte, hielt ich den Kopf gesenkt, doch im allerletzten Moment, schaute ich noch mal kurz auf – und geradewegs in Haydens Augen. Statt seines üblichen dreisten, verführerischen und furchtbar provozierenden Grinsen stand ihm ehrliche Neugier ins Gesicht geschrieben. Er schien fasziniert. Wahrscheinlich sah er immer so aus, wenn er auf eine neue Geschichte gestoßen war und eine heiße Fährte verfolgte.

Das, rechtfertigte ich mich vor den bösen Geistern der Vergangenheit, diese Leidenschaft für seinen Job, war genau der Grund, weshalb ich mich überhaupt in ihn verliebt hatte. Und tatsächlich schien Hayden mich noch nie so interessant gefunden zu haben wie jetzt – auch dann nicht, wenn wir zusammen im Bett gelegen hatten. Einerseits ein sehr schmeichelhafter Gedanke – *endlich* hatte ich seine ungeteilte Aufmerksamkeit –, aber irgendwie auch sehr deprimierend.

Rausschmeißer Nummer eins hielt mir die Tür auf und Rausschmeißer Nummer zwei ließ mir den Vortritt. Ihre Schädeldecken mochten wie frisch gemähter Rasen aussehen, aber die beiden waren richtige Gentlemen.

»Werde ich jetzt verhaftet?«, platzte ich aufgeregt heraus, kaum dass wir den Saal verlassen hatten und die Tür hinter uns zufiel.

»Nein, nein, keine Sorge«, versicherte mir Nummer eins, der Kleinere, Kräftigere der beiden. Nummer zwei schwieg. Ah ja, dachte ich – guter Cop, böser Cop. Ich hielt den Schulterriemen meines Rucksacks so fest umklammert, dass mir die Finger weiß wurden und langsam abzusterben drohten. Vorsichtig streckte ich meine angstschweißige Hand und wischte sie verstohlen an meiner Hose ab.

»Ich bin Agent Mulrooney, und das ist Agent Underhill. Wir hätten da nur mal ein paar Fragen«, sagte Mulrooney höflich. »Wenn Sie uns bitte folgen würden – hier entlang.«

Agent? Die beiden waren vom FBI? Wollte man mir tatsächlich die Hölle heiß machen, weil ich auf eine der Fragen bei der Geschworenenauswahl etwas ungenau geantwortet hatte? Ich spürte, wie mein rechtes Augenlid hektisch zu zucken begann. Wir liefen einen grauen Korridor hinab, an dessen Ende wir um eine Ecke bogen und wiederum in einem grauen Korridor landeten.

Und was, wenn die beiden gar nicht die waren, die zu sein sie behaupteten? Was, wenn sie zur Pelarose-Familie gehörten und sich nur als Polizisten *ausgaben*, die Richterin arglistig getäuscht hatten und mich nun im East River versenkten? Vielleicht, dachte ich in wilder Panik, und mein Herz pochte jetzt mit meinem zuckenden Augenlid im Takt, steckten die Pelaroses mit dem Sanchez-Clan unter einer Decke – und ich musste dafür büßen, dass mein Vater Tommy »Kanalratte« Sanchez hinter Gitter gebracht hatte!

»Ein Glück, dass es aufgehört hat zu regnen«, meinte Mulrooney.

»Yeah, ich habe heute Abend Karten fürs Shea«, sagte Underhill.

Zumindest wusste ich jetzt, dass sie mich nicht die ganze Nacht festhalten würden. Oder es bedeutete, dass die beiden kurzen Prozess mit mir machen, meine sterblichen Überreste irgendwo auf dem Weg nach Queens beseitigen und nach einer kleinen Stärkung pünktlich zum ersten Pitch im Baseballstadion sitzen wollten.

Wir bogen um eine weitere Ecke und kamen an einer Tür vorbei, an der ein Schild hing: »Jury berät sich. Kein Zutritt.« Ein Gerichtsdiener von kolossalen Ausmaßen kippelte davor auf seinem überstrapazierten Stuhl, ein schon etwas ramponiertes Telefon am Ohr und starrte angestrengt auf einen zerknitterten Zettel, den er in der Hand hielt.

»Eintopf aus dem Kühlschrank nehmen. Ofen auf hundertfünfundsiebzig stellen. Eintopf in den Ofen schieben«, las er vor und lauschte dann einen Moment schweigend. »Keine Ahnung. Halbe Stunde? Bin ich Sternekoch, oder was?« Er legte auf, ließ die Stuhlbeine auf den Boden rummsen und verdrehte die Augen.

»Reicht das vielleicht nicht, dass ich mir den ganzen Tag für *die da* die Füße platt laufe?« Mit dem Kopf deutete er in Richtung der New Yorker Bürger, die sich hinter verschlossener Tür mit der Rechtsprechung beschäftigten. »Muss ich ihren Männern jetzt noch das *Kochen* beibringen?«

Auf mich machte er eigentlich nicht den Eindruck, als hätte er sich je irgendwo die Füße platt gelaufen.

Mulrooney schüttelte mitfühlend den Kopf und öffnete

dann die Tür neben jener, die der zum Koch degradierte Gerichtsdiener bewachte.

Ein Geschworenenzimmer. Das einzige Fenster hatte einen Sprung und das billige Furnier des langen Tisches schon sehr unter den Kugelschreiberklopfattacken jener Geschworenen gelitten, die ihre Worte gern mit nachdrücklichen Gesten begleiteten, um ihre Mitbürger von ihrer Sicht der Dinge zu überzeugen. Ein staatseigener kupferfarbener Wasserkrug stand in der Mitte des Tisches, umgeben von einem Dutzend Gläser. Meine Angst wuchs mit jedem Augenblick. Warum hatten sie mich nicht einfach vom Geschworenendienst entbunden? Warum hatten sie mich durch ein Labyrinth ununterscheidbarer Gänge zu einem Zimmer geführt, in dem niemand meine Schreie hören würde?

Underhill zog einen Stuhl heran und bedeutete mir, mich zu setzen.

»Ich lebe wirklich allein«, platzte ich heraus und klammerte mich an meinen Rucksack, als wäre er mein einziger Freund auf dieser Welt. »Die Wohnung hat einen separaten Eingang, eine eigene Küche. Ich habe sogar eine eigene Waschmaschine«, zählte ich auf. Meine Stimme überschlug sich.

Mulrooney schaute Underhill mit gehobenen Augenbrauen an. »Entspannen Sie sich«, meinte er. »Ich bin mir sicher, dass Sie eine sehr schöne Wohnung haben.« Er goss ein Glas Wasser ein und schob es mir über den Tisch zu.

Underhill zog einen Stuhl heran und setzte sich – breitbeinig, die Rückenlehne nach vorn. Ach, komm, dachte ich unwillkürlich, hör' doch auf mit dem Quatsch. Ist das hier ein Casting für *Law & Order*, oder was? Ich trank einen Schluck Wasser.

»Vor ein paar Wochen, am Samstag, dem vierten April, um genau zu sein«, fing Underhill an und ließ mich nicht eine

Sekunde aus den Augen, »wurden Sie gesehen, wie Sie aus dem St. Regis Hotel flüchteten.«

Mein Gehirn machte eine Vollbremsung – Reifen quietschten, Funken sprühten, Crashtest-Dummys wurden kopfüber gegen eine Mauer geschleudert.

»Wie bitte?«

»Das St. Regis.«

»Wir haben es auf Band«, sagte Mulrooney und lächelte entschuldigend.

Ich schüttelte kurz den Kopf und fragte mich, ob das hier ein schlechter Traum war. Waren wir noch immer im Gericht? War noch immer Dienstag?

»*Was* haben Sie auf Band?«, wollte ich wissen.

»Wie Sie aus dem St. Regis geflüchtet sind«, wiederholte Underhill, sehr langsam und sehr deutlich.

»Ich bin nicht geflüchtet«, sagte ich und versuchte, mir meine Verwirrung nicht anmerken zu lassen. »Ich bin gegangen.«

»Sie sind aber ganz schön schnell gegangen, meinen Sie nicht auch?«, setzte Mulrooney nach.

Underhill beugte sich vor und stützte seine Ellenbogen auf den Tisch.

»Sie hatten es erstens ganz schön eilig, und Sie kamen zweitens von einer Party, bei der die Angeklagten und ihre Komplizen anwesend waren.«

Demolierte Crashtest-Dummys purzelten aus meinem Gehirn und ließen mich allein in einem anderen Universum zurück.

Ich fuhr mir kurz mit der Zunge über die Lippen und versuchte, meine Worte sehr, sehr sorgfältig zu wählen. »Was?«, brachte ich heraus.

»Sie waren vor drei Wochen gemeinsam mit Mitgliedern der Pelarose-Familie auf einer Party, und nun sind Sie hier, um sich für die Jury auswählen zu lassen, die darüber entscheidet, ob die Pelaroses lebenslang hinter Gitter kommen. Oder freigesprochen werden«, fügte Underhill hinzu und betonte die letzten drei Worte. »Und Sie wollen mir weismachen, das wäre bloß ein Zufall?«

»Moment«, sagte ich und drückte meine Hände fest an meine Wangen. Irgendwie hatte ich das ungute Gefühl, dass mein Leben gerade auf Abwege geriet. »Das war eine spanische Party. Da waren nur Spanier«, erklärte ich und war mir völlig bewusst, wie dumm das klang.

»Die Pelaroses *sind* Spanier«, sagte Mulrooney in einem so mitleidigen Ton, als sei ich ganz besonders begriffsstutzig.

»Ich dachte, die Mafia gibt es nur in Italien.«

»Warum waren Sie an jenem Abend dort?«, drängte Underhill weiter, er verlor hörbar die Geduld wegen meiner begrenzten Kenntnis der weltweiten Unterwelt.

»Wegen der Party natürlich, ich habe die Party gecrasht«, sagte ich tapfer. Nie hätte ich mir träumen lassen, dass ich mich mal in einer Situation befinden würde, wo dies zuzugeben noch meine beste Option war. »Zusammen mit meiner Freundin Tag. Wir machen das manchmal, Partys crashen.« *Haben* das manchmal gemacht. Jetzt nicht mehr. Ich könnte Tag umbringen. Das war alles ihre Schuld!

»Sie behaupten also, es war nur ein Zufall, dass Sie an jenem Abend dort waren?«

Ich nickte heftig. »Behaupte ich nicht nur. Es ist die Wahrheit – nichts als die Wahrheit.«

»Und warum sind Sie dann plötzlich zum Notausgang gerannt, als wäre der Teufel hinter Ihnen her? Wir haben es auf Band, die Überwachungskameras haben alles aufgezeichnet.«

Jetzt wurde ich auch noch rot, wie peinlich! »Na ja, also wissen Sie, wie ich schon sagte … wir haben die Party gecrasht.« Sagte das nicht alles? Aber vielleicht war Underhill zu seiner Zeit kein großer Partygänger gewesen. Ich wurde deutlicher. »Wir waren nicht eingeladen. Deshalb mussten wir … sehr plötzlich aufbrechen.«

Underhill stützte sein Kinn in die Hand, als richte er sich schon mal darauf ein, notfalls auch den ganzen Tag hier zuzubringen, um die Wahrheit aus mir herauszubekommen.

»Auf Geschworenenmanipulation steht Gefängnis.«

»Ich bin nicht manipuliert worden!«, rief ich erschrocken und spürte, wie ein verzweifeltes Schluchzen in mir aufstieg. »Niemand hat mich bestochen. Ich kannte überhaupt niemanden auf dieser Party und habe an dem Abend auch keinen der Angeklagten dort gesehen«, sagte ich eindringlich.

Doch kaum hatte ich das gesagt, fiel mir wieder ein, wer der Mann war, mit dem Maria Anna im Gerichtssaal getuschelt hatte – nämlich der Typ, der sich an der Tür zum Ballsaal postiert hatte, in dem die Geburtstagsparty für die spanische Prinzessin stattgefunden hatte. Ich stöhnte leise.

»Wo können wir Ihre Freundin erreichen?«, fragte Mulrooney. »Es wäre hilfreich, wenn sie Ihre Geschichte bestätigen könnte.«

»Sie ist gerade auf einer Konferenz.«

»Wo?«

Ich sank auf dem Stuhl zusammen, als mein dysfunktionales Geografie-Gen auf einmal ganz gewaltig über seinen Schatten sprang und mir plötzlich einfiel, wo Tag war. Sie war weder im Senegal noch in Saudi-Arabien.

»In Spanien«, flüsterte ich.

»Könnten Sie bitte lauter sprechen?«

»In Spanien.« Vor meinen Augen tanzten dunkle Punkte.

Die beiden wechselten einen kurzen triumphierenden Blick miteinander. »Und weshalb ist Sie jetzt wohl ausgerechnet *in Spanien*, Schätzchen?«, fragte Mulrooney. Ich verzichtete gnädig darauf, seine Anredeform zu korrigieren.

»Sie ist auf einer Konferenz. Sie ist Parasitologin und erforscht Bandwurmarten bei Haien«, erwiderte ich und dachte, wie lächerlich und geradezu unglaublich die Wahrheit doch klang. Warum hatte Tag nicht einfach Anwältin werden können? Wer wühlt schon freiwillig in den Eingeweiden von Haien herum? Mittlerweile war ich stinksauer auf Tag. Erst hatte sie mir das St. Regis eingebrockt und jetzt auch noch Spanien!

Über unseren Köpfen flackerte eine der Lampen, zuckte und erstarb.

»Erzählen Sie uns doch noch ein bisschen mehr darüber, was Sie machen. Sie sagten, Sie verwalten das Haus Ihrer Eltern?«

Ich nickte und zog nervös den Reißverschluss meines Rucksacks auf und zu.

»So sehen Sie eigentlich gar nicht aus. Wie sind Sie denn an *den* Job gekommen?«

Was sollte das denn heißen? Aber jetzt wusste ich wenigstens, wie Gregory sich fühlen musste, wenn er das andauernd zu hören bekam. Allen voran von mir. Kein Wunder, dass er mich hasste. Ich schüttelte den Kopf und versuchte, mich auf die tagesaktuelle Krise zu konzentrieren, bevor ich mich wieder meinen anderen Katastrophen zuwandte.

»Unser Hausverwalter hat aufgehört. Meine Eltern brauchten mich.«

»Warum hat er aufgehört?«, fragte Underhill.

Resigniert ließ ich die Schultern hängen.

»Er ist verhaftet worden.«

»Verhaftet?«, wiederholte Mulrooney überrascht. »Weshalb?«

»Schmiergelder«, sagte ich und wünschte, ich könnte meinen Kopf auf den Tisch legen und einschlafen. »Und Unterschlagung.«

»Und Sie haben es nicht für nötig gehalten, das schon früher zu erwähnen?«, fragte Underhill.

Nein, habe ich nicht, aber jetzt fragte ich mich, ob ich den beiden nicht auch gleich von James' Geheimtreppe erzählen sollte.

»Ich will einen Anwalt!«, rief ich unvermittelt, war mir doch gerade eingefallen, was mir als Tochter eines Staatsanwalts eigentlich schon viel früher hätte einfallen sollen: kein Wort ohne meinen Anwalt!

»Wie ich gehört habe, haben Sie ja einen zu Hause.«

Scharf sah ich auf und musterte Underhill argwöhnisch. Er versuchte allen Ernstes, einen Witz zu reißen! Auf meine Kosten, versteht sich.

»Es steht Ihnen frei zu gehen«, sagte er mit einer Miene, die mir wahrscheinlich weismachen sollte, dass ich nicht gegen meinen Willen hier festgehalten wurde. Fragend schaute ich zu Mulrooney hinüber. Der lächelte und nickte wohlwollend. Ach, was für gute Freunde wir doch auf einmal geworden waren …

»Soll ich morgen wiederkommen?«, fragte ich, als ich aufstand.

Selbst Underhill schien plötzlich guter Dinge. »Ähm, nein«, lachte er vergnügt und schob mir seine Visitenkarte über den Tisch zu. »Betrachten Sie Ihren Geschworenendienst hiermit als beendet.«

Als ich am Union Square aus der U-Bahn stieg, nahm ich auf der Treppe immer zwei Stufen auf einmal, was die in letzter Zeit eher sporadischen Besuche im Fitnessstudio wieder wettmachen dürfte, und saugte die sonnenwarme Frischluft in mich auf. Es war Frühling, und ich war frei! Während ich Kamikaze-Skateboardern und Falun-Gong-Anhängern auswich, startete ich eine persönliche Kampagne, für meine derzeitige Lebenslage dankbar zu sein. Gab es nicht ein chinesisches Sprichwort, dass der sich glücklich schätzen könne, dem ein langweiliges Leben vergönnt war?

Mir war eben die einmalige Gelegenheit entgangen, im Fall Pelarose als Geschworene zu dienen. Das war natürlich eine herbe Enttäuschung. Andererseits war es mir aber auch erspart geblieben, selbst strafrechtlich belangt zu werden, was wiederum sehr gut war. So gut, dass mir die Aussicht darauf, wieder nach Hause gehen und Rechnungen bezahlen zu dürfen, geradezu tröstlich schien – solange ich nicht an die Rechnung des Kammerjägers dachte.

Ich schüttelte den Kopf, um jeglichen Gedanken an Gregory schleunigst wieder loszuwerden. Eigentlich war doch alles ganz einfach: Ich würde meinen Job machen, die Wohnung vermieten, heute Abend zu Lucy gehen, mir von Mercedes' sanfter Landung auf der Insel der Liebe erzählen lassen und versuchen, eine engagierte und verlässliche Freundin zu sein. Ich würde mir sogar Mühe geben, meinem Spielberg-Bruder eine stolze Schwester zu sein. Die Liebe meines Lebens würde schon beizeiten über mich stolpern. Wenn ich nicht zu sehr nach ihr suchte, würde sie mich finden. Jetzt musste ich nur noch herausfinden, wie das ging – das mit dem nicht nach ihr suchen.

Als ich auf den University Place einbog, sah ich die schäbige, schmutzig gelbe Markise, die krumm und schief über der Tür von Fast Foto hing. Kurz war ich versucht, einfach weiterzugehen und James' Bilder sich selbst zu überlassen. Immerhin war es *mein* Geld, von dem ich sie bezahlen musste, und eigentlich hatte ich sowieso nichts anderes mit ihnen vor, als sie zu James' anderem Krempel in den Keller zu verbannen.

Nein, Zephyr! Erwachsene bringen zu Ende, was sie angefangen haben. Sie bringen Sachen zu Ende und über-

nehmen Verantwortung. Ich seufzte. Die Bilder waren James'
Eigentum. Also gut. Widerwillig stieß ich die Tür zum Fotoladen auf.

Ich gab meine Abholzettel einem schlaksigen Jungen, der
seine üppig sprießenden Pickel unter spärlich sprießender
Gesichtsbehaarung zu verstecken versuchte. Der Erfolg war
mäßig, ließ ihn dafür aber wie einen jugendlichen Osama bin
Laden aussehen.

Wortlos verschwand er nach hinten. Als er zurückkam,
brachte er außer James' Bildern noch zwei weitere, ähnlich
unansehnliche Jungen mit. Die drei drängten sich hinter der
Theke zusammen, kicherten und glotzten mich mit großen
Augen an.

»Sind das Ihre?«, wollte Klein Osama wissen.

Eine selten blöde Frage, wie ich fand, da mein Name ja
deutlich auf dem Umschlag stand und ich ihm eben eigenhändig meine Abholscheine gegeben hatte. Genervt schaute ich
das pubertierende Trio an.

»Okaaaay«, rief er fröhlich und hämmerte ein paar Zahlen
in die Kasse. »Das wären dann zweiundfünfzig Dollar und
fünfundsiebzig Cent.«

»Was?« Das würde ich mir aber später vom Verwaltungs-
konto zurückholen! Ich gab Klein Osama meine Kreditkarte
und schaute die drei Jungs dabei so böse an, als hätten sie
eben von mir verlangt, die Bilder gleich selbst zu entwickeln.

»Es soll ja Leute geben, die zahlen noch viel mehr für
solche … *Bilder*«, meinte nun Nummer zwei, der ein versiff-
tes Sex-Pistols-T-Shirt trug. Das dritte Pubertätsopfer stieß
ihn mit dem Ellenbogen in die Rippen und prustete laut los.

Ich schnappte mir den Umschlag mit James' gesammelten Werken und stürmte aus dem Laden. Bis zur Straßenecke
schaffte ich es, dann überkam mich die Neugier, und im
Schatten einer Birke blieb ich stehen und riss den Umschlag

auf. Als ich die erste Fototasche herauszog, hoffte ich wider besseren Wissens auf harmlose Verwandtschaftsbilder. Oma und Opa in Schaukelstühlen auf einer Veranda. Zu ihren Füßen ein altersschwacher Schäferhund, von der Hauswand blättert weiße Farbe. Sehr idyllisch. Bitte, bitte.

Die ersten drei Fotos stimmten mich ungnädig. Warum musste ich für dermaßen schlechte Abzüge bezahlen? Verschwommene Gestalten waren zu sehen, deren Gesichter kaum zu erkennen waren. Doch das vierte Bild ließ mich vor Schreck erstarren. Es war so bestechend scharf, als hätte der Fotograf – also, als hätte James – sich erst mal warmknipsen müssen, um zu fotografischer Höchstform aufzulaufen. Mir wurde schlecht.

Auf fast allen Bildern war Roxana zu sehen. Unter anderem. Eine blasse und splitternackte Roxana, die mit sehr vielen verschiedenen Leuten Sex hatte. Oder Roxana, die eines der seidigen Dessous trug, mit denen ich in ihrem Schrank Bekanntschaft gemacht hatte, und mit sehr vielen verschiedenen Leuten Sex hatte. Außerdem etliche Bilder von Frauen, die nicht Roxana waren, aber auch mit sehr vielen verschiedenen Leuten Sex hatten. Eine der Frauen sah aus wie Mini-Dolly. Und einer der Männer war definitiv Senator Smith – seine graue Helmfrisur war unverkennbar.

Ich öffnete den nächsten Packen, und dann den nächsten. Meine größte Sorge war, dass ich womöglich Bilder von mir finden könnte, doch es ging weiter wie gehabt. Auf manchen war Roxana in unterschiedlichen Stadien der Ekstase abgelichtet, aber die schlimmsten waren die, auf denen nichts weiter zu sehen war, als das lustvoll verzerrte Gesicht eines Mannes und darunter eine nackte Brust oder ein nackter Hintern.

Hastig steckte ich die Bilder zurück in den Umschlag – so hastig, dass ein paar Negativstreifen herausfielen und in der lauen Frühlingsluft davonflatterten. Entsetzt lief ich ihnen hinterher und versuchte sie einzufangen. Eine junge Frau, die sich ihr Baby in einem Tragetuch vor die Brust gebunden hatte, blieb stehen und half mir. Auch ein alter Portier kam aus seinem Hauseingang gehumpelt, um dem flüchtigen Zelluloid nachzustellen.

»Danke, ähm … nein, das ist doch nicht nötig, vielen Dank …« Ich riss ihnen die erbeuteten Negative aus der Hand und versuchte dankbar und nicht allzu panisch zu klingen. Wie viele New Yorker wohl just in diesem Augenblick ebenso wie ich dunkle Geheimnisse in harmlos anmutenden Fototaschen (auf die in meinem Fall eine albern grinsende Cartoon-Sonne mit Sonnenbrille gedruckt war) mit sich herumtrugen?

Eilig machte ich mich in Richtung Zwölfter Straße aus dem Staub. Ich wollte mich in die Sicherheit meiner Wohnung flüchten und mich meiner kompromittierenden Beute entledigen. Ich schaffte es kaum, ein Lächeln für den glatzköpfigen Nachbarn zu erübrigen, der seinen Papagei auf der nackten Schulter spazieren führte – bei uns im Viertel ein ebenso sicheres Zeichen für den Frühlingsbeginn wie anderswo die ersten Osterglocken. Obwohl es mich einigermaßen verstörte, dass Roxana sich als sexsüchtige Nymphomanin entpuppt hatte – keine vorschnellen Urteile, keine Wertungen, tadelte ich mich umgehend –, wusste ich, dass ich ihr von den Fotos erzählen musste. Mittlerweile war ich mir nämlich ganz sicher, dass sie nichts von James' Treppe wusste. Sie konnte einfach nichts davon wissen! Er hatte sich heimlich dort herumgetrieben, sie beobachtet und ihr reges Liebesleben auf Bild festgehalten. So musste es sein.

Angewidert schüttelte ich den Kopf und lief ganz in unerfreuliche Gedanken versunken bei Rot mitten auf eine Kreuzung. Eine Harley knatterte die Fifth Avenue hinunter und scherte im letzten Moment aus, um mich nicht über den Haufen zu fahren. Mir blieb vor Schreck fast das Herz stehen, wenngleich eher wegen der Vorstellung, dass man in der Notaufnahme die Fotos bei mir finden würde als wegen dieser Beinahebegegnung mit dem Tod. Schnell sprang ich zurück auf den Gehweg. Eine extrem dünne, großflächig tätowierte Hundesitterin, die von einem Dutzend kläffender Köter gezogen wurde, blieb neben mir stehen. Geduldig warteten wir zu vierzehnt, dass die Ampel auf Grün sprang.

Und nachdem ich Roxana die Bilder gezeigt hätte, was dann? Gemeinsam mit der Hundesitterin überquerte ich die Fifth Avenue. Sie schaffte es gerade noch, sich eine Zigarette anzuzünden, bevor ihre Schützlinge mit ihr in Richtung Washington Square Park davonrasten.

Ich würde die Fotos der Polizei übergeben müssen. Oder genauer gesagt dem FBI. Meinen Freunden Underhill und Mulrooney, die mich eben noch verdächtigt hatten, Kontakte zur Mafia zu haben. Was, wenn James nicht nur ein Spanner war, sondern mit Pornos handelte? Jemand könnte es herausfinden – es schüttelte mich, wenn ich an die Pubertierenden im Fotoladen dachte. Es wäre bestimmt besser, wenn ich der Polizei Bescheid sagte, bevor jemand anders es tat. Aber es wäre nur fair, zuerst mit Roxana darüber zu reden.

Nachdem ich auch die Seventh Avenue überquert und mich an einer Wagenkolonne karibischer Kindermädchen mit orangefarbenen Kinderwagen vorbeigezwängt hatte, fing ich an zu rennen. Ich raste unsere Haustreppe hinauf, übersah geflissentlich Mrs. Hannaham, die in ihrem Garten herumwerkelte und in einer unförmigen Matrosenuniform und den weißen Büroklammern im Haar wie ein wahrhaftiges Schreckgespenst aussah.

»Zephyr, ich brauche …«

»Gleich«, rief ich und wusste, dass ich meine brüske Zurückweisung mit einem Dutzend frühmorgendlicher Anrufe würde büßen müssen.

Oben stellte ich fest, dass die Tür zu James' Wohnung offen stand und der Sandra-Oh-Klon munter darin herummarschierte, jeden einzelnen Wandabschnitt vermaß und die Zahlen einer jungen Frau zurief, die genau dasselbe Outfit trug wie Sandra. Sie hatte sogar dieselbe schmallippige, hoch konzentrierte Miene aufgesetzt.

»Ähm …«, sagte ich.

Sandra ließ ihr Maßband zuschnappen. Absolut gleichzeitig drehten sie und ihre Doppelgängerin sich zu mir um und bedachten mich mit einem Blick perfekt synchronisierter Verärgerung.

»Wer hat Sie in die Wohnung gelassen?«, wollte ich wissen und überlegte, ob ich ihr eventuell schon eine Zusage gegeben und es nur vergessen hatte.

Sandra stemmte eine Hand in die Hüfte und neigte leicht den Kopf, als wolle sie sagen: Sehe *ich* so aus, als müsste ich *dich* um Erlaubnis bitten? Die Assistentin legte sich mit leichter zeitlicher Verzögerung ebenfalls die Hand an die Hüfte.

Ich rieb mir kräftig die Stirn und versuchte, einen kühlen Kopf zu bewahren und Prioritäten zu setzen. Sandra konnte warten, entschied ich, und drehte mich um.

»Ist sie immer so laut?«, rief Sandra mir hinterher. Sofort blieb ich stehen, und in der Tat – über uns wurde vernehmlich gestritten. Durch die Decke hörte ich Roxanas aufgeregte Stimme und die eines Mannes. »Wenn ja, fordere ich einen zusätzlichen Schallschutz.«

Kaum hatte Sandra »Schallschutz« gesagt, echote die beflissene Assistentin: »Schallschutz.«

»Bislang habe ich sie eigentlich nie gehört«, versicherte ich ihr. »Aber ich werde mal nachsehen, was da los ist.«

Ich warf meinen Rucksack in meine Wohnung und belauschte den Streit im zweiten Stock. Die beiden sprachen weder Englisch noch Französisch, so viel war bis hierher zu verstehen, und ab und an wurde der Wortwechsel von einem dumpfen Schlag unterbrochen – als würde jemand mit der flachen Hand gegen die Wand hauen. Sofort fiel mir die Angst in Roxanas Augen ein, als Senator Smith hinter ihr die Treppe hinaufgekommen war, und ihre Auseinandersetzung mit Mini-Dolly im Treppenhaus. Ich überlegte, ob es nicht ratsam wäre, jemanden zu holen, der mich begleitete, statt ganz allein zu ihrer Wohnung zu gehen.

Nein, sagte ich mir entschlossen. Es gab keinen Hayden, keinen Gregory, und mein Vater war bei der Arbeit. Außerdem war das hier kein Märchen und ich kein dummes Ding, das einen Ritter zu ihrer Rettung brauchte. Ich würde das ganz allein schaffen. Beherzt hüllte ich mich in meinen Hausverwalterinnenmantel, der mir Würde, Autorität und Kompetenz verlieh, und wappnete mich mit erbaulichen Gedanken an all die Aktenordner, die jetzt ordentlich aufgereiht unter meinem Bett standen, und an mein neu erworbenes Wissen darüber, welche Steuerformulare ich wann wofür benötigte und welche Sorte Heizöl wir brauchten und dass der Grenzwertgeber am Tank kaputt war, was nur Eingeweihte wussten. Die Fotos fest in der Hand, machte ich mich auf den Weg nach oben.

Je näher ich kam, desto lauter wurden die Stimmen. Sie sprachen Spanisch, wie ich nun feststellte, aber nicht den mexikanischen Singsang, den man in jeder Restaurantküche New Yorks hören konnte, sondern das harte, lispelnde Spanisch des Mutterlandes. Und noch mehr dumpfe Schläge. Noch mehr Geschrei. Roxana schluchzte.

Nervös trommelte ich mit den Fingern auf den Umschlag mit den Bildern. Ich zögerte. Das war ein Test, sagte ich mir. Wenn ich den Streit beenden oder gar schlichten, mit den Fotos zur Polizei gehen und Sandra eine stattliche Kaution aus den Rippen leiern konnte – denn wie mir schien, hatte ich die Wohnung tatsächlich an sie vermietet –, dann hätte ich endlich etwas zustande gebracht. Damit könnte ich meinen Eltern und mir selbst beweisen, dass ich *erwachsen* war. Ich wusste zwar immer noch nicht, wie es danach weitergehen sollte, aber was auch kommen mochte – ich würde es angehen wie ein durch die Wildnis jagender Gepard, und nicht wie eine streunende Katze, die sich maunzend auf den Mülltonnen herumdrückt.

Ich holte tief Luft und klopfte. Wir befanden uns in einem Mietshaus mitten in Greenwich Village. Es war Dienstagnachmittag. Was konnte mir schon groß passieren?

17

Weil mein Klopfen in dem Geschrei, das aus Roxanas Wohnung kam, unterging, schlug ich schließlich kräftig mit der Faust gegen die Tür. Daraufhin war Stille, dann hörte ich ein leises, gereiztes Gemurmel. Mittlerweile zum Äußersten entschlossen, hieb ich ein drittes Mal gegen die Tür.

»Ich bin's, Zephyr. Roxana, mach sofort die Tür auf!«, schrie ich, ganz berauscht von meiner ungeahnten Autorität.

Roxana riss die Tür auf. Ihre Augen waren feucht und verquollen, ihr raffinierter Haarknoten in Auflösung begriffen, ihre Lippe blutete. Die Wohnung war ein Schlachtfeld. Überall standen Umzugskartons, in die scheinbar alles nur wahllos hineingestopft worden war – aus einem ragten fransenverzierte Kissen und eine Lampe, aus einem anderen Bücher und Töpfe. Es sah aus, als sollten die Kartons gar nicht geschlossen, sondern samt Inhalt entsorgt werden. Direkt vor meinen Füßen lag eine zerschmetterte Vase auf dem Boden, die ihr trauriges Ende wohl scheppernd an der Tür gefunden haben dürfte.

Vorsichtig stieg ich über die Scherben hinweg. Als ich wieder aufschaute, sah ich mich nicht mehr Roxana, sondern dem mutmaßlichen Vasenwerfer gegenüber. Ich stutzte. Es dauerte ein paar Sekunden, bis ich das kantige Kinn, die schwarzen Augen und das noch schwärzere Haar einordnen konnte.

Ferdinand!

Ferdinand, der Garnelen essende Spanier, mit dem ich im St. Regis so nett, wenn auch sprachlos, kokettiert hatte. Bis vor wenigen Stunden hätte ich ein Wiedersehen mit ihm noch für eine glückliche Fügung des Schicksals gehalten. Wahrscheinlich hätte ich meine Fantasien sofort dort weitergesponnen, wo sie an jenem Abend so unvermittelt abgebrochen waren – oder besser gesagt abgebrochen *worden* waren. Ich hätte mir ausgemalt, wie wir in seinem Privatjet um die Welt flogen, wie mein Vater unsere schwarz gelockten, zweisprachigen Babys hätschelte und wie unser Leben sich vor einer Kulisse mediterraner Sonnenuntergänge abspielte und unser Durst von kalten, süffigen Drinks gestillt würde.

Aber das war heute Morgen gewesen – ehe die spanische Party im St. Regis sich nachträglich zu einem Abenteuer der ganz besonderen Art ausgewachsen hatte, das ich bis ans Ende meiner Tage bereuen würde. Während ich meine Freundin Tag zum x-ten Mal an diesem verflixten Tag verwünschte, konnte ich wie in Zeitlupe zusehen, wie sich in Ferdinands wutschnaubende Miene leise Verwirrung schlich, und schließlich – war es denn zu glauben? – *Angst*. Nackte Angst.

»Was machen Sie hier?«, stieß er mit heiserer Stimme und hartem Akzent hervor. Gut, dass er bei unserer ersten Begegnung den Mund gehalten hatte.

»Das sollte ich wohl eher Sie fragen!«, entgegnete ich. Auf einmal bekam ich richtige Panik, dass er mich seit dem Abend im St. Regis beschattet hatte. Vielleicht hatten Underhill und Mulrooney auf ihrem Band gesehen, wie er mir gefolgt war, und sich gedacht, dass er und ich …

»*Carajo!*«, brüllte er und sprach aus, was ich dachte. »*Caaa-raaa-jooo!*« Ferdinand stierte mich mit so hasserfülltem Blick an, dass ich wie angewurzelt stehen blieb. Unter meinem Fuß zerfiel eine Scherbe zu Staub. Roxana ließ sich auf ihr wachsgelbes Sofa sinken und fing an zu heulen.

»*Silencio!*«, tobte Ferdinand und wirbelte zu ihr herum. Bevor er sie wieder schlagen konnte, sprang ich dazwischen.

Doch statt handgreiflich zu werden, zog Ferdinand eine Pistole aus seiner Lederjacke und richtete sie auf mich.

Im Laufe der Jahre, insbesondere dann, wenn ich während meines kurzen Abstechers in den Anatomiesaal krebszerfressene Eingeweide sezieren oder mir anhören musste, wie Abigail darüber klagte, wie furchtbar stressig es wäre, eine begehrte Nachwuchswissenschaftlerin zu sein, hatte ich mir immer mal wieder ausgemalt, wie ein einziger, gänzlich unerwarteter Moment plötzlich mein ganzes Leben verändern, mir sozusagen die Abkürzung zu meinem wahren Selbst zeigen würde. Szenario Nummer eins: Zufälligerweise stünde ich gerade vor dem Rathaus, als der kleine Sohn des Bürgermeisters herausgerannt käme und um ein Haar vor ein Auto gelaufen wäre, hätte ich ihn mir nicht beherzt geschnappt und uns beide unter gewagtem Körpereinsatz zur Seite geworfen, wobei ich mir meine Kleider auf dem Asphalt zerrissen und eine leichte, doch sehr fotogene Schürfwunde auf der Wange davongetragen hätte. Auf den Titelseiten aller Tageszeitungen würde man mich als Heldin feiern, meinen Mut und meine Geistesgegenwart in den höchsten Tönen preisen. Variante: Manchmal brach ich mir während der Rettungsaktion auch noch ein paar Rippen.

Oder ich stellte ein Räuberpärchen, brachte beide zu Fall und hockte auf ihnen, bis Hilfe kam. Oder ich hielt einen Selbstmörder davon ab, auf die U-Bahn-Schienen zu springen, womit ich nicht nur ein Leben gerettet, sondern zugleich Tausende New Yorker davor bewahrt hätte, zu spät zur Arbeit zu kommen.

Aber als der große Moment dann tatsächlich gekommen war und ich nun in die Mündung von Ferdinands Pistole starrte, sollte sich zeigen, dass ich nicht dafür gemacht war, heldenhaft zu sein – und schon gar nicht dafür, es mit jemandem aufzunehmen, der ernstlich zu erwägen schien, mich umzubringen. Meine schönen Heldenfantasien sowie sämtliche Wiederholungen von *Charlie's Angels*, die ich als Kind mit leidenschaftlicher Begeisterung geschaut hatte, waren ganz umsonst gewesen. Ich war keine Heldin. Ich hatte Angst.

Mein rechtes Augenlid spielte verrückt. Meine Blase drückte und zwickte mich und drohte, mich im Stich zu lassen. Langsam hob ich die Arme – zum hoffentlich unmissverständlichen Zeichen, dass ich mich ergab – und überlegte mir ein halbes Dutzend beschwichtigende Antworten auf seine Frage, was ich hier mache, brachte jedoch kein einziges Wort heraus.

Ferdinands Hand zitterte bedrohlich, und seine großen dunklen Augen wurden noch größer und dunkler.

»*Mierda, mierda,* MIERDA*!*«, schrie er, spitzte die Lippen und spuckte Roxana an. Widerlich grauer Speichel landete auf ihrer Wange. Als Ferdinand sich zu mir umdrehte, kniff ich fest die Augen zusammen und machte mich darauf gefasst, jetzt entweder von einem feuchten oder einem metallischen Geschoss getroffen zu werden.

»PUTA*!*«, brüllte er. Als nichts mich traf, machte ich die Augen wieder auf – gerade noch rechtzeitig, um zu sehen, wie er langsam den Rückzug antrat, wobei er weiter mit der Pistole herumfuchtelte und mich nicht aus den Augen ließ. Als er mit der Schulter gegen den Türrahmen stieß, drehte er sich blitzschnell um und rannte die Treppe hinunter.

Starr vor Schreck stand ich da, die Hände noch immer erhoben und staunte, wie versiert ich im Vulgärspanischen war. *Verdammt, Halt's Maul, Scheiße, Hure* – ich hatte alles verstanden, was Ferdinand gesagt hatte!

Roxana sprang auf, knallte die Tür zu, schob drei verschiedene Riegel vor und schlang ihre Arme um mich. Es war, als würde mich eine Wüstenspringmaus umarmen – ein nahezu gewichtsloses Wesen, das an meinem Hals hing und gar nicht mehr loslassen wollte. Nie im Leben hatte ich mich größer, stärker und mutiger gefühlt. Ich ließ die Hände sinken und nahm Roxana in die Arme. Sie zitterte am ganzen Leib. Mir fiel zudem auf, dass sie viel dünner war, als ich vermutet hatte, weit jenseits einer Neid erregenden Französinnenfigur.

»Roxana.« Ich räusperte mich und wusste nicht so recht weiter. »Warum war *er* … hier?« Während ich meinen Blick über die verwüstete, halb ausgeräumte Wohnung schweifen ließ, fragte sich die Hausverwalterin in mir, ob Roxana wohl vorgehabt hatte, die Kündigungsfrist von dreißig Tagen einzuhalten.

»Als James weg war, wollte isch auf'ören«, heulte sie an meinem Hals. »Isch dachte, das wäre besser so, aber er hat gesagt, wenn isch es nischt weitermache, legt er misch um. Danke, dass du gekommen bist, Zephyr! Er wollte misch umbringen!«

Es. Es weitermachen. Musste ich verstehen, wovon sie da sprach? Ich befreite mich aus Roxanas Armen und drängte sie behutsam, sich wieder aufs Sofa zu setzen.

»Beruhige dich«, sagte ich. »Sei mal eben still.« Sie nickte schluchzend, und kurz trauerte ich der imponierenden, selbstbewussten kleinen Gallierin nach, die Roxana für uns Sterling Girls gewesen war. Wie es aussah, musste *ich* jetzt das Kommando übernehmen, und ich versuchte mein Bestes. »Ich muss erst mal was trinken. Bin gleich wieder da«, sagte ich und verschwand in der Küche. Meine Knie waren noch immer ganz weich vom Adrenalinschock.

Die Küche war ebenfalls ein Schlachtfeld, die Schränke waren ausgeräumt, überall standen Teller und Gläser gestapelt. Doch was mich am meisten überraschte, war … die Küche selbst. Sämtliche Arbeitsflächen, die in allen anderen Wohnungen einfach aus massiven Holzplatten bestanden, waren mit Terrakottafliesen gekachelt. Die Spüle war aus weich behauenem Speckstein, und zu beiden Seiten des Fensters waren antike Wandleuchter angebracht. Ich ließ das Wasser laufen, bis es eiskalt war, und bewunderte derweil den eleganten geschwungenen glänzenden Kupferhahn. Frag sie trotzdem zuerst nach dem Typen mit der Pistole, ermahnte ich mich.

Mit zwei Gläsern Wasser in den zitternden Händen kehrte ich ins Wohnzimmer zurück. Als ich mich neben sie aufs Sofa setzte, schaute Roxana mich flehentlich an.

»Es tut mir so leid, Zephyr! Isch wollte dir oder deiner Familie nischt schaden, niemals! Ihr seid immer so nett zu mir gewesen.« Ihr Gesicht lief knallrot an, als sie eine erneute Tränenflut zurückzuhalten versuchte. »Isch weiß nischt, was isch tun soll. Isch habe *solsche* Angst. Er hat gesagt, dass er misch abknallen will«, schluchzte sie. »Wenn isch es nischt weitermache, bringt er misch um!« Verzweifelt schlug sie die Hände vors Gesicht und heulte.

Es. Es. Mein Gehirn überschlug sich schier in dem Bemühen, aus Roxanas wirren Worten logische Schlussfolgerungen zu ziehen. Möglichkeit Nummer eins: Ferdinand liebte Roxana, aber dann hatte James ihm die Fotos gezeigt, und jetzt wollte Ferdinand Roxana abknallen. Ein Verbrechen aus Leidenschaft. Das würde aber noch immer nicht erklären, warum Ferdinand im St. Regis gewesen war. Oder woher James Ferdinand kannte. Oder … Oder überhaupt. Eigentlich erklärte es gar nichts.

Okay, zweiter Versuch. Während Roxana neben mir nach Atem rang, überlegte ich angestrengt weiter. Ferdinand war ein verdeckter Ermittler des FBI, der mich eben nur deshalb mit seiner Pistole bedroht hatte, damit Roxana keinen Verdacht schöpfte und weiterhin dachte, dass er eigentlich … dass er Wer-auch-immer wäre, von dem er wollte, dass sie glaubte, der er wäre. Roxana trieb nämlich irgendetwas Illegales auf eBay, und er wollte sie auffliegen lassen, nur leider hatte er sich im Laufe der Ermittlungen in sie verliebt, und weil er beim FBI war, war er auch ein guter Kumpel von Underhill und Mulrooney und saß jetzt gerade mit meinen beiden neuen Freunden bei einem Bier zusammen und gestand unter Tränen, seine Dienstpflicht verletzt zu haben …

Oh, ich würde noch durchdrehen, hier auf Roxanas dänischer Designercouch!

Als ich den Rest meines Wassers hinunterkippte, fiel mein Blick auf einen Karton, aus dem Stoffballen herausragten. Einer kam mir sehr bekannt vor. Sehr pink, sehr seidig, sehr glänzend.

Möglichkeit Nummer drei: Roxana führte in unserem Haus ein Bordell. Mini-Dolly war stundenweise zu mieten, und James hatte den Zuhälter gespielt. Er hatte das pinkfarbene Treppenhaus gebaut, damit die Kunden nicht vorne an der Tür klingeln mussten, sondern über den schmalen Durchgang hinter dem Haus – wo sie ihre Zigarettenkippen auf den Boden warfen, diese Barbaren – nach oben gehen konnten. James' mit Handschellen und Kondomen ausstaffierter Schrank diente als Lagerraum für das nötige Arbeitsmaterial. Nachdem er verhaftet worden war, hatten die Freier angefangen, vorne herum reinzukommen (sozusagen), aber Roxana war zu dem Schluss gelangt, dass es unter den gegebenen Umständen besser wäre, das Geschäft ganz einzustellen, denn die Gefahr war zu groß, dass alles auffliegen würde. Diese eigenmächtige Entscheidung war bei einigen Leuten auf wenig Gegenliebe gestoßen, so beispielsweise bei Stammkunden wie Senator Smith oder bei Kolleginnen wie Mini-Dolly, die das Geld dringend brauchte. Ferdinand gehörte der mafiösen Pelarose-Familie an, die sich unter anderem mit Zuhälterei eine goldene Nase verdiente, und wollte Roxana zwingen weiterzumachen. So einfach war das.

Das leere Glas glitt mir aus der Hand und zersprang zu meinen Füßen auf dem Boden. Neben mir fuhr Roxana erschrocken zusammen.

Langsam lehnte ich mich zurück, legte bedächtig die Hände in den Schoß und war sprachlos. Denn: *Ich hatte Recht!* Natürlich machten mich auch die Fakten fassungslos, die schreckliche, unschöne Wahrheit, aber viel faszinierender fand ich, dass etwas in meiner *wirklichen* Welt aufregender war als alles, was ich mir jemals würde ausdenken können. Oder anders gesagt – etwas Aufregendes, das ich mir ausgedacht hatte, stellte sich als wirklich wahr heraus. Und ich war mittendrin im Geschehen.

Rotäugig und reglos schaute Roxana mich an. Ich bückte mich nach den Fotos, die ich während der unerfreulichen Episode mit Ferdinand hatte fallen lassen. Aus Angst, die Mosaiksteinchen, die sich soeben in meinem Kopf zusammengesetzt hatten, durcheinanderzubringen, bewegte ich mich ganz langsam und behutsam. Vorsichtig zog ich die Abzüge aus den Umschlägen.

»Sind das … ähm, Kunden? Mit …« Mir war die branchenspezifische Terminologie fremd. »Mit deinen … Mädchen? Hat James die Bilder gemacht?«

Roxana warf einen kurzen Blick auf die Fotos, nickte stumm und rieb sich die blassen Wangen. Ich hatte Recht! Ich hatte wirklich Recht! Sie wusste genau, wovon ich redete!

Doch wie weiter? Nachdenklich nagte ich an meiner Unterlippe. »Hat er die nur zu seinem eigenen Vergnügen gemacht oder um damit die …« Fast hätte ich »Freier« gesagt, aber das klang dann doch etwas zu sehr nach Spätfilm, wenngleich es natürlich korrekt war. »Um die Männer damit zu erpressen?«

Sie nickte wieder.

»Erpressung also«, hielt ich zufrieden fest und spürte, wie

mir ein frischer Adrenalinstoß durch die Glieder fuhr. Sichtlich verzweifelt schaute Roxana mich an, was mir wieder ins Bewusstsein rief, dass sie sich in einer verdammt misslichen Lage befand, während die ganze Angelegenheit für mich nur die Krönung eines ohnehin sehr aufregenden Tages war. Ein Tag, der damit begonnen hatte, dass ich vor Hayden und allen Anwesenden im Gerichtssaal blamiert und danach von zwei FBI-Agenten verhört worden war, die mich fälschlicherweise als Komplizin der Pelaroses verdächtigt hatten. Und plötzlich wurde mir ganz flau im Magen.

Ich war wahrscheinlich die einzige Person, die von der Verbindung zwischen der spanischen Mafia und Roxanas Bordell wusste! Wenn Underhill und Mulrooney mich nicht nach ihr gefragt hatten, nachdem ich ihnen James' Namen und vor allem meine Anschrift genannt hatte – wenn sie in beidem keinen Anlass gesehen hatten, mich heute Vormittag in Handschellen abzuführen –, dann konnte das eigentlich nur bedeuten, dass die beiden nichts von dem Treiben unter meinem Dach wussten. Ich war die Einzige, die Ferdinand sowohl mit dem St. Regis als auch mit dem Sündenpfuhl im Stockwerk über mir in Zusammenhang bringen konnte. Der Pelarose-Clan hatte seine schmutzigen Finger in Kunstraub, Mord *und* Prostitution. Ich sah mich schon die Jobangebote sichten, die mir meine harte – okay, das meiste war ein glücklicher Zufall – Detektivarbeit einbringen würde. Das NYPD und das FBI würden mich als Undercoveragentin anwerben, vielleicht sogar die CIA …

»Wir müssen die Polizei verständigen!«, rief ich entschlossen und sprang auf.

»*Non. Absolument non!*«, schrie Roxana. »Die knallen misch sonst ab!«

»Nein«, beruhigte ich sie, »nicht wenn du mit der Polizei zusammenarbeitest. Dann bekommst du Personenschutz.«

Mein Vater wäre so stolz auf mich. Ob ich meine alten Jura-bewerbungen nicht einfach durch den Kopierer ziehen und nochmal einreichen konnte?

»Zephyr, du verstehst nisscht! Wenn isch das tue, werden sie James umbringen! Isch 'abe keine Wahl. Isch *muss* es weitermachen.« Sie warf die Fotos beiseite und straffte die Schultern.

»James ist im Gefängnis. Da können sie ihm nichts tun«, sagte ich, doch was ich eigentlich meinte, war: Kommt über-haupt nicht infrage, dass du weiterhin in meinem Haus ein Bordell führst.

Sie bedachte mich mit einem mitleidigen Kopfschütteln, was ich gelinde gesagt beleidigend fand, nachdem ich so viel meisterdetektivisches Gespür an den Tag gelegt hatte.

»Im Gefängnis 'aben sie leischtes Spiel mit ihm. Da wis-sen sie ganz genau, wo sie ihn finden können, und er kann ihnen nisscht entwischen. *Non, non*, isch muss es weiterma-chen.« Sie stand auf und fing an, eine der Kisten auszupacken.

»Roxana!«, rief ich genervt, und sie hielt erschrocken inne. »Es kann dir doch scheißegal sein, was mit James pas-siert! Er hat dich *versklavt*.«

»Oh, Zephyr. Zephyr …« Sie richtete sich auf und schaute mich todunglücklich an. »Isch liebe ihn. Er ist die Liebe meines Lebens.«

Ungläubig sah ich sie an. Sie liebte ihn? James mit dem Werkzeuggürtel und den karierten Flanellhemden? James, der reihenweise Marmite hortete? Der sie dabei fotografierte, wie sie mit anderen Männern Sex hatte?

Doch ich hielt mich zurück und fragte lediglich, was ich mich schon eine ganze Weile fragte: »War er wirklich Eng-länder?«

»Er ist nisscht tot! Sprisch nisscht in der Vergangen'eit von ihm!«

»Sorry. Also, ist er Engländer, oder kommt er aus Brooklyn?«

»Wie meinst du das?«

Verwundert hob ich die Augenbrauen. »Nun ja, ich frage deshalb, weil er in all den Jahren – zehn, um genau zu sein ...«, begann ich zögerlich. Wollte sie mich für blöd verkaufen? Spielten die beiden ein doppeltes Spiel, das ich nicht durchschaute? »Weil er in all den Jahren immer einen sehr englischen Akzent hatte und sehr höflich klang, wenn er mit mir gesprochen hat. Aber als er verhaftet worden ist, ist er ziemlich laut und ausfällig geworden und klang wie ein waschechter New Yorker. Du weißt schon, Baby, *Brooklyn*.« Für den letzten Satz warf ich mich in Ghettopose.

»James ist der fünfte Cousin des Duke of Cornwall.« Roxana klang beleidigt. »Isch habe ihn nie anders spreschen hören als mit einem makellos englischen Akzent.«

Ich wagte zu bezweifeln, ob ausgerechnet Roxana Fachfrau für makellose englische Akzente war.

»Okay, du liebst James also«, wiederholte ich, um mir etwas Zeit zu gönnen, das Gehörte zu verdauen. Unten hörte ich James' Wohnungstür zuknallen, und Sandras schrille Stimme und klackernde Absätze entschwanden nach draußen, die Treppe hinunter und schließlich außer Hörweite. Ich dachte an die Terrakottakacheln in Roxanas Küche und fragte mich, wie viel Mieteinnahmen mir *ihre* Wohnung wohl bringen würde, wofür ich mich sofort schämte, aber nur leicht.

»Hat James deine Küche renoviert?«, fragte ich.

»Ja«, sagte sie und nahm sich den nächsten Karton vor. »Er wollte, dass isch es schön 'abe, und isch wollte mein Business mit Stil führen.«

Dazu hätte ich noch etliche Fragen gehabt, nur leider blieb mir nicht so viel Zeit, weshalb ich versuchte, mich vorerst aufs Wesentliche zu beschränken.

»Okay«, meinte ich und fuhr mit meiner Stiefelspitze die Muster in Roxanas plüschigem Orientteppich nach. »Du kannst also nicht zur Polizei gehen, weil Ferdinand und seine Familie James sonst umbringen. Und wenn du *nicht* zur Polizei gehst, musst du dieses … Business weiterführen, oder sie bringen *dich* um.«

»Wer ist Ferdinand?« Verwirrt runzelte sie ihre faltenfreie Stirn.

Die erste Lektion, wollte man ein guter Ermittler werden – so würde ich dereinst in meinem Bestseller-Insider-Bericht schreiben –, besteht darin, die tatsächlichen Namen der Verdächtigen herauszufinden statt sich einfach welche auszudenken.

Ich räusperte mich. »Entschuldige, aber wie hieß noch mal der nette Herr, der eben gegangen ist?«

»Alonzo?«

Ferdinand fand ich schöner, aber egal.

»Also gut, Alonzo.« Es schauderte mich, wenn ich an seine Pistole und die nackte Angst in seinen Augen dachte. Zumindest schien ihn unser Wiedersehen ebenso überrascht zu haben wie mich. Herrje – wahrscheinlich dachte er, ich wäre vom FBI! Immerhin tauchte ich überall dort auf, wo er sich herumtrieb. Und das FBI wiederum dachte, ich wäre bei der Mafia – eben weil ich überall dort auftauchte, wo die Pelaroses sich herumtrieben. Beide Seiten hatten somit gute Gründe, mich auf ihre Abschussliste zu setzen, weshalb ich wahrscheinlich gut daran täte, in dieser vertrackten Angelegenheit schleunigst für Klarheit zu sorgen.

»So, Roxana, jetzt pass mal auf. Ich werde die Polizei verständigen.« Als sie zu jammern anfing und mich anflehte, das bitte, bitte nicht zu tun, fiel ich ihr brüsk ins Wort. Ich mochte Roxana, aber in den Knast würde ich ihretwegen nicht gehen. Und abknallen lassen wollte ich mich auch nicht. »Ich helfe dir. Die Polizei wird dich beschützen. Mein Vater wird dir auch helfen«, fügte ich dann noch hinzu, wobei ich mich allerdings fragte, ob er das überhaupt konnte. Oder wollte.

»Oh, Mr. Zuckerman! Er ist immer so nett zu mir gewesen! Isch kann dir gar nischt sagen, wie unangenehm mir das ist, dass isch das hier in seinem Haus tun musste.«

Tun musste? Das fand ich jetzt doch ein bisschen übertrieben. »Warum *musstest* du es denn tun? Warum hast du es überhaupt getan, Roxana?«

Sie schaute mich an und schien verletzt. »Es ist nischt so, als hätte isch es tun *wollen*. Isch musste.« Sie seufzte schwer. Ich wartete. »Isch war mal verheiratet, und mein Mann …«

»Ist gestorben«, versuchte ich das Ganze zu beschleunigen.

»*Non*. Er hat misch verlassen. Er hat das ganze Geld genommen und misch verlassen. In einem fremden Land, ohne Freunde, ohne Familie, ohne alles. Isch habe wirklisch versucht, das eBay zu machen, aber das war auch nischt genug. Es hat nischt mal gereischt, um nach 'ause zu fliegen.«

»Hätte deine Familie dir nicht helfen können?«

»Oh, die 'aben mir immer gesagt, dass isch ihn nischt hätte 'eiraten sollen«, meinte sie achselzuckend. »Da 'abe isch gar nischt gefragt. *Ah oui*, mein Stolz. Hat sisch aber nischt gelohnt, so stolz zu sein.«

»Betreibst du diesen …« – sag jetzt nicht Puff, Zephyr – »dieses Business schon, seit du hier wohnst?«

Sie nickte reumütig, für meinen Geschmack allerdings nicht reumütig genug.

»Sonst hätte isch mir diese schöne Wohnung nischt leisten können.«

Schuldbewusst dachte ich an die vier Riesen, um die ich Sandra Oh künftig jeden Monat erleichtern wollte. Wahrscheinlich war ich an Roxanas misslicher Lage nicht ganz unschuldig. Jeder Vermieter in New York trug seinen Teil dazu bei. Wir hatten alle Blut an den Händen. Na ja, vielleicht nicht gerade Blut. In diesem Fall wohl eher Sperma. Ich schüttelte mich angewidert.

Plötzlich klingelte es an der Tür, und wir zuckten beide vor Schreck zusammen. Mir blieb fast das Herz stehen. Was, wenn Ferdinand/Alonzo zurückgekommen war, um uns den Rest zu geben? Ich sah mich suchend nach einem Telefon um, mit dem ich Hilfe rufen könnte. Wieder klingelte es. Roxana schaute mich fragend an.

»Frag, wer da ist«, sagte ich zu ihr.

Während sich Roxana zwischen den Kartons hindurch-schlängelte, rieb sie sich beide Arme, als wäre ihr kalt.

»Ja?«, krächzte sie in die Sprechanlage.

»Ich komme wegen Yvette«, ertönte eine barsche Stimme.

Wieder schaute Roxana mich fragend an. Ich schüttelte den Kopf.

»Isch … tut mir leid. Wir haben gerade keine Mädschen da.« Besorgt wartete sie auf die Antwort von unten. Ich lauschte so gelangweilt wie möglich und tat, als würde ich mir so was jeden Tag anhören.

»Scheiße.« Kurze Pause, leises Schnaufen. »Bist du frei, Roxana? Ich zahl auch extra.«

»Nein, tut mir leid. Das passt gerade gar nischt gut. Morgen vielleischt.« Wofür ich sie sofort mit einem tadelnden Blick bedachte.

»Scheiße«, kam es nochmal. Ich sprang auf und sauste ans Fenster – gerade noch rechtzeitig, um einen Kahlkopf die Treppe hinuntertrotten zu sehen. Unten angekommen, schaute er erst nach rechts, wandte sich dann nach links und ging zielstrebig davon. Wo zum Teufel wollte dieser Typ jetzt hin? In wie vielen der benachbarten Häusern würde ihm wohl die Befriedigung seiner Bedürfnisse geboten? Auf einmal wurde ich stinksauer auf Roxana.

»Unglaublich«, murmelte ich. »Es ist ein Uhr mittags! Haben diese Leute keinen Job?«

Ich drehte mich um und betrachtete Roxana, wie sie inmitten der Umzugskartons in ihrem Wohnzimmer stand. Wenn sie hier wohnen blieb, würde sie eine andere Einkommensquelle auftun müssen, so viel war klar. Und wenn sie auszog, wohin sollte sie dann gehen?

»Roxana«, sagte ich unvermittelt. »Ich würde jetzt gern den Rest der Wohnung sehen.« Dies war keine Bitte. Sie nickte schweigend und bedeutete mir, ihr zu folgen.

Der Grundriss war mit James' Wohnung identisch – bis zum Schlafzimmer. Wo ein Stockwerk weiter unten am Ende des Flurs *eine* Tür war, waren hier zwei: Die beiden verschlossenen Zimmer, die Gregory nicht hatte aussprühen können. Roxana fischte zwei Schlüssel aus ihrer Hosentasche. Sie machte die erste Tür auf, schaltete das Licht an und trat beiseite.

Oh, was hätte ich für ein weiteres pinkfarbenes Treppenhaus gegeben!

Das winzige Zimmer war ziemlich vollgestellt und erinnerte auf den ersten Blick an einen Abenteuerspielplatz. Es gab eine Schaukel mit rotem Plastiksitz und eine Kletterleiter. Doch von den Sprossen der Kletterleiter baumelten Handschellen, an einer Stange hingen Lederriemen und Schnallen, und auf einem Beistelltisch – einem hübschen dänischen Designerstück, passend zu dem Sofa im Wohnzimmer – lagen Peitschen bereit sowie stachelige Gerätschaften, die wie Fleischklopfer aussahen. Die Wände waren schwarz gestrichen, und eine rote Lampe tauchte die ganze Szenerie in infernalisches Licht.

»Fesselspiele laufen also ganz gut?«, fragte ich zaghaft.

Roxana sparte sich die Antwort und schloss die Tür des zweiten Zimmers auf. Ich machte mich auf das Schlimmste gefasst. Doch als ich einen vorsichtigen Blick riskierte, sah ich lediglich ein eher unspektakuläres Schlafzimmer, geschmackvoll in hellem Grün und Gelb gehalten. Dank James' geschickter Handwerkerarbeit hatte es zwar nur noch die Hälfte seiner ursprünglichen Größe, wirkte aber ganz gemütlich.

»Das ist wahrscheinlich dein Zimmer?«, fragte ich Roxana. Soeben hatte ich auch den Wandschrank entdeckt, durch den man wahrscheinlich in das geheime Treppenhaus gelangte.

Sie nickte. »Und für die Kunden.«

»Du hast kein Schlafzimmer nur für dich?«, fragte ich entsetzt. Eine wirklich beklemmende Vorstellung.

Roxana schüttelte den Kopf. Wie gebannt starrte ich auf die Schranktür. Sie schien mich magisch anzuziehen. Als ich mich nicht länger beherrschen konnte, stürzte ich quer durchs Zimmer und riss sie auf. Da waren sie, die seidigen Negligees und die gefiederten Pantoffeln. Ungeduldig schob ich sie beiseite, um mich zu vergewissern, dass ich die Geheimtür nicht nur geträumt hatte. Nein, da war sie und sah auf einmal nackt und schäbig und gar nicht mehr geheimnisvoll aus. Mein Blick fiel auf den plüschigen Fußboden. Ich gestattete mir einen Moment wehmütiger Erinnerung an meine kleine Eskapade, die wohl endgültig der Vergangenheit angehörte. Mit einem Knall schlug ich die Tür zu.

Wortlos kehrte ich in den Flur zurück, blieb dann jedoch verdutzt stehen. Wo eigentlich ein Garderobenschrank hätte stehen sollen, stand keiner. Stattdessen befanden sich in der Nische eine Sitzbank mit Kissen und eine Kaffeemaschine. Fragend wandte ich mich zu Roxana um.

»Für das Wachpersonal«, erklärte sie müde. »Um die Mädschen zu beschützen.«

Da staunte ich nicht schlecht.

»*Bewaffnete* Wachen?«

Als Roxana nickte, kam ich zu dem Schluss, für heute erst mal genug gesehen zu haben. Der ganze Tag war eine ziemlich realitätsverzerrende Erfahrung gewesen, und ich wollte mich jetzt nur noch zurück in die vertrauten vier Wände meiner Wohnung flüchten, die mir auf einmal Lichtjahre entfernt schien.

»Zephyr.« Roxana legt mir die Hand auf den Arm. »Isch 'abe Angst.«

18

*W*eißt du eigentlich, wie oft ich deinetwegen schon alles habe stehen und liegen lassen und angerannt gekommen bin?«, zischte Mercedes mir ein paar Stunden später übers Telefon ins Ohr. »Hayden versetzt dich, du flippst aus, ich bin da. Hayden sagt, er will mit dir nach Paris, du kriegst dich gar nicht mehr ein, ich bin da. Zum ersten Mal in meinem Leben will *ich* über eine Beziehung reden, und du gehst mir aus dem Weg. Du kotzt mich an, Zephyr. Du kotzt mich echt an.«

»Ich weiß, Merce, ich weiß«, jammerte ich, während ich an meiner Wohnungstür stand und zusah, wie zwei Männer in FBI-Nylonjacken einen weiteren Karton mit James' ölgetränkten und katzenstreubestreuten Habseligkeiten aus dem Keller nach oben schleppten – einen Karton, den ich und die Sterling Girls vor gerade einmal sechs Tagen sorgsam gepackt und in den Keller entsorgt hatten. Die beiden stellten ihn zu den anderen beweislastigen Kartons, die bereits stapelweise auf einer Plastikplane in James' Wohnzimmer standen.

»Ich kann es einfach nicht fassen! Bist du neidisch, oder was?«

»Quatsch!«, schrie ich ins Telefon. »Ich bin ganz verrückt darauf, alles über dich und Dover zu hören!«, sagte ich wahrheitsgemäß. »Aber du hast ja keine Ahnung, was hier los ist. Ich *kann* heute Abend nicht kommen.«

»Wenn es was mit Hayden zu tun hat, spreche ich nie

wieder ein Wort mit dir. Dieser Mann macht dich zu einem absoluten …«

»Es hat nichts mit Hayden zu tun«, versicherte ich ihr.

»Habt ihr das Zeug aus dem Schlafzimmer komplett hochgebracht?«, brüllte Agent Mulrooney zwei Männer in Jacken des NYPD an, die unten an der Treppe standen. »Das muss alles noch beschriftet werden!«

»Schon gut. Wissen wir selber«, schnauzte einer der Detectives zurück. Sollte dieser kleine Wortwechsel repräsentativ gewesen sein, so schien sich das Verhältnis zwischen New Yorker Polizei und FBI seit dem 11. September nicht wesentlich verbessert zu haben.

»Was war *das* denn?«, fragte Mercedes.

Ich holte tief Luft. »Erinnerst du dich an die Treppe?«

»Welche jetzt – die pinke oder die normale?«

»Die pinke. Unser ehemaliger Hausverwalter hat sie gebaut, damit Roxanas Kundschaft unbemerkt nach oben gelangen konnte. Unsere raffinierte Roxana betreibt nämlich in ihrer Wohnung ein Bordell, in welchem wiederum die netten Herrschaften das Sagen haben, auf deren Party Tag und ich uns vor drei Wochen im St. Regis herumgetrieben hatten. Ich kann heute Abend leider nicht zu Lucy kommen und mir alles über dich und Dover anhören, weil ich mit dem FBI und dem NYPD zusammenarbeiten und sie zudem noch davon überzeugen muss, mir Personenschutz zu gewähren, denn es kann sein, dass die spanische Mafia hinter mir her ist. Die netten Herren aus dem St. Regis waren nämlich Mafiosi.«

Schweigen.

»In Spanien gibt es *auch* eine Mafia?«, sagte Mercedes schließlich und klang leicht ungläubig.

»Scheint so.«

Noch mehr Schweigen.

»Soll ich vorbeikommen?«

Ich atmete erleichtert auf. »Nein, nicht nötig. Pass auf, sowie wir hier fertig sind …« Mulrooney, der gerade vorbeilief, hörte meine Worte und lachte. »*Sollten* wir hier heute noch fertig werden«, sagte ich mit Nachdruck, »komme ich auf dem schnellsten Weg zu Lucy. Versprochen.«

Derweil ging ich in James' Wohnung hinüber und begutachtete das rege Treiben. Im Schlafzimmer waren FBI-Agenten dabei, eine provisorische Abhöranlage einzurichten. Sie zeigten Roxana, wie sie ihr Mikro bedienen müsse, und instruierten sie, was sie sagen solle, wenn jemand von den Pelaroses bei ihr auftauchen sollte. Sie nickte erschöpft und nippte schweigend an dem orangefarbenen Proteindrink, den meine Mutter ihr in die Hand gedrückt hatte.

Neben James' Schmuddelschrank sichtete eine junge Polizistin einen Karton mit Handschellen, die sie ordentlich beschriftete und in einer Liste vermerkte. Gerade war sie mit dem violetten Paar beschäftigt, das Tag Mercedes letzte Woche heimtückisch angelegt hatte.

»Der Typ hätte jedem Sexshop glatt Konkurrenz machen können«, witzelte ich.

Wortlos sah die junge Polizistin mich über den Rand ihrer Brille hinweg an und wandte sich wieder ihrer Arbeit zu.

Im nun nicht mehr so geheimen Treppenhaus eilten Ermittler die pinkfarbenen Stufen hinauf und hinab, sicherten Spuren, nahmen Proben, machten Fotos. Der Anblick deprimierte mich. Wann würde ich jemals wieder ein so seltsames und schmutziges Geheimnis haben? Und wann einen Mann, mit dem ich es teilen könnte?

Ich kehrte in meine Wohnung zurück und ließ mich aufs Sofa plumpsen – neben meine Eltern, die ihren Sherry samt Fischsalat mit nach unten gebracht hatten, um näher am Geschehen zu sein. Genau genommen war mein Vater sogar im Dienst.

»So ist es also, von zu Hause zu arbeiten!«, meinte er vergnügt und ließ seinen prüfenden Blick über einen Antrag zur Telefonüberwachung schweifen, den eine frischgebackene Junior-Staatsanwältin ihm vorgelegt hatte. Er packte mich am Nacken und schüttelte mich stolz. »Da-a-a-d«, protestierte ich und fühlte mich wie ein über alle Maßen geliebter Welpe.

»Ich bin wirklich beeindruckt«, sagte er zum wahrscheinlich zehnten Mal.

»Da-a-a-d«, wiederholte ich und hoffte, dass er es noch einige Male sagen würde.

»Meine Tochter hat nicht nur den Mut gehabt, einen Mordversuch zu vereiteln …«, erzählte er der jungen Staatsanwältin, die pflichtschuldig nickte.

»Dad, es war kein Mordversuch«, stellte ich klar und wunderte mich wie schon so oft, dass seine Vorliebe für Übertreibungen ihm im Laufe seiner Karriere nie ernstlich in die Quere gekommen war.

»War eine Waffe auf dich gerichtet gewesen oder nicht?«

Meine Mutter schüttelte sich und kippte ihren Sherry hinunter.

»Eine Waffe war auf mich gerichtet«, gestand ich.

»Meine Tochter«, fuhr mein Vater fort, »hat nicht nur den Mut gehabt, einen Mordversuch zu vereiteln – nein, sie war es auch …«, erneutes liebevolles Schütteln, »… die die Verbindung zwischen dem Pelarose-Clan und dem Prostitutionsring überhaupt erst gesehen hat!«

Abermals nickte die junge Staatsanwältin und eilte unter respektvollem Gemurmel mit ihren Unterlagen zur Tür hinaus und in die gegenüberliegende Wohnung.

Meine Mutter goss sich Sherry nach. »Wie dumm muss man eigentlich sein, um sich einen Businessplan auszudenken«, meinte sie, »in dem Schmiergeldzahlungen dazu dienen, Geldwäsche zu verschleiern?«

»Bella, mein Schatz, so war das doch gar nicht geplant. Die Ölfirma war das eigentliche Scheingeschäft, was nur niemand gemerkt hat, bis James auf die Idee kam, sich auf deren Kosten zu bereichern. Für die Ermittler sah es zunächst so aus, als ginge es nur um Schmiergeldzahlungen eines ansonsten unbescholtenen Unternehmens. Erst nachdem *unsere Tochter* ...«, stolzes Haarezerzausen, sanftes Schütteln, »... den Fall gelöst hatte, begriff auch die Polizei, dass die Ölfirma nur ein Scheingeschäft der Mafia war.«

So weit war ich bei meiner Detektivarbeit ehrlich gesagt noch gar nicht gekommen, aber warum auf Details beharren? Lieber sonnte ich mich im Lob meines Vaters.

Meine Mutter schüttelte missbilligend den Kopf. »Jeder kleine Gemüseladen dürfte besser organisiert sein. Ollie, gibt es eigentlich auch Frauen bei der Mafia? Gäbe es weibliche Mafiabosse würden die Geschäfte garantiert besser laufen.« Nachdenklich knabberte sie an einem Cracker. »Was meinst du, ob die Mafiosi ihren Frauen wohl Fortbildungsseminare bei MWP bezahlen würden?«

Mein Vater nahm meiner Mutter das Sherryglas weg.

»Jetzt habe ich es!«, rief meine Mutter. »Ich weiß, wie wir Roxana helfen können! Ich werde sie einfach bei MWP einstellen!«

»Schatz?«, meinte mein Vater, der sonst stets der größte Fan meiner Mutter war, nun aber ernstlich besorgt klang.

»Ja, überlegt euch doch nur mal, was sie uns an zusätzlichen Einnahmen bringen würde – vom Werbeeffekt ganz zu schweigen! Oder kennt ihr irgendeine andere Finanzberatung, die Seminare mit einer ehemaligen Bordellbesitzerin anbieten kann?«

Wir kannten keine.

»Ha!«, rief meine Mutter triumphierend.

»Mr. Zuckerman?« Ein Ermittler des FBI steckte den

Kopf zur Tür herein. »Wir bräuchten noch Ihre Unterschrift auf dem Abhörantrag. Könnten Sie kurz rüberkommen?«

Mein Vater schlug sich auf die Schenkel und stand auf. »Komm mal mit, Zephy. Das machen wir zusammen.« Sah so aus, als wäre heute Vater-Tochter-Tag in 287 West 12th.

Als wir über den Hausflur gingen, kam unten gerade Verstärkung vom NYPD zur Tür herein. Zwei Männer, die sich laut miteinander unterhielten, kamen die Treppe hinauf. Ich warf einen flüchtigen Blick auf die beiden – und dann noch einen. Obwohl ich ihn gerade mal zwei Wochen kannte, hätte ich sein kastanienbraunes Haar und die leicht abstehenden Ohren überall erkannt.

Gregory musste meinen Blick gespürt haben. Er schaute auf und verstummte mitten im Satz.

»Geh schon mal rein«, sagte er zu dem Typen, mit dem er geredet hatte. »Und sag Mulrooney, dass ich gleich nachkomme.«

Wie bitte?, hätte ich am liebsten gefragt, brachte aber kein Wort heraus.

Ist das die neue Arbeitskleidung von Ridofem?, hätte ich auch fragen können, doch wieder kam nichts heraus.

Oh, Gregory, wenn du nur nicht die ganze Zeit so seltsame Scherze machen würdest – denn das hier musste einfach ein schlechter Scherz sein, es konnte gar nicht anders sein –, dann hätten wir vielleicht noch eine Chance …

»Hey!«, rief mein Vater. »Das ist doch der Kammerjäger! Der so ein gutes Händchen mit Trocknern hat!«

»Dad.«

»Was machst du denn hier, mein Junge?«, plauderte mein Vater so munter und unbeschwert weiter, als stünde nicht gerade die ganze Welt kopf. Gregory schaute mich entschuldigend an, was ihm eigentlich ganz gut zu Gesicht stand. Schade, dass die Freude an seiner reumütigen Miene nur kurz anhalten würde, denn ich konnte mich nur mühsam beherrschen, ihn umzubringen.

Mein Vater, für den soziale Konventionen ein Fremdwort waren, packte Gregory bei der Schulter und drehte ihn um, damit er die Buchstaben auf seiner Jacke begutachten konnte, die ihn als einen Angehörigen des NYPD auswiesen. Entweder das, oder Gregory war kalt gewesen, und jemand vom NYPD hatte dem mysteriösen Kammerjäger netterweise mit seiner Dienstjacke ausgeholfen.

»Wusste ich es doch! Zephy, ich habe deiner Mutter gleich gesagt, dass er nicht wie ein Kammerjäger aussieht.«

»Mr. Zuckerman?«, erinnerte der andere Polizist meinen Vater freundlich an seine Pflicht.

»Ja, natürlich, sofort. Aber ich habe es gleich gewusst. Ich wusste es«, murmelte er vor sich hin, als er in James' Wohnung verschwand. »Meine Menschenkenntnis ist wirklich ganz vortrefflich ...«

Gregory und ich blieben allein im Treppenhaus zurück.

»Zephyr, es tut mir leid. Es tut mir wirklich leid. Ich konnte dir nicht die Wahrheit sagen.«

Ich stützte mich auf dem Geländer ab, derweil mein Gesicht allerlei Verrenkungen machte bei dem Versuch, eine den Umständen angemessene Miene aufzusetzen.

»Was? Dass du ein verdeckter Ermittler bist?« Es klang so absurd! Solche Gedanken sollte ich lieber niemals aus der Welt meiner Vorstellungen entlassen.

»Ja.«

»*Im Ernst?*«

»Ja.«

Ich spulte schnell zurück und ließ nochmal die letzten zwei Wochen durchlaufen – versuchte, alles durch die Linse dieser neuen Erkenntnis zu betrachten, doch ich sah lediglich kleine, bedrohliche Flecken vor meinen Augen tanzen.

»Weshalb wusstest du dann über Harvey Blane Bescheid?«, platzte ich schließlich heraus, was Gregory sehr zu belustigen schien. Er presste die Lippen zusammen, bis sich seine Grübchen in beiden Wangen zeigten.

»Wehe, du lachst mich jetzt aus«, drohte ich ihm.

»Tut mir leid, es ist nur … das ist es, was du als Erstes wissen willst?«

»Ich wage zu bezweifeln, dass es dir gerade zusteht, meine Fragen zu hinterfragen«, beschied ich kühl. Wenn ich ihn schon nicht umbringen konnte, wollte ich ihn wenigstens ein bisschen heruntermachen.

»Ich war wirklich an der NYU und habe Shakespeare studiert«, beschwichtigte er mich. »Ich habe mich mit Professor Blane überworfen, und ich habe tatsächlich angefangen, eine Doktorarbeit über die Christopher-Marlowe-Fraktion zu …«

»Die was?«

»Leute, die glauben, dass eigentlich Kit Marlowe Shakespares Stücke geschrieben hat.«

»Und?«

»Und nach einigen hundert Seiten kam ich zu dem Schluss, dass sie allesamt auf jeweils sehr spezielle Weise durchgeknallt waren – eine Erkenntnis, die mich ziemlich deprimierte, und so saß ich eines Tages in der U-Bahn und sah eine Stellenanzeige der New Yorker Polizei.«

»Du meinst dieses Plakat in der U-Bahn? Du hast dich wirklich darauf beworben?«

»Yep.«

»Yep? Und dann bist du ein Cop geworden? Einfach so?«

»Yep.«

»Das reicht mir noch nicht, Gregory«, sagte ich und schüttelte den Kopf, obwohl ich kaum an mich halten konnte vor Freude, ihm endlich wieder so nah zu sein.

»Na ja, du und deine Freundin, deine Mutter und dein

354

Vater, ihr hattet schon Recht, wenn ihr immer wieder meintet, dass ich nicht wie ein Kammerjäger aussehe und …«

»Und wie ein verdeckter Ermittler siehst du auch nicht aus«, befand ich und holte tief Luft. Dann holte ich weit aus und schlug ihm so kräftig wie ich nur konnte gegen die Schulter.

»Au!«, rief er und sah mich wütend an. »Wofür sollte das jetzt sein?«

»Dafür, dass du …« Ich spürte, wie mir Tränen in die Augen stiegen. »Dafür, dass du die ganze Zeit so getan hast, als müsste ich mich total beschissen fühlen, weil ich dir nicht glaubte, dass du Kammerjäger bist, obwohl es ja stimmt und du gar keiner bist. Und dafür, dass du sofort verschwunden bist, als dieser Idiot mit dem Skateboard mich wie blöde beschimpft hat. Was willst du überhaupt hier? Das ist nämlich ein Fall fürs FBI. Und überhaupt …« Mittlerweile heulte ich, und meine Nase lief wenig appetitlich, aber das war mir absolut egal. Ich hatte noch eine Chance mit Gregory bekommen, ich hatte *jetzt* die Gelegenheit, alles wieder gutzumachen, aber keinen blassen Schimmer, wie ich unbeschadet durch dieses neue Minenfeld kommen sollte.

Mulrooney tauchte aus James' Wohnung auf. »Hey, da bist du ja endlich, du kleiner Schlaumeier! Mensch, wird echt Zeit, dass du zu uns zum FBI kommst, dann kriegst du auch ein schnelles Auto. Sag' ich ihm schon seit Ewigkeiten, dass er endlich zum FBI kommen soll«, meinte Mulrooney zu mir, während ich noch überlegte, ob ich das alles hier nur träumte oder nicht. »Wenn die Regierung streikt, kriegst du *sechs Wochen* Urlaub!«

Gregory verdrehte die Augen.

»Nee, jetzt im Ernst, Samson, schau dir mal diese Treppe an. Da lachst du dich schlapp!«

Gregory besaß den Anstand zu erröten. Er räusperte sich.

»Ich habe sie schon gesehen, Kumpel. Bin aber gleich drüben.«

Leise lachend ging Mulrooney zurück in die Wohnung. »Sechs Wochen, das war schon in Ordnung.«

»*Kumpel?*«, fragte ich, und als Gregory nur mit den Schultern zuckte, setzte ich ätzend nach: »Ich bin beeindruckt, kleiner Schlaumeier.«

»Okay, reg dich ab.«

»Du heißt also wirklich Gregory Samson?«

»Ja. Lass uns zusammen abendessen gehen.«

»Das haben wir schon einmal probiert. Es hat nicht geklappt«, erinnerte ich ihn – vor allem deshalb, weil ich sehen wollte, wie beharrlich er war.

»Dann eben nur zum Lunch. Ein kleines Picknick am Charles Street Pier. Morgen Mittag. Dann beantworte ich auch alle deine Fragen. Wirklich jede.« Er nahm meine Hand und verschränkte seine Finger mit meinen. Es war eine so schöne, vertrauliche Geste, dass ich rot wurde und mich schnell umschaute – meine Mutter saß ja noch in meinem Wohnzimmer und bekam bestimmt jedes Wort mit.

»Einverstanden, aber kein Picknick.« Vor ein paar Tagen hätte ich seinem romantischen Ansinnen bestimmt noch nachgegeben, aber jetzt, wo ohnehin alle Geheimnisse – sowohl die großen als auch die kleinen – an den Tag kamen, würde ich auch nicht mehr so tun als ob. »Ich hasse Picknicks«, sagte ich.

»Wie unamerikanisch.«

»Aber wahr. Ich hasse es, im Schneidersitz auf dem Boden zu sitzen – davon bekomme ich Rückenschmerzen«, klärte ich ihn auf. »Außerdem bringt nie jemand ein scharfes Messer mit, weshalb man die Tomaten nicht richtig schneiden kann und es eine Riesensauerei gibt, wenn alles rausspritzt. Am Ende schleppt man lauter schmutziges Geschirr nach Hause und alles stinkt.« Ein bisschen albern kam ich mir schon vor, wie ich das so sagte.

»Du hast dir ja ziemlich viel Gedanken über Picknicks gemacht«, meinte er und fing an zu lachen. Fast wäre ich wieder sauer auf ihn geworden, aber dann zog er mich an sich. »Wir fangen noch mal ganz von vorne an, Zephyr.«

Er gab mir einen flüchtigen, zärtlichen Kuss auf den Mund, drehte sich um und machte sich an die Arbeit.

Um ein Uhr morgens schließlich hatte sich die Aufregung etwas gelegt, und alle waren verschwunden, bis auf drei Ermittler – zwei Männer und eine Frau –, die in James' Wohnung campierten, um die Überwachungsanlage zu überwachen. Die drei erwiesen sich als ruhig und genügsam – sie hielten sich mit Knabberzeug und den berüchtigten Energiegetränken meiner Mutter bei Laune.

Erschöpft, doch total aufgedreht, lag ich im Bett. Ich war wegen meiner zweiten Chance mit Gregory mindestens ebenso aufgeregt wie angesichts der Tatsache, dass Operation Barcelona in meinem Haus stattfand. Als ich Gregory am Abend bei der Arbeit zugesehen hatte, wie er sich mit seinen Kollegen beriet, wie er freundlich und verständnisvoll mit Roxana sprach (wobei unsere Blicke sich trafen, und wir vielsagend in Richtung der pinkfarbenen Treppe schauten), dachte ich, mein Verlangen würde sich auf der Stelle selbst entzünden. Ich fand es absolut unerträglich, dass er darauf beharrte, erst ein richtiges Date mit mir zu haben, bevor wir abermals übereinander herfallen konnten.

Nachdem auch der dritte Versuch einzuschlafen gescheitert war, stand ich auf und tapste in die Küche, wo ich den Wasserkessel auf den Herd setzte und mich auf meinen kleinen Küchenschemel sinken ließ. Wie es Roxana wohl gerade oben in ihrer Wohnung erging? Es würde noch einiges auf sie zukommen. Die erfolgreiche Anklage der Pelaroses wegen Prostitution hing ganz allein von ihrer Aussage und ihrer Kooperation mit der Polizei ab. Ebenso wie die Frage, ob ihr selbst eine Haftstrafe erspart bliebe. Zunächst würde sie gegenüber Ferdinand/Alonzo so tun müssen, als hätte sie es sich anders überlegt und wolle nun doch weiter für seine Familie arbeiten. Dann musste sie ihn noch dazu bekommen, belastende Dinge zu sagen – entweder am Telefon oder in persona. Das FBI wollte auch, dass sie Senator Smith, der sich übrigens als Oberschulrat aus Queens entpuppt hatte, noch einmal empfing und eine Geldübergabe inszenierte. Dank der von James' bereits installierten Foto- und Videokameras in Roxanas Wohnung dürfte die Beweisaufnahme technisch gesehen ein Kinderspiel sein.

Roxana hatte mir echt leidgetan, als sie am späten Abend hinauf in ihre Wohnung getrottet war. Sie wirkte so müde und erschöpft und schien auf einmal nur mehr eine Marionette in den Händen verschiedener Männer zu sein. Sie hatte noch einen weiten Weg vor sich, bevor sie einen Neuanfang wagen konnte – ein Traum, von dem sie am Morgen noch geglaubt hatte, er läge zum Greifen nah. Vorerst sah es jedoch so aus, als hätten Polizei und FBI sich hier auf Wochen häuslich eingerichtet. Ich wagte gar nicht daran zu denken, welche Auswirkungen das auf meine Finanzen haben würde.

Das Wasser kochte, ich goss mir einen Tee auf und nahm ihn mit ins Wohnzimmer, wo ich es mir im Dunkeln auf dem Sofa gemütlich machte und die Nachtschwärmer beobachtete, die draußen um die Häuser zogen. Als eine lärmende Horde vorbeilief, zuckte ich zusammen – wohl wissend, dass Mrs. Hannaham mich gleich am Morgen anrufen und dreifach verglaste Fenster fordern würde.

Wie nicht anders zu erwarten, war es ihr auch gestern Abend gelungen, alles noch schlimmer zu machen, als es ohnehin schon war.

»Ich habe es immer gewusst«, hatte sie den diversen Polizisten triumphierend mitgeteilt, die sie als Zeugin vernommen hatten. Zur Feier des Tages hatte sie eines der weißen Hemden ihres verstorbenen Gatten angezogen, das ihr natürlich viel zu weit war und bei jeder Bewegung um sie her wallte und wehte, dazu ihre paillettenbesetzte weiße Latexhose und knöchelhohe weiße Lederstiefelchen, die mir neu waren. Der Gesamteindruck erinnerte an ein Michelinmännchen, das vor zwei Jahrzehnten ein großer Fan von Prince und den Bangles gewesen war.

»Ich habe den Zuckermans schon immer gesagt, dass in der Wohnung dieser Frau unschickliche Leute ein und aus gehen. Zu jeder Tages- und Nachtzeit. Das habe ich ihnen gesagt. Und James habe ich es auch gesagt, wenngleich ich jetzt natürlich verstehe, weshalb er nie etwas dagegen unternommen hat. Er steckte da ja selbst mit drin.« Sie warf Roxana einen vernichtenden Blick zu.

Woraufhin Roxana gerade lang genug aus ihrer Schockstarre erwachte, um einen erbosten Schwall wunderschöner französischer Schimpfworte auszustoßen und Mrs. Hannaham eine längst überfällige Standpauke zu verpassen. Die Polizisten machten zwar einen halbherzigen Versuch, die aufgebrachte Roxana zur Raison zu bringen, schienen von der Vorstellung jedoch ebenfalls sehr angetan.

Jetzt stockte mir der Atem, als plötzlich jemand im Dunkeln die Haustreppe hinaufkam … doch es war nur Cliff mitsamt seinem Kontrabass. Ihm war heute Abend wirklich was entgangen.

Argwöhnisch beäugte ich ihn durchs Fenster, wie er da stand und nach seinem Schlüssel suchte. Was wussten wir eigentlich über ihn? Mein Verdacht, dass sich in seinem Instrumentenkasten locker ein Leichnam verstecken ließ, flammte wieder auf. Diese Masche mit dem harmlosen Jazzmusiker *musste* Tarnung sein. Konzerte bis spät in die Nacht! Wer es glaubte. Wie konnte er sich denn davon die horrende Miete leisten?

Seufzend stand ich auf und tapste zurück in die Küche, wo ich ziellos Schränke auf- und zumachte. Ich schaute in den Kühlschrank, danach in den Gefrierschrank. Wenn ich sowieso die ganze Nacht auf war, könnte ich eigentlich auch mal wieder Saft zu Eiswürfeln frieren …

Beim Blick in den Gefrierschrank fielen mir auch wieder die Eisbeutel ein, die ich unter James' Fenstersitz gefunden hatte. Die mysteriösen Flüssigkeiten in der Kühlbox hatte ich total vergessen. Abermals seufzend ließ ich die Tür zufallen. Mittlerweile war ich zwar todmüde, wusste jedoch, dass ich trotzdem nicht würde einschlafen können.

Ich machte meine Wohnungstür auf und ging hinüber zu James' Wohnung. Die beiden Agents dösten friedlich vor sich hin, und die junge Polizistin, die vorhin die Handschellen sortiert hatte, las Zeitung.

»Entschuldigung«, sagte ich. Sie schaute auf und schien gar nicht überrascht, mich da in T-Shirt und Boxershorts stehen zu sehen. »Dürfte ich … äh, dürfte ich wohl nach oben gehen und mit ihr reden?«

»Von mir aus. Solange es nichts mit dem Fall zu tun hat«, erwiderte sie achselzuckend und wandte sich wieder ihrer Zeitung zu.

Also wirklich, dachte ich tadelnd, eine FBI-Agentin sollte schon etwas präzisere Ansagen machen! Ernüchtert huschte ich davon, schlich auf Zehenspitzen die Treppe hinauf und klopfte leise an Roxanas Tür.

»Was? Was ist?«, kam es von drinnen. Sie klang panisch und hellwach und musste im Wohnzimmer gesessen haben, als ich geklopft hatte.

»Keine Sorge, Roxana. Ich bin's nur.«

Sie machte die Tür auf. »Isch konnte nischt schlafen«, sagte sie, und ihre raue Stimme klang noch heiserer als sonst. »Isch kann *partout* nischt schlafen.«

»Ich hätte da eine Frage …«

Sie winkte mich mit einer müden Geste herein, die wahrscheinlich bedeuten sollte, dass sie gestern so viele Fragen gestellt bekommen hätte, dass es auf eine mehr oder weniger auch nicht mehr ankäme, und schlurfte zurück zum Sofa.

»Roxana, weißt du über diese Flüssigkeiten Bescheid, die James' unter seinem Fenstersitz aufbewahrt hat? In so einer blauen Kühlbox.«

»Du meinst sein Bier?«

»Nein, nicht im Kühlschrank – unter dem Fenstersitz, in einer Kühl*box*. Zehn Reagenzgläser mit irgendeiner Flüssigkeit.«

»*Oh noooon*«, stöhnte sie. »Haben sie das etwa gefunden?«

»Nein, *ich* habe es gefunden«, sagte ich besorgt. »Aber ich hatte heute völlig vergessen, der Polizei davon zu erzählen.«

»Oh, Zephyr …« Ich wartete. Roxana rieb sich mit Daumen und Zeigefinger über die Stirn. »Isch wusste nischt, wozu er es wollte. Wirklisch nischt. Isch 'abe nischt gefragt.«

»Sag es einfach«, ermunterte ich sie und machte mich auf das Schlimmste gefasst.

»James wollte immer die benutzten Kondome von uns haben – für ein Experiment, hat er gesagt.«

Das war allerdings noch schlimmer als erwartet.

»Ein Experiment? Mit den Kondomen?«, fragte ich. Mir wurde ganz flau im Magen.

»*Mais non*, mit dem Sperma. Weißt du, als er ein kleiner Junge war, wollte er nämlisch Biologe werden, aber sein Vater hat ihn immer nur ausgelacht.« Traurig schüttelte sie den Kopf.

Ungläubig starrte ich sie an. Ihr tat er anscheinend leid, aber was kümmerten mich James' zerplatzte Träume, wenn er sich hier – in meinem Haus! – praktisch eine ganze Eistheke voll Sperma eingerichtet hatte?

»Du weißt aber nicht, *was* das für ein Experiment war, oder?«, wagte ich mich in weitere Abgründe vor.

Sie schüttelte den Kopf und schniefte leise. Mittlerweile hatten meine Augen sich an die Dunkelheit in der Wohnung gewöhnt, und ich entdeckte eine leere Wodkaflasche neben dem Sofa.

»Ja … gut, Roxana. Dann versuch mal, ein bisschen zu schlafen.«

Leise huschte ich nach unten und blieb kurz vor James' Wohnung stehen. Die Frau vom FBI schaute auf, ich winkte ihr zu.

Ich zögerte. Soeben hatte ich etwas sehr Bedeutsames erfahren, das aller Wahrscheinlichkeit nach wichtiges Beweismaterial betraf. Folglich war es absolut unerlässlich, dass ich die Polizei *umgehend* davon in Kenntnis setzte.

Ich ging in meine Wohnung, machte die Tür hinter mir zu und griff zum Telefon. Wie gut, dass ich die Privatnummer meines ganz persönlichen Polizisten hatte.

Eine Dreiviertelstunde später kam Gregory. Mittlerweile war es zwei Uhr morgens. Er machte meine Tür auf, winkte seinen drei Kollegen verlegen zu, murmelte irgendwas von neuen Informationen und huschte in meine Wohnung, wo ich im Dunkeln saß und auf ihn wartete.

»Wo bist du?«, flüsterte er.

»Hier«, raunte ich vom Sofa her. Dank einer fatalen Mischung aus Schlafentzug und nächtlicher Begierde waren meine Nerven zum Bersten gespannt. Er tastete sich zu mir vor und setzte sich prompt auf meine Füße.

»Sorry«, sagte ich und wollte sie unter ihm wegziehen.

»Nein, lass. Es geht schon«, meinte er und setzte sich so zurecht, dass meine Füße nun in seinem Schoß lagen. Ich spürte, dass er hart war, und alle Luft wich aus meiner Lunge.

»Soll ich dir jetzt gleich von diesem gruseligen neuen Beweismaterial erzählen?«, fragte ich atemlos und stützte mich mit den Ellenbogen auf.

»Nein, das kann warten«, stieß er hervor und drückte meine Füße fester an sich. »Ich bin einfach nur froh, dass gruseliges neues Beweismaterial aufgetaucht ist, von dem du mir noch heute Nacht erzählen solltest.«

Gregory kniete sich über mich, drängte mich zurück aufs Sofa und legte sich auf mich. Ich stöhnte und schloss die Augen.

»Hast du die Tür abgeschlossen?«

»Hmmm … ja«, murmelte er, sein warmer Atem an meinem Ohr. Seine Lippen streiften über meinen Hals, dann schob er den Ausschnitt meines T-Shirts beiseite und biss zärtlich in meine Schulter.

»Zephyr?«

»Ich habe Kondome da«, sagte ich. »Ganz viele. Und *nicht* aus James' Beständen«, stellte ich klar.

»Hast du mit diesem Typen geschlafen, der neulich hier war? Der Barfüßige mit dem Bier?«

Ich erstarrte.

»Ich glaube, es steht dir nicht zu, mich das zu fragen«, sagte ich ruhig. »Noch nicht.«

»Ich weiß, ich weiß«, beeilte er sich zu sagen.

»Du denkst noch immer an diesen Mist, den Lingua-Frank über mich erzählt hat«, empörte ich mich. Unsere Gesichter waren sich so nah, dass unser Atem sich wie in einer warmen Wolke mischte.

»Zephyr«, flehte er mich an. »Moment, wer ist Lingua…?

Etwa der Typ mit dem Skateboard? Nein. Ich meine, doch – zu dem Zeitpunkt versuchte ich noch herauszufinden, ob du eine von Roxanas Prostituierten …«

»Was?« Ich riss meine Hände los und stieß ihn zurück. »*Was?!*«

»Ach, Scheiße.« Er ließ sich schwer aufs Sofa fallen. »Was rede ich da nur? Ich meine, *jetzt* weiß ich natürlich, dass du keine bist. Ich frage nur nach diesem anderen Typen, weil …«

»Moment«, unterbrach ich ihn kühl. »Aber *vorher* hast du mich für eine Prostituierte gehalten?« Noch während ich es sagte, kam mir die unerfreuliche Erkenntnis, dass er mit dieser Annahme keineswegs allein gewesen war. Ich musste daran denken, wie lüstern der Oberschulrat alias Senator Smith mich und meine Freundinnen an dem Abend beäugt hatte, als wir auf dem Weg zu der Party im Soho House gewesen waren.

»Nein, habe ich nicht. Überhaupt nicht«, verteidigte sich Gregory und stützte den Kopf auf die Hände. »Aber als der Typ mit dem Skateboard es sagte, fragte ich mich plötzlich, ob mir nicht vielleicht meine Urteilskraft abhanden gekommen war. Ich meine, ich ermittelte in einem Fall von Prostitution, saß da mit dir vor diesem Haus, in dem vermutlich ein Bordell betrieben wurde, aber gleichzeitig merkte ich, wie ich dabei war, mich in dich zu verlieben, und da kam dieser Typ, und auf einmal hatte ich Angst, dass ich mich mit einer Verdächtigen eingelassen hatte. Ich sollte eigentlich auch *jetzt* nicht mit dir zusammen sein, nur so nebenbei bemerkt.«

»Du hast dich in mich verliebt?«, fragte ich.

»Aber der eigentliche Grund, weswegen ich dich nach diesem anderen Typen gefragt habe«, fuhr er fort, sichtlich darauf bedacht, alle Zweifel aus der Welt zu schaffen, »ist der, dass ich wissen will, woran ich bei dir bin. Ich will sicher-gehen, dass weder du noch ich anderweitig involviert sind.«

Er hielt kurz inne, bevor er sagte: »Ja, ich habe mich in dich verliebt.«

»Ich habe nicht mit ihm geschlafen«, sagte ich und war zum ersten Mal, seit ich Hayden wiedergesehen hatte, froh darüber, dass es stimmte. »Und käuflich bin ich auch nicht«, stellte ich klar und musste lachen.

Er zog mich an sich, legte seine Hände auf meine Brüste und drückte sie sanft.

»Das freut mich«, flüsterte er. »Beides.«

19

Am nächsten Morgen riss mich ein Gewitter aus dem Tiefschlaf. Ganz automatisch schnellte mein Arm zum Telefon.

»Mrs. Hannaham«, sagte ich schlaftrunken und beschloss, meine Telefonnummer gleich heute ändern zu lassen.

Wieder Donner, dann Getrampel. Ich nahm den Hörer vom Ohr und schaute ihn fragend an. Langsam begann mir zu dämmern, dass am anderen Ende gar niemand war.

»Sie haben ihn geschnappt.« Gregory stand vor meinem Bett und zog sich gerade seine Hose an.

Ah ja, stimmt. Gregory … Ich lächelte verklärt. »Ehrlich? Sie haben Hayden geschnappt?«, fragte ich, noch immer im Halbschlaf. Erschrocken schlug ich mir die Hand vor den Mund. Herrje, Zephyr – aufwachen!

»Wen? Nein, Alonzo Pelarose. Sie haben ihn drüben in Gewahrsam – in der Wohnung gegenüber. Er ist um halb fünf nochmal zurückgekommen und wollte Roxana umbringen. Dumme Leute erleichtern uns die Arbeit ungemein.« Das Gewitter war also das Getrampel von Polizistenfüßen im Treppenhaus.

»Oh mein Gott!« Jetzt war ich hellwach. Die arme Roxana! So schnell hatte niemand mit Vergeltungsmaßnahmen gerechnet. »Ist sie okay?«

»Ihr geht es gut. Sie ist furchtbar verkatert und durcheinander, aber ansonsten alles bestens. Und du?«, wollte Gregory wissen, seine Stimme auf einmal ganz sanft. Er setzte sich auf die Bettkante und streichelte meine Wange.

»Auch alles bestens«, schnurrte ich und stellte fest, dass ich mir bei ihm nicht mal wegen unfrischem Atem Sorgen machte.

»Bestens«, meinte er und sprang auf – Bettgeflüster beendet. »Tut mir leid, Zeph, aber ich muss ...« Er deutete mit dem Kopf Richtung Tür.

Wahrscheinlich war es mein Schicksal, stets von Männern für einen Tatort sitzengelassen zu werden.

»Eigentlich ganz gutes Timing«, sagte er verlegen. »Ich hätte nicht gewusst, wie ich den Jungs sonst hätte erklären sollen, was ich um diese Zeit in deiner Wohnung mache. So konnte ich wenigstens sagen, dass ich nur mal nachschauen wollte, ob bei dir alles okay ist.«

Ich versuchte zu lächeln, doch bei dem Gedanken an Gregory, den verdeckten Ermittler, der versuchte, mit Zephyr, der Verwalterin von Mommys und Daddys Haus, Konversation zu machen, wurde mir ganz bang ums Herz. Für ihn, dachte ich, würde ich sogar mein Medizinstudium wieder aufnehmen. Ich würde *alles* tun, damit er nicht das Interesse an mir verlor.

Er schlüpfte in sein Hemd und fuhr sich mit den Händen durchs Haar. »Statt dieses Picknicks ...«

Ah ja, jetzt ging es schon los. Er hatte kein Interesse mehr an mir. Wusste ich es doch. Ich schlang meine Arme um mein Kissen.

»... was hältst du davon, heute Nachmittag einen Ausflug nach Rikers Island zu machen und James zu seinem Forschungsprojekt zu befragen?« Als wir vor ein paar Stunden nackt und ermattet auf meinem Wohnzimmerteppich gelegen hatten, hatte ich Gregory von meinem potenziell beweisträchtigen Fund erzählt, und wir hatten wie blöde kichernd darüber spekuliert, welchem Zweck James' Reagenzgläser wohl dienen könnten.

»Im Ernst?«, rief ich begeistert. Ein Ausflug in den Knast! Selbst mein Vater hatte mich nie mit ins Gefängnis genommen. Nein, Zephyr, das ist eine sehr ernste und unerfreuliche Angelegenheit, ermahnte ich mich und mäßigte meine Stimme. »Das wäre toll.«

Gregory kam wieder zu mir und legte seine Hand auf meine. »Gibt es eigentlich irgendetwas, das dich nicht begeistert? Es ist einfach faszinierend, dein Gesicht dabei zu betrachten.«

Ja? Das war ja ganz was Neues! Derart motiviert, versuchte ich, besonders begeistert zu lächeln. Gregory runzelte besorgt die Stirn.

»Alles in Ordnung?«

Ich räusperte mich. »Geh nur. Mach deine Arbeit und lass mich wissen, wann du losfahren willst. Ich werde bereit sein.«

Zwei Stunden später fuhren Gregory und ich in einem als Taxi getarnten Undercover-Polizeiauto (inklusive Rosenkranz und Gebührenplakette) den Brooklyn-Queens-Expressway in Richtung Rikers Island hinauf. Ich hatte einen fettigen Pizzakarton von Bleecker Street Pizza auf dem Schoß. Wein und Kerzenschein war das zwar nicht, aber bislang das beste Date, das ich jemals hatte. Gregory schaute kurz zu mir hinüber und lächelte.

»Was?«

»Deine Augen sind heute Morgen supergrün.«

Ich prustete vor Lachen und hätte mich fast an meiner Pizza verschluckt.

»Was ist daran so lustig?«

»Sagen wir mal so: Die Farbe meiner Augen ist nicht supergrün, sondern super uneindeutig.«

»Machst du Witze? Schau sie dir doch an, sie sind eindeutig grün. So grün wie Smaragde. Oder Algen. Schau!«, beharrte er und klappte die Sonnenblende herunter, damit ich mich im Spiegel betrachten konnte. Vielleicht lag es ja an dem glänzenden Fettfleck auf meiner Wange, dass meine Augen heute strahlender wirkten als sonst, aber sie sahen tatsächlich ziemlich grün aus. Allerdings hatte ich mich schon so sehr daran gewöhnt, Augen ohne eindeutige Farbe zu haben, dass ich nicht so genau wusste, was ich von diesem unwiderlegbaren Beweis halten sollte. In Gedanken übte ich schon mal: Ich bin Zephyr. Ich habe grüne Augen. Dank meiner Hilfe ist dem FBI ein mörderischer Mafioso ins Netz gegangen. Ich musste mir fest auf die Lippe beißen, um mich nicht ganz blöde anzugrinsen, und klappte die Sonnenblende schnell wieder hoch.

»Los, frag mich was«, sagte Gregory, den Mund halb offen, um einen Bissen heißen Käse abkühlen zu lassen.

»Okay.« Ich wischte mir das Fett von der Wange. »Hattest du wirklich Gift in deinem Sprühkanister?«

Er schaute mich an, als wolle er gleich etwas furchtbar Süffisantes sagen, schien es sich dann aber anders zu überlegen. Sehr schlau von ihm.

»Ja. Ich fand es irgendwie nicht so nett, euer Haus den Kakerlaken zu überlassen, nur weil wir euren Hausmeister verhaftet hatten.«

»Darfst du denn überhaupt Gift sprühen? Ich meine, bist du dafür *qualifiziert*?«, fragte ich und kam mir ein bisschen lächerlich vor, weil mir natürlich bewusst war, dass ich schon wieder versuchte, ihm zu beweisen, wie gut ich meinen Job machte.

»Das ist jetzt nicht dein Ernst, oder? Hast du sonst keine Fragen?«

»Ich fühle mich eben für meine Mieter verantwortlich«, erwiderte ich, ganz pflichtbewusst.

Ungeduldig blies Gregory die Backen auf und atmete tief aus.

»Okay, dann erzähle ich es dir eben so«, meinte er und drückte kräftig auf die Hupe, als ein Taxifahrer ihm die Vorfahrt nahm. »In Zusammenarbeit mit dem Dezernat für organisierte Kriminalität habe ich mir mal alle Ölfirmen in New York vorgeknöpft und genauer unter die Lupe genommen. Bei der Firma, mit der James zu tun hatte, also die, von der ihr euer Heizöl bezogen habt, bin ich auf Unregelmäßigkeiten gestoßen – und auf James, der mir auch nicht uninteressant schien, weshalb ich die Ermittlungen in dieser Richtung vertiefte. Wir zapften sein Telefon an, und zunächst klang es so, als wären noch viel mehr Leute in die Sache verwickelt, aber wie sich zeigen sollte …«

»Waren alle diese Leute James, denn er ist manchmal Engländer und manchmal aus Brooklyn!«, rief ich begeistert. »Hat er am Telefon auch mit seiner Brooklyn-Stimme gesprochen? Ich habe ihn so zum allerersten Mal an jenem Abend reden gehört, als man ihn verhaftet hatte!«

»Doch, klang irgendwie verdammt nach Brooklyn«, meinte Gregory und lächelte, woraus ich schloss, dass mein kleiner Begeisterungsausbruch diesmal für gut befunden worden war. »Aber wie gesagt, erst dachte ich, es wären mehrere Leute, und ich kam in dem Fall nicht so recht weiter. Erst nachdem ich dich kennengelernt und dieses Treppenhaus und die beiden verschlossenen Zimmer in Roxanas Wohnung entdeckt hatte, kam ich dahinter, dass auch Roxana und ihre Mädchen in die Sache verwickelt waren. Da hätte ich auch vorher drauf kommen können, bin ich aber nicht.« Sichtlich sauer auf sich selbst schüttelte er den Kopf.

»Warum habt ihr schon so früh zugeschlagen? Ihr hättet mit James' Verhaftung warten können, bis ihr mehr herausgefunden hättet.«

Gregory warf mir einen anerkennenden Blick zu. »*Ich* wollte damit noch warten, aber …« Er holte tief Luft und winkte verärgert ab. »Egal. Mein Chef und ich waren nicht einer Meinung, und er hat die Verhaftung im Alleingang durchgezogen. Zu früh, wie ich finde, viel zu früh.«

Er streckte den Arm aus und legte die Hand auf meinen Schenkel. Wie warm sie war! Ob er immer eine so wunderbare Wärme ausstrahlte? Das würde mir im Winter einiges an Heizkosten sparen, dachte ich, ganz blöde vor Glück.

»Sonst noch Fragen?«

Ich zögerte. Mach jetzt nicht alles kaputt, Zephyr. Schau nicht immer zurück, wenn es sich doch lohnt, nach vorn zu schauen. Aber das kleine Teufelchen wollte keine Ruhe geben.

»Warum hast du mir immer so ein schlechtes Gewissen gemacht, wenn ich meinte, du würdest überhaupt nicht wie ein Kammerjäger aussehen? Ich kam mir so mies vor deswegen, und dabei hatte ich Recht. Du warst ja wirklich keiner. Du *bist* keiner.«

Er zog seine Hand zurück, und schon fühlte ich mich ganz furchtbar verlassen.

»Weil ich dachte, du wärst vielleicht ein Snob.« Angestrengt schaute er nach vorn auf die Straße.

Ich versank vor Scham fast in meinem Sitz. »Aber ich habe doch nur gesagt, dass du nicht wie ein Kammerjäger *aussiehst* – nicht, dass du keiner sein dürftest oder dass ich mich nicht mit einem verabreden würde«, rechtfertigte ich mich und redete mir erfolgreich ein, dass es absolut der Wahrheit entsprach. Frustriert warf ich meinen trockenen Pizzarand zurück in den Karton. Was wollte er denn noch hören, damit er mir glaubte?

»Ich glaube dir«, meinte er schließlich. »Tut mir leid. Es war nicht fair, dir das zu unterstellen. Oder dich überhaupt in diese Lage zu bringen.« Wieder legte er seine Hand auf mein Bein und drückte es leicht, als wolle er sich wortlos dafür entschuldigen, dass er so kompliziert und nervtötend war.

Ein Flugzeug im Landeanflug auf La Guardia flog ganz niedrig über den Highway. Beim Anblick seines riesigen metallisch schimmernden Bauches dachte ich, wenn das Flugzeug jetzt über uns abstürzen würde, wäre ich froh, an Gregorys Seite zu sterben. Schnell dachte ich an etwas anderes. Wenn er kompliziert und nervtötend war, dann war ich pathologisch morbid. Schien so, als wären wir füreinander geschaffen.

Ich schaute zu ihm hinüber und stellte fest, dass er mich gespannt anschaute. Auf seiner Wange war ein Klecks Tomatensoße. Ich beugte mich vor und leckte sie ihm zärtlich ab.

»Dir ist also nie aufgefallen, was da oben so alles vor sich ging?«, fragte er und brauste glückstrahlend an einem knatternden, Dieseldämpfe ausstoßenden Laster vorbei.

»Ich versuche, die Privatsphäre meiner Mieter zu respektieren«, entgegnete ich.

»Privatsphäre? An die Außenwand eures Hauses war ein kaum zu übersehendes Treppenhaus angebaut! Das muss einem doch mal auffallen!«

»Okay, reg dich ab!«, fuhr ich ihn an. »Nicht jeder hat das Zeug zum Undercover Cop. *Mir* ist es eben nicht aufgefallen.« Ich warf ihm einen erbosten Blick zu, doch vergebens. Er schaute mich überhaupt nicht an und lächelte nur still vor sich hin. Jetzt, da er sich nicht mehr vor mir verstellen musste und ganz er selbst sein konnte, schien ihn gar nichts mehr aus der Ruhe zu bringen. Das war einerseits eine wahre Wohltat, andererseits aber auch ziemlich … nervtötend.

»Ich glaube, du wärst für den Job wie geschaffen.«

»Ha, ha«, lachte ich bitter und ließ mich in meinen Sitz zurückfallen. Ein ganz heikles Thema, bei dem ich mich sehr dünnhäutig und verletzlich fühlte – zumal Gregory nach unserem Gespräch vor dem Haus (und vor LinguaFrank) ja genau wusste, wie es um meine nicht vorhandene Karriere bestellt war.

»Das war ernst gemeint. Man braucht schon eine ziemlich lebhafte Fantasie, um sich so etwas wie die Verbindung zwischen Roxana und den Pelaroses zusammenzureimen. Ich war seit Monaten an James' Fall dran und bin nicht mal annähernd so weit gekommen. Auch das macht die Arbeit eines guten Ermittlers aus – sich alle nur erdenklichen Kombinationen vorzustellen, wie die einzelnen Bestandteile eines Falls zusammenpassen könnten. Manche Wahrheiten sind unglaublicher, als die meisten Leute es sich jemals vorzustellen wagen.«

Ich war mir immer noch nicht so ganz sicher, ob er mich nicht nur auf den Arm nehmen wollte, und runzelte die Stirn.

»Und ich glaube«, fuhr er unbeirrt fort, als er auf die Brücke über den East River bog, »dass unsere Fähigkeit, zwischen Wahrheit, Fiktion und Wahnsinn zu unterscheiden, gleich auf eine harte Probe gestellt werden wird. Willkommen auf Rikers Island.«

»Zephyr, meine Liebe! Welch eine Freude! Wie absolut fabelhaft von dir, dass du deinem lieben Onkel James einen kleinen Besuch abstattest!«

Nach drei Wochen Gefängnis sah James recht bleich und mitgenommen aus. Seine Schultern waren nach vorn gebeugt und sein Bart ein wild wucherndes Gestrüpp, doch seinem Benehmen nach hätte man meinen können, wir wären zum Fünf-Uhr-Tee im Savoy verabredet. Tatsächlich jedoch saßen wir in einem grau gekachelten, wenig anheimelnden Besucherzimmer des Gefängnisses an einem schlichten Tisch und von bewaffneten Wachen umgeben. James rieb sich seine

Handgelenke, die eben von Handschellen befreit worden waren, und schien ehrlich erfreut, mich zu sehen.

Er wurde als vergleichsweise niedriges Sicherheitsrisiko eingestuft, wohingegen ich eine erhebliche Gefahr für die Gefangenen darstellen musste. Trotz Gregorys Dienstmarke war ich von dem Monstrum von Frau an der Sicherheitsschleuse gründlich gefilzt worden. In einem früheren Leben war die Vollzugsbeamtin Dredgeholz wahrscheinlich am Checkpoint Charlie in Berlin postiert gewesen. Zumindest schien sie sich nach den guten alten Zeiten allumfassender, gründlicher Überwachung zurückzusehnen. Dreimal klopfte sie mich von oben bis unten ab, fuhr dreimal mit dem Handscanner über den Reißverschluss, der jedes Mal lautes Piepen auslöste, und ließ mich schließlich meine Schuhe und meine Fleeceweste ausziehen (mit Bedacht ausgewählt, um für Gregory sportlich *und* sexy auszusehen). Dann forderte sie mich noch auf, meinen Rucksack auszuleeren und durchwühlte mit dem Feingefühl eines Zelte plündernden Grizzlybären meine Sachen.

Es war eine Sache, mit jemandem zu schlafen, doch eine ganz neue Stufe der Intimität wurde erreicht, wenn man vor jemandem seinen Rucksack ausleeren musste. Ich errötete heftig, als Dredgeholz eine zerknitterte und leicht angeschmuddelte, aber ansonsten saubere Slipeinlage inspizierte sowie einige Bankauszüge mit bestenfalls dreistelligem Kontostand, einen ChapStick-Lippenpflegestift ohne Kappe, dafür mit vielen Fusseln, noch einen fusseligen ChapStick, ebenfalls ohne Kappe, aber diesmal mit Menthol, einen angeschimmelten Taschenschirm, eine Kopie der Hausordnung von 287 West 12th, die ich längst mal hatte durchlesen wollen, und einen kaffeefleckigen *Times*-Artikel über Gebärmutterhalskrebs, den meine Mutter mir mal ausgeschnitten. Mit Rotstift prangte darauf ihre Anmerkung: »Du lässt doch jedes Jahr einen Abstrich machen, oder?«

Gregory stand mit verschränkten Armen dabei und besah sich das Prozedere mit leicht gerunzelter Stirn. Er mochte mittlerweile Gregory, der verdeckte Ermittler sein, hatte sich aber zweifellos die Sozialkompetenz von Gregory dem Kammerjäger bewahrt. Ein diskreterer Mann hätte taktvoll den Blick abgewendet. Ich holte tief Luft und redete mir gut zu, auch seine Fehler zu akzeptieren.

Natürlich schaute ich trotzdem mit großen Augen zu, wie er einem weiteren Vollzugsbeamten seinen Revolver zur sicheren Verwahrung aushändigte. Auf der Highschool, bald nachdem das mit Lance, dem Musicalfan, auseinandergegangen war, war ich kurz mit einem Stotterer namens Nelson zusammen gewesen. Er besuchte allerdings nicht wie ich die Sterling School, sondern Dowling – eine Schule für böse Jungs, die schon von allen anderen Schulen für böse Jungs geflogen waren. Nelson hatte in seiner Sporttasche immer ein Nunchaku mit sich herumgetragen, eines dieser japanischen Würgehölzer, aber näher war ich dem zweifelhaften Vergnügen, mit einem bewaffneten Mann zusammen zu sein, nie gekommen.

»Hattest du den auch in meiner Wohnung dabei?«, wollte ich wissen, als Gregory gerade irgendein Formular unterzeichnete.

Er nickte.

»Wo? Lag der da einfach so rum?«

»Nein, natürlich nicht. Ich hatte eine Stahlkassette dabei und den Revolver darin eingeschlossen, wie es sich gehört.«

Ach, was waren das noch für herrlich unbeschwerte Zeiten, als es genügte, ein paar Kondome mit zu einem Date zu nehmen …

»Trägst du immer eine Waffe?«

»Meistens. Nicht immer, aber meistens. Wäre das ein Problem für dich?« Besorgt sah er mich an. Eigentlich fand ich es schon problematisch, aber im Moment war ich viel zu überrumpelt von seiner beiläufigen Andeutung unserer gemeinsamen Zukunft.

»Und wo war dein kleiner Waffentresor?«

»Unter deinem Bett.«

Warum, *oh warum nur* musste ich mich immer zu Männern hingezogen fühlen, die höchst suspekte Souvenirs unter meinem Bett hinterließen? War eine Dienstwaffe – eine stahlsicher verwahrte Dienstwaffe, immerhin – besser als Berge leerer Bierflaschen? Ja, entschied ich vor der schweren Gittertür, die sich gleich vor uns öffnen würde. Ja, das war sie.

»Zephyr, Schätzchen, wer ist denn der hübsche Bursche, den du da mitgebracht hast?«, fragte James mich nun.

»Erinnern Sie sich nicht mehr an mich, Mr. Windsor?«

James lächelte Gregory an – strahlend und völlig verständnislos.

»Ich war der neue Kammerjäger von Ridofem. Wissen Sie noch, wir haben uns vor ein paar Wochen kennengelernt.«

Noch immer nichts.

Gregory warf mir einen fragenden Blick zu. War das alles nur Show, oder war James wirklich ein sehr kranker Mann?

»Mr. Windsor«, versuchte Gregory es erneut und lehnte sich vertraulich vor, »wissen Sie, weshalb Sie hier sind?«

James wedelte beschwichtigend mit den Armen. »Oh, ein kleines Missverständnis unter Gentlemen. Das haben wir gewiss im Nu geklärt, gar keine Frage.«

»James«, meinte ich, nun ernstlich besorgt. »Sagt dir der Name Alonzo Pelarose etwas?« Ich schaute ihm aufmerksam in die Augen, konnte aber nicht mal eine flüchtige Andeutung des Verstehens entdecken.

»Schöner Name, sehr schöner Name. Auch einer deiner Verehrer, liebliche Zephyr? Sie wissen doch, was ›Zephyr‹ bedeutet, nicht wahr?«, wandte er sich an Gregory. »Der Westwind. Ein laues, liebliches Lüftchen. Und passt der Name nicht ganz hervorragend zu unserer bezaubernden Zephyr?« Innig ergriffen legte er seine Hand auf meine.

»HÄNDE WEG!«, brüllten drei Wachen einstimmig und stürmten an unseren Tisch. Das Herz pochte wild in meiner Brust, als ich mir die nachfolgenden Unruhen und Ausschreitungen vorstellte: fäkalienbeschmierte Wände, geflutete Toiletten, durch die Luft fliegende Stühle, gemeuchelte Wachen, zu Tode getrampelte Häftlinge. Von der Battery bis zur Bronx würde ich – die Auslöserin der größten Gefängnisunruhen, die es je in New York gegeben hatte – geächtet werden, und am meisten würden die Sterling Girls mich verachten, weil sie supersauer wären, von meinen aufregenden Erlebnissen der letzten vierundzwanzig Stunden nicht von mir persönlich, sondern aus den Medien erfahren zu haben …

Die Wachen kehrten zurück an ihre Plätze, und um uns her erhob sich wieder das leise Murmeln der in gedämpftem Ton geführten Gespräche.

»James«, flehte ich ihn förmlich an, »was ist mit Roxana? Roxana Boureau? Bedeutet sie dir etwas?«

»Diese kleine Hure?«, nölte James, der ohne mit der Wimper zu zucken in den Brooklyn-Modus geschaltet hatte.

Gregory und ich spitzten unwillkürlich die Ohren und strafften die Schultern.

»Beschissene Hure, verdammte – hat mich in die verdammte Scheiße doch erst reingeritten!« James' Gesicht war zu einer furchterregenden Grimasse verzogen und knallrot angelaufen. Seine Augen waren kalt und hart, er schien uns überhaupt nicht mehr wahrzunehmen.

»Was hat sie getan?«, fragte Gregory ruhig, sichtlich darum bemüht, diesen James zu fassen zu bekommen, solange er sich zeigte.

Brooklyn-James schnaubte verächtlich. »Das Miststück

zieht ein und sagt, sie hätte da 'nen Bruder, der 'ne Ölfirma hätte, die mir Rabatt geben könnte. Ich dachte mir, na toll, da kann ich den Zuckermans 'nen guten Deal machen. Sind nämlich echt nette Leute, wisst ihr? Ehrlich, ich hab nie versucht, die übers Ohr zu hauen, die nicht. Die waren immer gut zu mir.«

Ich nickte und war sprachlos.

»Scheiße war's, denn als Nächstes kommt da ihr Scheißbruder, der übrigens gar nicht ihr beschissener Bruder war, nur mal so nebenbei bemerkt, also kommt da dieser Scheißtyp und drückt mir bündelweise Bargeld in die Hand. Das sei Drogengeld, sagt er, und wenn ich nicht diese beschissene Treppe bauen und den Scheiß fotografieren würde, der da oben abgeht, dann wäre ich dran. Er hätte Fingerabdrücke, Fotos, aufgezeichnete Gespräche und das ganze volle Scheißprogramm. Verdammte Scheiße«, schloss er, beugte sich vor und hieb mit den flachen Händen auf den Tisch ein.

»James«, fuhr Gregory beschwichtigend fort, »wofür waren die Reagenzgläser in deiner Wohnung? Roxana meinte, du hättest sie um die benutzten Kondome gebeten … War in den Reagenzgläsern Sperma?«

Doch die Windungen von James' Gehirn waren tief und unergründlich und sehr unberechenbar. Unvermittelt setzte er sich wieder kerzengerade auf, gab dem Tisch einen gutmütigen Klaps und lächelte so jovial und sorglos, wie nur ein schon mittags leicht angeheiterter englischer Landadliger lächeln konnte.

»Es war mir schon immer ein dringliches Anliegen, mich um all jene zu kümmern, die sich weniger glücklich schätzen können als ich«, brüstete er sich. »Ein ganz brillanter Plan. Absolut brillant.«

»Ein Plan?«, fragte Gregory.

»Eine Samenbank für Arme.«

Ich hielt mir schnell die Hand vor den Mund, um nicht laut loszuprusten. Gregory hustete vernehmlich.

»Eine Samenbank für Arme?«, wiederholte er schließlich.

»Ja, wissen Sie, wo es doch so viel Unfruchtbarkeit auf dieser Welt gibt.« James machte eine ausholende Geste.

»Tatsächlich?«, fragte ich.

»Aber ja doch, meine Liebe, andauernd liest man von Frauen, die plötzlich mit vierzig noch ein Kind wollen und dann keins mehr bekommen können, weil es *zu spät* ist. Und was sollen erst all die armen Mütter machen, die von der Sozialhilfe leben und noch ein Kind wollen und keins bekommen können? Die können sich das nicht leisten! Und da habe ich beschlossen«, er lehnte sich vor und seine Augen funkelten, »eine Samenbank *für arme Frauen* zu gründen, damit bei der ganzen verfickten Scheiße doch noch was Gutes rumkäme.«

Gregory horchte auf, als der englische James hörbar aus der Rolle fiel. Sofort hakte er nach: »Gutes Stichwort – du gibst also zu, dass du mit Alonzo Pelarose und Roxana Boureau Geschäfte gemacht hast?«

James' Augen verfinsterten sich wieder.

»Ja, verdammt nochmal. Erst dachte ich, scheiße, was soll's, wenn sie mich da mit reinziehen, steige ich eben voll ein, denn zurück kann ich eh nicht mehr, wenn ich nicht abgeknallt werden will. Dann verticke ich eben Spermaproben an Typen, die wegen Vergewaltigung angeklagt sind, geb denen die DNA von irgendwelchen andern Wichsern. Ist doch egal, sowieso alles Abschaum. Ich dachte mir, damit könnte ich schnell Kohle machen und mich dann nach Tahiti oder sonst wohin absetzen, scheißegal wohin, Hauptsache weit weg von den gottverdammten Pelaroses. Aber dann, wisst ihr, scheiße war's, es gab nämlich absolut keine Möglichkeit, das Alibisperma auf die vergewaltigten Frauen draufzubekommen. Verdammte Scheiße, und dann …«

Ich stieß einen gequälten erstickten Laut aus. Gregory stützte die Ellenbogen auf, verschränkte die Hände und ließ sein Kinn darauf sinken. Auf stillschweigende und etwas verquere Weise fühlte ich mich ihm sehr nah – Seite an Seite erlebten wir unser erstes Abenteuer.

»Aber Roxana«, versuchte ich es noch einmal. »Sie liebt dich. Sie wollte das … das Business weiterführen, damit die Pelaroses dir im Knast nichts antun. Hat sie gelogen, um sich selbst zu schützen, oder liebt ihr beiden euch wirklich?«

»Ach, Zephyr«, meinte James und lächelte verklärt, den Blick in jene Fernen gerichtet, die sich jenseits des Besucherzimmers auftaten. »Einst liebte ich eine Frau namens Roxana – und sie liebte mich. Doch hat sie mein Herz gebrochen und nun …«, James richtete seinen Blick auf mich, und für einen kurzen Moment sah ich absolute Klarheit in seinen Augen aufblitzen. »Nun bin ich allein.« Er seufzte theatralisch. »Ich bin entsetzlich müde, meine Liebe. Ich denke, ich werde jetzt lieber ein kleines Nickerchen machen.« Er hob den Arm und winkte einen der Wachmänner herbei, als wäre er sein Butler. Dann stand er auf und verschränkte die Hände hinter dem Rücken, um sich Handschellen anlegen zu lassen.

»Mach dir mal keine Gedanken um den guten Onkel James, Zephyr. Ich habe demnächst eine Audienz bei Ihrer Majestät. Nur keine Sorge, meine Liebe, keine Sorge …«

20

*D*ie Lampions auf der Dachterrasse des Soho House hingen in der heißen, schwülen Nachtluft schlaff und reglos vom Bambusgebälk. Die Schwimmkerzen im Pool glitten nicht wie flirrende Wassergeister zwischen den Seerosenblättern umher, sondern dümpelten leblos in einer Ecke. Mein seidiges Kleid, das nicht aus Seide war und dessen Retromuster meine Mutter dazu veranlasst hatte, sich in Erinnerungen an die kunststoffbeschichtete Couch *ihrer* Mutter zu verlieren, flatterte mir nicht luftig um die Beine, sondern klebte auf meiner erhitzten Haut. Alle paar Minuten musste ich mir den Stoff diskret aus dem Schritt ziehen.

Nie in meinem Leben war ich glücklicher gewesen.

»Aber glaubst du denn im Ernst, dass er die Präsentation mit einer *Narrenkappe* auf dem Kopf gehalten hätte?«, fragte Tag Abigail und drückte sich ihr eiskaltes Mojitoglas an die Stirn.

»Tag«, murmelte Abigail, und ihre dunklen Augen weiteten sich, als sie sah, wie Dover Carter und mein Bruder sich am anderen Ende des Pools freundschaftlich auf die Schulter klopften, »ich finde nicht, dass es dir zusteht, den Film schon auf der Premierenparty zu kritisieren.«

Abigail hatte am Abend zuvor den Nachtflug genommen, nachdem sie kurzerhand eine Konferenz über aramäische Texte ausfindig gemacht hatte, an der sie unbedingt teilnehmen musste – jedenfalls hatte sie die Universität davon überzeugen können. Praktischerweise fiel die Konferenz zeitlich mit der Erstaufführung des Films meines Bruders zusammen.

»Kritik üben, nicht kritisieren. Ich übe Kritik, und wann, wenn nicht hier und jetzt, sollte ich es tun? Wir sind auf der Premierenparty! Eigentlich sollte auf dieser Party über nichts anderes geredet werden als über *Boardroom*. Gut, besser, *Boardroom*!«

Eine Woche nachdem Alonzo Pelarose verhaftet und eine Freilassung auf Kaution ausgeschlossen worden war, war Tag aus Spanien zurückgekehrt, und zu meiner großen Freude ärgerte sie sich noch immer, dass ihr die ganze Aufregung entgangen war. Sie war *neidisch* auf mich, weil ich ein echtes Bordell ein Stockwerk über mir und eine FBI/NYPD-Kommandozentrale in der Wohnung gegenüber gehabt hatte, und mir zudem noch einen Undercoveragenten als Freund geangelt hatte.

»Erzähl mir nochmal von den Fotos«, forderte sie mich zum x-ten Male auf und zog sich ihr umfunktioniertes Hochzeitskleid so weit über die Schenkel, dass es die frische Schnittwunde bedeckte, die sie sich bei einer Forschungsexkursion in einem andalusischen Fischerdorf zugezogen hatte.

»Komm, das reicht jetzt.« Mercedes bedeutete Tag, dass sie ein bisschen rutschen solle, und zwängte sich neben sie auf die Liege. »Da hat Zephyr *einmal* etwas erlebt, das aufregender ist als alles, was du währenddessen erlebt hast, und du kriegst dich kaum noch ein. Gönn ihr doch den Spaß und finde dich damit ab.« Sie streckte den Arm aus und nahm sich einen Drink von einem von beflissener Kellnerhand vorbeigetragenen Tablett. »Wie ist es eigentlich, zur Abwechslung auf einer Party zu sein, zu der du tatsächlich eingeladen worden bist?«

Tag zuckte nur mit den Schultern, stand auf und wollte sich zu uns setzen, doch ich stieß sie herzlos von dem Liegestuhl, den ich mir mit Abigail teilte.

»Komm schon – gib es zu. Es ist bestimmt ganz schön entspannend, nicht von verärgerten Adligen gejagt zu werden.«

»Du hättest mich doch einfach nur *anrufen* müssen«, ließ Tag nicht locker. »Ich wäre sofort in den nächsten Flieger gesprungen und hätte mich von der Polizei vernehmen lassen.«

Abigail starrte noch immer Gideon und Dover an, die mittlerweile in ein angeregtes Gespräch vertieft waren. »Sehe ich das falsch, oder könnte es sein, dass Dover Carter in Gids nächstem Film mitspielen wird?«, fragte sie Mercedes ungläubig.

»Kommt darauf an, wie viel Gideon ihm bietet«, erwiderte Mercedes achselzuckend und klang fast so, als wäre sie bereits mit Dover verheiratet.

Ich schnaubte verächtlich. Vor zwei Stunden noch hatte mein Bruder, frisch gekürter Gewinner des Publikumspreises auf dem Tribeca Film Festival, so getan, als beeindrucke ihn meine Verbindung zu Hollywoods Spitzenverdiener *überhaupt* nicht. Doch wie es nun schien, war Gideon gegen Dovers ehrlichen Charme ebenso wenig gefeit wie der Rest von uns.

Ich war immer noch einigermaßen fassungslos, weil ich während der letzten drei Wochen miterlebt hatte, wie mein nichtsnutziger Bruder auf einmal allseits respektiert und wie ein Erwachsener behandelt wurde. Ich mochte meinen Bruder (doch, ich mochte ihn wirklich), und ich freute mich für ihn (ehrlich wahr), aber warum seine Mitmenschen ihn auf einmal mit völlig anderen Augen sahen, war mir ein Rätsel. Mir zumindest fiel es schwer, mir meinen Bruder an einem Filmset vorzustellen, klar strukturiert und gut organisiert, wie er anderen Leuten sagte, was sie tun sollten und – noch viel unvorstellbarer – wie diese Leute tatsächlich taten, was er ihnen sagte.

Aber wenn alles klappte, wie ich mir das vorstellte, würde ich in ein paar Monaten schon weit weniger Anlass haben, auf ihn neidisch zu sein ...

»Wo bleibt denn Gregory, der mysteriöse Undercover Cop?«, riss Abigail mich aus meinen Gedanken. »Seit zwei Monaten versuche ich jetzt schon bei JDate mein Glück und nicht *ein*mal ...« Sie schüttelte den Kopf. »Habe ich euch eigentlich von dem Typen erzählt, mit dem ich letzte Woche verabredet war? Der sich den Wagen seiner Mutter geliehen hatte?«

»Also nur weil er sich kein eigenes Auto leisten kann ...«, tadelte ich sie.

»Nein, nein, das ist mir doch egal, ob der Wagen geliehen war. Aber schlimm fand ich, dass hinten noch ein ›Baby an Bord‹-Aufkleber draufklebte. Hey«, fügte sie unvermittelt hinzu und holte ihr iPhone aus der Tragetasche, die es heute Morgen für alle Konferenzteilnehmer gratis gegeben hatte. (Keinem der Sterling Girls war es gelungen, sie davon zu überzeugen, dass eine Leinentasche mit dem Logo einer linguistischen Vereinigung kein partytaugliches Accessoire war.) »Habe ich euch schon die SMS gezeigt, die Darren Schwartz mir geschickt hat, nachdem ihr ihn habt auflaufen lassen?« Sie tippte kurz auf das Display und gab das iPhone Mercedes, die einen flüchtigen Blick darauf warf und es mit gequältem Blick an mich weiterreichte.

»Ab, kann ich die Nummer von der blonden Schickse haben? Scharf, echt scharf.«

Mercedes drückte Abigail ihr Glas in die Hand. »Da, trink. Trink alles aus.«

»Ja, wo ist er denn, dein Cop?«, fragte mich nun auch Tag.

Ich zögerte. »Er muss jeden Augenblick kommen. Wahrscheinlich hat es bei der Arbeit ein bisschen länger gedauert.«

»Es ist Samstag«, wandte Mercedes ein und schaute mich vielsagend an.

»Ja, aber … er … er wollte unbedingt bei der Verhaftung der übrigen Pelaroses dabei sein«, gab ich zu.

»Aha«, meinte Tag. »Er ist also *an einem Tatort*.«

»Nein, es ist nicht so wie bei Hayden«, verteidigte ich mich.

»Warum sollte es anders sein, wenn es doch genauso klingt?«, entgegnete Mercedes so aufgebracht, dass sogar ihre Dreadlocks vorwurfsvoll wippten.

»Weil …« Verzweifelt überlegte ich, wie ich meinen Freundinnen erklären konnte, weshalb es wirklich anders war. Und dann entdeckte ich auf einmal seinen braunen Haarschopf in der Menge, sah sein schönes kantiges Gesicht, sah, wie er sich erwartungsvoll umschaute – und nach *mir* suchte. »Weil er hier ist.«

Ich hob den Arm, um ihm zuzuwinken, und hielt jäh inne.

»Und Hayden auch«, sagte ich und versuchte, hinter Abigail auf Tauchstation zu gehen.

Mercedes und Tag drehten sich so schnell um, dass sie mit den Köpfen zusammenstießen, vergaßen vor Aufregung jedoch völlig, einen Schmerzensschrei auszustoßen. Abigail setzte sich ebenso ungestüm auf, wobei sie mir ihren Ellenbogen in die Rippen stieß.

»Wo? *Wo?!*«, fragten sie alle gleichzeitig.

»Ist er der Typ mit dem aufgeknöpften Hemd oder der mit dem Ziegenbärtchen?«

»Du hast ihn doch nicht etwa *eingeladen*, oder?«

Ich rieb mir die Seite und schaute meine Freundinnen finster an.

»Nein, er ist der Typ mit den roten Haaren – vorne links am Pool. Und natürlich habe ich ihn nicht eingeladen!«, stellte ich entschieden klar und spürte, wie mein Puls sich ordentlich beschleunigte.

Wie auf Befehl schauten sie alle in besagte Richtung.

»Oh mein Gott«, hauchte Abigail.

»Wow …«, pflichtete Mercedes ihr bei.

Tag nickte zustimmend. »Scharf, echt scharf. Ich kann schon verstehen, warum du so abgedreht bist.«

Ungläubig starrte ich sie an. »Das ist doch jetzt nicht euer Ernst, oder?«, zischte ich, während Gregory auf uns zukam.

»Hi«, sagte er und beäugte nervös die acht Beine, die ihm von zwei Liegen entgegenragten. Ein paar Abende zuvor hatte er mir gestanden, dass ihm diese ganze Sache mit den Sterling Girls gehörigen Respekt einjagte.

»Hey«, sagte ich und setzte mich so zurecht, dass Gregory Haydens Sicht auf mich verstellte. Während ich ihm mein Gesicht für einen Begrüßungskuss entgegenstreckte, trat ich Tag und Mercedes verstohlen ans Schienbein, damit sie sich endlich wieder umdrehten. »Schön, dass du hier bist«, meinte ich und versuchte so zu klingen, als würde ich es auch tatsächlich meinen. Ich meine, *eigentlich* meinte ich es ja auch. Nur wäre es mir lieber gewesen, wenn er in diesem Augenblick nicht ausgerechnet hier auf der Dachterrasse des Soho House gewesen wäre.

»Ich habe eben schon Lucy und ihren Freund getroffen. Sie sucht euch«, sagte er, völlig ahnungslos, welche Bombe er da hatte platzen lassen.

»Hi, ich bin Abigail. Lucys *Freund*?«, fragte Abigail und hob grüßend die Hand. Auch Tag und Mercedes hatten sich endlich von Hayden losgerissen und richteten ihr prüfendes Augenmerk nun auf Gregory – der sogleich einen halben Schritt zurückwich.

»Hi, nett euch kennenzulernen. Ich … keine Ahnung. Ist er gar nicht ihr Freund?« Hilfe suchend schaute er mich an.

»Hat Lucy ihn denn *ihren Freund* genannt, als sie ihn dir vorgestellt hat, oder nennst nur *du* ihn jetzt ihren Freund?«, versuchte ich ihn mit kühler Logik zu beruhigen.

»Weiß ich nicht mehr«, meinte er und sah überhaupt nicht beruhigt aus.

Seit Lucy Leonard an jenem Sonntag, nachdem ich ihn am Gericht (ach, wie lang *das* her war!) mit einem ihrer betexteten Zehndollarscheine gesichtet hatte, im Three-Lives-Buchladen kennengelernt hatte, war von ihrer Todesparty keine Rede mehr gewesen. Wir werteten das alle als gutes Zeichen, doch dass Leonard mittlerweile Freundstatus erlangt hatte, war uns neu. Denn laut Lucy galt es dazu bestimmte Bedingungen zu erfüllen: unter anderem die Telefonnummer des jeweils anderen auswendig zu können, sich mindestens vier Wochen lang jede Woche an mindestens zwei bis drei Abenden gesehen zu haben und sämtliche Vornamen des jeweils anderen in der richtigen Reihenfolge zu wissen.

»Hey, das ist doch der Kammerjäger!«, kam es da auf einmal von Hayden, der auf leisen Sohlen neben uns aufgetaucht vor.

Mir stockte der Atem.

»Sie ist mein, so wahr mir Gott helfe, und sollte ich Eure fiese Visage noch einmal westlich des Hudson erblicken, so werde ich Euch töten, dessen seid gewiss!« Klirr, klirr, *wuuusch*, Treffer! Rasselnde Säbel, sich schnaufend hebende Heldenbrüste, zerfetzte Wamse, krachende Korsette!

Gregory verschränkte die Arme vor der Brust und nickte Hayden kühl und knapp zu. Ich atmete auf – erleichtert und nur ein klitzekleines bisschen enttäuscht.

»Was machst *du* denn hier?«, wollte ich von Hayden wissen und spürte, wie Gregorys bitterböse Blicke mich niederstreckten.

Er grinste und wedelte mit seinem Presseausweis. »Freikarte für alles. Wir waren auf dem Festival.«

Niemals nie, dachte ich, würde meine verräterische Gänsehaut gegen Haydens Stimme immun sein.

»Wir?«, fragte ich und bedauerte es sofort, als ich merkte, wie Gregory ein Stück von mir abrückte.

Tag schüttelte den Kopf, Mercedes bedeckte leidvoll mit einer Hand ihre Augen. Abigail schnaubte.

»Hi, ich bin Nanda.« Eine zierliche Inderin mit makelloser Haut und einem kleinen Diamanten im Nasenflügel kam auf uns zugerauscht und bot uns der Reihe nach die Hand zu einem kräftigen Händedruck, der in keinem Verhältnis zu ihrer Körpergröße stand. Prüfend ließ sie ihren Blick über uns schweifen und versuchte, ihren Argwohn hinter freudiger Begeisterung zu verstecken. »Freunde von dir, Honey?«, fragte sie Hayden, und als schließlich auch ich mit Händeschütteln dran war, bemerkte ich den Ehering an ihrer Hand. Ich hörte meine Freundinnen einstimmig den Atem anhalten.

Um nicht völlig die Fassung zu verlieren, grub ich die Fingernägel meiner nicht von Nanda gedrückten Hand in Abigails Knie, die meine Attacke mit Fassung trug.

»Bist du Haydens Frau?«, fragte Mercedes beiläufig, während ich merkte, wie mir wieder mal ganz flau im Magen wurde.

Nanda nickte, betrachtete mich aufmerksam und drückte meine Hand noch fester. Ich versuchte, nicht zusammenzuzucken und ganz unschuldig dreinzuschauen. Hayden hob schweigend sein Glas an die Lippen. Verstohlen schaute ich zu Gregory hinüber, der mich mit düsterem Blick beobachtete.

»Schön, dass ihr gekommen seid«, sagte ich so ruhig wie möglich. »Wir sind alle sehr stolz auf meinen Bruder«, fügte ich hinzu und kam mir etwas kindisch vor, weil ich es vor allem deshalb sagte, um meine Anwesenheit zu legitimieren.

Vorsichtig befreite ich meine Hand aus Nandas Griff und erwiderte tapfer ihren unergründlichen Blick. Plötzlich tat sie mir leid. Haydens Frau! Darum war sie wirklich nicht zu beneiden.

»Masel tov«, meinte Abigail trocken und hob ihr Glas. »Wann sind die Flitterwochen?«

Nanda schien verwirrt, und selbst Hayden verzog seltsam den Mund.

»Unsere Flitterwochen?«, wiederholte Nanda. »Wir waren auf Hawaii, letzten Sommer. Kann ich dir sehr empfehlen, wenn du noch etwas suchst.«

Vor einem Jahr! Die beiden waren *seit einem Jahr* verheiratet. Was wiederum hieß, dass sie kein Jahr, nachdem Hayden und ich uns kennengelernt hatten, geheiratet hatten. Und es hieß auch, dass ich vor einem Monat beinahe Sex mit einem Mann gehabt hätte, der gerade mal ein Jahr verheiratet war. Ich kniff die Augen ganz fest zusammen und versuchte die Erinnerung daran unverzüglich aus meinen Gedanken zu verbannen.

»Zephy! Taggy! Mercy! Abby!«, kreischte Lucy, meine Gerichtsbekanntschaft im Schlepptau.

»Oh nein«, brummelte Tag in ihr Glas. »Sie ist in pubertärer Partylaune.«

Lucy umarmte uns alle der Reihe nach. »Das ist Leonard! Ist das nicht toll, dass ihr ihn endlich kennenlernt? Leonard, das sind meine aller-*aller*besten Freundinnen!«

Leonard nickte uns verlegen zu und zupfte an seinem Ohrläppchen.

»Eben habe ich Leonard erzählt, wie eine Wahrsagerin mir prophezeit hat, dass ich *sterben* würde, als ich das letzte Mal hier oben war. Dadurch lebte ich jeden Tag so, als wäre es mein letzter, weshalb ich Renee eigentlich noch *dankbar* sein müsste, Leonard überhaupt gefunden zu haben! Hey, und wisst ihr was? Sein Dad und mein Dad liegen auf demselben Friedhof in Winchester begraben! Ist das nicht unglaublich?« Stolz lächelte sie Leonard an.

Kurz erwog ich, sie daran zu erinnern, dass es keineswegs Renee Ricardo gewesen war, die durch einen eiskalt klimatisierten Warteraum gepirscht war und Cash-Kupplerin gespielt hatte, überlegte es mir dann aber doch anders.

»Und Zephyr kann sich bei ihr für Gregory bedanken«, fügte Lucy großzügig hinzu. »Sie hat ihr nämlich voraus-gesagt, dass ihr beiden den Rest eures Leben zusammen verbringen würdet.«

»Du hast eine Wahrsagerin nach mir gefragt?«, wollte Gregory wissen, und erleichtert stellte ich fest, dass er lächel-te. »Was hat sie dir sonst noch verraten? Wusste sie etwa auch, dass du dich um eine Lizenz als Privatdetektivin bewerben würdest?«, meinte er lachend.

Schweigen.

Eigentlich hatte ich überhaupt niemandem davon erzäh-len wollen, bevor ich mir nicht ganz sicher war, dass ich diesen neuen Plan auch wirklich durchziehen würde. Nicht einmal auf dem lang gefürchteten Collegetreffen, das morgen end-lich stattfinden würde, wollte ich damit angeben. Da würde ich einfach erzählen, dass ich Hausverwalterin wäre, was mir jetzt, wo ich einen so tollen Plan hatte, fast gar nichts mehr aus-machte. Niemand hätte davon erfahren sollen, bevor ich nicht eine Stelle als Junior-Ermittlerin bei der Ermittlungsbehörde ergattert hätte – und vielleicht nicht mal dann. Vielleicht hätte ich sogar damit gewartet, bis ich die dreijährige Ausbildung absolviert, das Staatsexamen bestanden und meine Lizenz als Privatdetektivin in der Tasche hätte. Wenn irgend möglich, hätte ich die Neuigkeit am liebsten sogar vor meinen Eltern geheim gehalten, bis sie alt und senil geworden wären und nicht mehr begreifen würden, dass der künftige Beruf ihrer Tochter ab und an nach einer kugelsicheren Weste verlangte.

»Ähm, ja.« Gregory räusperte sich nach einem Blick in die staunende Runde und schaute mich entschuldigend an. »Sorry.«

»Zephyr?«, fragte Tag und sah mich mit großen Augen an. Mercedes, Abigail und Lucy staunten stumm.

»Cool«, meinte Leonard.

»Lucy«, platzte ich heraus, um schnell das Thema zu wechseln. »Das ist übrigens Hayden.«

Es funktionierte bestens. Sosehr wir uns bemüht hatten, ein Mindestmaß an Takt zu wahren, Lucy machte all unsere Bemühungen im Nu zunichte. Ihre Lippen formten ein lautloses O, und ihre Augen weiteten sich ebenso.

»Hayden? *Der* Hayden?«, fragte sie.

»Und seine Frau«, fügte Mercedes sichtlich vergnügt hinzu, während sie sich das Oberteil ihres schulterfreien Kleides zurechtrückte. »Nanda.«

»Okay«, meinte Gregory unvermittelt und machte dem Spuk ein Ende. »Zeph, ich gehe mir was zu trinken holen. Kommst du mit?« Fragend schaute er mich an.

Ich schaute zu Hayden hinüber, der jetzt dasselbe selbstgefällige Grinsen grinste, mit dem er mich vor zwei Jahren im Odeon herumbekommen hatte. Zeit, mit diesem Kapitel abzuschließen, Zephyr, dachte ich. Lass es hinter dir und schau, wie es sich anfühlt. Meine Freundinnen beobachteten mich. Nanda auch. Sogar Leonard schien gespannt.

Wortlos drehte ich mich um und folgte Gregory. Im Gehen fummelte ich mir mein Kleid von den verschwitzten Beinen. Gregory bahnte uns einen Weg durch die Menge, blieb ein Stück von der Bar entfernt stehen und fasste mich um die Taille. Ich fuhr ihm zärtlich mit dem Finger über die Wange und schaute in seine braunen Augen. Er war ein Mann, der mich manchmal auf die Palme brachte, von dem ich noch einiges über mich selbst lernen konnte, bei dem ich ganz ich selbst sein durfte, der mich zum Lachen brachte, der meine Leidenschaft weckte und mir niemals wehtun würde. Er war der Mann, den ich schon jetzt über alles liebte.

»Alles klar?«, fragte er.

Ich nickte. »Alles klar.«

»Gut. Was wollen wir trinken?«

Was würde die Verwalterin von 287 West 12th wohl trinken? Was eine Medizinstudiumsabbrecherin? Was trank eine Beinahe-Jurastudentin? Und was die Schwester des nächsten Coen-Bruders? Was wollte eine künftige Meisterdetektivin trinken? Was trank man, wenn man sich gerade, metaphorisch gesprochen, einer Wagenladung romantischer Pferdescheiße entledigt hatte? Was konnte man schon trinken, wenn man auf der Dachterrasse des Soho House einen absolut perfekten Erste-Welt-Moment hatte?

»Limonade«, sagte ich, reckte mich auf die Zehenspitzen und gab Gregory einen Kuss. »Ich nehme Limonade.«

Danksagungen

Wenn man ganz allein vor seinem Computer sitzt und eine Geschichte schreibt, die zu schreiben einen niemand gebeten hat, kann mich sich schnell ziemlich komisch vorkommen. Dafür, dass sie die Sache mit dem »ganz allein« aus der Welt geschafft haben, bedanke ich mich bei dem großzügigen und nachsichtigen Personal des 'S Nice, des Grounded und des Così in New York City sowie des Tuscan Café und Caffé à la Mode in Warwick, N. Y., die nicht einfach nur Kaffee servieren, sondern kreative Gemeinschaften fördern und am Leben erhalten. Dafür, dass sie die Gefahr des »sich komisch vorkommen« erheblich verringert hat, möchte ich der ganzen Welt meine Liebe und Bewunderung für Deborah Siegel verkünden, die mir Co-Pilotin, Vertraute und Kollegin ist. Laptop an Laptop schreiben wir wacker voran. Dass Schreiben zum Teamsport wurde, ist auch Heather Hewett zu verdanken, deren Geist, Witz und Beharrlichkeit darin, uns Schreiboasen zu schaffen, mich seit Jahren bei Laune halten.

Ich möchte allen Freunden danken, deren Leben und Geschichten ich plündern durfte. Insbesondere Rebekah Gross für die medizinischen Details und ihren einmalig nüchternen Blick aufs Leben, der manchmal genau die richtige Medizin ist. Amanda Robinson, von deren enzyklopädischem Wissen und früher Ermutigung ich profitiert habe. Shannon und Ben Agin für ihre unbeschreibliche Großzügigkeit, zu der auch gehörte, uns und unseren lärmenden Nachwuchs monatelang zu beherbergen. Elisha Cooper und Michael Lee dafür, dass sie mir Auftrieb gaben, wann immer ich über die Stolpersteine des Selbstzweifels fiel. Und Elizabeth Gilbert, die mir immer dann sagte, ich solle durchhalten, wenn ich es am nötigsten brauchte, für das Einlösen alter Versprechen und dafür, mich vor vielen Jahren mit ihrer Großzügigkeit inspiriert zu haben. Dafür, dass sie auf Kosten ihrer Familien dutzende Stunden opferten, um mein Manuskript in diversen Stadien zu lesen und geistreiche, ausführliche, unschätzbare Anmerkungen zu machen, bin ich Alix McLean, Alex Sapirstein und wieder einmal Shannon Agin zu tiefem Dank verpflichtet.

Alix McLean, Kathy Sillman, Nicole Krieger, Sarah Kirshbaum Levy und Sarah Trillin, meine treuen, einfühlsamen, wahrheitsliebenden Freundinnen, waren mir Inspiration für Zephyrs Sterling Girls. Ihre unerschütterliche Offenheit, Respektlosigkeit und steter Nachschub an Abgelegtem halten mich bei Laune und bei Verstand.

Kate Miciak, Kerri Buckley, Molly Boyle und das gesamte Team bei Bantam Dell, einschließlich der unübertrefflichen Pam Feinstein, ließen diesem Buch eine redaktionelle Aufmerksamkeit zuteilwerden, von der ich geglaubt hatte, ihr wäre längst das tragische Schicksal der Schreibmaschine beschieden gewesen – sie gehen mit scharfem Blick und doch behutsam zu Werke. Überraschenderweise stand ihr Engagement für Zephyr meiner eigenen Begeisterung in nichts nach, wofür ich ihnen gar nicht genug danken kann. Jeden Tag aufs Neue bin ich dafür dankbar, Tracy Brown als Agenten zu haben. Seine jahrzehntelange Erfahrung als Lektor, seine Besonnenheit und seine Leidenschaft fürs Büchermachen lassen ihn meine gute Fee sein.

Aufseiten meiner erstaunlichen Familie danke ich meiner Tochter Talia, nach deren Geburt ich notgedrungen zur Effizienzexpertin wurde, die keinen einzigen Moment der

Untätigkeit mehr kannte. Ihre unbändige Lebenslust füllt Freiräume in meinem Leben, deren Existenz ich zuvor nicht einmal geahnt hatte. Auf wundersame Weise hat sie mich so eine bessere Schriftstellerin werden lassen. Das gilt natürlich auch für ihre beiden Babysitterinnen, Ofelia Ariza und Catie Quinn, ohne die ich dieses Buch nicht hätte beenden können. Die Großzügigkeit meiner Schwägerin und Schwiegereltern – Paula, Jerome und Jennie Spector – ist nach wie vor umwerfend: Sie bekochen uns, räumen unsere Möbel um und nehmen unsere Kinder ganze Wochenenden bei sich auf. Ich hoffe, dass ich anderen nur halb so hilfreich bin wie sie mir.

Ich hoffe, noch zahlreiche Bücher zu schreiben, und sei es nur, um in den Danksagungen ein Loblied auf meine Eltern Rena und Richard singen zu können. Viele Dialoge, Geschichten und Beobachtungen der menschlichen Natur habe ich kurzerhand von meiner Mutter geklaut, der ich meine Liebe zum Absurden verdanke. Und die Erinnerung an den ungestümen, oft überwältigenden Stolz meines Vaters auf mich gibt mir jeden Tag unvermindert Kraft und Antrieb.

Immerwährende, grenzenlose Dankbarkeit meinem treuen Gefährten Sacha Spector, der mein Schreiben ernst nimmt (oder sich seine Zweifel zumindest nicht anmerken lässt) und dessen eigene Kreativität so vielfältig und anregend ist, wie ich es bei noch keinem Normalsterblichen erlebt habe. Es ist ein Privileg und ein ständiges Abenteuer, mein Leben mit ihm teilen zu dürfen.

Und zuletzt danke ich New York City, meiner Muse – dafür, dass sie eine nie versiegende Quelle guten Geschichtenmaterials ist, eine unvergleichliche Atmosphäre hat, an die keine andere Stadt heranreicht (doch woher will ich das wissen, wenn ich meine Stadt so selten verlasse?), und meine Heimatstadt ist, die ich trotz, oder vielleicht gerade wegen, ihrer vielen Fehler von ganzem Herzen liebe.

Ally O'Brien

**Gestern trug der Teufel noch Prada –
heute heißt er Tess Drake**

Literaturagentin Tess hat ihr Image als Über-Bitch
perfektioniert. Keine macht bessere Deals für ihre
Autoren. Keine hintergeht ihre Kollegen geschickter.
Keine hat eine heißere Affäre mit dem Ehemann
der Chefin. Unsympathisch?
Keinesfalls, denn keine ist so brillant, schlagfertig
und scharfsinnig wie Tess Drake. Aber wer hart
spielt, der muss auch hart im Nehmen sein.

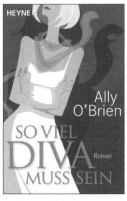

978-3-453-58048-0

HEYNE ❮

Gewinnen Sie ein tolles Buchpaket mit fünf Taschenbuch-Bestsellern!

**Sie haben den Roman von Daphne Uviller gelesen?
Dann können Sie bestimmt diese Fragen richtig beantworten!**

Zephyr und Tag sind leidenschaftliche Party-Crasher. Welche Art Festivitäten sind laut ihrer »Crashing-Kriterien« jedoch tabu?

○ Geburtstagsfeiern und Hochzeiten
○ Hochzeiten und Taufen
○ Taufen und Bar Mizwahs

Der Name »Zephyr« bedeutet:

○ »steife Brise«
○ »laues Lüftchen«
○ »wilder Orkan«

Und welche merkwürdige Angewohnheit besitzt Zephyrs Exfreund Hayden Briggs?

○ Er trinkt während dem Sex Bier.
○ Er singt unter der Dusche Lieder von den Spice Girls.
○ Er probiert heimlich Zephyrs Schuhe an.

Gewinnen Sie! Machen Sie mit! Im Internet unter
www.heyne.de/Frauen-Bestseller vom 1. bis 31. Dezember 2009.

Viel Glück wünscht Ihnen
Ihr
Wilhelm Heyne Verlag

HEYNE ‹